U0120191

沙龙祖母

[马来西亚] 张贵兴 著

后浪

北京联合出版公司
Beijing United Publishing Co.,Ltd.

代序　高嘉谦 / 2013

台湾经验与早期风格——《沙龙祖母》

长期熟读张贵兴小说的读者，应该知道在一九九〇年代中期以前，这位被视为奠定马华雨林书写的小说家，其实还有一个没有雨林，甚至没有多少马华色彩的写作阶段。对照《赛莲之歌》（一九九二）、《顽皮家族》（一九九六）和《群象》（一九九八）出版以后，读者和评论家津津乐道的雨林风格和叙事类型，大家关注的是这些描述婆罗洲[1]雨林历史、家族、成长和冒险故事的长篇著作，如何深化了马华文学的国族寓言书写和殖民、后殖民景观，小说家在渲染丰富魅惑和斑驳的南洋色彩之余，同时形塑了更鲜明的雨林奇观。尤其张贵兴在二〇〇〇年出版了被视为他目前最好的作品《猴杯》，获得时报文学奖推荐奖。隔年出版《我思念的长眠中

1　婆罗洲：音译自马来语 Borneo，是世界第三大岛屿，分属“马来西亚、印尼、文莱”三个国家。张贵兴的出生地沙捞越，位于岛内西部。——编者注

的南国公主》(二〇〇一),此书在二〇〇七年受到美国出版社青睐,发行英译本。二〇一一年《群象》被推介翻译为日文出版。这几部作品的相关评述,以及过去十年来处理马华文学的台湾硕博士论文,基本谈及张贵兴,雨林写作都是唯一焦点。张贵兴小说的备受肯定,无形中缔造了在台马华文学的雨林标志。

如果说张贵兴大学还没毕业就已出版的《伏虎》(一九八〇)是少作,见证了那自高中到大学阶段开启的文学创作之路,那么《柯珊的儿女》(一九八八)大概可以视为大学毕业后经过几年宜兰岁月的沉潜,决定留在台湾教书,也同时决定着自己持续写作的可能性的实践成果。那时的张贵兴已步入三十岁,基本来到成家立业,以及谋定人生路向的关卡。这前后几年的写作,处理的台湾题材和经验,投映了作家处身异乡台湾,却要落地生根成为在地者的转换阶段。换言之,那是一个试着用写作解释和融入台湾经验的张贵兴,以幽默、利落却又带有嘲谑写实的文字风格,实践和探索自己在台湾以写作为志业的路向。这个阶段的张贵兴值得注意和认真看待,恰恰是因为投映了二十世纪侨生背景的青年作者,在台湾走上写作之路的必然转型过程,他清楚意识到自己对写作经验的捕捉,以及试图摸索从旅居到移居台湾过程中,对台湾文坛写作趋势,以及在地感觉结构的初步掌握。也许正因为有了往后认真和热情回眸婆罗洲故事而成熟的雨林书写,一九八一至一九九一这十年的写作实践足以看作张贵兴的早期风格。

这样的早期风格,不但是作者个人写作生命的某种划分,恰恰也可以看作在台马华文学的一种断代风格。我们对照张贵兴来台的前后十年,一九六七年同样出身沙捞越的李永平来到台大外文系念书，同样就读外文系的背景，李的小说经营却着眼在南洋特质和中国性的辩证，无论早期的《拉子妇》（一九七六）、成名作《吉陵春秋》（一九八六），这阶段的李永平依然不同于张贵兴，在婆罗洲故事的背后，有更多论者以为其执着于乡愁和文字的操作。而晚于张贵兴十年来台的黄锦树，他一九八〇年代末期开始的小说写作，已精准地表征大马政教环境、华人生存寓言和历史伤痕，关注马华文学生态、华人移民的处境和命运。如果将这分隔三个十年来台的三位马华小说家并置来看，就在一九八〇年代的这个十年，李永平正构思自己的文字原乡和情感原乡，延续前一代离散华人特质的思考。而黄锦树来台正经历台湾“解严”风潮，以及大马政经的剧烈变动的洗礼，其后的小说写作，自然已有不同的台湾养分刺激和马来西亚政治种族议题的视域。似乎只有张贵兴，在这十年适逢谋职和安家的写作阶段，努力实践和尝试回应着台湾经验。如果这是张贵兴个人写作生命的早期风格，却也指涉了在台马华文学重要的分水岭。相隔十年，却已是两个世代的侨生写作者，无论回应故乡或异乡，他们都已有不同的视域。这种风格的变迁和议题的关怀勾勒出在台马华写作世代的交替，同时也是早期留台马华作家的心路历程和体验。也不过是再相隔十余年后的二十一世纪，张贵兴、黄锦树等人的那个世代也早已不同于此时陆续在台湾登场的马华写作者。

一九八八年《柯珊的儿女》的出版，并没有获得广泛讨论，仅有四个中短篇也难以概括张贵兴的写作风格。眼前这本《沙龙祖母》，除了原《柯珊的儿女》的四篇作品《柯珊的儿女》（一九八八）、《如果凤凰不死》（一九八一）、《弯刀·兰花·左轮枪》（一九八三）、《围城的进出》（一九八六），另外收录当年发表于台湾报刊和马来西亚文学期刊《蕉风》的小说，如《潮湿的手》（一九八四）、《马诺德》（一九九〇）、《影武者》（参见第一二四页）、《沙龙祖母》（一九九一），共八篇，介于一九八一至一九九一这十一年间的短篇作品。这些小说隐然是作者反刍自己的台湾经验，且有意识地在省思自己的写作位置。

我们将这些小说并置来看，可以清晰看到张贵兴早期写作脉络，以及风格的转型。《如果凤凰不死》带有乡野传奇的叙事腔调；《围城的进出》对日本以“进出”篡改侵华的历史解释，透过棋局寓意家国和民族，却以大量省略号的简化修辞和语言，戏仿中国历史情结和民族文化的寓言书写；《柯珊的儿女》突出都市文体的俏皮、嘲谑和荒诞；这些都可看作张贵兴对两岸从一九八〇年代以来从乡土走向都市文学发展过程中，对中文写作类型的乡野、寻根、都市书写的某种程度回应和实践。另外，《潮湿的手》描写老师家访擅画裸女图，但就读升学班的问题学生，却险成了当妓女的学生母亲的“囊中物”，仿佛一出惊悚短剧，戳破了年轻老师初执教鞭的青涩美梦；《影武者》写大学校园内教师、师生、工友之间谄媚、攀附、偷情、不伦等狗屁倒灶的烂事，笔锋不乏反讽和黑色幽默，颇有《围城》的趣味。这些议题和素材大概有张贵兴教书生涯的观察和狂想。《马诺德》描述专业牙医遭遇妻子劈腿，最终关闭诊所，从专业形象堕落为市侩商人的心路转折。但特别的是，主角马诺德有一位婆罗洲留台生背景的朋友，一个雨林的奇观地景已隐约嵌入台湾故事的布景。《沙龙祖母》则以带有传奇色彩的笔触刻画了一位华人家庭中受子孙伺候和尊崇的老祖母。张贵兴关注人物背后的底子，着眼于移民家族氛围的营造，显然已有后来写作《顽皮家族》南洋移民史故事的笔调。

在一九八〇年代的作品中,《弯刀·兰花·左轮枪》唯一被认为是张贵兴处理马华经验的代表作,基本像是处理作者的成长经历和族群意识。小说里那个留学中国台湾的大马华裔青年由于教育成长背景的不同,在办理签证和跨越边境过程中因为不谙国语(马来语)而导致荒谬夸张的劫持人质事件,最后惨遭警方枪杀。小说凸显了被定义的华人身份与国家认同,必须经由马来语的通关认证。这恰恰对应了作者留台过程中,对国族、语言和身份转换的深切反思。其实那也是一种台湾经验,留台生的背景,相对的时空距离和华语华人相互融合的台湾氛围,暴露了华人与马来语之间的纠葛,以及背后复杂的华巫种族矛盾。

于是我们强调张贵兴小说的早期风格,旨在勾勒在台的马华写作者,从留台到长期移居过程中,难免有一个特殊的阶段,在面对故乡和异乡之际,对自身写作立场和生活经验的游移和反思。那不同层面的台湾在地经验的转化,其实见证了一个离散写作者的尝试和局限。

在马华文学谱系内,张贵兴的雨林书写早已成为显学。《沙龙祖母》是他近年经营长篇雨林书写后,重新整理和集结短篇旧作成书,可以视为张贵兴自《我思念的长眠中的南国公主》以来,重现文坛的暖身之作,但也借此机会回顾了一个婆罗洲少年在台湾以写作安身立命的起点。

* 高嘉谦,政治大学中国文学博士,现任台湾大学中文系副教授。主要研究领域为中国近现代文学、马华文学。著有博士论文《汉诗的越

界与现代性：朝向一个离散诗学（一八九五～一九四五）》。近年期刊论文包括《性、启蒙与历史债务：李永平〈大河尽头〉的创伤和叙事》《骸骨与铭刻：论郁达夫、黄锦树与流亡诗学》《帝国、斯文、风土：论驻新使节左秉隆、黄遵宪与马华文学》《城市华人与历史时间：梁文福与谢裕民的新加坡图像》等。另主编《抒情传统与维新时代》（上海：上海文艺，二〇一二）、马华文学的日本翻译计划“台湾热带文学”系列（京都：人文书院，二〇一〇～二〇一一）。

目　录

沙龙祖母

祖母有早起的习惯。天没有亮（我记得是一九七六年七月的某一天），祖母起了一个大早，从住了三十几年的老房子的二楼沿着一道木制楼梯走下去。早上下过雨，曝露在屋子外头坚固而阔长的阶梯有点滑湿和陡峭，但是祖母已经上下过两万次，我们都没有想到她会在半途中摔了一跤，滚过六道又硬又阔的阶梯，昏倒在一楼水泥地上。等着祖母送早餐过来的鸡鸭向祖母围上来，彼此商量急救事宜。一对白鹅走到祖母身边，伸出长得不可思议的脖子，叫得好像孝子哭墓，当它们还是巢穴里的两粒蛋时，祖母经常趁着母鹅离巢时对它们实行胎教，要它们将来做一对不会践踏邻居菜畦和偷吃菜苗的乖宝宝。老黄狗准备到郊外做例行散步（它是一只尽职的兽仆，主人起床后才会离开岗哨一会，去做一些追逐麻雀之类的事，满足一下狩猎本能），它比羽禽更了解人类，也更懂得人类生活模式，因此它张开嗓子对二楼吼叫起来。老黄狗知道自己能活得和祖母一样年高德劭，完全是拜祖母之赐。我们喜欢在十二月和一月的雨季里进补狗肉，少壮时代的老黄狗就是在祖母宠惜下，躲过了父亲和两位叔叔闻名乡间的狗肉烹煮术。

老黄狗没有辜负祖母宠惜，它从来不会无缘无故地吼叫。

祖母年纪大了，禁不起猛烈的冲撞和摔跤，虽然左额上的伤口不大，只流了一小汤匙的血，却让她在医院里昏迷了两天。父亲、二叔、三叔、大姑、小姑全家人聚拢到医院里，以为祖母醒不过来了，因为祖母实在很老了，就像一架老电视机，你在上面轻轻敲它一下，荧光屏上模糊的影像就会永远消失掉。

“妈年纪大了，老人家禁不起摔。”大家都这么说。

“怎么会摔下来呢?”父亲说，“那道楼梯，她走了三十几年。”

“是啊，走了三十几年。”三叔是祖母的小儿子，这个自从三婶去世后就变得沉默寡言的汉子，此时居然也啰啰唆唆起来，小声地重复说着“真是想不到，想不到”“我们早就不应该让妈走那种楼梯”“妈会醒过来吧”什么的。

“雨又把楼梯淋湿了，”二婶说，“那道楼梯也很老了，风吹雨打，一向就是黏黏滑滑，像抹了一层油垢，有些地方长了青苔。”

“而且太陡了，真不应该让妈爬这种楼梯，即使志平也摔过一跤。”二叔说，两眼盯着病床上昏睡的老祖母。

志平是二叔的儿子，这个二十一岁的跆拳道高手穿着一身劲装站在病房门口，准备到武馆练拳。

“我打算把那间木屋拆掉，盖一栋独立式双层水泥洋房，让妈住一楼，这样妈就不用爬楼梯了。”二叔说。祖母和他住同一栋房子，他觉得很内疚。“谁知道会发生这种事?那道楼梯，她走了三十几年。”

“那种楼梯，简直不是人走的，上上下下都要像猴子，”小姑的爽直个性和那道阴险的楼梯形成一种鲜明对比，“我早就叫你把那栋老房子拆掉重盖了。”

“妈不肯，”二叔说，眼睛有一点红肿，“妈喜欢那栋老房子。”

“那道楼梯，连扶手也没有。”三叔说。

父亲、二叔、三叔、大姑、小姑全在那栋老房子里长大，他们结婚后才离开它，留下祖母和二叔一家人。“房子太小了，”祖母说，“要不然我们全家人可以住在一起。”父亲和三叔偶尔会把祖母接回家里，但是大部分时候祖母和二叔住在那栋老房子里，那是一栋硕大的、老式的、多窗的、用十二根黑墨色盐木撑起的高脚木屋，锌皮屋顶，耸立在六棵茂盛的椰子树中，在炎热和多风的亚热带下午，在家畜的慵懒叫声和原始性寂静中，老房子看起来颇有一种浪漫的南洋风味。祖母喜欢这栋老房子。

“我们不应该让她养那些鸡鸭，”大姑说，“如果她没有一大早起来饲鸡，就不会发生这种事。”

“她喜欢养一点东西，”父亲说，“现在我们用不着养鸡鸭来赚外快了，但是妈就是闲不下来。”

“她从来不舍得吃它们，”二叔说，“她把那些鸡鸭养得和她一样老。”

“那些鸡鸭有时候爬上楼梯拉屎，”三叔继续用喃喃的、平板的语气说，“我有一次在那上面踩到一块热乎乎的鸡屎。”

祖母送医急救的第二天晚上，她的子子孙孙继续来到病房，在她的昏迷中诅咒那道楼梯，计划了一些补救办法。父亲想把复原后的祖母接回家里，一直到二叔把他口里的“钢筋水泥洋房”盖好，“我们可以让祖母住在一楼，我们的楼梯有扶手，有必要的话，我们可以铺上地毯，这么一来，即使皮球也滚不下来。”三叔也想把祖母接回家里，但是他把优先权让给他的大哥，他说他的房子只有一楼，根本没有危险的楼梯让祖母爬，她老人家住起来很安全。大姑希望二叔在祖母住院期间重修那道楼梯，或者好歹加上两列扶手，她说他们不能在没有得到祖母同意前拆掉那栋老房子和那道老楼梯，她老人家对那栋老房子情有独钟，也许她最喜欢的就是那道老楼梯。小姑说那栋老房子丢尽张家的脸，她不喜欢祖母在一楼做的那张吊床，那种麻袋做的吊床只有在土人的长屋走廊上才看得到，他们每天下午躺在那上面睡懒觉。

八点一刻，医生做过例行检查后，长辈突然话少了，表情也变得凝重。我们后辈散落在病房门口和走廊上，没有听到医生和长辈说了什么，从病房里传来的肃穆气氛使我们变得更乖、更懂事。

医生和护士走了，我们各自看着自己的父母亲。

半晌，三叔说：“妈会醒过来，她老人家什么大难没有经历过？”

“三弟说得对，”父亲说，声音小得几乎听不见，“我已经整理好房子，过几天就接她回家。”

长辈继续说着什么，但是音量太小，我们只有在走到病床前才听得到，四哥、五哥听到一些伤势和复原之类的话，我只听到叹息和咳嗽，此外就是一片情绪性的沉默。

又过了半晌，三叔的声音首先开始恢复正常，他的语调清醒而惊异，完全摆脱刚才的伤感的自怨自艾，他准备用另外一种方式控诉那道楼梯？

“上一次妈生病时，你们记得她说过什么吗？”三叔轮流看一眼自己的兄弟姐妹。

长辈努力回忆。我记得祖母上一次生病是十年前。

“你是说……”二叔说。

“你是说……那个……拍照的事？”大姑看一眼病床上的老祖母，好像要确定祖母没有听见她的话。

“是啊，妈不是说要拍一张半身照吗？要把照片放大，这么大——这么大——”三叔用两手比画着，“她老人家没有拍过一张正式的照片……”

“我怎么把这件事忘了？”父亲说。

“我们没有忘记，”二叔说，“妈病好后就不想拍了，她说她的身体好得很……”

“我也这么想。”大姑说。

“但是她年纪大了，我们应该——”父亲说，“我怎么把这件事忘了？”

“一张拿得出去的照片，一张可以摆在客厅让后代子孙瞻仰的照片……”三叔又开始喃喃自语。

“我要带她去照相馆，但是她说拍那种照片很浪费，她身体好得很，没有必要花这种冤枉钱。”二叔说。

“妈身体当然很好，但是照片总是要拍的。”小姑说。

“妈太节俭了。”大姑说。

“一张庄重的、正式的照片，”三叔说，视线从祖母身上、地上、天花板上溜来溜去，“妈年轻时候很爱漂亮。”

三叔的最后一句话被我们后辈群传开来，偶尔可以听到走廊里响起一阵笑声。

就医后第三天中午，祖母在医生的惊讶中醒过来，填饱肚子后，她想起老房子里的鸡鸭和狗，要儿女去问医生什么时候出院。我们在祖母和长辈谈话中一一走到床前问候，随后各自占据病房里一个不起眼的空间，装出一副大人模样，更小的后辈开始在走廊上追逐和喧哗，躺在手推车上当病人，有些小家伙连玩具也带来。

“您安心住院，该出院时，医生会通知我们。”父亲说。

“鸡鸭和狗，我们会照顾好。”二婶说。

“还有鹅。”二叔说。

“母鹅昨天下了一粒蛋。”和我们一起站在门口的二叔的一个女儿说。我们都看着她。

她的声音太小，有点重听的祖母没有听见。

“阿珠说母鹅下了一粒蛋。”二叔说。

祖母的声音也很小。

“婆婆问你下在什么地方？”二婶说。

“在池塘旁边那棵椰子树下的芦苇丛里。”阿珠说。我们都在看她，她很害羞。

二婶把下蛋地点告诉祖母。祖母要二叔继续观察母鹅，看它会不会再下第二粒蛋，“告诉”它把鹅宝宝孵出来，如果它不想孵，找一只母鸡或母鸭帮它孵，而且记得把鹅蛋放到栅栏里，晚上把门关上，不要让蟒蛇把蛋吃掉。祖母说一句，二叔就把话重复一遍，阿珠跟着点一次头。祖母住院后，家畜的饮食起居全落到阿珠手里，她今年刚从高中毕业，长得肥肥壮壮，让人觉得把需要定期饲喂的东西交给她很稳当。

祖母精神很好，大家很高兴。

“您还好吧？有什么地方不舒服吗?”父亲找不到话说。

病床上皱纹密布的嘴唇嚅动着。

“您头还痛吗?”二叔说。

嘴唇继续嚅动着。

“您想吃什么东西?”小姑说。

我们竖起耳朵或是走到大人身后，想听听祖母说些什么。小辈的喧哗洋溢着喜气，长辈偶尔会走到门口漫不经心地喝止他们，但是长辈觉得这种喧哗没有什么不好，而且祖母不介意。祖母喜欢热闹，我们也开始卸掉拘谨和腼腆，试着弄出一点声音。面对同龄女孩时，少年人的故作风趣和懂事状真是好笑。

大家想尽办法讨祖母喜欢。“老黄狗叫得很大声。”二婶从老黄狗着手。

祖母笑了。懂事的老黄狗使祖母和我们都很高兴，长辈接着提起那道三十几岁的老楼梯和老房子。

“妈，您出院后，先住到大哥家里吧，”二叔说，“我想拆掉那栋老房子。”

“房子很好，拆掉干吗?”祖母说，声音坚忍而有力，一点不像个病人。

“您年纪大了，不适合住二楼，”父亲说，“先住到我家来，您如果想住回老地方，等二弟把新房子盖好再说。”

“老楼梯很危险，”三叔说，“您骨头软，禁不起摔。”

“不会有危险的，楼梯对身体好，那道楼梯也很好，老人家应该活动活动。”祖母两眼闪着光，好像亲眼看见那道老楼梯和老黄狗忠心耿耿地蹲在家里。

“您说得好，老人家是应该活动活动筋骨，”小姑说，尽量压低自己的嗓子，有时候长辈暗地里叫她“小辣椒”，“但是您犯不着活动一道又陡又滑的楼梯，那个东西又老又旧，简直成精了，您愈活动它，它就愈古灵精怪。”

“它摔人摔出心得了。”三叔说。

“医生说老人家什么都不怕，就是怕摔。”大姑说。

“老人家怕那种楼梯。”小姑说。

“二弟只是想让您住得更舒服一点。”父亲说。

“我们会把您的鸡、鸭、鹅和狗带回家里去，”母亲说，“我们家里人多。”

“妈，不怕您见怪，”小姑说，“那栋房子实在太老旧了，邻居会说话的。”

祖母脸上维持着老人家宽宏大量的笑容，仔细考虑着儿女的建议，她的白头发把水泥袋一样大的枕头都遮住了，布满皱纹的脸孔像小树枝做的鸟巢，绷带上的血渍有如一只遍体通红的小蜘蛛。虽然儿女和媳妇一再劝她拆掉老房子，但她的聆听兴致很高，她喜欢子孙为她或者为家里什么事情吵吵闹闹，“拆掉老房子”充满生气的和愉快的争执。我们大声谈论学校作业、考试、电影、运动比赛。

有时候亲友来探望祖母，顺手带来一些老人家用不上和吃不着的东西，长辈觉得病房太小，客人稍多就拥挤不堪。祖母醒过来后就被挪到一间最大的病房，客人可以在那里的沙发上歇脚，说完客套话后，他们会抬起头来，从两个挂着白色窗帘的窗口看出去，称赞一下外面的草坡地、棕树和海滩。

第二天晚上，我们继续回到病房。阿珠说母鹅又下了一粒蛋，她已经把两粒鹅蛋放到栅栏里，如果母鹅不想孵，她会把蛋交给那只经常模仿雄鸡啼叫的母鸡，它正在抱窝，但是它的窝里只有三粒鸡蛋。它是一只尽职的母鸡，一只巾帼英雄，经常找公鸡打架。小姑说阿珠是一个好女孩，把一群很聒噪的东西养得一声不吭。祖母称赞过阿珠后，继续用宽宏大量的笑容聆听儿女谈起那栋老房子。孩子今天来得少，病房比昨天安静，争论充满秩序和深思熟虑。老房子是一只祸害，一只老怪物，那道楼梯就像蝎子身上的毒螯，他们打算拔掉那根毒螯，再碾碎蝎子。

我们继续谈论流行歌曲，学校规定的头发长度、牛仔裤。

“我老了，”祖母笑着说，“你们瞧着办吧。”

祖母醒过来的第三天就办妥出院手续，她的伤势没有完全好起来，但是她不想再躺在医院里，医生早上在窗外草坡地上打高尔夫球时穿得像个小丑，他们用英文和祖母打招呼，然后用屁股对着她练习推杆。祖母告诉护士一批洋鬼子在海滩晨泳时一丝不挂，护士说没有这回事，是祖母视力不好。我们把祖母同她的鸡、鸭、鹅和老黄狗接回家里，在门前杧果树下替老黄狗盖了一间狗屋，在后院造了一座鸡埘，在一楼整理出一个干净、通风的卧房。大嫂很用心照料家畜，她知道芦苇丛里的大蜥蜴打它们的主意。我们偶尔带老黄狗出去散步，叫它认识邻居和狗朋友。二叔、三叔、大姑、小姑到我们家来探望祖母，有时候祖母精神很好，可以坐在床上和子孙聊天，甚至在搀扶下下床走走；有时候她躺在床上。养病期间，她经常捏着一串念珠，嘴里念念有词，有时候一念就是一两个小时，不识字的老天主教徒会背诵的经文多得连神父也咂舌。我们不知道她什么时候才完全好起来，但是我们很高兴，家里熙来攘往，热闹非凡。

“我已经叫人开始拆掉老房子了。”二叔对床上的祖母说。

祖母点点头，笑得还是一样仁慈，一样宽宏大量。

长辈时常围坐在床前陪祖母聊天，我们偶尔也会拿起小凳子坐在他们中间，听他们说一些稀奇古怪的往事，后辈天真的笑声和充满期待的眼光使这种家庭聚会进行得很顺利，时间在愉快中消失得特别快。他们喜欢重复说着某类事件，各执一词，对细节充满主观争论，征询祖母意见时，总是一副刻骨铭心模样，极重娱乐效果，只有在惊险和峰回路转处加上一些教训意味。我们听得很投入、很痴迷，事过境迁后，只有极少数场景会根植在我们心中，虽然它们引人入胜，我们总觉得那种事情太遥远，和我们的吉他、摇滚乐、青春痘、爱情的渴望扯不上关系。

日本鬼子来了——

“我想起来了，”有一次祖母坐在床上说，“我还没有拍过一张正式的照片，上一次生病时，我想拍。”

“后来您病好了，您又不想拍了。”父亲说。

“那时候，我比现在年轻十岁。”祖母说。

“现在拍还来得及。”二叔说。父亲瞄了二叔一眼。二叔改口说：“现在拍更好。”

“妈，等您好一点，马上带您去拍。”二婶说。

“马上拍，”二叔抢着说话，“找最好的照相馆，细细拍，慢慢拍，拍出全国最好的相片，然后把它放大，这么大——这么大——用最好看的相框框起来——”

大家把拍照的事情交给二叔全权处理，让他弥补老楼梯的遗憾。在家休养十天后，祖母开始下床自己走路，虽然步伐蹒跚，但是精神矍铄，偶尔一个人拄着拐杖到后院鸡埘里看母鸡孵蛋，在我们的搀扶下上教堂做过一次礼拜。我们不认为祖母会走得和以前一样敏捷。二婶替祖母洗头发，把满头白发用髻套盘在脑后，扎上一块黑帕裹。二叔从箱笼搜出祖母在大哥婚礼中穿过一次的丝质蓝色士林衫，金边袖口、绣在口袋上的一对金蝴蝶和胸前一些花草之类的装饰，让祖母看起来像一个老寿星。二叔今天要带祖母上照相馆，他们忙得满头大汗，我们也看得团团转。

“婆婆见不得世面，”祖母对我们说，“第一次上照相馆。”

“婆婆，您年轻时候长得什么样子?”小侄女说。她喜欢走到祖母身边打量祖母脸上的皱纹，她从来没有见过这么老的人。

祖母呵呵笑着，露出因为拍照才装上去的假牙齿。

“你婆婆年轻时候长得很漂亮。”二婶说。

“您有没有年轻时候的照片?”大侄女说。

二叔用车子把祖母载到本镇最有名气的照相馆，五天后，他扛着装上相框的照片到我们家来。我们帮二叔把包着牛皮纸的照片抬到祖母房间里，拆开牛皮纸后，房间里呈现一片祥静，大家默默地打量照片，偶尔发出一些赞叹。那是一张 70 厘米 ×50 厘米的黑白半身照，穿着士林衫的老祖母笑得一派祥和，皱纹仿佛呈浮雕状，连从黑帕裹盘出来的几根白头发也一览无遗。

“妈，您觉得怎么样?”二叔说。

“好，很好。”

“真的吗?”

“很好，很好，很好……”祖母笑着说。

我们开始比较眼前的和照片中的祖母，说了很多调皮和放肆的话。

野猪从热带雨林走出来觅食，践踏祖母的菜畦和推倒畜舍，它们曾经撞死一个少年人。大蜥蜴伺机而动，叼走家畜。食猴鹰在天空盘旋，像一簇箭冲入鸡埘。二叔用小弹弓吓唬侵略者。弹弓掷出石头，打中一只大野猪。大野猪转过头来，一路咆哮一路追赶二叔。二叔逃到祖母身边，祖母顺手拔起一根尖桩刺穿大野猪的脖子。

“妈不喜欢。”二叔从祖母卧房走出来时，我听见他小声对父亲说。

“怎么说?”

“妈不喜欢那张照片，我看得出来。”

“你怎么知道?”

“大哥，你不要骗我，”二叔做了一个什么表情，我在他身后，没有看清楚，“我们和妈在一起这么久了。”

“妈不是不喜欢，只是有点不满意。”

“她日子不多了，我不想让她有什么不称心。”

“你打算怎么样?‘海风’是最有名的照相馆。”

“摄影师没有气质，看毛片时我就开始后悔。”

“妈很高兴了。”

“高兴和满意是两回事。妈很高兴，但是不满意。”

“此地还有没有更好的照相馆?”

“你记得妈年轻时候那张照片吗?”

两天后，三叔和祖母聊天时告诉祖母说明天要带祖母去拍彩色照。祖母放下手中的念珠，呵呵笑起来。

“彩色照和黑白照不一样的，妈，照片里的人看起来就像真的一样，您会喜欢的。”

“我知道，比黑白照贵。”

“比黑白照好看。”

“黑白照就很好了，干吗又要花钱?”

“多拍一点又有什么关系? 我认识另一个照相师傅，技术一流，拍起老人家照片来很有学问，老人家皱纹多，眼神没有光彩，有一些老人家脸色很不好，嘴唇很白，本地一般照相师傅只会拍娃娃照、身份证照、结婚照，灯光打在脸上，什么都看不见。”

“呵呵呵。”

“明天去照相馆好吗?”

第二天，祖母在大家起哄下穿上那件蓝色士林衫，半推半就坐上三叔车子。我们在门口挥别祖母时，好像挥别嫁出去的新娘子。

一星期后，我们围着床上的祖母欣赏那张巨大的彩色照。有颜色的祖母祥和地装在红褐色的桧木相框中，一身素装打扮看起来和黑白照片没有什么分别，师傅在脸颊和嘴唇上染了一些淡红色，额角和两鬓也抹上几根黑丝，鹅黄色的背景显然是师傅为了增加整张照片的色度才加上去的——加上这些背景颜色，整张照片才像彩色照。祖母的黯然无色显然让照相师傅头痛过。祖母正在养病，也真是难为了他。

照片上的祖母虽然有点虚假，但是床上的祖母却笑得很亲切，她甚至边笑边在大腿上猛拍着手。这一次，我们更胡闹和口不择言。

“还可以吧，妈？”祖母的笑声令三叔有一点不知所措。他看看父亲，看看母亲，看一眼照片中的祖母，看一眼床上的祖母，看一眼我们。

“我说——”祖母被我们说的一句什么话逗得合不拢嘴，从她醒过来后，我们没有看见过她这么开心。她一手捏着念珠，一手抓着大妹肩膀，身体不停地摇摆，被单踢到大腿上。

“大哥，你看还好吧？”三叔看着父亲。

“婆婆喘不过气来，”父亲也在笑，“你们不要逗婆婆。”

“喝就喝吧。”祖母拿起酒杯，一口喝下。

“有种的女人。”日本军官和祖母对饮起来。

“婆婆的脸红得像喝醉酒。”小妹指着照片上的祖母说。祖母用手掩住嘴巴，说了几句含混不清的话，因为她一直笑得停不下来。随后三叔也神经兮兮地笑着。

吃午饭时候，三叔一脸委屈的模样。

“我不知道妈为什么不喜欢那张照片，这是此地拍得最好的彩色照。”

“你怎么知道妈不喜欢？”父亲说。

“我知道，我看得出来。”

“花了不少钱吧?”

“我特别交代师傅，把照片修饰得鲜艳一点，”三叔夹了一块瘦猪肉放到嘴里，“看起来比较喜气，将来我准备挂在客厅里。”

“和二弟拍的黑白照比起来，果然有喜气。”

“老人家不是喜欢喜气吗? 我们隔壁老余的妈妈，布置得一屋子红红绿绿，他家里孩子穿的裤子全是红色的。”

“妈比较喜欢那张黑白照。”

“看起来像一个小姑娘，修饰得好像太过分了，这种鸟不拉屎的小乡镇，水准很低。”

“其实妈蛮喜欢的。”

三叔扒开铁蒺藜，钻入营区，捡起地上的榴梿，鬼子走到他身后用一记空手道将他击倒，现在他坐在营区临时搭起的帐篷中，浑身发抖，流着泪水看祖母和鬼子斗酒。“女人，你喝酒赢了我，我就放你儿子走。”鬼子一巴掌拍向三叔肩膀，三叔痛得蹲在地上。又是一记空手道。“这个小鬼偷入我们营区，大大的不对，是不是间谍? 要砍头的。”

杯子从鬼子手里掉到地上。祖母牵着三叔走出营区。

“妈年纪大了，不会和我们计较，”三叔扒了一嘴饭，用了一身狠劲说话，“你觉得妈比较喜欢黑白照?”

“蛮喜欢的。”父亲含糊说道。

“彩色照有喜气。”

“那个时候派不上用场。”

“什么时候?”

“那个时候——”父亲看我们一眼，“就是到了那个时候——什么东西都是素的，不是黑，就是白。”

三叔好像明白了。“这一张我可以摆在客厅里。”

第二天，祖母握着念珠躺在床上，吃到肚子里的稀饭吐到胸前被单上，医生对父亲说了很多话，大嫂和二嫂坐在病床前值班，母亲看到我们走过祖母卧房时就把食指凑到嘴上。我们有时候把老黄狗带到床前，它喜欢细心地嗅遍祖母的被单，坐在床前等祖母醒过来，祖母张开眼睛时，它“嗯，嗯，嗯”地叫着，像什么不知所云的问候。大妹偶尔坐到床前念一两页《圣经》给祖母听，祖母偶尔也会叫大妹念某一段马太或约翰。这当儿她的眼皮忽然变得沉重起来，一会儿就沉沉入睡，醒来时她会记得大妹念到什么地方，要大妹下一回继续念下去。入夜时，鸡埘响起一些奇怪的声音，我们拿着手电筒去巡视，然后像一个尽职的卫兵走进祖母卧房里，“没有蟒蛇，没有什么事，婆婆。”精神稍好时，祖母会用一块干净抹布擦拭放在床柜上一帧镶在玻璃相框里的耶稣照。

六天后，我们和长辈回房间里继续承欢祖母膝下，有时候静下心来听长辈说起一件什么往事。父亲找了一位年轻的马来画家替祖母画像，我们经常走到画家身后，告诉祖母画家正在画她身上什么地方。画家穿着进口牛仔裤和花花搭搭的T恤，皮肤黝黑，指甲很长，发型像耶稣，出门时他用橡皮筋把头发扎起来盘在头顶，戴上宽边麦秆巾帽或牛仔帽。警察看见这种头发时，会抓到警察局里剪掉。

画家嘴里叼一根烟，叫我们洗画笔和调色盘，挥汗如雨，认真而辛苦地工作，因为父亲要用真人比例画一张祖母的全身油画，画面大得画家可以撑开手脚做一个“大”字躺上去。第一天打底稿时，画家甚至用布尺去量坐在床上的祖母的身长。老人家体力没有画家好，但是对画家千呼百应。有时候她会打听画家身世，一个月赚多少钱，头发多久没剪了，有没有女朋友，然后告诉画家，儿女怎样争先恐后表示孝心，她只说要拍一张照片，他们就不停地把她送到照相馆，现在又麻烦画家先生，画家这么年轻和能干，一定很忙。画家对儿女的孝心有什么看法？请务必把这种中国人的传统美德宣扬出去。

画家埋首工作，甚少反应。祖母曾经昏睡了两天，但是画家已经画妥脸部，工作没有停下来，栩栩如生地画着祖母的其余部位。十五天后，我们和长辈聚集到祖母卧房里欣赏画家的成果。

蛆虫在缺了半边头壳的髑髅上像波涛似的起起伏伏。

祖母穿着蓝色士林衫坐在一张有靠背和扶手的藤椅上，两手交叠在腿上，老黄狗蹲在祖母脚下，背景是一片典型的亚热带景致：小河、高脚木屋、椰子树、几只飞鹰、高耸入云的火山、气势非凡和色彩斑斓的云朵。祖母被这些背景衬托出某种威严和深度，好像一个处心积虑护卫家族声望的大家长，双颊癯瘦，颧骨突出，眼睛炯炯有神，线条冷酷，加长的指甲充满僵气，连老黄狗也不怀好意地眯着眼睛，像一头长满横肉的豪门之犬。

当天下午，长辈找了几个朋友在二楼开了两桌牌局，嘱咐我们不要打扰祖母午睡，叫我们出门买香烟和瓜子，手气好时，长辈会给我们一些赏钱。休息时，长辈和朋友谈起那张油画。

“我喜欢那张油画，”父亲说，吞吐着医生禁止他抽吸的香烟，

“虽然有点粗糙和匠气，但是妈看起来很有尊严，让人肃然起敬。”

“那个马来人把妈的指甲画得那么长，”小姑说，“简直像个鸦片鬼。”

“他太照顾艺术，妈眼袋下有一股阴气。”三叔说。

“这是他的一贯作风，”父亲说，“本省省长请他替自己父亲画像，就是看上这种风格。”

“那只狗画得好极了。”啃着瓜子的邻居说。

“风景画得尤其好。”有一些长辈的朋友已经看过祖母画像，“那座火山，气象万千。”

“你看妈喜欢吗？”二叔摸着自己的秃头，陷入一阵思考。

“妈无所谓，”父亲说，“第一天她甚至不肯让画家进到卧房里，第二天她就很合作，对画家好得很。这是她的脾气。从前我们给她祝寿、买新衣，全都瞒着她办。”

“妈会觉得那幅画太华丽、太刺眼，”小姑说，“看看那些云朵，好像马上就要雷电大作、风雨交加。”

“我看妈还蛮喜欢的。”大姑说。

“我也这么想，”父亲说，“连老黄狗也画下去了。”

“老夫人高兴还来不及。”一个陌生声音说。

“二弟，三弟，你们觉得黑白照、彩色照和这幅油画，哪一个比较好？”父亲说。

“黑白照。”二叔说。

“彩色照。”三叔说，“你呢？”

“当然是油画，”父亲大笑，“哈哈，各不相让。”

空袭警报响起时，大家逃向防空洞。父亲病得神志不清，被人抬在担架上。战机的引擎声响彻云霄，父亲被丢弃在地上。祖母走出防空洞，在枪林弹雨中背着父亲逃回防空洞。

我们每天搀着祖母去看家畜，或到屋外走走，每个星期天，母亲用车子载祖母到教堂做礼拜，神父听到消息，隔个三五天就到我们家来替老天主教徒祈福，顺便问父亲为什么不和母亲上教堂。祖母时好时坏，但是到了这个时候，再好也离不开那张床，我们都不知道她早上会不会醒过来。情况很糟时，她默然背着经文，不停地转动手里的念珠，问起家畜时，像问起家里某个人，“它们吃饱了吗？晚上记得把它们招回笼子里。”看见我们一脸担心的模样，她鼓起精神讲笑话，告诉我们父亲和叔叔小时候怎么调皮，被祖父捆住手脚丢在晒谷场上晒太阳。她回忆着一个黑壮庄稼汉，农闲时，他用自制鱼枪潜入湖里射鱼，在芦苇丛里架陷阱抓大蜥蜴，用吹矢枪射杀野猪和猴子，这个暴躁的客家人在我们后辈出生前就英年早逝，没有看过一眼自己的孙子。长辈甚少在我们面前提起祖父，连祖父照片也没有让我们看过，尽管祖母此刻意外地大量回忆祖父，他老人家并没有在我们心里留下什么深刻印象，据说他在此地抗日史中扮演过一个小角色。

入夜后，我们看见老黄狗蹲在杧果树下的狗屋外，仰着脑袋，对着头上的月亮发出一种缓慢而烦恼的嗥声。有时候它叫得太久，我们就去找祖母，她老人家有时候睡得很熟，有时候笑着告诉我们没有关系。

星期天早晨，我被一阵敲门声吵醒，随后看到房门外站着全家人和昨夜留家住宿的二叔、二婶，父亲手里拿着一份早报。我看一眼时钟，七点三刻。

他们涌入房间，在一阵嘈杂声中把早报塞到我手里。我揉着眼睛，打了一个哈欠。我再揉一次眼睛，视线顺着某个人手指落在报屁股一张大约 15 厘米 × 10 厘米的黑白照上，听见两三个声音在我身边说："那不是婆婆吗？"

那是一张祖母的半侧面半身照，她穿着黑布衫，缠黑帕裹，双手合十，半仰着脸，两眼凝视前方，专心而虔诚地做着祷告，灰暗的背景可以隐约看到教堂内部陈设。祖母脸上密布的皱纹显得十分柔和而深沉，两眼好像闪烁着智慧，整张照片散发着宁静、安详的气氛，照片左侧有两行小字："本州名摄影家、英国皇家摄影协会硕士刘凯吟以作品《祷告》参加本届伦敦摄影协会举办的摄影比赛，荣获黑白组金牌奖。右图为刘先生获奖作品《祷告》。"

这位本地颇有名气的摄影家和我们素无渊源，他在教堂拍下这帧祖母祷告的照片时，祖母显然毫不知情。我们的侨居处是一块穷乡僻壤，地广人稀，一年发生不了几桩抢案，小报记者闲得发狂，芝麻小事也会大肆宣传，不过看见祖母当上无名模特儿，我还是很高兴。

"婆婆上报了，"我说，"婆婆看见了吗？"

事情没有这么简单。隔邻的王婆和祖母是莫逆，今天起了一个大早，看见报上登着祖母的照片，这个不识字的老人家拿着报纸到我们家串门子，她一边走一边用她的好心肠臆测。她想祖母是一个老好人，祖母的照片出现在报纸上，一定是什么风光事，是一件了不得的荣誉。她坐在祖母身边，煞有其事吹嘘自己的猜测：祖母年高德劭，做过很多好事，子孙事业有成，大名不胫而走，诚乃本乡表率，热心的记者先生写了一篇报道，在报上宣扬一番。祖母看着自己在报上那帧占了大篇幅的照片，觉得王婆说得有理，记者先生在文章里写了什么，她一个字也看不懂。王婆走后，她把二嫂叫到房间里，想和她讨论记者先生的文章，但是二嫂不识中文；二嫂把大嫂叫到房间里，大嫂只懂一些简单字，她看着报纸，含含糊糊应了半天；接着母亲也走进来，她的中文字汇比大嫂还少。三个女人离开祖母卧房，找家里的男人商量。父母亲、二叔二婶和哥哥嫂嫂拿着报纸研究了半天，最后决定来敲我的房门。

“你婆婆很高兴，我们不想扫她的兴。”父亲说。

“她日子不多，也许再过几天就走了。”二叔说。

“你中文最好，你还在报纸上发表过文章，”父亲说，“婆婆想知道记者先生写了什么，你帮记者先生拟一篇文章念给你婆婆听。”

“这只是一张摄影作品，”我几乎笑出来，“连婆婆的名字也没有提到。”

“我们当然知道，但是你婆婆可不这么想。”

“我们要骗婆婆吗？”

“是——不是——我们只想让婆婆高兴。”

“婆婆知道自己变成新闻人物，会很高兴的。”

“这不大好吧？”

“没有关系，你照着我们的话去办，婆婆日子不多，我们从来没有做过什么让她高兴的事。”

我一脸茫然地打量着长辈，他们的严肃模样有点滑稽，我的大概也好不到哪里去。“拟一篇文章？拟什么呢？”

“随你意思，说你婆婆好话。”

“我们告诉你很多婆婆的事，这些你都可以写进去。”

他们给了我很多建议和资料。我看着报上的《祷告》，祖母的虔诚神色使我有点心虚，她会不会拆穿我的把戏？

“放心，只要你做出一篇有模有样的文章，婆婆不会知道的。”

“她的照片登在报纸上，这样一篇文章就是最好的解释。婆婆根本不知道什么摄影比赛。”

“所谓善意的谎言，你不想让婆婆高兴吗？”

“这是大家的意思，没有人会怪你说谎。”

“现在就要拟妥吗？”看来这件差事推辞不掉，谁叫我在报纸上发表一些奇怪文章，诉说自己的早熟和滥情。

“是啊，婆婆在楼下等着了。”

我凝视《祷告》，开始构造一篇豪华的谎言。

“主啊……”祖母蹲进芦苇荡，少女时代的两个姑姑受不住水蛭骚扰，一个叠着一个趴在她背上。鬼子正在屋子里做着突击检查，他们有时候带走一些食物和年轻女孩。十几只水蛭贴在祖母两腿上。祖母终于看见那具缺了头颅的尸体慢慢地从身边漂过，载着波涛和乌云一般的蛆虫和苍蝇。

这是一帧出色的摄影作品，祷告中的无名老妇散发出圣洁光辉，整个人体边缘蔓延着一道灵光，专注而自然的神情令人难忘。我把心中拟妥的文章念出来，大家觉得还好。二叔说短了一点，父亲说没有时间了。

我们走下一楼，来到祖母卧房。除了母亲和两位嫂嫂，其余的人都是今天第一次和祖母见面，大家谈了很多报章上祖母的照片和那篇“报道”，绘声绘影，好像大家都相信真有这么回事。

“阿新中文最好，”大家说，“让阿新念给您听。”

“好，好……”

祖母完全相信，我有点别扭。我拿起报纸，假装“读”着什么东西。

“今年八十余岁之吴莲妹女士，家住 × × 镇 × × 村 × × 路 × × 号，是二十年代随着移民浪潮从中国广东省‘出洋过番’到本地落叶生根的华侨元老之一。吴女士和已逝于日据时代之张火先生结缡异地，农耕渔猎，育有三子二女。在早期局势动荡、物资缺乏之艰苦环境中，展现坚忍不拔之拓荒奋斗精神，谋得一席生存空间，十分难得。自其夫英年早逝后，吴女士独自养育儿女，备极辛酸，今日儿女或娶或嫁，事业有成，子孙满堂，令人称羡。据接近吴女士之人士透露，吴女士于二次大战期间，屡次暗助本地抗日华侨，曾多次为日军盘问刁难，仍不失巾帼本色。当年抗日英雄虽已无一幸免，对吴女士之推崇备至，可从老华侨口述抗日事迹略窥一二。吴女士敦信天主教，系一虔诚天主教徒，遇有险难，必暗中祷告，请示天父。唯吴女士年纪老迈，近日更是卧病在榻，生命垂危，远邻近居莫不争相问候，祝其早日康复，图为吴女士在教堂虔诚祈祷之神色。”

我必须牢牢记住这篇“谎言”，从祖母反应中，我知道祖母以后会再叫我朗读它。祖母仅凭口授就可以记忆大量经文，她老人家记忆力不错。接下来更重要的一件事就是请亲友圆谎，这不是一件容易事，我们必须有几个人陪着这些亲友，以防他们漏了什么口风，不过此时祖母身体已经愈来愈坏，亲友和我们配合得不错（创造这则谎言的王婆是一个圆谎高手），祖母经常神志不清，实在看不出破绽。

“阿新，你把那篇文章念给我听……”

接下来五天中，我念了两次那篇“报道”，长辈和哥哥也念过，我已经把它写下，让他们去背诵，以随时应用，分担一下虚伪和内疚。我们尽量谈一些祖母关心的话题。鹅宝宝孵出来了，我们把它拿到床前，让祖母看看它的可爱模样。一只鸭子最近不知道怎么回事，可以张开翅膀飞出一段距离，经常飞到大蜥蜴出没的芦苇丛里吃青蛙，叫我们担心得不得了。老黄狗脾气暴躁，差点咬伤路人，它晚上对月长嗥时，邻居的狗群马上附和它，一传十，十传百，整个乡镇都是狗声。

有一天，祖母精神稍好，她把父亲叫到床前，谈起报章上记者先生拍的照片。

“我喜欢那张照片，可不可以向记者先生把底片借出来，请照相馆放大？”

“妈……”

“你们替我拍的照片，我很喜欢，不过我更喜欢这一张。”

“当然可以，妈，我们找记者先生商量，如果他不肯，我们出高价跟他买。”

“我也喜欢那张画像。”

“没有问题，妈。”

“我知道自己不行了，出殡时能够用到这张照片更好。”

“妈说什么话！”

父亲找叔叔商量，打电话到报馆打听，决定选一个周末拜访摄影家。二叔说摄影家是艺术家，他们自己是大老粗，浑身铜臭，不懂艺术，最好找几个读书人陪他们去。他们相中大哥、三哥和我。

周末早上，我们在一座山坡地的双层独立洋房中，见到在省政府文化部门担任主管的摄影家。我们开了三部车子，二叔看起来像财大气粗的木材商人，三叔像干净、和气的中药行老板，父亲像深居简出的乡绅，摄影家很客气地接见我们。

“那是艺术，是非卖品，不是商品。”摄影家忽然换了一副表情，一脸严正地说。他操着怪腔怪调的华语，穿一件图案诡异的蜡染衬衫，身材肥胖，头发微秃。山羊胡子修饰得十分讲究，结构均匀地分布在下巴上，中间垂下一小绺又细又亮的须根，准备无限长地生长下去，从这一小绺须根做分野线，呈现出左右两边胡子数目完全相同的对称。山羊胡子所表现出来的一种对整洁的爱好、一种一丝不苟的态度和独特作风，使它成为摄影家的标志，使摄影家的艺术家形象无懈可击。

我们告诉他作品里的“模特儿”是我们的母亲、祖母，她老人家卧病在榻，和她信仰的天国只有一线之隔。

“哦——”摄影家有点吃惊，但是马上变得神色自若，“这是常有的事。就是那样，我也不能卖给你们。”

“我们不懂艺术，我们出一个高价可以吗？”

摄影家唠叨一阵子，说出一个不可思议的高价。三哥想把价钱杀低一点，但是他年轻气盛，口气不佳：如果没有祖母这个现成模特儿，英国佬凭什么颁给他金牌奖？他拎着照相机到处捕捉见不得人的镜头，用长距离镜头偷拍隐私，他应该付费给祖母，凭什么开这个高价？你漫天要价像个吸血鬼，你不是艺术家吗？父亲禁止三哥说下去。

摄影家本来就有意卖给我们，但是三哥得罪了他，他说他不计一切为艺术服务，没有人不推崇他的敬业精神和他对文化界的奉献，他开这么高的价码，是因为他认为这件作品值得这么多钱，那是他的得意之作，我们伤了他的心，他请我们出去。

回到家里后，我们告诉祖母记者先生太忙，底片没有归档，不知道塞到哪里去了，他答应我们把底片找到后再通知我们。祖母说麻烦记者先生真不好意思，叫我们不要催人家，请他慢慢找，慢慢找。第二天父亲和两位叔叔再去拜访摄影家。

“他是艺术家，艺术家最重视自尊心，我们虽然不懂艺术，但是我们应该尊重人家。”二叔说，“必要时，我会把那则‘谎言’告诉他。”

“叔叔真是胡闹，这是我们自家人的事，”大哥说，“他会笑死的。”

“他一定会说出去，我们会变成人家的笑柄，”三哥气犹未消，“可恶的山羊胡子。”

“那是我一生中写过最糟糕的东西。”我说。

“我想不会的，他有恻隐之心，”父亲说，“他的胡子修饰得那么整齐，那么漂亮，是一个真正的艺术家。”

“而且他在文化部门做事。”三叔说。

“他开那么高的价钱是有道理的，”二叔说，“那部作品在国外得过奖。”

摄影家没有听到我们编的“谎言”，但是他终于答应用自己开的高价把照片卖给我们。“我不能把底片卖给你们，”他说，“我必须亲自冲洗，别的人根本做不出那种效果。”

长辈问他什么时候可以交货时，他又发了艺术家脾气，他说他不是生产商品，是创造艺术，艺术需要灵感和心情，他说不出一个日期。

我们只有慢慢等摄影家创造他的艺术，记者先生慢慢寻找他的底片。祖母情况愈来愈糟，我们也愈来愈担心。

祖母扎好年轻人的枪伤，送他到门口。

“走吧，去投靠张阿瘦的游击队。”

“张阿瘦相信我吗？”

鬼子踢着前门，大声咆哮。

祖母从身上掏出自己婚前唯一的一张照片。“把这个拿给张阿瘦。”

长辈有时候不得不打电话催摄影家，十天后，父亲扛着装上相框的放大的《祷告》走入祖母卧房，但是祖母已经陷入昏迷状态，没有人知道祖母到底有没有看到那张照片。第二天早上，医生宣布祖母死讯时，我听见有人暗中透了一口大气。祖母两手握着念珠平放胸前，两眼合上，满脸皱纹依旧叫人眼花缭乱，就像生前一样和蔼、安详。

祖母丧礼备极哀荣，礼车上面的《祷告》吸引住许多人的眼光，摄影家打电话到我们家抗议，他说如果知道我们把他的作品当“冥像”，他会开一个国王也付不起的价钱，他说我们是一群无可救药的俗人，这种行为“侮辱”了他的艺术。他在电话里哭了。

有一天，我和父亲坐在祖母油画前闲聊时，想起那张没有见过的祖母年轻时代的照片。

“那是一张什么样的照片？”

“对了，我想起来了，照片是一个传教士拍的，你婆婆当时坐在市场前面一张板凳上祷告，那时候没有什么教堂。”父亲愉快地说，“你公公那时候是个年轻小伙子，经常挑着两担菜到传教士家里做买卖，他从传教士那里看见你婆婆照片时，立即爱上了她。”

父亲兴致昂然地说着祖父和祖母的恋爱过程——当然，这是另外一个故事了。

* 原刊《幼狮文艺》第四四五期

一九九一年一月

马诺德

如果你一通电话可以挂到天堂或者地狱的话，马诺德的亲友一定也会这么做。大家都说诺德失踪了，挂到德仁诊所里的电话居然找不到一只闲耳朵说话，其实诺德的耳朵正在忙碌地接应身体里头每一条神经的诉苦和求救。

诺德十月初从婆罗乃[1]回到台北（他在那个热带岛屿待了两个月），带着一只装着小说稿的手提包和盥洗细软，坐火车到基隆、礁溪、台东、花莲、高雄、台南、台中、嘉义、彰化等地，坐在旅馆房间化妆台前，摊开稿纸忖度镜子里的怪物，偶尔蹙着眉头不住地嗟叹着写几个字。十一月初，他消受不住劳累，在台北仁爱路的牙科诊所蛰居下来，腾出弥漫头脑里外的渣滓给车马声轰击，集中精神，一字一字地写小说，不时地用英文朗诵莎士比亚，有时候

1　婆罗乃：音译自马来语 Brunei，文莱的旧称，位于婆罗洲岛内北部。

变成暴风雨中发狂的李尔王（Blow, winds, and crack your cheeks! rage! blow!），甩着两手血渍的麦克白（Out! Out! Brief candle! Life's but a walking shadow.），野心勃勃的安东尼（I come to bury Caesar, not to praise him.），一脸嫉妒的奥赛罗（O fool! Fool! Fool!），悲伤且踌躇的丹麦王子哈姆雷特（To be, or not to be, that is the question.）。当这批伟大幽灵失去镇静剂的作用时，诺德扭开电视机站立着伏在电视机上面继续涂鸦。连续剧在稿纸下面上演着悲欢离合的陈腐套儿，钢笔飞舞得吱吱响，诺德的神色媲美荧光屏上演技夸张、歇斯底里的演员。台北入冬后气温降到二十摄氏度以下，马路上蹦跳着的肢体罩在羊毛帽围巾外套卫生衣奶罩内裤卫生棉皮手套丝袜和皮履里，诺德穿着一件浅蓝格子长袖衬衫和澳洲制袋鼠牌运动裤，足蹬塑料便鞋，肋骨冷得一阵一阵地刺痛。诺德披上发着霉味和汗臭味的睡袍学着安东尼赞美布鲁图斯的尸体说："他是一个男子汉！"坐下来认真地工作。诺德往日俊俏和干净的薄脸皮儿长满胡须，鼻毛从鼻孔刺出来，噙着泪光的眼珠子和眼睑肿疼得像你家隔壁那个被倒了会的婆娘儿。肚子饿得受不了的时候，诺德穿上外套夹紧胳肢窝走到附近的餐馆进餐，神经质地用筷子拨开垂到盘子上面的头发，一嘴饭渣子地在顾客意见表上写道："女服务生的头发乱得像蓬头鬼，男服务生像加护病房里就要销号的肺痨病患，他们端茶治桌时到底在搞什么祭祀大典？我的胃口最近很不好。"这是诺德式的牢骚。晚上诺德一头钻进泰盛从前睡过的床上，埋在一堆衣服、床垫、袜子、毛巾、棉被、报纸、杂志、书本和蟑螂粪当中入睡，有时候干脆睡在沙发和治疗台上，翻来覆去地做着奇怪的梦，母蚊咬他，蟑螂撑开翅膀飞撞到身上来，老鼠啃着他的塑料便鞋。

清晨五点多钟，诺德被百分之百勃起的阳具叫醒。他拉开内裤好像打量什么隐私似的皱着眉头。当诺德发觉弥漫着污垢的龟头和濡染着尿渍的内裤散发着恶臭时，就在凌乱不堪的床上摸索着，想找一条干净的内裤。暗淡的晨光照在一张焦急而彷徨的脸上，嘴里咿咿呀呀地呜咽着。诺德，这个可怜的牙医师，他想过正常的生活。

十二月初，诺德轰的一拳打在自己胸前，开始逐渐地缓下写作的速度，长满胡须的脸蛋迷失在回忆和困惑之中。诺德辛苦地奋斗两个月写完七万字后已经榨光精力，散置在脚跟底下揉成疙瘩和撕碎的稿纸，就像诺德耗剩下来的一点灵魂末须，此时每写一段必然大删大改，绞拢一块凑不出一句好话，稿纸出现无数个细小的裂痕。他在诊所里头来回地踱着方步，抓住一个石膏齿模掷向角落中鼠窜的蟑螂，站在落地镜前张牙舞爪地扮鬼脸，怪叫几声，忽然觑穿神鬼之间的奥秘似的坐下来写字。“我不是真疯，只是装疯罢了。”诺德走回落地镜前对镜中的哈姆雷特说。十二月中旬，他几乎一个字也写不出，睡饱吃足的往事像野兽扑咬过来。诺德不得不承认他的事业和一生业已走到尽头陷入泥淖。“医师海外开会，暂时停业”的牌子已经挂出去了半年，诺德想起两个月前从婆罗乃受苦回来打开诊所的电动卷门时，不消说皮肤晒得像赤道族，甚至可以听见自己憔悴的灵魂在赤道炼狱中被烤得哎哎哇哇的惨叫声。诺德不是懂得享受阳光的人。水族箱漂浮着几尾腐烂鱼尸，孑孓正在水里逍遥。插着羽裂蔓绿绒的玻璃瓶里躺着干瘪的斗鱼尸体。诺德叹一口窝囊气，两脚一伸挨了炸弹似的躺在沙发上，看着自己封闭了两个月的诊所，霉味、灰尘和怨怼一块徘徊在诺德呼吸响亮的两个鼻孔里。壁橱摆满各种中英文医学书籍和《临床牙医学》杂志，两张治疗台安静地等待着主人（诺德两眼露出凶光），四台活动的铁柜子上面凌乱地摆放着修理病人的工具——剪刀、针筒、拔牙钳、锤子、镜子、牙钻、根管锉、起子、骨锉、角手机、骨凿、止血纱布，墙角搁置着消毒蒸锅，玻璃架上的齿模径自龇牙咧嘴地唬人，X光室的门敞开着，两块一大一小剖成半截的骷髅头嵌在墙壁上彼此笑觑着对方。诺德看见这些东西，才恍惚地相信世上真有马诺德医生这么一个人。他希望打什么地方射来一粒飞弹把诊所轰掉，或者市政府挖开一条马路通过此地，要能干的小偷把音响、录影机、电视和医疗器材搬到什么鬼地方销赃，如此诺德至少可以为了什么正经玩意儿四处跑腿子去。六个月前，发觉太太背叛自己后，诺德就像干什么正经机密事似的，几乎跑遍台北市的衙门医院找麻烦。“我精神不好，爱打哈欠，头昏脑涨，手脚无力，心脏不时地怦怦跳，”他用假名挂号，对医生诉苦，“说梦话，觉也睡不好，不知道中了什么邪祟，一定有什么妖僧绞纸人用大头钉整我。”医生给他验血、验尿、量血压。“你有钱的话，娶十个小老婆也没有问题。”医生居然说得出这种话。有一位医生同情地说：“那怎么办呢？”诺德也觉得无可救药了。

“医术超群”。诺德看着墙上父亲一个市议员朋友送给自己的匾额，哎呀叫了一声，在沙发上跷起二郎腿。他或许会花几万块钱彻底验收一下，看看哪根骨头业已报销。诺德十九岁开始洗冷水澡，身体像野秧子一样结棍，但是性子好，收拾得像个小姑娘儿，父亲要他学医救人，诺德想念文学拯救人类的灵魂。也许李尔王救得了我，诺德想，可是我仍然要说你们是奴性的臣子，你们和我两个心狠手辣的女儿串谋，从高空突击下来敲击这颗老迈的脑袋瓜子，啊，啊，真是罪过。诺德预付了六个月房租（每个月四万元），又预垫一万元请房东代缴水电费，丢下奋斗了一生的事业，四处找碴抱怨，最后写起小说来，他真应该自我检讨谋求补救（哥哥诺尔替他拟妥一套复仇计划），父亲准备从他身上收回马家光荣的姓，让他做个杂种。诺德激动地一翻，侧身睡在沙发上，压痛睪丸，家人和朋友的指责像几千个齿模张口咬住他要他反省思过。世界末日大审判时，我站在左边还是右边？

可怜的诺德脱皮了，他在婆罗乃一座河畔上的小别墅阳台脱光衣服做了一个月日光浴，晒得从头到脚掉下几层臭皮囊，随手往背上一扒就会嗞嗞喀喀拉下一大块皮来，躺下来也会痛得嗳嗳叫，这是自我虐待的结果。诺德往脸上抹着，看看还有没有皮屑。好吧，你们要我反省，我就反省，但是你们知不知道丽心那条母狗准备蒙骗我（她的丈夫，你们的朋友，你们的儿子，爱莲的父亲）一辈子？诺德脸色发青，一个不留神，嘴角流出口水来。陷害诺德这种好人，警察局不会管，上帝会有存档。诺德读小学时，就从学校搬回来数不清的奖状替马家在乡间争回不少面子，“马诺德……成绩优异”，“马诺德……模范生……”，“马诺德……书法比赛第一名……”，“马诺德……参加全县演讲比赛……表现优异……”，爸爸把它当作简陋的客厅中唯一的壁饰。诺德小学和初中毕业时，奖品多得脚踏车载不动。家里出现客人时，祖父、父母献宝似的把诺德叫出来，好像他是家中唯一值得展览的东西。哥哥诺尔的成绩在班上吊榜尾，两个妹妹是前十名也挤不进去的陪衬货。

诺德十八岁时噙着泪水参加大学联考，父亲要他做医生。第一年落榜，第二年考上台北一家私立医学院牙医系，这时马家已经富甲一方，诺德顺利地念完六年牙医课程。如果诺德这一生曾经做错一件事，那就是在选择大学志愿时和父亲发生冲突。“阿德，每个人都知道马家的小儿子将来要做医生的，你不要让我丢脸，”父亲说，“你小的时候，你妈妈的奶水全都喂给你了，你在哪个地方野屎撒得比家里的茅坑多？”诺德高一时，在台北一家旧书摊买了一套剑桥大学出版的《莎士比亚全集》，开始发愤地学英文，用朱生豪的中译本对照着一字一字地狠读，有些剧本至少读了七八遍。冬天的兰阳平原经常下雨，候鸟成群地掠过天空，稻田等着抽穗，诺德放学回家做完功课后，就聚精会神地嚼吟着中古英文。诺德高一就会写诗，用笔名在报章发表过不少小文章，主编 × 中青年，他的文名连隔邻几条街之外的女校也知道。他们那一届的毕业典礼举行时，推派一位代表向全校师生朗诵一篇叫作《告别母校》的文章，文情并茂洋洋洒洒五千字，有些学生甚至当场流泪，这篇文章就是诺德的杰作。高中三年，诺德每天用书包背着《莎士比亚全集》，右肩逐渐歪凹下来。

入春以来，诺德为了填写大学志愿开始和父亲争辩，晚上十一点半，他坐在书桌前读第十一遍《恺撒大帝》，听见安东尼指责布鲁图斯时不禁在书本上落了几滴痛泪。“阿德，没有关系，”父亲走进书房来拍了一下儿子肩膀，“明天我去跟朋友说，我的儿子会写文章。你在全台销路最广的报纸登过几篇什么东西。”第二天邻闾听说马家的天才小儿子准备到大学去念一门赚不了什么钱的行业。一个星期后的某个傍晚，不肖种把《莎士比亚全集》搁在窗栏上一知半解地读《皆大欢喜》，用第八艺术给自己应对联考的虚弱体格补充一点干净养分。父亲坐在露台一张摇椅上吹口哨。父亲口哨吹得好，祖父临死时对父亲说：“国宏，你把那首《闲居吟》吹起来。”父亲用心吹着，凄惨的一月阴霾天。口哨声泻入马家每个窗口里。金黄色的夕阳照得父亲额头上一道疤痕发着凶光。流氓差点敲破诺德老爸的头。“孩子的爸……”妈妈唠唠叨叨地包扎着伤口时，诺德爸却若无其事地吹着口哨说：“孩子们跟我一样受不了像筛子一样滴水的屋子。”夕阳把父亲的头发烧得白烂烂，诺德一时想不起来父亲还有没有黑头发，那一年他还不满五十岁。诺德合上“全集”。五天后，他把填满各大学医学系的志愿表交给学校。电话悄悄地响起来。诺德整个人陷在沙发里，像躺在婆罗乃河岸上晒太阳的大蜥蜴，连眼皮子也不眨一下，任由电话铃声在诊所里晃荡。疯人院里的电话响起来时是不是疯疯癫癫的？

诺德大学五年级时在一个学生舞会里遇见太太丽心。女人会行经，性情捉摸不定，诺德想。此时诺德业已在报章上发表了十篇短篇小说，批评家颇为激赏这个牙医作家。女人对他的模样儿尤其宠惜。小肉弹儿丽心在大学里主修日文系，不时地找些个好男儿布散相思，被她做了慈善事业的俊杰们，灵魂儿好似得了瘟疫。这个狐媚子利用漂亮小脸蛋儿罢黜和授受追求者的顺溜劲儿，显示头脑真有几两重，可她表面看来兴浓的情意儿，连药堂里的戥子也不好称。诺德的卧姿怪异压得两脚抽筋，噢噢叫着，发动马达翻了一个身子躺在沙发上面。我是怎么击败一大堆对手将这个烈货追到手的？我写情诗给她，在报章发表抒情散文表态，我还为她写了一篇两万字的小说《泪》（副标题：“献给丽心”）。批评家对这篇小说不予置评，但它迷死丽心。这是一篇科幻小说（丽心喜欢浪漫、神奇、不好解释的东西）：一个男外星人和一个女地球人搞恋爱，地球大军围捕男外星人，外星人用手掌和脚丫子上的吸盘爬行到高达五十层的楼墙上，当他听说爱人觊觎一笔奖金出卖他后，当场滑下摔死。他的泪腺长在手掌和脚丫子上。诺德真会使坏心眼，他害丽心哭了。丽心二十一岁生日时，他用英文写了一首十四行诗给她：To Judy, on the occasion of her 21st birthday…（“送给丽心，庆祝她的二十一岁芳诞……”）。诺德悔恨地咬着下唇，涌出一阵厌恶，肚子咕咕叫着，有了便意。他从沙发上爬起来，走向洗手间。现在阿狗阿猫也懂得用英文向女人示爱。诺德念中学时随身带着字典，不时地把日常生活中各种物事的英文字眼摸索出来。诺德露出脱皮的（sunburnt）屁股（buttocks），坐在马桶（nightstool）上开始大便（to move his bowel），先是放屁（fart），然后撒尿（piss），挤出一块排泄物（dung），用闽南语喃喃地说：“一阵风，一阵雨，香蕉落下土。”他一屁股结实地贴压着马桶不想再动，赖在马桶上面继续检讨。淋漓尽致，畅通无阻——英文怎么说？

诺德服完兵役，娶了丽心（且看看那个骑在郭丽心上面的马姓是如何地神气和激动），女儿落地，他们的婚姻生活才算驶过激情大海下了碇。诺德在台北县一家医院实习两年后，考到牙医师执照，在父亲资助下开业，丽心也在诊所里帮忙，前两年病人少得叫人上吊。诺德私立医学院的文凭缺乏号召力，那家实习医院偏僻得掉进太平洋，更何况仁爱路一带挤满牙科诊所，爱吃零食的小孩，步步惊魂。泰盛是丽心大学时代的朋友，台湾最有名的医学院牙医系高才生，在最有名的医院实习过，丽心打算叫他到德仁诊所助阵。泰盛在《临床牙医学》杂志译过几篇文章，做过名医曾有恒的助手，帮他完成那篇《台北县市学童龋齿流行率之调查和研究》，在一所医学院当过一年助教。“可是病人这么少，”诺德说，“泰盛会没有事做。”丽心兴奋地黏着丈夫说：“没有病人才叫他来，穷耗下去赚的钱付房租水电费还不够。”他们付给泰盛两万元底薪，洗牙、补牙、拔牙是内定作业，再从镶牙收费中抽取一半奖金。德仁诊所换了一块富丽堂皇的招牌，醒目地点饰着余泰盛医师的名字和经历，门面重新装修，添购一张治疗台，病历卡慢慢堆积起来。泰盛不愧名门出身，浑身牙医师的全挂子武艺（诺德从他那儿学了新东西），什么病例也难不倒这个混蛋。他手腕狠毒，头发中分，指甲长得漂亮，穿子弹内裤。诺德夫妇收拾出来德仁诊所唯一的一间卧室让泰盛住进去，相处得像一家子骨肉。泰盛油嘴滑舌，长得又瘦又狡猾，人缘出奇地好。“让肥胖的人围在我身边，头发光可鉴人和到了晚上就高枕无忧的人，”马桶上面的恺撒大帝喃喃地说，“那个贾沙士一脸瘦削和饥饿的神情——他想得太多了，这种人是危险的。”泰盛想留胡须，卧房里有一张克拉克·盖博的照片（看看他站在诊所外面对路过的漂亮女人发着闷骚的模样）。他们的女儿爱莲也喜欢泰盛叔叔，看到他就在那张粪脸上面啄了不知道多少个吻，如果泰盛叔叔脸上抹着生姜（刺激胡子长出来）她就倒霉。爱莲今年七岁，念美国学校，诺德夫妇从她开始说话时就教她英文。诺德冲掉马桶里第一梯次的大便，脸上一阵红一阵紫，这个不务正业的医生拉不出第二梯次大便，虚弱地憋着一肚子怨气。

事情发生在六月一个不正常的星期天里，这时泰盛已经在德仁诊所干了三年，底薪调到四万。可怜的诺德一步步地发现真相。他身体强壮，精神不好，爱流泪，写小说，看了十几年莎士比亚。星期天的德仁诊所歇业，丽心在朋友家里打麻将。诺德闲着没事，想起有一个病人的假牙没有做完，从家里（他们的家在新生南路，诺德爸送给小两口的结婚礼物）坐计程车到诊所，当他踏入诊所时，以为到了地狱。我当时应该狠狠地踢这对狗男女的屁股和屁股的另一面，坐在马桶上面的诺德想，泰盛不是我的对手，他胡子长不出来。他们来不及穿好衣服，丽心的奶罩和丝袜留在治疗台上，照明灯照着我太太美丽的淫腿。诺德二话不说，拿起脚来走出诊所。这对狗男女居然在治疗台上做爱，而照明灯——照明灯为他们大放光明。诺德红着两眼，踢着附近大街小巷的石头和压扁的易开罐。好吧，我没有揍他们，至少应该顺嘴啐几句把那个昂奋样儿震撼下去，但是我牙尖儿也不露，我知道泰盛没有来以前，德仁牙科一天没有两个鬼上门。诺德坐在马桶上面两腿发麻地上演着王子复仇记："残酷、阴险、淫邪乱伦的奸贼！啊，报仇！"站在人行道上的诺德要择路人而吃。泰盛曾经在马桶的蓄水缸上面放着一本性爱手册，他大便时喜欢做学问。德仁诊所找不到一方寸干净的地方，治疗台因为一对狗男女的欲望而激情过。诺德想起自己三十一岁时患了坐骨神经痛，有一天晚上忽然听到丽心兴致勃勃地说："啊，诺德，你躺着好了，不要动。"诺德说："不行的，医生禁止我行房。"他必须玩点花样。生下小爱莲后，他们的床笫生活乏善可陈。我需要时，她连哼也不哼一声（她躺在治疗台上解午盹时，总是圣洁地在胸前搁着一本看乏了的日文小说），但是她出题考试时我哪一次不是尽力而为？三十岁，正是偷汉子的年龄，从前她的小屁股蛋到底延揽收纳过多少英雄才俊？诺德受了打击，一脸委屈和痛苦。他晚上睡在新生南路家的客厅，白天四处游荡，有十天没有回到诊所，然后他想起小曼。诺德和丽心结婚时伤过很多心肝，小曼就是其中一人。他以前帅似希腊男神，现在被羞贬得妖模怪样，架着五百度近视眼镜搔着胡须坐在马桶上面，和敌人朋友争辩。小曼在南京东路开了一家高级西餐厅，衣食讲究，未婚，不时到欧洲采购像是乞食才派得上用场的休闲装，可她的紧张处却用金属丝和天鹅绒剪裁的内衣装裹得严密雅致（这当然是诺德最近和她共度几个良宵后才知道的）。诺德婚后曾经在她的西餐厅消费过几块牛排，她发布命令的模样好像要全体侍者伺候他一个人吃牛排。“别来无恙。想我吗？”一径坐在旁边陪他。“不要摸我。”有一次她当着一批侍者面前，和诺德咕咕唧唧咬过耳根子后忽然叫起来，老实的诺德马上把手放在餐桌上面。发觉丽心偷汉子以前，他没有碰过任何女人一根毛。

诺德再一次踏入装潢华丽的西餐厅。“老天！诺德！谁欺负你了？”诺德的软耳根子搁不住两句好话，伏在她身上痛哭起来。打烊以前，他喝下不少酒。她发挥闺阁本色把他拎回家去过夜。“我不知道丽心教了你这么多，不要亲我这里，丽心喜欢你亲她这里吗？你说什么？婊子，我是婊子！啊！”诺德重温旧梦，马桶上面的器官起了变化。人家在他背后搞过多少次鬼，他不过跟着学一次，马上被人抓到短处。两天后，他接到丈母娘打来的电话，倒霉的诺德又碰到灾难。丽心的母亲是台北一家私立贵族小学校长，在她的体重正向三个个位数字及财产正向十个个位数字沉重地挺进的当儿，心脏病不时地承受着有形无形的压力，身子出了一点问题，就住进大医院的特等病房（一天收费六万元），在专用医生、护士和全套医疗器材一天二十四小时的备战状态中，她和作古的丈夫打着商量，最后总是平安出院。诺德爸是东部一带有名的土豪，哥哥诺尔生意也愈做愈大，但是丽心妈瞧不起马家。诺德带着爸妈到郭家提亲时，她对丽心说：“丽心，我的睡美人，时代不一样，我管不住你，你自己睁眼瞧清楚吧。”她启蒙了台北市数不清的学童。诺德想不到她会打电话来。“诺德，你做的好事！你和那个开西餐厅的婆娘上过多少次床？你想对丽心怎么样？你们马家都不是东西，你爸爸从前开私人赌场，你哥哥和 ×× 吃过饭。”诺德倒抽一口冷气。“你和那种脏女人睡觉，我不准你碰我女儿和外孙女！那个臭婆娘，她那种西餐厅专门招待嫖客妓女。身上哪一根毛不带毒？”诺德说：“是丽心先和泰盛搞上的，他们——”那边厢立刻轰过来：“你这个杀千刀的！你不要诬赖我女儿，老娘在台北是上得了报纸的人物，一通电话可以直接挂到 ×× 耳朵里，我不准你们胡来。”“什么诬赖，是我亲眼看见的——”“你有什么证据？”“你——你又有什么证据？”“征信社的人告诉我，你三更半夜喝得醉醺醺被那个婆娘扶上车子载回家，你在她那个妓女窝还会做什么好事？”“什么？”诺德拉出第二梯次大便，刚冲过水，听见父亲打来的电话：“阿德，你怎么了？我以为你很喜欢丽心，你对她哪一点不满？她没有生儿子给你？”诺德开始流泪：“不是的，爸爸，你听我说——”父亲的声音做作地温柔：“不要让你妈妈知道。我不管谁对谁错。你玩女人，要玩得有技巧一点，这要怪老爸没有教你一手。”诺德又气又好笑：“爸爸，是丽心——”诺德爸马上打断：“你那个亲家不好惹，她的喉咙装了扩音器。电话不好说话，我明天上台北一趟，老爸帮你排解一下，顺便叫你哥哥找个有钱人弄一张好床，把你那个情妇娶回家里去受用，明天见！你他妈的不愧是我老马的儿子。”“爸爸——”诺德擦干净屁股走出洗手间，站在治疗台前面，想起在那上面发生过什么事，多少颗牙齿被拔起来，小孩子坐上去就哭，它解决的是人类上半身的问题，不是下半身。诺德躺在上面，看看能不能治疗最顶端的精神问题。他听见自己当天晚上和丽心吵架。“你居然欺骗你母亲！你怎么跟她解释你和泰盛的事？”诺德从来没有对妻子说过这种话，不消说，两眼又红了。“你没有资格讲我，你和那个女人念大学时就搞上了，她不结婚还不是为了你！你用不着得意，我们结婚时，女孩子为你割腕自杀。”“我和小曼根本没有什么，我只在三天前和她睡过一觉，那是因为你——你背叛我！你居然叫征信社的人跟踪我，这是你还是你妈妈的主意？或者——泰盛那个杂种的主意？他现在在哪里？你们什么时候开始背着我跳上床的？”“你和小曼又是什么时候勾搭上的？”“什么？你——你——你让丈夫做了王八对你有什么光荣？”“你在外面淫荡，我又有什么光荣！你到底和多少个女人睡过觉？”“你——丽心！——”够了，够了，我还是跳过去吧，诺德想。父亲的脸十万火急地从熄灭的照明灯上面降下来解救他，时间是第二天晚上八点。“我和你丈母娘谈过了，”父亲进门就说，“她要你和那个女人断绝关系，向丽心道歉，保证你以后绝对对她忠诚，还有——我不知道她是不是开玩笑，她要你给医生检查一下。”诺德爸六十五岁，白头发掉得稀稀落落，流氓在他头上留下的伤痕因此全部曝露出来。从左眉上面像一列燎泡抹到右耳朵后，弄得诺德爸这一把岁寿还刁猛刚壮得像武侠小说里的邪长坏老。他的江湖作风吃定宜兰县市上流社会，政治流氓竞选时给他拜码头，县市长贴出公暇来陪他老人家喝咖啡。寺庙的善捐墙上，他的名字爬得最高，“马宏国，× × 万元”，各路神鬼让他一步。诺德看见父亲，一阵动摇，软弱的个性又流露出来。父亲出现时背后像装着放映机，一度贫穷、破败、忧郁的马家在父亲身后一幕幕地映现出来。妈妈蹲在河岸上做帮佣洗衣服，结果两手皲烂，终身驼背。祖父躺在病榻上捧着烂肺咳嗽时，左邻右舍也惊动害怕。小诺德和兄妹喝着代替奶粉的稀饭汤。鸡鸭的勤爪子和热屎在马家四处依傍。下雨时客厅是一块大泥浆。诺德爸早出晚归使尽手段，想把家人从这块烂泥地里拯救出来。“阿德你这个爱哭的习惯到现在还没改，”父亲断喝一声，“你不过背着老婆睡了一个婆娘，有什么大不了，你一生只跟丽心一个人睡觉？不要吝啬了我们马家的好种。”“爸爸——”“又来了，我不让你姓马。”诺德低着头不说话。“你嫉妒那个什么盛的伙计？他年轻，没有结婚，丽心当然会多看两眼，又不犯法。”诺德爸的牙齿参差不齐，从来不让儿子矫正。剃胡须时，故意不剃干净，真有山大王的气质。“老爸建议你给丽心一点颜色瞧瞧，让她忙着替你生儿育女，看她还有没有闲空去和小白脸打眼眉官司，你这一身好种就是制伏那个婆娘的厉害武器。”诺德爸当晚踌躇满志地吆喝着司机和一批豪奴，一家伙奔回宜兰老家清理门客去了。我怎能让阿爸知道？马家的好种不能败坏在我手里。诺德按动电钮放下治疗台的靠背躺成一条一百八十度的虫。第二天他回到诊所。泰盛已经搬走，丽心和女儿暂时住进娘家。如果事情就此打住，我愿意买三百个王八放生去，所谓百足之虫死而不僵，我虽然被毒害得长脓生疮，到底还是一条好虫。一星期后，泰盛熟快得像妓女办公似的，在德仁诊所对面挂起泰安牙科诊所的招牌，这还不够，他抄走德仁诊所病人的资料打电话告诉病人伟大的余泰盛医师已经搬到德仁对面的泰安，牙齿有问题请记得来找我。病人本来就比较信任泰盛，诺德回到一天没有两个鬼的惨淡里去。他不相信没有泰盛就不行，但他实在没有心情工作，拔牙时拔牙钳撬断牙齿，半截牙根留在齿窝里，根管治疗居然照了七八次X光，根管扩充器差点掉到病人肚子里。他继续找小曼睡觉。她在身上长毛的地方洒香水，要诺德注意身上什么地方从胎里带来的一颗胭脂痣。如果发现征信社的人，诺德准备用马家的好拳头对付他们。

七月初，魔咒再度降临，这一回他被稀里哗啦地轰烂每一根神经，天使在天上唱着哀歌，他的灵魂从她们中间穿过发出一阵焦味。诺德抱着灾难的炸弹咬紧嘴皮子，露出马家不怕死的好个性，准备拼他一个轰烈。小曼约了诺德在一家咖啡厅见面，红着两眼细声地说："我不能再骗你了，诺德。""怎么啦？"诺德说。"三年前丽心来找过我，她要我和你睡觉。"诺德的尖耳朵听见自己最后一把完好的神经丛被拉上了药引子。"她想早点和你离婚，她知道我从前认识你，又是唯一和你保持联络的女人。你那天在我那里喝醉时，就是我通知她的。我不知道她会找征信社的人。""你为什么这么听她的话？""我——我恨你，"小曼用手帕掩着鼻子，"我爱你——但是我恨你。"诺德砰的一拳打在桌上："我知道她跟你说什么！她跟我离婚后，你就可以和我鬼混是不是？""诺德，你就算没有跟我睡觉，她也会设法跟你离婚的，她和泰盛三年多前计划好了。她以前爱过你，但是——诺德，不要这样子看我，啊，你揍我，你揍我好了——"诺德从治疗台上坐起来，一头撞在照明灯上面痛得哇哇叫。伟大的余泰盛医师，他在曾有恒班底下，不过是个听差呼唤病号的小学徒，这个臭郎中会看上你的破烂诊所？你把太太的情夫放进家里来让他赚你的钱，而他用这些钱去盖他们小两口的爱巢，抢你的病人，在你的诊所对面开业打击你。你感激他，从他那儿学了新技术。你的太太——你每天晚上抱着热窝的一块肉——找不到借口和你离婚，屃声浪气地把奸夫引进来日夜设算你。从三年前开始设算你。他们在你面前把你的雄性之器伺候得服服帖帖，却在你屁股后面对它不忠不义！这一对淫荡、下流、虚情假意的狗男女，我死后向天使请个假，杀至十八层地狱去和他们的鬼魂见真章！

十二月底诺德的小说仍然卡在七万字泥淖里没有进续。他受过六年医学教育，不时地跷起脚来撕脚指甲，十根脚指头露着粉红色的嫩肉和凝固的血丝，脚上蚊子咬过之处搔出十几个暗红色的小疔疤，蚂蚁爬到他的脚背上把皮屑叼回巢穴去。在婆罗乃他觑听到罗太太对罗安说："那些批评家说的话，他不会当真吧?"他在热带莽林、在三十几摄氏度的热气肆虐下、在穿过赤道的阳光烘烤中，动坏脑筋构思小说，想用便宜手段敲开文学史大门。热爱写作、才气横溢的青年艺术家史维，在美国大学写作班听了教授一席之言后，决定用一生向艺术展开追捉。变卖不出什么新鲜课艺的老教授打点妥当退休的根基家当后，撂下一段糊涂话：克里特国王饬令大建筑师和发明家代达罗斯设计一座迷宫（Labyrinth）囚禁牛头人身兽（Minotaur），每年祭献十四名少年男女给牛头人享用。这批少年男女进入迷宫后，立即迷路，不管往哪里走，一径碰到牛头人；站着不动，牛头人随时出现吃掉贡物——满脸白胡子、弯着腰杆儿，既像算命师，又像巫师、魔术师的老学究说，艺术家的任务就是揭开迷宫的秘密寻找牛头人。史维用整堂课仔细地推敲过后，忽然冲破关隘，心臆洞开，心中闪跳着机锋警语，立即在笔记本上振笔书写起来。凭着这场觉悟，史维后来变成一个自由投稿的记者，背着照相机和笔记本跑遍世界追寻和思考生命与艺术的意义。他愁眉不展地坐在爪哇的火山口旁边。他穿过澳大利亚的沙漠和土人生活了两个月。他在阿富汗崎岖的山岭上和游击队并肩作战差点变成苏联的俘虏。亚马逊河的吃人鱼咬掉他一截指头。一个西班牙美女在里约热内卢的嘉年华会中和他一见钟情。抢匪叫他血溅马尼拉，暴风雪把他困在阿拉斯加，饥荒使他病倒埃塞俄比亚，非洲小国的一场国宴让他尝到人肉滋味。他不停地做哲学的思考，和各地的智者议论，驳倒政客，挑战权威，散播爱与和平，笑纳过各国团体和政要的勋章、奖状、新闻报道奖，最后摇身一变成为诺贝尔和平奖候选人。

只消看看这份清单就知道诺德野心有多大。他不自量力，结果五内摧伤搔破头皮。“牛头人在黑暗中摆动着健美的腰躯，强壮有力的蹄脚发出惊心动魄的奔走声，像几百座山峰滚过大地。少男少女发出恐怖的尖叫声。”诺德写道（小说暂名为《牛头人》），“史维走失在错综复杂的迷宫中，四处留下记号。他被人骨绊倒。他伏在地上研究牛头人的蹄印。”诺德的伟大杰作纂著不下去，一脚陷在那里做白日梦。从前诺德碰上困难时有两个诉苦对象：哥哥诺尔和大学时代好友罗安。他最近见过两次诺尔，第一次是七月初当他发觉丽心和泰盛的奸谋后。诺尔念完初中，就到台北打天下干过各种劳力，十九岁在一家印刷厂当学徒时，左手腕骨被机器夹断两截，五只手指骨全数碾成碎片，惨叫声把马路上的行人吓一大跳，现在这只手臂还在半残废状态中。诺尔后来在一家贸易公司当外务员，和几个日本及东南亚客户私下接洽业务，三十岁时成立诺金贸易公司，现在他手底下有两百多个职员，公司有五十几部电脑，在中坜和杨梅有八家工厂。他和同业并肩奋斗，让台湾在全球贸易网里当上一只不小的蜘蛛，台湾七百多亿美元的庞大外汇存底，他也略尽绵薄。他精力充沛、足智多谋、世故、圆滑，在一群海外客户面前喷着雪茄甩着活动不便的左手，撒手锏已经在头脑里呼呼挥动，好一个马家精神的表率。他打算在台北近郊盖一栋全台最雄伟、“十几级大地震也震不垮”的摩天大楼，“我们全家人住在顶楼，让白云钻到床底下。”他对弟弟说。“那要有多高呢?”诺德说。“顶到上帝屁股!”诺德在哥哥绝对守密的保证下，一五一十道出整个过程。如果我的泪腺也长在手掌和脚丫子上就好了。

“这还得了!”诺尔在旋转椅上用全身力量对着办公桌挥了一个响拳，“我告诉你怎么做！我把全台最好的律师请一打过来，每个人控诉那对狗男女一条罪状，让那对狗男女在法院里舔你的脚指头，我要把那个什么泰盛轰到街上去给丽心拉皮条，他们别想在什么好地方混！上次我在你诊所里，看见那个什么泰盛在治疗台上给女病人凿牙的下流模样，就知道他诱拐良家妇女的功夫不简单，他的手肘不晓得塞到哪里去，有一次他甚至想贴一个老货的烧饼。阿德，你是爸爸的宝贝，小时候，妈妈叫我们杀鸡，你操刀时连鸡脖子也抹不断，我不能让人家欺负你。不用担心，凭老哥在台北混了二十几年的关系，活动活动一下，就把他们挤到下水道去。”诺德低头看着自己的鞋尖。“你那个丈母娘一向看不起马家，她如果护着女儿，你告诉我，她那间野鸡小学在什么地盘上面，我找人放几句话过去。”“她没有。你在台北认识了什么人?”“你干吗？你哭了。你还爱她是不是？你稀罕那个女人干什么？我可以找一大堆有屄的人给你，”诺尔什么话也讲得出来，“她连一个儿子也不生给你，她还会不会排卵？她奶子比那个人大？你是烂好人，你太放纵老婆，我看你连她多久行一次经也不知道，才会让那个混蛋乘虚而入。”“我不是奥赛罗，我可没有冤枉她。”“奥赛罗是你什么人？”“他是莎士比亚笔下的一个角色？”“？”“……”

“——好了，诺德，你听我说，事不宜迟，明天我派律师找你，老哥非要替你出一口气不可。你是马家的骄傲，老哥看到你这个样子真是心痛。”“你听我说，我现在没有心情打官司，暂缓处理，好吗？我不是来找你解决事情的。”“那么你到底想怎么办？”“我看看再说。”诺尔说得有点过分，但他喜欢诺德，分手时着着实实抱着弟弟细语一番。他曾经在一张附着劳力士手表的生日卡上写道：“祝诺德弟弟生日快乐——爱他的哥哥。”哥哥读书不多，生气时女人倒霉，诺德想，但是我爱他，不管他做了什么。“牛头人在迷宫中自由自在地奔走着，不时地发出恐怖的吼声，攫食少男少女。”诺德翻着稿纸，泪腺又敏感起来。离开诺尔三天后，他回到宜兰老家。“阿德，你回来干吗？”爸爸说。“我心情不好，回来解解闷。泰盛走了，我休息一阵子再回去工作。”“你回来得正好，你母亲一天到晚抱怨你们做儿女的没有好好承欢膝下，你孝顺孝顺母亲叙叙天伦之乐，哪天晚上老爸找一批相好护送咱们到礁溪吃海鲜去，老爸弄点场面出来给你吆喝一下，包管比你抽人家的神经还过瘾。”尽管诺德爸一再地给儿子打气，诺德的疲劳筋穴就是歇息不下来。离开宜兰的前一个晚上，诺德和爸妈坐在客厅里看电视，拿起身边一张报纸不自觉地撕扭着，当他发觉爸妈看着自己时，他们马上把视线移回荧光屏上。这一刹那，他发觉他们早已看得透彻。

诺德的泪水差点掉在稿纸上。“哥哥，你把我的事情告诉爸妈了，是不是?”这一回他疑惑地坐在诺金贸易公司董事长办公桌前。“你说了？你真的说了?”诺尔不说话。“你不是答应我不告诉任何人吗？我这么信任你！你为什么告诉他们？爸妈年纪这么大了！”诺尔推开桌上的文件，两眼闪着怒火：“我为什么告诉他们？我要他们知道他们宝贝儿子的真面目！我要让他们看看你现在这副可怜的样子！你从小吃得最好，穿得最好，我鞋子也要捡你穿过的，你有自己的书桌，我和妹妹伏在饭桌上做功课，客人到我们家里来，爸妈只叫你出去见客，我是大哥！”诺尔咆哮道，“我在印刷厂把左手夹断的时候，他们把我送到医院的急诊室里，一会说医生不在，一会说没有床位，他们只给我止血，没有打麻醉剂，我等了十二个小时医生才来！你知道一只手被机器夹得变成肉酱，腕骨断成两截，指骨碾成碎片，一连痛上十二个小时是什么滋味?”诺尔的眼泪，马家源远流长的眼泪，第一次在亲人面前显露出来。“你没有跟我们提起过。”诺德小声说。“我当然没有跟你们提起，我从小就没有诉苦的机会！我咬紧牙关忍着，后来实在忍不住了，我哭起来，一连哭了两个小时，没有一个鬼理我！我躺在病床上的时候，从早到晚睁开两眼不停地发誓，我要征服世界，我要把那些瞧不起我的王八蛋踩在脚下！我在贸易公司当外务员的时候，耍了一些手段出卖公司，老板差点倾家荡产！我要不择手段达到我的目的！我今天抖得起来，完全靠我自己这一只半手，从来没有向家里拿过半毛钱！而你，爸爸供你念完私立医学院，帮你娶老婆，买房子给你，出钱给你开业，你今天闹到这个地步！你永远是马家的宝贝！爸爸第一次听说你的婚姻有麻烦，就知道你老婆有问题了，他不过留给你面子……”“不要说了！”诺德一拳打在稿纸上面，哇哇哭叫起来。“你哭吗？你想打架吗？你想吃斋吗？你想扯碎自己的身体吗？你吃醋吗？你想吃鳄鱼吗？”诺德的王子牢骚不自觉地显露出来，哈姆雷特打国际电话给远在婆罗乃的好友罗安。罗安是诺德大学时代最要好的朋友，两人同念一所医学院（罗安主修内科），同时在外面共租一层楼做了五年室友。罗安毕业后，带着一位台湾小姐回婆罗乃老家结婚开业，和老友保持着书信联络，不时地劝说诺德有空到婆罗乃度假，他会略尽地主之谊，让老友尝尝浪漫的热带情调。诺德把机票和签证准备妥当后已经是七月底，这时诺尔打了个电话过来。“阿德，对不起。”诺尔说。“没有关系。”诺德说。兄弟俩一阵沉默。“你和丽心的事，只要通知一声，我马上找人去办。”“好的。”诺德给家人写了一封信，带着简单的换洗衣服、《莎士比亚全集》（摸了十八年，皱得像咸菜）、小说笔记本，登上马航班机，一屁股冲过玛丽亚的天体（他放着美丽的空中小姐不看，却在窗外寻找天使的踪影），飞到婆罗乃。记得罗安看到他时也问过他要不要吃鳄鱼。“看看你这个凶巴巴的样子，干吗？你想吃鳄鱼？”罗安倒是没有请他吃鳄鱼，却让他吃下数不尽的野食。水酒掸尘后，诺德开始了一段野蛮人生涯。他坐在罗安的别墅里露出一嘴牙医师的好牙，吞吐着蜥蜴腿、猴脑、鳖蛋、龟心、蛇胆、蝙蝠肉、狗肉、野猪肉和各种飞鸟水禽，一脸赤红狰狞地荼毒生灵。有一次，他在冰箱（他们叫雪柜）里看见一只穿山甲。罗安夫妇的别墅位于北婆罗乃罗本河的河畔上，四周是一片原始莽林，距离罗家有十五英里远，他们白天在诊所工作，晚上和诺德一起睡在别墅里。

诺德白天坐在别墅的阳台上脱光衣服构思“牛头人”，有时候穿上衣服到屋子四周和河畔上走走。他看见水蛇、水龟、水鸟和各种大鱼掠过水面，河岸上晒太阳的大蜥蜴看见诺德时，咚的一声游入水里像庞大的水怪。他拉了几百次空竿后，从河里钓上来几条小鱼。一只长臂猴吊在一根树枝上赏识地瞅着诺德。四个达雅克族的小孩划着一艘舢板在河上戏耍，诺德又感伤地忆起孩提时代。他坐在赤道下的阳台上，把孩提记忆套在史维身上，有时候看见小诺德替祖父搔背，有时候看见小史维在深夜里偷听父母谈话。他从父母谈话中知道父亲开私人赌场，后来父亲作弊，流氓在他头上留下那道疤痕。有一天父亲卖掉祖父的田产出去打拼，回来时依旧两袖清风，结果给祖父罚跪了七天。诺德给祖父搔背时，看见祖父入睡后就向父亲打眼色，父亲于是坐在地上不停地动脑筋赚黑心钱。父亲的私人赌场被警察破获时，报纸出现他的名字（父亲现在还留着剪报），流氓趁着父亲坐牢时跑到马家，搜到父亲从他们身上赚走的钱，有一伙人甚至带着铲子四处挖掘，差点拆掉破烂不堪的马家。我们不知道父亲是不是藏了什么钱，只知道他出狱后，忽然变成一家制砖厂老板，然后是两家、三家、四家。制砖行业没落后，他搞建筑业和房地产，摇身一变成为兰阳平原的巨富、名人、慈善家，唯一不变的是他对家庭的爱和他的口哨。他仍旧吹着口哨，就像他从前愁眉苦脸地动脑筋赚钱的模样。祖父只欣赏父亲的口哨。“国宏，你把那首《闲居吟》吹起来。”祖父临死前说。祖父躺在病床上，一边咳嗽一边对我们讲解《西游记》。高中学英文的时候，我把孙行者译成 Sunny Walker，这是从约翰走路（Johnny Walker）得来的灵感。我英文学得乐趣无穷，牙医课程念得痛苦不堪，“齿科学概论”差点当掉。我的好友罗安就念得很有心得，现在他在婆罗乃执业，生意鼎盛。他以前每晚加班，我来了以后，他提前打烊，和老婆驾着车子到别墅来看我。我没有向他们诉苦，但是他们知道我有烦恼（我这张苦瓜脸明明是在乞讨怜悯）。

他们真体贴，吱吱喳喳报告当地见闻。此地发现世界上最大的山洞，有二十六个足球场那么大。越南难民落难到马来半岛时，马国海军强奸她们，马来人向他们丢石头。闻名东南亚的太极拳大师黄性贤接受中国功夫高手廖广成的挑战，以二十六比零打倒对手，有人怀疑是一场戏。美国职业篮球队到邻州访问，地主队的球碰到篮板就得分。中国小孩从小学开始学习中、英、马来文。越南电台向马国广播“马来西亚革命之声”。教宗已经到牢狱祝福企图谋杀他的刺客，我为什么不能原谅那对狗男女？（丽心那条母狗真会勾引男人，瞧瞧她从前蠲过多少好汉的求爱，她的屄露在外头吗？）“黑暗中传来的啼声一阵一阵地轰击过来，史维两眼露出向往和迷惑的神色。”我不停地梦见牛头人，有时候它从我眼前掠过，有时候它停在我面前。当它凝视着我的时候，我吓得轰去魂魄，仿佛等着它来攫食。台湾某宗教在寺庙里贴满亵渎菩萨和佛祖的标语，当地人讨伐他们，警察抓走他们的领导人。几个马来少年杀死一个当地少年，当地人准备把他们剁成肉酱。

“诺德，你觉得怎么样？”罗安说。

“什么？对不起，你们在聊什么？”明天罗安准备带我和他们的朋友去猎野猪。“真抱歉，我——我实在不行，我担心给你带来麻烦，野猪是很危险的。”那么去尼亚石洞采燕窝怎么样？也许下回再说。去看斗鸡怎么样？我受不了。参观达雅克人的长屋怎么样？上半身裸露的达雅克美女会请你喝米酒。好像蛮有趣的，但我没有什么心情。我不领人情，拒绝这个拒绝那个，一副就要上十字架的死相，讨人厌。但是罗安了解我，他耐心地听我讲解“牛头人”。“赶快写出来。”他说，罗太太帮我洗衣服，在河岸上给我理发，“你实在很英俊。”她说。她在安慰我，我知道自己现在是什么。临走前的晚上，我终于把一切告诉罗安。人家照顾和饲养了我两个月，我不能让人家觉得莫名其妙。“罗安，你老实跟我说，我可不可以写出什么东西?”我挪开话题，不让他来安慰我。“你认真写，一定没有问题。”罗安认真地说。我跟他谈了一个多小时的“牛头人”，然后上床睡觉。现在几点钟？清晨一点。“现在正是百鬼横行的午夜，坟墓打开了，地狱向全世界喷着毒气；现在我们可以痛饮热血，做那青天白日见了也要战栗的惨事。”马诺德王子把稿纸放进抽屉里，捻熄台灯上床睡觉。“那家伙吃奶时，先向乳头恭维几句。”

一星期后，诺德觉得这样子窝囊下去不是好汉。他洗澡（刚回来时，浴缸、洗脸盆、马桶和下水槽全堵塞了），剃掉胡子，买了一套新衣服穿在身上，到附近的美容院理了个漂亮发型，训练有素的理发小姐一直逗他说话，他也很想抖擞起来。

随后他坐计程车去找情妇。小曼见到他时，激动得亲自切割牛排喂他。“诺德！诺德！我以为你不理我了，你不怪我吗？啊，诺德！你真好！”她噙着泪水不停地说。当天晚上他们回到那张床上。“让我看看你，如果你在那个蛮荒地待下去，你会披着一身毛，长出猴子的下颚和尾巴。你做了一个月日光浴吗？真的，你这里也晒黑了。诺德，你原谅我吗?”他没有原谅她，但是他今晚要她。“抱我，诺德，啊，不要离开我！”第二天，他回到那一叠稿纸上面做了一天白日梦，晚上又到小曼身上寻梦，和小曼度过五个晚上。有一天下午，他穿着从前在医院实习的长袍打开电动卷门，站在德仁诊所门口张望。“泰安诊所”四字映入眼里时，他挥挥拳头向敌人挑战。他苍白轻薄，瘦得吸血鬼看了也倒胃，一嘴胡楂子，眼神可尖得像个猪肉摊贩。一个八十几岁的老妇人抱着一个四五岁的小女孩，像慌脚鸡似的走过来。“医生！医生！”老妇人叫道，“我孙女儿受伤了！流了很多血……”诺德从白日梦里醒过来：“怎么回事？”老妇人把小女孩挤到诺德怀里：“有、有、有一个骑机车[1]的年、年轻人把、把机车上面、载、载着的铁管撞、撞、撞到她嘴里、那个年轻人、那个坏、坏、坏蛋、一声不响地走了！”诺德把女孩抱进来放在治疗台上。“小文，医生帮你看，马上不痛痛了，”老妇人说，“小文勇敢，不要哭。”女孩的上下颌牙床裂开，牙齿毁得七歪八斜，诺德用棉花球止血。棉花球挤到女孩嘴里马上染红。诺德不停地把棉花球放进嘴里，血不停地流出来。诺德看见血流到女孩的脖子、胸前和治疗台上。女孩两眼浸泡着泪水，小声地哭着。他想起前年圣诞节的前一个星期，小爱莲在他的书桌留一张字条：Papa Christmas is coming and I hope that Papa you buy me a barbie doll. Papa you know Mammy never buys me dolls.（爸爸，圣诞节到了，请您买一个芭比娃娃给我。您知道妈妈从来不买娃娃给我。）去年的圣诞节刚刚过去了，小爱莲怎么样了？女孩嘴里的棉花全染红了，血还是不停地流出来。泪水挤满诺德两眼，视觉一片模糊。他摘下眼镜用手擦着两眼，血揉进泪水里，女孩的脸染满鲜血，整个小身体染满鲜血。糟糕了，糟糕了，这是怎么回事？诺德想。他继续把棉

1 机车：也作摩托车。

花球放进女孩嘴里。女孩哭着，老妇人安慰她。血不停地流出来。诺德想起附近巷子里有一间外科诊所。“欧巴桑，你跟我来。”他抱着女孩走出诊所，冲出骑楼，冲过马路，冲进外科诊所。“急诊！急诊！”诺德的泪腺一个劲地狂泻起来。

接下来的几天，诺德把自己关在诊所里，除了吃饭没有离开过德仁牙科。他思考、发呆、睡觉、大便，偶尔读几页莎士比亚，有时候忽然翻开稿纸喃喃地读几行，好像担心上面的字迹会消失似的。他杂乱地看起书来，希望从中得到启示给“牛头人”找一条解决之道。他在一本尼采的书里找到一张从前一个喜欢他的女孩祝贺自己结婚的卡片：“我想自杀，但是自杀太痛苦。”哪有人写这种贺词？卡片没有署名，一定不是那个割腕的女孩。我们不应该轻易显露自己。他一边读书一边做笔记，没有任何时候比现在更让诺德觉得想完成“牛头人”了。“你不是牙医师吗？怎么搞的？”那个年纪不比他大的外科医生胆敢教训他，“已经止血了，没有问题。”我也不知道怎么回事，我第一次拔牙的时候，连拔牙钳也拿不稳。诺德不想读书的时候，东摸西翻找点事情来做。他扫地、洗衣服、刷马桶。他在马桶的蓄水缸上面贴了一张字条“豁然贯通，出神入化”，接着他对这个玩意儿着迷起来，四处张贴字条。他提醒沙发上的屁股：“坐怀不乱”。警告电话机上面的大嘴巴：“废话少说”。落地镜：“嘴脸”。音响：“破铜烂铁”。X光室：“惊心动魄”。“幼稚！”诺德想道，撕掉字条，在诊所后面的厨房里乒乒乓乓忙了一阵，从冰箱里拿出一块饼干来挂在鼠笼的饵钩上面放在流理台下，研究热水器的开关办法写了一段英文说明贴在上面，清理冰箱时一时技痒写道：“寻寻觅觅，冷冷清清，凄凄惨惨戚戚”。最好贴在穷光蛋的冰箱上面。我这点涂鸦本领还上不了公厕的墙壁，肮脏点子值几毛钱一斤？他头脑渐渐地活络。看电视时，他发觉一个妖货在同一场景里画了不同的眼影。在速食店进餐时，他英俊地笑睇着女服务生不好熟的小胚胸。到了晚上，有时候他会到附近的咖啡厅独坐，“给我一杯热咖啡，像心肝一样热。”女人递字条给他：“做个朋友好吗？”他在餐巾上写道：“相见恨晚。我得了淋病。”他读了一个星期莎士比亚，小心地翻着做满注释和零星心得的“全集”，有时候默读，有时候嚼吟，有时候大声地朗诵。他先读《哈姆雷特》，再读《李尔王》《奥赛罗》，然后是《恺撒大帝》，就像从前坐在书房里挑灯夜读，不时地噙着泪水。当他念到麦克白说：“是的，按类来说，你们是人，就像猎狗。灵提狗、杂种狗、西班牙狗、恶狗、狮毛狗、水狗、狼狗，都算是狗。不过，决定价格时，就要注明性质——善跑、迟缓、机敏、守家、善猎，所以在同一列名册上又各有专名。人类也是如此。”

诺德在扉页上面用心地写道：“先生小姐，请问你们是什么狗？不要笑，我们都是狗。你是好狗？坏狗？走狗？看门狗？吃大便的狗？流浪狗？富狗？穷狗？忙狗？闲狗？上链条的狗？好吃的狗？杂种狗？作秀狗？被干的狗？骚狗？老狗？死狗？好踢的狗？小狗？开心狗？癞皮狗？应召狗？阴阳狗？衙门狗？至于我，我是给狗分类的狗。我不是好狗。请吠两声，让我替你分类。”

一个月后，诺德真的失踪了。他向老爸借了一笔钱，其中一笔寄给丽心当赡养费，另外一笔拜老哥为师，轰轰烈烈地搞起出口贸易来，外汇存款又悄悄地增加了一只扑满猪。诺德从前打下的英文底子是他搜括外汇的利器之一，像泼妇骂三字经一样顺溜地quote（引用）莎士比亚时，更叫外国佬惊讶和惭愧，即使最不爽快的客户，也会在他的“洋泾浜”疏导下，不自觉地多下了几个货柜的订单。“我没有白活，我从前学了很多英文。”诺德一批批地向工厂下单子时激动地想，控制自己不在围满一大桌子的秘书小姐面前流泪。他把诊所里的半截小孩骷髅头翻过来，摆在办公桌上当烟灰缸，另一块成人骷髅头则和一群兽头标本嵌在公司墙壁上当装饰品。当他在海外客户面前谈起前妻和牙医事业时，他会告诉他们，这两块骷髅头如何让自己了解人类的牙齿和头颅的结构和关系，然后带着嘲讽朗诵一段莎士比亚来表示自己看透女人。“你是露着牙齿嘲笑自己吧？你很沮丧吧？”商人哈姆雷特指着骷髅头说。“你现在可以到那些小姐太太的闺房里头告诉她们，就算她们在脸蛋上涂满一寸厚的脂粉，最后也会变成这个模样。让她们笑一笑吧。”心情不错的时候，诺德甚至会在海外客户面前提起未完成的作品“牛头人”。

“后来那个傻瓜终于知难而退，循着自己沿途留下的记号走出迷宫去了。”说完，对着一脸迷惑的老外做出男妾似的谄媚笑容。

＊原载《中国时报·人间副刊》

一九九〇年十月二十三日至十一月一日

影武者

屠文财代理武大外文系系主任第三个月的第一个星期天早上，在主任办公室和外文系工友李清吉有一场肝胆相照、生死不渝的盟约，过程的缠绵激烈只差没有焚香歃血。武大这几年校运昌隆，正在大兴土木新建各项工程，校务兵荒马乱，教授带领学生四处择地教诲，连校旁的咖啡厅和速食餐厅也被充分利用，学生的上课情绪非常高昂。外文系系馆临时迁移到海拔一百米山麓下从前武大女生第一宿舍中，此地风景优美，林木茂盛，鸟虫扰人，学生上课时忽然听到从窗外传来一声类似泡沫的爆破声时，只有少数人分得清楚是池塘鱼儿的唼喋或是男女生的接吻。女学生到教室上课，忽然想起这是自己以前的闺房，脸上就会忍不住浮现满足慵懒，仿佛可以宽衣解带。舒适浪漫，隐秘太平。师生徜徉于如此环境中，勤于治学，幸福美满。代理主任屠文财召见工友李清吉的星期天早上，系馆一如往常阳光充足，氧气饱满，围绕着杨柳树的一池春水涟漪不断，鼓动着人们买王八到此地放生。

李清吉是一个五十五岁的老人，脸上长满像苍蝇屎的斑痣和皱纹，颧骨高过鼻梁骨，胡须不常清理，白发稀薄如几缕轻烟。他的头发和眉毛掉得一样快，已可逐根清点。泪腺常流出分泌物，眼皮下垂，眼睛眯成细缝，瞧人的模样好像对方是一盏探询灯。当他吸着长寿，从鼻嘴释出大量烟雾时，旁人就会劝他吸得慢一点，仿佛担心他把肺叶烧穿，不按常理地从耳穴蹿出烟来。他穿牛仔装，喝可乐，到速食店看武侠小说和女人，闲空时花个几百元看牛肉场，或者用一根竹竿逗玩系馆荷花池里四十几只大小王八。小王八东游西窜，大王八缩头敛尾，据说池底布满不能孵化的王八蛋。

代理主任从椅子上站起来，引领老人走到一张L形乳白色沙发上，满脸堆笑挨着老李坐下，忽然摘下墨镜二话不说地戴到老李脸上，调整了两下镜臂。代理主任接着从西装口袋拿出一根烟斗，像检查舌苔的小儿科医生张开嘴巴对老李说了一声“啊——”，准确地把烟斗塞到老李的嘴里。

他欣赏自画像似的凝视老李，颇像莎士比亚鬼魂凝视后人凭想象画成的自己的肖像，最后终于露出满意的笑容。“像，像，像极了。”代理主任变魔术似的在自己身上摸了两下，又在自己脸上整理了一下，脸上就出现和老李脸上一模一样的墨镜和烟斗。“有人说我们长得像孪生兄弟呢。”

老李戴上墨镜后眼前一片漆黑，仿佛完全失明，附带失聪，数次想伸手把墨镜和烟斗拿下，被代理主任用手轻轻拍掉。“老李，吸，吸几口吧。”代理主任兴致高昂，说话时早把自己和对方的烟斗填上草大火点燃。李清吉平常打扫主任办公室，对代理主任留下的任何东西有如伺候代理主任本人不敢随意处置，至于和黏液体有关的茶杯、毛巾、擤过鼻涕或擦过嘴脸的卫生纸、抽了一半的烟斗，李清吉更是谨慎处理，不和它们有任何肌肤上的接触，而满壁满室的外文书只能透过公鸡的翎毛掸拂了。因此当老李嘴里接过代理主任强行递来的烟斗时，他不清楚这是一支新烟斗或是浸染着代理主任体味的那根旧货，一时无法体会心里生起的一股汹涌情绪。

代理主任了解自己的无理和唐突，他甚至没有时间对老李的滑稽模样表示幽默或歉疚。他认真表演抽烟斗的艺术。他把它当成好吃的东西，舔得滤嘴啧啧响，先从鼻嘴冒烟，慢蒸细炖，打通七窍，达到“七窍冒烟”的绝技。“老李，请帮我一个忙。”他把老李当成一个二十分贝以上重听的老人，近距离攻击他的耳膜，开始周详地分析他的计划。

屠文财比李清吉年轻三岁，但比李清吉年轻活泼不止三岁。和李清吉相反，他每年做一次健康检查，每检查一次就对自己多了一分信心，似乎医生好比汽车检修员，重新装配过所有出问题的器官。他上“三温暖”[1]，打太极，戴假牙，保养得比老李勤快。两年前一次例行X光检验中，医生在他的肺部发现了一个像台币一块钱的阴影，接着又替他做了支气管镜检查，随后又体贴地检验了他的咳痰，顺利地发现咳痰里的癌细胞后，情深剀切地宣布他患了肺癌。

“我会怎么样？我会死吗？”他想起了美丽的太太，“她真可恶！”

“是的，它很可恶，”医生指的是癌细胞，“来不及切除了，用

1　三温暖：也作桑拿。

药物和放射线治疗吧。”

没有一个被宣布患了癌症的病人比屠文财更快恢复对人生的信心，因为医生告诉他患者的信心是最好的药方。但是在最近的一次检查中，医生又情深剀切地说出了高血压和糖尿病这几个字，好像它们是医生旧情人的芳名。当他开始注意饮食，测量血压和血液中的血糖成分时，生活方式依旧：叼着烟斗，用笑容击溃别人对自己的畏惧和猜疑，像日本忍者出现在别人背后大力地拍对方肩膀，悠闲行走时，步履的花哨和舞蹈成分就像巴西足球员糅合森巴舞盘球。几个月前，他发现自己患了三叉神经痛，这是一种几乎是五十岁以上老人才可能罹患的颜面间歇性疼痛，发作时间短则数秒长则数分钟，痛到最离谱时，会让人产生情不自禁的动作。有一次讲课时，代理主任就因为痛得忍不住拍了一下讲桌，正在打瞌睡、嚼口香糖、谈情说爱的学生吓得噤若寒蝉。医生充满才情地描述病状，犹如情人眼里出西施的男女，把丑陋无比的疾病形容得风花雪月、沉鱼落雁，屠文财只知道那是一种血液循环的障碍，必要时可以动一个小手术，不过医生仁慈，送花献礼似的开药治疗，生怕他变心看上其他医生。三叉神经痛每发作一次，屠文财就加深对某些人的诅咒程度，包括他太太。

“你知道我太太！”他对老李的耳朵吼着。他需要写一则童话宣扬她的邪恶。“她嫁给我之后，只学会三件事：用我的薪水玩股票，用嘴巴讽刺我，用望远镜像间谍侦察我的行动。”

屠太太颜莉莉是一个适合上电视拍杀蟑螂或灭鼠驱蚊广告的中年女人，这不是表示她贤惠勤快，而是她那张美丽聪明的脸蛋承受蟑螂惊吓时，会让电视机前的丈夫觉得罪无可赦。现代女性开始意识到仅仅靠一张美丽脸孔，已经愈来愈难吸引异性，所以女歌星拍摄照片时，喜欢在胸前装模作样抱一本又厚又大像吐司的书，专情地告诉你她多么喜欢啃它，有时候书面会印着什么 Organic Chemistry（有机化学）之类的英文字体，书名的深奥难懂，证明她们的没头没脑。屠太太的才貌有目共睹，她的惹人怜爱不需要老鼠来惊吓，她的智慧也不需要医学名词来衬托，她从前在夜间部大学求学时，就是名闻全校的才女，光芒在许多才艺比赛中发亮，她的才情美貌有月亮、星星、潮水和晚风陶冶，更是温柔感人，高深莫测。屠文财在这所大学担任助教追求颜莉莉时，因为不习惯夜间行事，许多日间的讨好取巧变得愚蠢危险，就像把一只日间活跃的动物放到动物园的夜行馆去，立即显示它进化上的迟缓和矛盾。文财花了三年时间，学了一些宵小的机灵和吸血鬼的赖皮龌龊，才使颜莉莉高不可攀的芳心像巴黎铁塔微微倾向了他。和这座高耸入云的铁塔结婚后，文财发觉晒了五年月亮的莉莉摊在阳光底下，仿佛变成了另外一个人，开始怀疑太太是不是给人掉了包。多年来股票市场风起云涌，莉莉参与其中兴风作浪，从生手变成杀手，浪费智慧才干。指数的涨跌成了她的行房反应，也成了文财当天晚上男性气概的参考。她聪明的头脑从报章杂志敷衍篇幅的各种资讯中，获得两种伟大思想：做太太的必须恪尽职守两个职务——守住丈夫的钱和他的忠贞。婚后的一段日子，她不时发挥夜行性动物的本能，在丈夫出门后像特务跟踪他，然后在街角或某个地方拦住他，使他大吃一惊。有一次她把自己化装成一个男人，偷偷跟着他到南部开会，三天后和他坐同一辆火车回家，在床上搂着他的脖子，安静地把他这三天的行径一一道出。大学时代，她曾经是国民党的忠贞党员。

屠文财当上武大外文系教授后，她命令他在校址旁的山腰上租一栋三楼公寓，因为从那儿用望远镜可以看见他研究室的一角，然后她像叫他移一盆花，叫他把办公桌搬到那个角落上。他到学校后，她不管闲忙，总不忘记随时拿起德国制 Leo 牌望远镜看看他在不在，顺便巡视一遍周遭的风景。当上代理主任的三个多月来，他依旧逃不过她的掌握。主任办公室就在研究室隔壁，角度更适合山上的望远镜。他的 Leo 牌望远镜价值一万多元，理所当然附带红外线设备，连晚上猫头鹰调情的眨眼动作也看得一清二楚，不过她对山上日月星辰的变化既不感兴趣，对山下鸟豸花草的生态也没有知识，因此望远镜的焦点只对准山下一颗微秃的脑袋，好像患了近视的上帝眺望子民。如果她发觉和他在办公室谈话的人有问题，她直接把电话挂到办公室去。她觉得男生实在没用。外文系的女生还是和从前一样多，而且那个到香港讲学一年的主任没有必要聘用那么年轻的助教。

“你说，我怎么受得了？你看过八十岁的助教吗?”代理主任一脸激动地看着老李，“她甚至要我面对着她，哪有主任对着窗口办公的?”

“她现在也在看着我们吗?”老李逐渐习惯挡在眼前的两片黑玻璃，他甚至有胆量吸一两口烟斗，但是吞吐无力，烟雾蔓延鼻嘴的情形就像胡须的生长速度，又缺乏吹扇，环游头颅许久不去。老李说完这句话，讨好地挪一挪脑袋，视线从代理主任肩膀上空越过停留在山腰的白色公寓和绿色植物上。

“十点钟以前，她还不会醒来，而且这里是死角，”代理主任的黄牙齿如狗儿衔骨头似的紧咬烟斗咬嘴，五指捏着烟斗的弧身处，脸上露出病人躺下牙医治疗椅时“去之而后快”的神色，“她是我背部的芒刺，她比什么肺癌、糖尿病都可怕，老李，你要帮我这个忙。”

老李把视线从山上收回，把烟斗当作挂钟上的分针，锱铢必较地扶正了一下，大胆地快吸几口，吐出一批“绕树三匝，无枝可依”的茫然烟雾。代理主任受了这个小动作影响，取下烟斗，从口袋拿出取灰匙和填塞杆，刮灰燃草，迅捷利落，说话却慢条斯理。“老天爷已经帮了我一个大忙，使你和我长得有七八成相似，你只要再帮我一个小忙，就万事 OK 了。我告诉太太今天一整天在办公室处理公事，晚上八点以后才会回去，事实上，”代理主任猛力吞吐新点燃的烟草，用烟雾把自己隐藏起来，“我今天外头有点私事，得瞒着太太办，老李，我要你装扮成我，坐在办公桌前，让那个女人以为我在这儿。我相信你，老李。我可以相信你吧？”

老李无枝可依的茫然烟雾消失无踪，墨镜后更深一层的茫然和错愕却一览无遗。代理主任像授课似的巨细靡遗地将计划重述一遍，口气中有愈来愈按捺不住的兴奋，他吐出的烟雾弧度修长如西洋剑，从老李四周穿刺而过，有一次差一点劲吐出一声口哨。他一头说着一头打量老李，西洋剑忽而直刺老李心脏，忽而对老李截肢破脑。老李受了代理主任满意爱戴的眼神感应，也透过墨镜打量对方。两人相貌的神似是武大外文系系馆的一则佳话和传奇，从前学生戏称老李作“屠教授”，现在他们直呼他“屠主任”，调皮学生看见屠太太来到系馆时，还会装作不知情地把老李叫出来相认。师生辨认屠李，有时候是从服装、墨镜和烟斗上作区别的，隔开上面这三项因素，师生就陷入了造物者的愚弄和戏谑，与此同时，他们不忘记分享造物者的情趣和幽默，就像分辨两只体形相似的猕猴。老李的头皮比代理主任稍秃，两撇眉毛加起来不比代理主任一道眉毛的丰浓。他不爱剃胡须，一张脸比代理主任邋遢，代理主任却剃得下巴如一块磨石。除了这几样可以修正的缺点，他们连皱纹也龟裂得有如事先画好了蓝图。

“不要担心，老李，”代理主任颇为这项计划得意，但是老李的默不作声，使他的兴奋没有着力处，有点像荡索上“喔——咿——”呼啸的泰山找不到下一个着落点，“虽然你的头发比我少，但是没有人会在望远镜中做数学题的，至于其他难处，不要忘记她看的只是你的背影，届时只开一盏台灯，面目隐藏光罩外，隐隐约约模模糊糊？此外，那个女人今天约了牌友，不会有太多时间想念我的。”

老李终于拿下烟斗，开始把熏内脏的烟雾释放出来，似乎刚才过度错愕只吸不吐。这时老李做了一个令他后来感到愚笨的动作：他用另一只手摸了一下头发，同时在那上面搓了两下。这个动作看得代理主任松了一口大气。“放一百二十万个心，那个女人绝对看不出来，她看到你的头颅时，视觉里还有红中白板的残像呢，即使迈克尔·杰克逊坐在这里也不会有问题。”代理主任瞄了一下手表，“现在是九点钟，时间还早，你有什么事情先去处理，十点钟再回来，我已经给你准备了一套西装和几本武侠小说，你尽管像标本粘在这里，但是想象可以使你腾云驾雾。今天是星期天，不会有人到这儿来的，而且我没有和任何人说，除了那根背部芒刺。”

“这这这这……”老李徐徐拿下墨镜，好像不知道那东西是做什么用地闲置一旁，又深恐不敬，对它珍惜地睨了两眼。

“不要紧张，有事我负责，不过不会有事的，事成后，”笑得牙眼互调的代理主任又摸索了一下他的魔术口袋，一手出三张一千元大钞，一手化解老李两手的手势，把老李的口袋当作办公桌上的一个抽屉，拉开一个小缝把钞票塞下去。

“……这里是三颗蒋介石的头颅……事成后，我再给你几张‘蒋介石’。”

老李低下头，从露出口袋外头的一截千元大钞上看见蒋介石正歪着脖子瞧着自己，慈眉善目，深表赞许。

●

星期天早晨，屠太太颜莉莉是被牌友的一通电话在九点四十五分叫醒的，她梳洗完毕，妆还没有做好，三位女牌友已经像一千九百多年前圣诞夜来自东方的三位博士，虔诚地按响了屠家门铃。十五分钟后，四个女人坐在牌桌前，开始研究胸前的一百三十六张麻将，比母鸡的孵蛋认真，比猴子的抓虱专注，有时候像平安夜，有时候像撒旦夜。屠太太只穿了一件粉红色睡袍，长发从两肩垂下会合到乳沟中，让人对乳沟的深度和整合力感到惊讶。她的两道厚唇和睡袍一样，缺氧似的翻开，懒洋洋地衔着一根Dunhill。其他三位太太早有戒烟的念头，闻到屠太太嘴里吐出的尼古丁，抓虱子的专注早没有了，牌也捏不牢靠，烟草燃烧的速度可反映在汽车的读速表。慕容太太的一双手好比猪蹄髈，两只大奶完全搁在牌桌上，减去不少上半身的重量，蹄髈和奶在牌桌上占的比例，等于当年大英帝国全盛时期在地球版图上的比例。有人感兴趣，可以拿一支圆规测量她的脸，求证出那是一张完美的圆脸时，也许想利用她的脸，送到工厂做一个饼干模子，烤出的饼干一定大受小孩子欢迎。她脂肪厚如城墙，冷气机屡攻不下，是四人中唯一出汗的人。郦太太最穷最小气，丈夫是中学教师，她自己开了一爿小杂货店，卖的东西出芽长虫，念夜校的儿子肯帮她掌店，白天有闲，四处找钱。她受了母亲影响，储款簿、印章、股票、房契、支票、钞票、金饰等等，一家子财物分成四五份打成小包随身携带，恨不得整个人住进银行保险箱里。她做菜、洗衣离不开这些宝贝，睡觉做爱也搂着它，铜臭味已经取代了汗臭味。徐太太动作曼妙，摸牌像捏豆腐，出牌像告别五百克拉钻石，从伸手拿一件东西到把它移到胸前为止，费时之久，使那东西到达胸前时已成古董。她不知道靠了什么机关，把两乳挺得像金字塔。身上的线条有几何趣味，可用尺、三角板、圆规依样画葫芦，然后出几道求证角度、长度的几何题目给中学生做。她的身体形状从肩膀逐渐往腹部消瘦下去，消瘦到成为柳条后，这腰已隐约可见脊椎骨，又突然向外扩充，造成两个圆肉瘤，叫屁股，仿佛一个大沙漏。

慕容太太自摸结束一局后，气氛大变，四副嗓门不停运动的结果，好像每个人带了半打跟班，各说各话，谁也不听谁的，大概有这样一个模式：甲和乙讲了两句，没有讲多久就忽然问丙一句半，不等人家回答就埋怨丁。如此周而复始，说不完全一个故事，只是伸展舌头，耳朵完全封闭。她们的肢体也在音效上给予助阵。一百三十六张麻将成了四十只手指的敲打乐器，伸懒腰时，椅子往地上一拖，刮出一种鹅叫的特殊音效。郦太太打哈欠时发出的长啸好比重感冒的公鸡司晨。

颜莉莉打完八圈后才想起了丈夫屠文财，她离开牌桌，走到窗口，拿起望远镜架到眼前。多年的窥视已使她方向掌握得十分正确，她首先看到一片污秽的屋瓦、一道斑驳的石墙，然后就是武大外文系系主任办公室的窗口。

“阿莉，你又想老公了。”

“屠先生真用功，星期天还到学校研究学问。”

“放你妈的屁。”颜莉莉说。

李清吉如果长了顺风耳，此刻就可以清楚听到颜莉莉那一句粗话，他还可以听到郦太太接着说：“阿莉，你脖子上那一道齿痕，是不是你老公的杰作?”然后徐太太接着说：“那上面咬得这么用力，下面可想而知喽。”接着再听到颜莉莉重复那一句粗话。不过李清吉即使有顺风耳，也不会听到那些无聊话，更何况他有重听，因为他现在正专注地读着屠文财捎来的武侠小说。就像屠文财把他形容成标本，除了翻书的轻微动作，他纹风不动坐着，如果有人从背后抽走他的椅子，大概也不会对他的坐势造成太大的影响。老李开始把自己套在屠文财带来的西装里面时，有一个多小时连呼吸也不敢太用力，脖子上的领带好像成了孙行者头上的紧箍圈。他委屈地调整全身，让身体去适应西装。有一段时间，他像电视播报员坐在那儿，神经兮兮地看着前面，三十分钟后，他点燃烟斗，生气地吸了十分钟，低下头，准备翻一翻桌上的四本武侠小说，这时他看到了摆在左边办公桌上镶在银框中屠太太的半身照。

这是颜莉莉规定摆在那儿的，她相信这张照片对所有打丈夫主意的人有吓阻作用。照片中的她很年轻，实际年龄不详，猜十六岁到三十六岁都准，半侧面，似乎正在回眸一笑。好像送着飞吻的嘴，仿佛立体，可以亲得着。肩膀歪向一边，身体倾斜得厉害，拍完这张照片，也许她跟着摔了一大跤。一个月前李清吉打扫办公室时，听见一位正在和屠代理主任聊天的外校教授盯着那张照片说："是尊夫人吗?"代理主任点了点头，神色的凄凉仿佛是一张冥照。外校教授酝酿了一肚子马屁，对代理主任视若无睹。"果然年轻漂亮，和主任是一对璧人。伉俪情深，令人艳羡。"代理主任不领情，接连说了几次"胡说八道"。

照片在办公桌的地理位置经过望远镜校正后，有如喜马拉雅山，无法迁移，代理主任警告老李，照片如果被不懂事的老鼠撞歪了，任何一秒钟电话都会响，他甚至说，你一碰它，电话就响。老李把它当作通了高压电的东西。

看到这张照片，老李的头颅不敢再动，维持下垂动作，眼珠子透过墨镜骨碌碌乱溜，就像坐在麦当劳乱瞄女生裙子，这时他看到了前面的武侠小说，用戴着代理主任结婚戒指的手指翻开其中一本，叫作什么《影武者》，开始读了。老李是武侠迷。可以像跳楼般垂直进入武侠的阅读世界，很快忘了什么屠文财、屠太太、望远镜、高压电。

●

婚姻不美满、夫妻反目离婚的原因也许很多，归纳起来只有两种：个性凑合不来和第三个性具的介入。屠文财不常向人透露自己的婚姻状况，当他这么做时，使用的是三餐没有着落、一个人孤苦伶仃看电影、称赞别的女人、对尼采敢拿鞭子找女人感到艳羡——

种种没有创造力的懦夫做法。他大学时代眼看同窗写诗出书，成就卓越，显然已经进入中国文学史，自己效颦投稿，反遭编辑胡批，数度徘徊淡水河堤，写不出离骚，却有投河喂鱼的勇气，历经患难教训，悟到“傻瓜写书，聪明人读书”和“天下文章一大抄”的道理，发挥中国书生的苦读本能，竟然读出了一点小名声。女学生感情充沛，喜欢才子的飘忽，也欣赏书呆子的踏实，因此文财大学时代也颇有女生缘，但他故作无情，气自己才貌不全，落到女生眼中次于才子俊男的二、三志愿。研究所毕业后做助教时，他一头追颜莉莉，一头上补习班教英文，数年下来，成果辉煌：储款簿多了几百万，身份上的配偶栏多了颜莉莉的芳名。虽然当初他爱颜莉莉，而颜莉莉也不讨厌他，但他追求颜莉莉的真正原因是：他发觉当年几位著书成名的同校才子曾经是颜莉莉失败的追求者，自己笔杆摇不过人家，正好用性器官讨回面子。结婚时，颜莉莉母亲要文财赔她一套沙发。文财追求颜莉莉的三年中，发挥苦读缠功，晚上拿着书本和批改的作业坐在颜家的进口沙发上读书工作，离开颜家时，屁股深情地在沙发上留下一个滚烫的大凹洞，下面的弹簧受到长久压缩出现弹性疲乏，文财离开许久许久后，大凹洞激动地发出一声“啷”，恢复原状，文财的痴情蜜意才在颜家客厅完全消失。他傻人有福气，婚后不但沙发不必赔了，还在攻读博士学位的得克萨斯大学申请到一份奖学金，挽着爱妻，把几百万台币换成美元，以留学生梦寐以求的方式读完博士学位，回台当上武大外文系副教授，可惜当年苦读无方，坐坏了睾丸，精子数目不足，太太空有一巢好卵却无法受孕。新婚之初，太太臀丰腿长，腰嫩乳满，母意正浓，望子的坚强意志，可比唐三藏的西天取经，文财做梦也没有想到自己有此缺憾，不能使太太发挥子宫和乳腺的功用，成为一个完美的女人。从此他看到什么“一举得男”“弄璋弄瓦”“子孙满堂”“五子哭墓”“虎父无犬子”之类凶吉字眼，就觉恶心羞愧，仿佛当年大学室友拿了他的没人要的诗作四处朗诵。文财做人失败，努力做老师、做学问、做学者，企图写文章批评当年使他精虫短缺的才子们的少作。他口拙而缺乏幽默感，但授课还算认真，几位同事也是苦读型的书呆子，彼此臭气相投相互赏识。系主任蔡新承怀才不遇，出过几本文学批评的书，文财不忌讳拍马屁，写了一篇文章大力赞美，字里行间深情蜜意仿佛一篇求婚宣言。蔡主任将主任办公室隔壁一间最宽敞的研究室让给文财，金屋藏娇，互通研究成果，一起出名。三个月前，香港某所大学聘请蔡新承讲学一年，蔡新承赴港前，文财出任代理主任，并且把许多私事交给文财处理，他如果没有把妻子儿女也带到香港，这丈夫和父亲的责任也要文财尽一尽。

星期天早晨在主任办公室告别了李清吉半小时后，屠文财坐在中山北路和林森北路之间的一家咖啡厅里，为自己今天排满的计划展开了序曲。他防人辨识，改抽三五牌洋烟，卸了墨镜，戴了一顶草帽，穿了一件花不溜丢的海滩装和休闲裤，趿了一双进口高级休闲鞋，连手表也换成某个名牌的赝品，这些都是瞒着太太购入的私货，作为以后无数个冒险计划的配备之一。文财早在三十九岁，当他发觉自己快速苍老那一年，丢掉了近视眼镜，戴上隐形镜片，同年他参加了一个早泳会和潜水协会，积极防止自己衰老，恰好成为戴隐形眼镜的借口。他的墨镜除了遮挡阳光，已经成为一项纯粹的装饰品。文财坐在咖啡厅最隐僻的一张座位上，遥望玻璃帷幕外一个清静的小公园，抽掉了五支烟，吞下了三杯黑咖啡，嘴含狞笑，自得其乐，服务生以为来了一个龟公，对他不大答应。

时间一秒一秒地消失，文财的兴致也一点一点减低，到了十一点四十五分，他按捺不住频频看表，笑容全无，狰狞则残存了一些。十二点整，他到柜台拨了一通电话，铃声吵得全电信局不得安宁，就是无人答应。他继续请自己喝咖啡，左手给右手递烟，嘴巴猜疑地哼着没有旋律的调子给耳朵听，左脚踩拍子请右脚也来跳舞。十二点半，他又拨了一通电话，急中生错，拨进一家五金行，老板正在卖钉子给客人，没好气地训了他一顿。一点钟以前，他拨了数通电话，拨对了没有答应，拨错了挨骂，侍者听他在电话中喊一个女人的名字，交头接耳，说龟公办公事。

一点十五分，柜台上的电话响了，侍者去接电话，说找一位屠文财先生，文财一个箭步冲上去，不等对方说话，自己先对着话筒喊起来："凯娣，你在哪里？"

"屠先生，真抱歉，昨晚赶一篇东西，睡晚了，起不来。"文财的气已经消了一半。"你吃午餐了吗？肚子饿了吧？"

"饿，饿，饿坏了。"文财故作大方，不跟对方牵扯刚才的苦等，"本来昨天要约你出来吃早点的，怕你起不来，只好吃 brunch，没有想到你还是起不来，我挂了几通电话——幸好没有吵醒你——你也饿了吧？这午餐我非要你补回来不可，不，我的意思是说，你一定要让我请你这一顿午餐。"

"I am really sorry,"对方说，"一定让你请。地点？"

文财告诉她一个餐厅的名字。"我现在吃得下一个欧洲大陆，那里卖的是意大利菜，我们从意大利吃起吧。"

餐厅的名字叫 Hungry Horse（饥饿的马），客人却脑满肠肥，红光满面，餐厅也飘浮着营养过剩、暴殄天物的假日气氛，偶有一两个面有饥色的客人，一望而知是减肥的苦果，准备来这里挨饿。意大利人出名地热情，这里的侍者却冷漠无情，都是一些工读的大专生和高中生，接受台湾教育中，打扮得像西班牙斗牛士，挥手请客人入座时像挥旗斗牛。招待文财的这一位英俊挺拔，已经悠闲地斗了一回牛，从文财入座后，就像盲剑客用眼睛以外的感官琢磨文财，对文财的孤单，觉得可以作为决斗的对手。文财入座后，等了二十分钟，又饿又馋，以为又要空等一下午，这时一位小姐向他徐徐走来。文财眼里放出一万道光芒，其中五千道闪着泪光，全向小姐投洒过去。

“凯娣，你来了!”文财起身让座，忽然听见一声冷笑，回头看见那位像盲剑客的侍者嘴角掀了一下。小姐的屁股应声落在座椅上，两手整理了一下刚刚吹洗过的长发，表示不可置信地上下打量对面的男人，随后把整个餐厅扫描一遍，表示了相等程度的不可置信后，才把视线固定在文财身上。文财自从小姐出现后，飘浮不定的视线就像伞兵找到了着陆点，从九霄云外扑到人家身上。他的兴奋从他接下来的沉默表露无遗，而且希望小姐点滴不漏感受他的兴奋，对她迟到、失约和可能的谎言一概不究。小姐一度想张口说话，文财立即做了一个“不用解释了”的手势，小姐对这个手势一时无法体会，第二度想开口，又被一个几乎相同的手势打断。他不知道小姐只想说一句“我饿死了，快点菜吧!”，兀自把对方的需要食物，误解成需要爱情。

“请问两位要不要点菜!”侍者了解小姐的意思，当了她的邮差，并且递上她的信：一份菜单。

文财满腔欢喜被侍者一哄而散，抬头一看，正是那位发出冷笑的侍者。他不自在地回道：“等一会。”侍者退了两步，肃立一旁。文财又听到两声冷笑，柔情化成怒意，回头直视侍者。“你，你笑什么?”侍者昂首抬胸，俯看客人。“没有，先生。”“你刚才没有笑吗?”“没有，真的没有。”侍者彬彬有礼，撒谎到底。文财正要进一步盘问，回头看见小姐脸上含着一丝笑意，更是怒不可遏，深吸了一口气，话未出口，小姐却开口了：“不要介意吧，屠先生，也许他真的没有笑。”

文财苦涩的一笑，招来天下不得意文人的傲气，对侍者报以不可理喻的一叹。“他有没有笑关我屁事? 我不过看他有没有种承认，这些专拍洋人马屁的狗。”侍者走到文财身边，口气和文财一样鄙夷。“先生，你说什么?”文财面不改色，指着桌上的菜单说：“我说，你们的菜单是一个天大的笑话，写满了狗屁不通的英文，专拍洋人马屁。”侍者冷笑，仿佛天花板上的水晶吊灯就是靠他的傲气吊上去的。“你有种说，没有种承认?”文财刻意模仿他冷笑。“你骂你自己吗?”“你知道我骂谁。”“刚才是谁，连笑了都不敢承认。”“我承认刚才是我笑的。”“你笑什么?”“我笑什么关你屁事? 我连笑也没有自由吗? 先生，我是服务人员，不是奴才。”“我笑你们的菜单关你屁事? 这菜单是你设计的吗? 跟你的脸一样难看。”文财翻开菜单，当成侍者的族谱慎重研究。“笑话百出，Cabbage（甘蓝）写成 Garbage（垃圾），Coffee（咖啡）写成 Coffin（棺材），红茶不是叫 Black Tea 吗，怎么成了 Red Tea？ Red Tea 也写错了，变成 Red Tape（官样文章），咦，错中有错，饶有趣味? 这菜单我捎一份回去研究。”侍者用食指指着文财的鼻子。“你提到狗。”“没有错，狗屁不通。拿开你的手指。”侍者手指往前推进三厘米。“你含血喷人，色厉内荏，是可忍，孰不可忍?”“咦? 年轻人，读过不少书? 拿开你的手指。”“不要回避话题。你骂什么?”“骂菜单。”

“发生什么事?”一个长头发的肥胖中年人好似报时的布谷鸟从旁边弹射出来，戏剧性地站在文财和侍者中间。“我是经理。先生，菜有问题吗? 小黄，你又得罪客人了。”文财不屑地冷笑。“菜没问题，端菜的人有问题。”侍者正待说话，被经理用某种像篮球裁判的明确手势打断。“小黄，里面凉快去。”两位侍者走过来一头安慰小黄一头把他架开，小黄唠唠叨叨，威胁离职，好像缺少他的服务会使餐厅有经营的困难。经理弯腰赔笑，动物拖拉重物的勤劳和贡献鲜乳的没有怨尤写在他脸上。“这位先生，对不起，多多包涵，多多包涵，这个年轻人是我的一个远亲，年轻气盛，还在念大学，学校教育得不好，现在的大学教育需要彻底破坏，重新建设。”文财不敢说自己是大学教授，同时担心经理炸掉了大学，自己就要失业，和颜悦色说:“大学很好，有问题的是学生素质。”经理佩服，“您大人大量，观察入微，见解精辟，稀客光临，蓬荜生辉。”荣耀地表示以五折招待二位稀客，免费附送棺材和官样文章。文财摇一摇手:“算了算了，我没有胃口吃意大利菜了，凯娣，我们换一家吧。”

意大利菜吃不成，改吃法国菜。法国餐厅的名字也很特别，叫“滑铁卢之役”，也有一个英文名字: The battle of Waterloo。招牌上的英文字体大得中文无处容身。门口蹲着一尊黑黝黝大炮，炮口对准了客人心脏，仿佛要以礼炮欢迎客人。老板五短身材，雄才大略，事必躬亲，站在门口欢迎顾客，据说长得像拿破仑，取了这个餐厅名字招揽吃客。侍者也像受过军事训练，而且学过忍者术，客人不需要时无影无踪，客人对食物稍皱眉头，不待呼唤就四面八方涌到。墙上挂满假枪真刀、徽章旗帜和各种军中用品，样目繁杂，应有尽有，加上门口真假难分的大炮，可以装备一个小中队，客人有义务担任志愿军。除了老板和店名，没有一点法兰西味，包括菜色。

文财和小姐坐定后，侍者慎重递上一份菜单，仿佛军事机密，文财觉得有对里头的菜谱保密的必要。翻开一看，法文保密不公布，中文洋味浓得使人不认识，英文照例错得离谱，错得巧妙，Partridge（鹧鸪）误成 Cartridge（子弹），Napoleon Steak（拿破仑牛排）误成 Napalm Steak（汽油弹牛排），Ham（火腿）误成 Helmet（钢盔），Lobster（龙虾）误成 Booster（火箭发射器），Soup（汤）也抽象起来，成为 Coup（军事政变），仿佛是一份军火单子，墙壁上有参考样品。两人饥肠辘辘，随便点了两客汽油弹牛排，请侍者尽快上菜。侍者仿佛接了一道军令，斩钉截铁道："是。一定尽快。抱歉怠慢。"文财灌了两杯白开水充饥。行为回到符合年龄的默片时代，迷恋地瞧着对面的小姐。

小姐余凯娣，武大外文系四年级学生，一度是外文系高才生，家境生变，休学三年，今年已经二十五岁了。她貌美高挑，从前是系花，现在还是系花，只不过系花不止她一个，而且系上的男同学觉得她年龄大，不敢耽误，把机会让给研究生。研究生暗恋她，每个人都替她和自己编了一则传说，把她比喻成神仙，自己是凡夫俗子，除非她下凡，或者自己吃了长生不老药，人神不能结为连理已成事实。不编传说的人，对她休学期间做的职业表示怀疑。她一心向上，毕业后想到外文系当助教，再图机会到美国读书。大学外文系助教的鼻尖是登山家梦寐以求的征服点，他们自认从前功课做得好，现在学问当然也做得来，学生崇拜，教授敬畏三分。凯娣知道实力不如人，别人魅力不如她，用这项优势和二年级休学前的成绩试探主任蔡新承，整个系所因此谣言密布。凯娣承欢主任，行有余力，肯施出一部分恩泽敷衍主任的红人屠文财，使文财心花怒放，以为走了老运。凯娣从不向主任提起拔擢，她只等主任自己开口；主任早看穿她的心事，要她自投罗网，附带某种优惠，内心虽然风雷交加，旱情不重，密云不雨。只有屠文财糊涂，抹发油装新牙，购奇装觅空当，准备一尝婚外情的新鲜滋味。他知道凯娣经常进出主任办公室，而自己的研究室一次也未到过，主任和凯娣如何发展关系，发展到什么程度，他一概对得起朋友，从不过问，只存着吃剩货的心理，帮凯娣另辟狡洞。主任赴港期间，凯娣更是殷勤对待，他几乎起了取而代之的心理。他虽然没有替主任尽丈夫和父亲的责任，情夫的责任则是义不容辞尽到底了。凯娣只想利用他对主任的影响力一圆助教梦，在文财面前总是又聋又哑，调理得自己鲜嫩好吃，让文财觉得总有一天可以论斤称两买到自己的细皮白肉。其实她想对他说的只有一句话，这句话早有腹稿，只等毕业前几个月如果助教一职还浮不上台面，她就会挤出身上所有哀怨，像出嫁女儿的不舍得父亲："再过几个月我就要离开学校了，没有您的教诲是多大的损失？真想永远陪着您，学问才不会有做错的危险。听说系上有一个助教的缺……"

文财刚才憋了一肚子气，极度颓丧，"滑铁卢之役"的军容齐备使他恢复了斗志，面对凯娣的风情万千，贪心得想抛家休妻，只顾欣赏，不肯说话，正魂不守舍，侍者骄傲地端上了两客牛排，态度的冷酷，仿佛是他屠杀了这头牛。

“先生，小姐，这是本店老板独创的招牌菜——拿破仑牛排，”侍者似乎请他们欣赏自己符合国际礼仪的服务态度，而不是他感到与有荣焉的牛排，同时脸上颇有不忍之色，“口味独到，配料精致，只此一家，《美食家》杂志第一〇一期有专文介绍。这牛从澳洲进口，从小养尊处优，早晨听古典音乐，中午接受按摩，黄昏散步田野，晚上听安眠曲，肉质不比普通牛，平常不易吃到。二位慢用，不如意处，勿吝指教。”

说得两人拿着刀叉，踌躇不前，侍者不像介绍人吃它，而像规劝人不要吃它。据说《美食家》全世界有订户，是一道名闻遐迩的佳肴了。文财饿得舌嘴无力，挥动刀叉对凯娣说：“我们先填饱肚子再说吧。”两人埋头吃牛，又觉得吃了这样的好牛，这辈子没有希望上天堂了。

文财面对佳肴绝色，吃得不亦乐乎，肯定是一辈子最贴胃的一餐。他嚼烂牛肉的程度使胃部感到无可挑剔，发出表示感谢主人的“哦、哦、恶”的怪声。半块牛排还未下肚，文财已经觉得风和日丽，希望无限，苦短人生变得又长又甜，如此良辰美景，需要用昂贵的长途电话向蔡新承歌颂，一头嚼牛，一头讲了许多帮助消化的笑话。当助教的时候，他节省开支，在学校附近一栋日本式木造平房租了一个小房间，房东是一位九十几岁的老太太，随国民党撤退来台，丈夫作古，独守空闺多年，不爱出户，半人半鬼，养了一只鸟，对它交代了多次后事。房子通风凉快，只有厕所使人不痛快，是一种旧式解手间，设备的简陋，好比狗的方便只靠一根电线杆或一棵树。方便的人满心欢喜踏进去，看到两块横木，离地一百五十厘米，不明不白悬在那儿，让人觉得登上了游泳池的弹跳板。两块横木没有并拢，也没有钉牢，请使用者根据需要自己调整。横木下面摆了一个功德无量的粪桶，有一半埋在地下，主人惜福，粪桶承受肥料的入口又长又窄，好比草原上觑敌的鸵鸟脖子，让屁眼一目了然。使用者两脚蹲在横木上，委曲求全，入口始终飘忽不定和屁股保持一米距离。有时候觉得有把握了，秽物一鼓作气卸下，低头一看，其中一半断头截肢曝露在粪桶外，为了清理它，总招来房东许多埋怨。

“对不起，我做不到呢。”文财几乎每天道一次歉。老太太眨着动过白内障手术的小眼睛，向文财传授秘方。“怎么做不到呢？憋住气，屁股眼对准，不可一次完事，慢慢捏塑，做成几截香肠，懂否？我干了数十年了，从来没有坏事，你年纪轻轻，眼力比我好。”文财觉得和九十几岁的老太太争论这种问题，真是岂有此理。文财每次上厕所，总是皱着眉头研究这个问题，凑合了力学、几何学、物理学、航空学、生物学，最后加上一点人类行为学的知识，得到一个臭气冲天的结论。他认为这和个人排泄物的性质有关，便秘者排便缓慢，质硬体细，可以从容部署，命中率高，甚至百发百中；除了轰炸机驾驶员，一般大便畅通者总是措手不及，更何况空投物不听使唤。拉肚子时怎么办？文财当时还算健康，不可能便秘，想起自己对着一个小洞挪动屁眼，他刻薄地以为这个患了虐待狂的老太婆便秘了几十年，一个月后，当他终于决定搬走时，面带微笑对老太太说了一句气话：“真抱歉，我想换一个新厕所，寻找方便的乐趣。我发觉在这儿蹲一辈子，也没有办法长出像您那么长的长屁股。”他中年时终于患了便秘，难保不和这事无关。

文财靠着椅背，对着吊了战机模型的天花板发出数声长笑，牛排转眼啃了三分之二，又东拉西扯数尽天下房东的不是。他大学时代赁屋而居，受过不少房东的气，愿意当着所爱的人面前哭诉。他口中的房东全是女的，除了上面的老太太，全是“半老徐娘”。第一位新近死了丈夫的半老徐娘，自愿帮文财洗衣服，为难的是袜子捉不成对，不知文财如何使用它们，不近人情的文财却告诉同学房东有恋物癖，扣住了他好几件内衣。第二位信奉佛教的半老徐娘劝他吃素积德，文财正在修西洋文化史，捧了《圣经》在她面前朗读，说佛祖的手有猴骚味，因为齐天大圣撒了尿，又当着她面踢小狗屁股。第三位半老徐娘患了媒人癖，介绍了不少女孩子给文财，文财正在追求现在的太太，说房东带这许多女孩子回家，对丈夫有没有危险，又说将来要做传教士。

凯娣倒尽胃口，牛排吃了三分之一，停刀止叉，开金口说：“你把人家的关心看成虐待，瞧你这个人就是这副德行，讨厌。”文财不以为忤，吃得浑身发热，该出汗的地方都出了汗，世界稀肴转眼无影无踪。他看凯娣刀叉竖得比旗杆直，恨不能代她吃剩下的三分之二。“趁热吃。这牛从小被当成了音乐家，很有人性和灵性的，知道自己会被吃，努力地欣赏音乐，伤春悲秋，促成自己上世界第一流餐馆的条件，同类竞争非常激烈，这一头想是考试成绩不太好，不知如何沦落到这家餐馆，莫非是一头病牛？外国人听说台湾人的胃是钢铁做的，过期和不合格的食物都销到台湾来，例如日本人的垃圾食物，”他细瞧凯娣的牛排，“怎么说，也是一头好牛。中国人说对牛弹琴，外国牛真不简单……”凯娣差点又倒尽胃口，怕他嘴里又要不干净，假装生气。“你再胡说，我就走了。”她还没有填饱肚子，不相信这么好吃的牛排有问题，低下头继续吃它。文财生平第一次被漂亮女孩子威胁抛弃，感慨得满腹怨气几乎化成催泪剂，转移情绪吃了不少甜点，喝了不少咖啡，物理变化没有成功，肚子却撑得像贪官的私囊。凯娣吃相斯文，把牛排切成许多小块，一块一块送到嘴里，好像她肚子里有许多难缠的小胃袋，主人平均分配表示公正。牛排吃了许久还是一大块，时间的消失和牛排的减少成正比，侍者经过时投向牛排的怜爱眼神相对增多。文财贪看吃相，觉得凯娣吃得寂寞，不可冷落不理。“听说你毕业后想到美国读书，对吧?”

这句话是用英文说的，正在吃洋牛和准备出洋的凯娣却用老祖宗的语言回答。文财如果多接触学生，就知道学生流行一句话：大学教授用英文和女学生说话时，不是考试对方，就是调情。凯娣抬起头，眼里流露着少许惊骇，一头嚼食一头回答：“我想老师，吱，早就知道了，不是吗，喳?”文财也表示惊讶：“我如何知道？你告诉过我吗?”“吱？老师说要替我写，喳，推荐信呢?”文财更是惊讶：“咦，我的记性太差了。推荐信？没有问题。牛排还好吧?瞧你这么舍不得吃，一定很好吃。”凯娣咬嚼时示威地凝视他。“吱吱喳，好吃。”凯娣的这个动作看得文财心头像有蚂蚁兵团列队走过。“你心里有什么理想大学吗?”凯娣给了他几所美国大学的名字和一堆嚼食声，仿佛这些美国大学是美食谱上的佳肴。文财一迭声“好”。“有什么研究题目吗?”凯娣像一般学生强调自己开发性强，像一片荒地，什么都可以研究请老师指引，好像做学问愈无知愈好。文财又一迭声“好”。凯娣吃剩下三分之一块牛排，说吃饱了，不吃了，拿起餐纸擦嘴，她不是擦，而是像用吸墨纸吸墨，点、点、点、点、点、点了六下。文财看着牛排：“这牛排不吃完，非常浪费，侍者要骂人的。”凯娣出其不意叉起牛排放到文财盘子上：“我舍不得，给你吃。”文财真的拿起刀叉，作势要吃：“真想吃，可是胀死了。”凯娣吃得两颊飞起两片红霞，嘴衔吸管一头吸着冰红茶，一头发声：“吃不死的，你吃吧。”文财一鼓作气吃完，恨不能传真让蔡新承知道。

两人吃完午餐，已过了下午三点，文财等侍者收拾了桌面，点了两杯葡萄酒，继续讨论凯娣将来的硕士论文。在课堂上利用莎士比亚和丁尼生等人的情诗传送情意，借他人块垒抒发自己年轻时的感情波折，是文财不为人知的一项专长。“以前比较文学吃香，现在这玩意儿失宠了，呃，美国最近掀起黑人文学热，去年美国黑人就拿了‘诺贝尔’，呃，在台湾，黑人文学专家，呃，是新品种。你是女人，也可以研究什么女性，呃，主义，男教授一定敬，呃，畏三分，对不起，”文财的几句话被几个响嗝一分为二，后面的一截余音袅袅，好像壁虎的断尾一时不情愿死。他啜了两口葡萄酒。“在台湾学，呃，术界，你不是当个新品种，呃，就是当个濒临绝种，才好出，呃，人头地。不管你放了什么屁，呃，没有人有胆，呃，顶撞你，你是唯一的，呃，权威，呃……呃？吃太饱了，呃？”

“瞧，打嗝了，吃撑了吧。”这一番话没有引起凯娣的回响，但是响嗝却引起她的注意，继而引起她旺盛的说话、活动和思考兴致。她马上做了一个禁止文财说下去的手势，沉默地观察了几秒钟。文财的嗝不但有规律性，而且有一个清脆的嗓子，活动力大，破坏力也不小；每一响必然牵动文财上半身，继而余震袅袅许久不息。这个嗝使文财具备了发条玩具的特性。凯娣指着文财前面的冰开水说："喝开水吧，一口气把这杯水喝完，记得，一口气。"文财拿起开水，一鼓作气喝完。"呃。"嗝显得活灵活现，顽冥不灵，好像要化成有形物，像缩小的齐天大圣从妖怪喉咙里蹦出来。凯娣吩咐侍者："请拿一大杯冷开水来，不，两杯，谢谢。"文财小声说："别紧张，呃，等一会，呃，就好了。"凯娣不让文财有等待的时间，好像担心它会消失，柔声说："老师，您用力做几个深呼吸，好吗？也许不用喝开水就会好了。"文财满口"好"。老师猛烈运动肺部时，学生兴致非常高昂。"老师，我姐是护士，我懂一点护理的。这个嗝，是我们呼吸时，横膈膜运动到的肌肉突然收缩，声门突然放开，发出一种像鹅叫的声音。"文财刚做完一个深呼吸，脸红气喘，声门放出一声"呃"，颇有抗议的味道。虽然是进化史上的可能，他最讨厌别人拿动物比较自己，偏偏学生给老师取诨号时，喜欢把老师退化成飞禽走兽类，表示老师不讲理时可用猎枪对付。凯娣没有把文财当成鹅，她解释嗝的常识完全根据人体生理，它的叽咕也是纯人类的。"打嗝可能是个警讯。食道、胃部出了毛病，吃了热的或刺激性的食物特别容易打嗝……开水来了。"侍者把两杯开水放在桌上。

"老师，好了吗？"凯娣凝视文财喉头时的关切和忧虑，让文财觉得不想止嗝，横膈膜了解主人的意思，努力模仿鹅叫。凯娣指着开水说："老师，请您捏着鼻子，一口气喝完它。"文财抖擞精神，右手拿起开水，左手捏着鼻子，吐一口气，咕噜咕噜喝下去，肚子有撑破的危险。不到三秒钟，嗝又响了，威胁地掺和着水的搅拌声。凯娣并不感到抱歉，把另一杯开水推到文财面前。“再喝一杯，一定会好的，嗯?”文财无力抵挡，小声说：“等一下，呃，等一下也许就好了，呃?”两人等了一会，响嗝忽然声势壮大，频繁有直追心跳率的可能。凯娣的态度像哄小孩吃药。“您喝，再喝一杯，嗯?多喝开水也好。”文财凝视那杯开水，杯子在他视觉下逐渐放大变成一座游泳池。他捏紧鼻子，闭上眼睛喝它，觉得永远喝不完，尝到被用刑的滋味。“好了，好了，”凯娣吐了一口气，“不会再有了。”“呃?”“还有喔?”凯娣轻轻地拍了一下桌子，表示了最大程度的惊讶，“不要急，老师，等等看，也许再过五分钟就没事了。”

文财开玩笑说肚子里的水可以载运攻打特洛伊城的希腊战舰，在打嗝声中支离破碎地朗诵荷马赞美海伦的诗句，挥洒一贯的调情手法，又说这个嗝是他罪有应得，吃牛排时说厕所笑话，牛的魂儿发了牛脾气，在肚子里作怪。他苦中作乐，说这个嗝富有文学情操，可作十四行诗的步律，为了证明他的发现，朗读了一首莎翁的十四行诗，每读完一行，嗝就应声而起，自己也为它的准确大感吃惊，说那头牛果然受过好教育。凯娣没有为响嗝的灵性感动，十五分钟后，她开了一个药方。“老师，请您用力缩紧腹部，停止呼吸，时间愈长愈好。”文财做了一个顽皮的脸色。“遵命?”他收缩装满了水的肚子，憋气挺腰，坚持到快要窒息，如此做了五回，响嗝不止，又做了三回。“凯娣，呃，算了，呃，别管它了，”文财挤出了一贯的乐观笑容，“反正也要，呃，不了我的命，呃，过一阵子就好了，呃，谈你将来的，呃，事吧，你喜欢哪位，呃，美国作家?”

●

当屠文财为保住自己性命而高兴时，他的替身却发生了生存的困难。事件的整个过程非常短暂，等于文财打五十个嗝的时间。他的替身李清吉能够轻松化解危机，而且不露破绽，可能要归功于三十年军旅生涯所培养出来的警戒和机灵，以及外文系馆近十年熏陶所学到的虚伪和厚颜无耻。李清吉十年前因病退伍走投无路，昔日老长官靠着裙带关系，将他介绍到武大当工友时，他还是一个满口爱国口号、正义凛然的革命军人。“清吉，”老长官感念当年李清吉和几位部属的奋不顾身，使自己没有成为日寇的刀下亡魂，因此对李清吉等人视如己出，“在我眼中，你永远是那个昂首阔步、吹着口哨参加军队的游击队员，当时我心里想：好一个意气风发的年轻小伙子，我们只要有十万个这种人才，什么世界大战也打得赢，诺曼底登陆、硫黄岛浴血战全他妈不够看。这么多年了，你还是乐观开朗不改本性，只有一点我明白，你身心俱健，玩女人像站岗一样挺，怎么会突然冒出这许多老百姓的富贵病?”李清吉恭敬回答说：“这是天意。当年和我一块打游击的伙伴，早已先后将他们的胳臂、大腿、头颅，甚至于整个身体奉献给了军队，只有我四肢齐全，白了几根头发而已，老天爷看不过去，用这种西洋病惩罚我。”说得一个军队像吃人怪兽。

李清吉在长官垂询下，详述身上可能的病症，将它们完全洋化，就像抽水马桶、见面礼的亲吻是完全洋化的东西。洋病没有给他带来困扰，困扰他的完全是一种戎马生涯的后遗症：梦游。李清吉的长官袍泽知道李患了严重的梦游症是退伍两年前的事，起初他们想隐瞒他，但不久他们就发觉李清吉不但知道自己梦游，而且知道他们的隐瞒。李清吉梦游的内容几乎和军事有关：操练、站岗、擦枪、军事演习，他最有名的动作是拿一支想象的枪对着军车的轮胎打靶和抚摸袍泽熟睡中的耳朵。这个抚摸袍泽耳朵的动作其来有自，据说，情势紧张时，敌军偶尔潜入营区，割断几个军人喉管，捎了耳朵回去领赏。李清吉显然颇为伙伴的耳朵忧虑，不知道是因为梦游而顺便清点耳朵，还是为了清点耳朵而梦游去。营里每一辆军车的轮胎和伙伴的耳朵都亲尝过李清吉的骚扰，他抽象的打靶没有引起任何人的抗议，有人甚至说李的枪法在他梦游后更准了，奉劝大家梦游去。但是被他清点耳朵的人无不发毛，说他如此放心不下，总有一天割了去收藏。李清吉的梦游内容没有从荒谬剧演变成悲剧，只是在退伍后换了一个上演地点。知道李清吉有梦游习惯的武大人不多，除了武大其他工友、少数外文系老师和夜间部学生，因为李的梦游通常在三更半夜，除非那天晚上他在自己位于外文系系馆的寝室里打盹，不小心坠入了那个陪伴了他三十年的军中世界，这时上下课的外文系师生、黑暗中拥吻的不知来自何方的情侣，就会看见月光和树影中一个正在行军礼、踏正步、用无中生有的枪进行射击训练的老头子。他们对这个老头子的过去所知有限，不介意他给夜晚带来一些娱乐和诡异气氛，略知一二的人有时候会用京剧唱腔对他喊：敌人来了！随后配合一些文场，表示他的杀人动作只能当京剧身段欣赏。外文系夜间部的学生说梦游症会在老头子死后继续存在，让他成为僵尸，给老头子取了一个凶狠而没有人性的英文诨号，叫 Dracula Lee（吸血鬼李）。

在主任办公室当代理主任替身的李清吉明显不是在梦游，何况此刻是白天，李清吉正津津有味地读着武侠小说《影武者》，而屠文财正接受美女余凯娣的止嗝良方，这时主任办公室的大门忽然响起了一连串敲门声。喀喀喀。喀喀喀。如果屠文财听到了这阵敲门声，可能一时误以为是自己的响嗝，可惜他听不到，听到的是他的替身李清吉。老李的鸡飞狗跳和狼狈可想而知，这两种家畜和两种野生动物可以大概形容他此刻的非人处境，不过它们却不可能理解他纯人类的魂魄丧失。

老李的本能反应是马上把四本武侠小说藏到抽屉里，拿起摆在桌旁的两份卷宗，一份摆在桌上，另一份摊开拿在手里，使之遮住半张脸，只让可能的来客看到自己的墨镜和脑袋，接着他把台灯的亮度转到最小，匆忙打量了一遍办公室，清理了一下嗓子，回忆屠代理主任的声音表情，挤出一个力道十足的字："谁?"门外的反应非常快，仿佛抢答机智问题。"我！是我！主任，我是林伯第。"不等里面表示客气，门已慢慢被推开，门钮发出的老建筑的哀叹更接近几千米外屠文财的响嗝。这扇女生宿舍的门开得很慢，像公车的自动门只开到容纳一个人的宽度后，就有一个模样像人的动物挤了进来。这只动物由下而上，一截一段累积成形。老李首先看到地上的皮鞋和西装裤管，随后是手提箱、手臂、肩膀、头颅，按出现先后顺序而上。当最上面的头颅堆积起来后，这个有节足动物构造的人类轻轻把门关上，向办公桌后的李清吉点了点头。"主任，你好。忙?"李清吉的紧张可以从微微发抖的烟斗和卷宗显现出来，不过使紧张去除大半的也正是这些他从来没有接触过的东西：烟斗、墨镜、卷宗、戒指、西装，加上一盏懒洋洋的台灯和四周的暗乎乎。老李一生的鄙俗使他不习惯面对这一切，他从来没有坐在这么舒适的旋转椅上，这么漂亮的办公桌前，去面对一个提了装满学问的手提箱、一嘴“洋泾浜”的书生。他像一只偷食的猫儿被主人逮了个正着，本能地想跳出窗口，钻到桌底下，蹿到一个黑暗的角落去。

最糟糕的是屠文财向他担保过没有人会到办公室来，这个随口而出的担保使他毫无心理准备。军人见了长官会行礼，老李见了上司只会大剌剌坐着，因为此刻他清楚地意识到自己的处境：代理主任交代的工作，等于长官交代的任务，他只有尽忠职守勠力完成。

从林伯第踏入办公室后立即在办公桌前一张椅子上替屁股找到栖息所看来，他是这儿的常客。他的身体虽然有节足动物的特性，却像一棵树只适合竖立，当他坐下开始像虫蠕蠕曲曲，找出这张椅子的舒适程度时，身上的构造全部被破坏，肢体衔接得奇形怪状。林伯第是外文系讲师，也是外文研究所培养出来的土硕士，一年多前开了一门“十九世纪美国诗人”的选修课，风评不佳，蔡新承第二学期就腰斩了它，请林伯第教大一学生作文。林伯第气得上课时大骂学生不可受教，重新编了一套课程，请蔡新承身边的红人屠文财求情，而且他听说屠代理主任有可能接任蔡新承。今天他正打算把新编课程交到屠家去，顺便送礼，这份礼的热情像仲夏的艳阳，但他别出心裁，只送给屠太太，他很明白太太对丈夫的影响力，尤其是屠太太。当他挂电话到屠家时，一个娇柔的声音相告：“他在办公室里发呆，你去那里找他，方便的话带一桶水去。”伯第失神了一会。他是一个三十五岁的王老五，见了女人的一点姿色，像人类学家见了北京猿人的复活，义不容辞与之捉对恳谈。“星期天，怎么不和屠先生出去散散心？”女人的笑声使他耳朵发痒。他挂上电话暂时扣下礼物，心想这女人有点轻浮，也许可以从她身上下手。

他声明来意，恭敬地将一大叠课程进度表放在办公桌上，忖度屠文财如果愿意帮忙，他准备找个适当时机送给对方一个忠厚的劝告：戴假发。李清吉认识二十六个英文字母里的最前面几个，瞧着那一叠纸印证它们的形状，很快找到其中一个，抓住它看了三秒钟，确定那一叠纸没有对着自己倒过来放以后，慢慢拿起它们置于眼前，不让对方看到他的脸。烟草已燃尽，老李的呼吸器官像被堵住一样难过，但是老李还是紧紧衔着它，烟斗等物成了掩护体，何况屠文财少了烟斗就像列宁、希特勒、裕仁天皇少了短髭。没有烟斗和墨镜的屠文财此时正在“滑铁卢之役”接替蔡新承的角色，可惜老李看不到这一幕。老李鼓起当年杀敌的勇气说：“很好。你明天来，我给你答复。”接着把进度表放到一边，表示抚慰轻轻拍了两下，拿起卷宗凑到眼前。

逐客令非常明显了。林伯第虽然觉得屠代理主任的声音有点奇怪，但今天是第一回靠拢屠文财，而且李清吉的模仿颇具功力，竟没有看出蹊跷。林伯第若有所失，对这个答复放不下心，好像算完命后缺少对方的证明书，他日不能白纸黑字对证。“好，我明天来看您，”他虽然这么说，身子却不动，“请屠先生在主任面前美言几句，晚辈感激不尽。”这时他看到屠代理主任从卷宗后抬头凝视自己，颇为不耐地皱了两下眉头。林伯第立即起立，拎起手提箱，转身而去，一步，两步，三步，步伐经济，只花三步就走到了门口，门关上后，脚步声和人一起消失在门外。此人出没突然，仿佛空投而来，飞身而没。

●

“老师，瞧，您这模样真叫人过不去，”文财对美国作家的说教没有达到教学效果，凯娣也明白表示了不想受教，却表示愿意做他医学上的小老师，对响嗝投注了长期的治疗追踪，“我再给您出个主意好不好？您把肚子放松，伸出舌头，停止呼吸。”“呃！”文财满脸笑容，但是忍不住打了个惊愕的响嗝。“这是哪一国土方？呃？有效吧？”凯娣认真说：“这是我家的祖传秘方。我祖母教了我母亲，我母亲教了我们姐妹，我们姐妹不轻易外传的。”“既然是祖传秘方，呃，何不早说？可见你，呃，偏心。俗语说：一日为师，呃，终身为父。我也是，呃，你家里人了，何必见外，呃？”凯娣不认同这位父亲，说他“扰乱伦常”。“老师，试试看？”文财要表示自己脾气好，不打折扣地做了。

忙碌的侍者已经训练得没有喜怒哀乐，但看到文财时，忍不住挤出了温馨笑容，和不知情客人的惊骇表情比较，两者仿佛处于不同的时空背景。凯娣表示这种疗法曾经在她的家族身上显示过神奇效果，老一辈尤其屡试不爽，文财并没有真想成为她家族的一员，只希望疗法不排外。重复做了六次后，凯娣喊了一声“停”，但是响嗝却没有被她喊停。她第一次稀稀地皱眉头。“真抱歉，秘方失效，宣导无方。”“没有关系，你那个疗法应该是有效的，只是用在我身上无效。”文财担心她还有祖传秘方，第N次安慰凯娣响嗝迟早消失，不必为它伤神。凯娣拿起餐桌上的餐纸，撕下四分之一，揉成纸捻儿模样，神秘兮兮说：“这法子最有效。”“好，有效就好，”文财再度表示自己的大方，“怎么样呢？”凯娣不透露疗法的来处，捉摸不出她想替祖传秘方扳回面子，还是不想让另一种祖传秘方出丑。“老师，您忍着点，我把这东西伸到您鼻孔里，您打一两个喷嚏就没事了。”“呃!”这个嗝有点被惊吓的意味。“打喷嚏?”“是。”文财没有忘记微笑。“新鲜。为什么?”“别问。有医学根据的。”“新鲜。我无所谓，呃，这事要你来做，呃，有点腌臜。”“您不嫌狼狈就好了。”“我? 呃，我没事。只怕吵到别人，呃。我到坟场打个喷嚏会闹鬼的。”凯娣用三根手指捏住纸捻儿，慢慢地戳向文财。“伸过头来。”“凯娣，你对我真好。”“闭上眼睛，不要说话。”“是。好痒。”

文财的第一声喷嚏惹得身旁的客人瞥了他们一眼，凯娣的纸捻儿被吹到了地上。“老师，您还好吧?”文财掏出手帕擤鼻子，说:“没事，没事。”两人屏声息气，安静地聆听了十五秒。“呃。”“再一次好吗，老师?”凯娣不等文财回答，又捏了一片纸捻儿。“凯娣，你来修我的‘现代戏剧’，我给你九十五分。”凯娣白了老师一眼:“证明您误人子弟。别说话。”“九十六分?”这一次鼻子似乎有了防备，调弄了两分钟没有动静。“老师?”“呃? 好像快了。”“不要偷看。”“凯娣，痒死人了。”“别说话。再不打，我放弃。”“哈……哈……哈……啾——!!”两人靠在椅背上，喘了一口大气。这个喷嚏只对响嗝产生了某种程度的吓阻力，就像夏夜的怒吼暂时压制了蛙鸣，安静的不持久可以预料。“老师，我投降。”“呃，好。”“您没事吧?”“我好得很，呃，好孩子，呃，难为你了。”

老板已经站在一旁观察了一会，昂首挺胸走过来。“先生，您还好吧?”文财打量严肃肥短的老板。“很好，真是愉快的午餐。你们的牛排好吃。”老板瞄了凯娣一眼。“谢谢指教，我来关心您的嗝。

这个嗝意志坚强，正如我。既然您的嗝是因为本店的食物而起，鄙人有义务帮您这个忙，不，鄙人有义务铲除它。”老板起手一扬，目露凶光。文财对老板的动作不置可否。“食物太好，不小心吃撑了，和你们无关，不必劳驾。”老板以服务人生为目的，不怕辛苦。“我有一个止嗝土方，您参考参考，虽然麻烦，十分奏效，委屈您了。您可以拿一个塑料袋，将塑料袋口罩在鼻子上，对着它呼吸几分钟，重复做个两三次。”吩咐侍者拿来一个透明塑料袋，是那种空中小姐给乘客晕机呕吐时装秽物的东西。老板将它摆在文财桌上。“您参考参考。如果不方便，可以到洗手间。需要我示范一次吗?”文财把手一摆：“不了。谢谢。”“祝你们有一个愉快的周末。”

凯娣目送老板离去，忍着笑小声对文财说：“此人尺寸比常人小几号，气魄却非同小可，使我想起动物园里的袖珍日本鸡，雄的。”文财眉头一皱：“不可拿动物比较人，呃，这是诬蔑。”“谁被诬蔑? 动物吗?”“顽皮。”凯娣看了一眼桌上的塑料袋。“矮人做事自有一套，老师，想不想试一试?”“不想? 呃，我情愿打喷嚏，呃，喝开水，呃，伸舌头。”“瞧，愈来愈严重了。”文财看着桌上的塑料袋。“看来这位老板也是一位侠义之士，呃，这塑料袋，呃，好比溺水者的一根草，呃，浇熄火灾的一滴口水，呃，盛情难却，呃，凯娣，你看怎么样?”凯娣说老师是“老顽童”，含笑不语。“微笑是赞美，沉默是赞成，”文财拿起塑料袋，“一番好意，何妨一试?”文财调匀呼吸，将出口罩着鼻洞，起初一切正常，半分钟后，尝到了不停吸入自己吐出的二氧化碳的滋味，猛然醒悟表演被勒毙者的演员不妨亲身一试，可增进演技。他呼吸急促，脸色成玫瑰红，精神顽固，神色浪漫。“老师，您没事吧?”文财大口大口吐纳，吸气时，塑料袋扁得像一张枯叶，吐气时，膨胀得像一粒气球，从远处瞄去，仿佛用鼻子吹泡泡糖，啵，破了，再吹，啵，又破了。“老师，”凯娣在文财面前挥了挥手，“您还听得见我说话吧？”文财松了塑料袋，吸一口大气，上半身仰靠椅背上，一分钟后，呼吸才逐渐调匀，脸色恢复正常，笑得依旧潇洒，眼睛好胜地觑着塑料袋。“老师，好了，别再做了。”凯娣把塑料袋放在靠近自己的桌上。“滑铁卢之役”忽然静得可以听到绣花针落地，凯娣侧着脸，将一只左耳朝向文财，亲密温柔的程度仿佛已经将它贴在文财胸前。文财希望自己干脆化成一种声音或一阵曲调，穿过她的耳膜，被她的听觉收藏了去，被她的记忆灌录了去，这个不可能实现的陶醉被一声“呃”惊醒，二人都因为这个响嗝呼了一口气。文财不知道自己虽然化不成声音，但他一辈子留在凯娣脑海里的却是一阵一阵的打嗝声，直到凯娣年老时，这阵打嗝声还是那么清晰、响亮、顽固、可恶。

“老师，您还是多喝开水吧，”凯娣看了一下腕表，“时间不早了，我得走了，我和同学约好一起做报告呢。”文财在凯娣看腕表时也凑过头去瞄她的表。“唷，呃，四点半了！”他想起了自己的另外一个密约。“你回宿舍吗？呃，我送你一程。漂亮的表，新买的吗？我以前没有看你戴过。”当文财的座车像掉入排水管里的菜虫被繁忙的交通流域卷走时，他凭着响个不住的打嗝声获得了凯娣的同情，答应了他下一个晚餐的邀约，文财并且保证下回绝不贪吃。凯娣专注在老师的响嗝上，以至于当车子太靠近女生宿舍时，她才提醒老师让自己在两条街外下车。

屠文财满怀快乐，驾着车子，打着响嗝，赶赴下一个迟到的约会。二十分钟后，他在天母的一栋十二层大厦前停妥了车，从口袋里拿出了墨镜和烟斗。两分钟后，他上到该栋大厦的第七层，按响其中一扇大门门铃。当一个四十岁出头的女人出现在门口时，屠太太颜莉莉第二次用望远镜扫描办公室里的丈夫，她发觉丈夫的头发稀落得像黑脸琵鹭，过不了几年，就会完全绝种，心里生起一阵怜惜，这阵怜惜很快被三位牌友合唱的闽南语歌曲《望君早归》打断，屠太太把怜惜转到三位牌友身上，粗话的主词改成第三者："放他妈的屁！"一头骂着，一头放下望远镜，走回牌桌时，顺手从地上抱起丈夫买给她当替代儿女的波斯猫。"乖，下回找个男朋友给你。"山下的老李聚精会神阅读武侠小说，压根儿忘了林伯第曾经来过，林伯第则在家里思念颜莉莉电话里的笑声。余凯娣一头和同学讨论功课，一头回想一整天的遭遇，武大外文系系主任蔡新承坐在台北某辆计程车里，准备给某人一个意外的惊喜。

●

"当了代理主任后没准时过，"门里的女人没有看清楚来客就说了这么一句话，当她看见对方后，顺手想把门关上，"我不要看到你这张脸——进来吧。"表示要用一扇大门挡住对方的嘴脸，嘴脸以下不做处理，可以自由进出。"呃，玛丽。"屠文财用手掌抵住大门，保住全身一溜烟进入屋子里，顺手关上了门。"下次一定提早到，呃，弥补光阴，或者你迟到四十八小时，呃，让我等成化石。""屁。"女人身上穿了一件猩红睡衣，脸上化了社交程度的妆，让睡觉和社交两种活动进行配种，散发出女人混合了一动一静、一阴一阳的最大魅力，那意思像在说：我虽然在社交，但是随时可以睡觉。“还说请我吃晚饭，自己早吃撑得打嗝了。”

女人周蓉安，四十二岁，武大外文系副教授。她三十六岁得博士学位以前，没有交到要好的男朋友，想结婚只能像血统纯正的种狗交配，另外嫁一个博士保护自己，可惜此女虽然颇有姿色，大学时也不乏男人追求，但是眼睛长在月球表面，和她的苗条肢体隔着一段高不可攀的距离。男人自忖没有阿姆斯特朗登月摘星的本领，心想什么稀奇男人有此绝技，他们在她三十六岁时，或具名或不具名写黑函或慰问函给她，说她如此下去只好做老处女，又说他们现在事业有成，家庭美满，愿意收她做情妇或小老婆，每月提供营养金多少云云，她一气之下，把这些信函回寄给他们的妻子，反被这些忠贞的妻子控告她勾引丈夫，妨害家庭，吓得她刚考完博士学位口试就落荒逃回台湾。这些幸灾乐祸的男人和妻子们团结一致，隔海空投谣言，于是周蓉安做了一辈子交际花、浪荡女，同时也做了一伙人一辈子的情妇、小老婆，偏偏她博士论文是以《十日谈》《包法利夫人》《查泰莱夫人的情人》《北回归线》《金瓶梅》做论述重点的，天知道她直到那时还是那些男人信中说的“老处女”，因此当她四十岁把初夜权献给蔡新承时，蔡激动地说“早知如此，我会先净身三个月”。周蓉安心灰意冷交出自己最珍惜的初夜后，她知道这辈子已经不可能依靠男人了，谣言中的情妇头衔果然一辈子缠上了她，但是她对蔡新承的惊人之举也巩固了她在武大的教职，符合她博士论文中强调的“社交和睡觉是同一回事”。有妇之夫蔡新承和学生余凯娣、同事周蓉安的暧昧轇轕，一度困扰过武大外文系师生，不过他们很快习惯了这种困扰，就像蚊蝇之困扰水牛。

就像电影恐怖大师希区柯克喜欢把鲜血洒在女人身上，周蓉安平常上课时喜欢穿红色衣服，戴各种红色首饰，冬天时她戴的一双红色手套很像麦克白夫人一双沾满血腥的手。她平常介绍自己时从来不提中文名，只说姓周，叫 Mary，请学生也记住这一点。学生暗地里干脆把她变成饮料，叫她血腥玛丽（Bloody Mary）。师生对余凯娣和周蓉安在外文系的活跃范围确实所知有限，屠文财也自以为自从蔡新承赴港三个月后，蔡新承在这两个女人心目中的地位已经被自己暂时取代，尤其是周蓉安，两人几乎三天一小聚，五天一大聚，熟烂得屠文财敢在约会时迟到一小时而不怕情人怨骂。当然屠文财也明白自己和蔡新承还有一大段距离，譬如说周蓉安到现在还不肯以身相许，这正是他有待努力的地方。

屠文财正在用编好的借口解释响嗝时，门铃突然响了。从按门铃的手法上显示，这是个预先设好的联络暗号，屠文财当然看不出这一点，但周蓉安的脸色却为之一变。“玛丽，是，呃，谁呀?”屠文财心思正贯注在借口的某个细节上，没有发觉周蓉安的异样，还在为响嗝嘟嘟囔囔。“文财，你去房间回避一下，好吗?”周蓉安从沙发上站起来，用手拍了一下文财肩膀。“呃，回避什么? 真麻烦，呃，”文财懒洋洋地站起来，“好吧，呃，玛丽，早点把外面那个讨厌鬼赶走。”周蓉安把屠文财推到卧房里，两手扶着他的肩膀，整个人几乎成了他的背囊。“文财，待会儿不管是什么人，你可千万不要出来。”“行，又不是，呃，第一次了。”“如果他进房间来，你得委屈一下……躲起来。”“钻到床底下，呃，我不干。”“瞧你。你又不是猫儿狗儿。""你要我怎么样？呃，沿着水管爬下去。""你又不是猴子。躲到衣橱里。""衣橱？"

"放心，他待不了多久。""我又不是衣架子，呃，"文财看着靠墙而立的橡木大衣橱，对它的庞大和隐秘感到满意，"不是开玩笑，呃，真的要我进去？""快点，快点。"她推着他。"真的要我进去？呃？""这样吧，如果我们到房间来，你再进去。"

周蓉安离去后，文财竖起耳朵注意客厅的举动，半分钟后，他就确定了来客身份，这使他紧张得几乎变成了猫儿狗儿猴儿，就像李清吉听到有人敲办公室大门时的鸡飞狗跳、狼狈、非人模样。一分钟后，来客的脚步声和说话声逐渐靠向卧房，屠文财蹑手蹑脚走进衣橱，一到了里头就闻到一股混合了香水、樟脑丸、除臭剂、脂粉的气味儿，浓得他的嗅觉几乎失去了生理功能，就像巨大噪音把人震聋，文财不得不虚掩衣橱大门让自己透透气。文财视觉不佳，窝藏在一堆女用衣中，肠胃有点翻滚，呴嗝似乎变得更激烈。他担心呴嗝害事，刚把衣橱大门掩上，气味儿又把他熏得头晕脑旋。

"几个月不见，才知道你魅力这么大，你可真把人想疯了呢。"衣橱外头响起了一个男人的声音和豪笑。

"别了，你就不能换一个新鲜说法，"玛丽的手很可能在男人身上动了一下武，使男人讨好地乞饶起来，"怪不得你只能做一个蛋头教授，连一个学者也他妈的做不成样儿。"

"呃。"

"喂，什么声音？"男人说。

"哪来的什么声音？男人年纪大了，眼睛、耳朵，还有这里，"周蓉安又动了一次小武，男人虚应故事地鬼叫，"百废待举，无一是用。"

“眼睛耳朵我不敢说，要说这个嘛，男人表现出来的只是海上冰山，轻易不透露自己潜力有多大，如果全露出来了，下回还有吸引力吗?”男人沉默了一阵，“玛丽……”

屠文财祷告沉默赶快过去，男人赶快滚蛋，但是沉默拖得很久，谈话还在进行，变成一种难以辨认的咬耳根子，稍后音量才突然转大。

“不要这样子……”周蓉安说，“慢慢来。”

“放心，”男人说，“这里怎么湿湿的?”

“正常。你利落点行不行?”

“啪”的一声，周蓉安又动了武，而且力道不小。

“呃。”

“咦，什么声音?”男人说，“明明打的是我嘛，怎么好像有人替我挨痛?”

“神经病。你从香港带回来一双什么耳朵?”周蓉安一阵傻笑，“你耳朵有毛病，老眼可也别昏花，看准一点，进去了没有?”

“嗯，好像进了一半吧。”

“慢慢来，不要急哦。”

“还说不急，急死人了，哎唷。”

“干什么?”

“流血了。”

“呃。”

“我听见了，我听见了，”男人又叫，“有人替你叫疼?”

“别乱动，瞧你又弄痛我了，”周蓉安也叫，“专心点行不行?先完了事再说。”

“是，遵命。我老了，你真没听见什么？还痛不痛？”

“还好，你要不行，我自己来。”

“不行，这个我得自己来。”

“把这药膏拿去，涂在上面，一来止血，二来有润滑作用。手脚利落点。”

“好，重新再来……这个洞实在小。”

“呃……”

“轰”。一个巨大响声从衣橱那儿传过来。衣橱的其中一扇大门敞开着，屠文财屁股朝上，扑倒在衣橱外，右肩挂了一件红色睡衣，张开的嘴吐出一个惊骇万分的响嗝：“呃！”

屠文财看见周蓉安和蔡新承衣冠整齐地坐在床上。蔡新承很快就站了起来，也惊骇万分地看着屠文财，只有周蓉安安详地坐在床上，一只手小心翼翼地抚弄左耳。嵌在墙内的橡木衣橱比地上高了二十厘米，屠文财在黑暗中致力聆听，被气味熏得晕头转向，激动失神之余，脚下一个踩滑，整个人跃飞出去，从橱内落到橱外，从黑暗到光明，从神不知鬼不觉到无所隐瞒。蔡新承呆了近十秒钟，才从嘴里吐出几个字：“你！是你……”屠文财也回应道：“你！呃，是你……”蔡新承抢上去扶起老朋友，顺便拿起睡袍掷入衣橱，口气和表情的惊骇情绪，好像它们已经在他的感官中私酿了四十年。“老屠，你怎么会在这里？”屠文财的惊骇已经在衣橱内倾泻了无数次，尴尬和慌张更浓一些：“老蔡，你，呃，你怎么会在这里？”

周蓉安依旧坐在床上抚弄她的左耳，视线落在天花板上。“文财，我新近穿了一个耳洞，还没有长皮呢，新承千里迢迢从香港买了一个猫眼石耳环送我，瞧，是我最喜欢的颜色呢，他要亲自替我戴上，笨手笨脚，折磨了半天，把人家弄出血来了，文财，你来帮我戴？”

耳环不是文财买的，他不敢越俎代庖。蓉安不是他的情妇，他却越俎代庖，钻到人家衣柜里去了。文财回想着古今中外哲人巨著说过的俏皮话，想捎一两句稀释三人心里和表皮鼓起的无数疙瘩。他从前读书看见这种俏皮话就做个特别记号，方便背诵，三不五时随口而出，使人称赞他过目不忘风趣幽默，就像俗人搜罗客厅笑话，苦练流行歌曲，在家里对着镜子模仿政要，以便在公开场合一展长才让人企羡。无奈搜肠刮肚无一合适，暗恨书读得少。其实他书也读了不少，只是萧伯纳等人的机智学不来，囫囵一气把人家的幽默变成又幽怨又沉默，诚如他现在的模样。

蔡新承似乎看出老友的心事，同时也了解老友做学问的辛苦，表情的惊骇立即消失无踪，转化成星云大师的无限欢喜。他表情控制得好，头发却不听话，杂乱无章四面飞洒，好像懒惰主妇的扫帚，怒发冲冠，可以凭栏唱《满江红》，惊愤犹存。这个和屠文财同龄的中年男人最吸引人的特征，就是一头白发，蒙上帝垂怜，它们长得和二十岁的少女一样茂盛，而且保持了少女的天真和顽皮，没有固定的形状，造型视当日的风力、睡觉的姿态和五指当梳子的随意梳耙来决定，因此，他的头颅有如一座峻险的山峦，那上面的白发就是终年围绕山峰变幻无穷的白云了，感情丰富的诗人或散文家可以省去跋涉之苦，对着它歌颂四季和大自然嬗递之美。新承拍了拍老友肩膀:“嗄,待会儿正要和玛丽吃晚餐呢,你也凑一脚吧。”

吃饭应该是“凑手”或者是“凑嘴”,蔡新承却动用了身体的下半部分,这话听在文学教授屠文财心里不免吊诡暧昧,别有意味。“吃——吃——吃晚饭?喔——不——不——不了。”

周蓉安一边戴上耳环一边说:“文财,你先走吧,不要理他。你们伟大的主任把老婆孩子送到广州去玩,瞒着他们回台呢,等一下还要赶九点钟飞机回香港,以前徐志摩为了陆小曼做空中飞人,结果头上撞了一个大窟窿,你奉劝你们主任保重。”俨然是把自己比喻成陆小曼,又说蔡新承的头发像蕈状云,头颅像一座蘑菇蕈,对着它吃饭没有胃口。

文财也觉得像蘑菇蕈,仿佛碗筷已随一碟蘑菇蕈端上来,极力婉拒。他知道今天晚上和周蓉安的浪漫晚餐,无论如何不会实现了。

●

主任办公室在六点十分被第二次推开时,李清吉看见屠文财用一贯的流畅步伐迅速走到角落一座书架旁,同时用手指向窗外戳了戳,提醒老李注意山上的望远镜,好像它是部署大气层外的卫星杀手。老李放下《影武者》跟上去,一头脱西装一头向代理主任报告。他脱得很慢,身体扭扭曲曲,表情也忸忸怩怩,像在做某种柔软体操,说到林伯第时,精神忽然抖擞数倍,身躯也陡然扩张得像用肉身保护官员免受枪击的保镖。文财也脱下身上的衣服,从一个铁柜子里拿出出门时穿的衣服穿上,把脱下的衣服和从老李身上脱下的西装、墨镜、烟斗放到一个塑料袋，置于铁柜子中。他激赏地拍了一下老李肩膀。

“太好了，呃，太好了！我没有看错人！你看，呃，连林伯第也被你骗了，我不是说过吗？呃，不但你的后脑勺骗得过我太太，五官也骗得过她。”

文财非但不对伯第的出现表示抱歉，得意的模样反倒像伯第是他派来试探老李的。“老李，呃，干得好，这个伯第交给我处理。呃，还有，下次倘若再出现这种情形，呃，你不妨模仿我三叉神经痛，呃，发作时的模样，然后假装服一颗，呃，镇痛剂，到时候我会怀疑呃，自己是不是像孙悟空得了精神分裂症呢？呃！”

文财没有想到除了可以模仿三叉神经痛，还可以模仿打嗝，因为他没有想到这个横膈膜的毛病居然一辈子缠上了他。老李惊骇地看着文财，心想还有下一次吗？正要客气，文财已把两张千元大钞塞入老李口袋，然后打量老李全身看看自己在他身上忘了什么。老李虽然临走时想问文财是不是还有机会冒充武大外文系系主任，还有他那个像鹅叫的响嗝是怎么回事，不过他发觉文财似乎颇有心事，告了别就拎着几本《影武者》回宿舍。文财整肃一番，清痰收心，鼓起一副向父母报平安的孝顺嗓子，摇电话给正在打牌的美丽太太，说等一会就要回家，知道太太你正在打牌，不敢惊动，已经在外头吃过晚餐了，太太和牌友想捎点零嘴吗？假设太太正在用望远镜看自己，向山上挥了挥手。

蔡新承临上飞机前，在机场打了个电话给文财，首先表示对方的晚餐缺席使他耿耿于怀，随后问了些系务，最后请文财不要把今天的事放在心上。“蓉安是个没人要的怨妇，给她一点安慰是我们男人的责任，不是吗？世界上有不偷吃荤的猫吗？”

文财这时正在书房咒骂响嗝，对方提起猫，才发觉莉莉的波斯猫正绕着他的裤管撒娇。文财赶紧解释自己和蓉安的关系。“百分之百的普通朋友，呃，因为老蔡你来了，避免引起误会，呃，只好躲一躲。我和她只有学术交往这一点关系的。”

文财提起脚把猫拨开，用万恶的眼神警告它停止舔主人的脚丫子。蔡新承表示完全相信，说了一些嘲笑女人和巩固彼此友谊的话，忽然飞机就要起飞了，女人没有时间嘲笑了，改口祝福对方太太。文财挂电话时心里起了一阵疑窦，想起凯娣今天早上的迟到，她手腕上的新表和蓉安的耳环，不知道蔡新承何时回台北的？波斯猫看见主人的脚在运动，以为在跟它玩，绕着它扑来扑去。文财没好气地拿起桌上的拆信刀对准它扔，恰好刺中了脊梁骨，它惨嚎一声，蹲在门口舔伤不肯离去。文财打着响嗝起身离座，走到窗口前，闷闷不乐地看着窗外的夜色。猫儿对主人的静止不动感到有趣，觉得主人像挂在门梁上一整条等着风干的咸鱼干，鄙夷地“喵喵”叫了两声。

颜莉莉直到上了床才发觉丈夫的响嗝，她没有想到这个响嗝的严重性，所以没有投以太多的关注，随即发觉丈夫手指上少了什么东西。文财今天做了亏心事，眼耳鼻的神经系统恨不能和太太的拉上线截听消息，不过莉莉眼神的异样仿佛阅兵时士兵投向司法官的注目礼，足以引起万众注目，早引起文财注意，这才发觉自己可怕的疏忽。

“哎唷，戒指放在办公桌上忘了带回来了！”这话有语病，好像戒指是雨伞，是拎在手上而不是戴在手上的。文财不明白自己怎会如此细心和粗心，大骂自己和老李糊涂。“我早说过不习惯手指上套个东西，呃，幸好放在办公桌上，真担心下回，呃，什么地方开会吃饭也随手一扔呢……哈哈，呃，下回不会有这种事了。”

颜莉莉想起四点多时望远镜中的丈夫手上似乎还戴着戒指，她懒得计较这种无聊事，拿起身边的电视遥控器打开床前化妆台上的电视。文财吓了一跳：“呃，莉莉，你在看什么？你哪来的这些东西？呃？”莉莉从鼻子里“哼”一声，不屑回答。文财紧盯着荧光屏，眼眶睁得比臭氧层的破洞还大。“这不是普通的A片，咦？呃？”莉莉不动声色地说：“让你开开眼界。这是偷拍旅馆里情侣幽会的片子。是小岚借我的。”小岚就是她的三大牌友之一。文财也从鼻子里哼一声：“你们女人在一起不会有什么好事。”莉莉感染了摄影师的偷窥情绪，挥手示意文财安静。巧的是旅馆里幽会的女人也叫小岚，吓得文财以为就是她的牌友。不知何故，男的有时叫她“小岚”，有时叫她“叶小姐”，可能是刚勾搭上的男女，陌生又亲密。“叶小岚不是女作家吗？”文财心绪此起彼落。过去几次旅馆召妓的经验浮上心头，觉得太太简直在拷打自己，忽然担心自己有没有成了主角，也用心盯着荧光屏。“呃。”“这女的叫床声和你的嗝倒有点像呢。”

武大外文系师生发觉代理主任屠文财不停地打嗝后，赠送了许多同情和激励，其中有一班学生送了一束花到主任办公室，红条幅上写了几个语意不明的字，仿佛一致希望代理主任的响嗝尽早寿终正寝，又仿佛祝福它绵延不断生生不息。文财后来发觉花束是学生表演话剧用过的道具，对学生的废物利用气得拍桌咒骂，为自己当初赞助话剧演出的几千元捐款痛惜不已。文财的响嗝倒也不是一天二十四小时持续不断。但总是在肚子稍稍填饱后应声而起，发作后必定持续数小时，到下一餐前大约也有数小时不发作的空当。学生上课时逐渐习惯了屠老师的响嗝，认为它虽然不无干扰，但也颇具娱乐效果，调皮的学生拿手表仔细计算每个响嗝的间隔时间和老师一节课会打几个响嗝，偶尔打赌打到第几个响嗝下课钟就会敲响。胆大学生在课堂上问老师睡觉时还打不打嗝？枕边的师母睡得着吗？文财严肃回答晚上已不吃消夜，所以不会打嗝，学生听了哈哈大笑，表示老师真可怜。同事请客吃饭，不到三分饱就听见文财的响嗝在捣蛋，吃兴因此大减，开玩笑说要疏远文财，免得自己营养不良或是染上了他的怪病。其间文财医院上了不止千趟，名医拜访了不止数十位，看病出了名，病情成了某报医药版的花边消息，记者下笔毫不留情，说他的响嗝必然和不良饮食习惯有关，“听说屠代理主任二十四小时烟斗不离嘴，连泡澡堂也吞云吐雾”，其实文财没有泡澡堂的习惯，只是便秘时用一盆热水烫屁眼。

时序逐渐入夏，他打着响嗝继续和凯娣、蓉安约会，俏皮话和情话说得愈来愈有学者风范——兼具无趣和抄袭。他的秃头新近长出了一小撮黑溜溜的发桩，又嫩又疏显得很羞涩，媲美小伙子嘴上第一次冒出的髭芽，可惜长在油光滑亮的额头上，好比屁股长毛。文财十分疼惜，认为是恋爱使自己返老还童。有一回太阳底下走了几趟，发觉它们被太阳晒得有点憔悴，心痛之余，以后太阳底下出门必然撑伞，惹来许多嘲笑和猜疑，他不以为忤，一律报以神秘微笑。

“阳光普照，提什么伞？”

“比较阴凉嘛。”

“前面有花市，你干脆花点钱提一棵树回家吧。”

他翘了班，或是凯娣翘了课经常约会的地点，在市中心一个偏僻小巷子的一座咖啡厅中，老板明白客人心理，替客人取了个心照不宣的店名，叫作“开小差”，照例傍一个英文名：Take French Leave，注明是军用术语，暗示约会像战争。

客人低头垂目，沉默得像上帝，偶尔说话也像打哑谜，桌上摆满客人的报纸、公文、课本和文具，如店名显示贪图舒服在这里办公上课，老板伺候惯了这种客人，学了许多开学店和办衙门的本领。文财自从名字上了医药版后，觉得自己也是半个名人，开小差时规定戴凉帽、卸墨镜、弃烟斗，防止响嗝滋事，只喝饮料不进食，用餐时间到了也情愿挨饿。他和蓉安见面的地方在蓉安住处附近一家叫作“瑶瑶”的餐厅，两人猜测店名来处，说现代人没有本领往旧诗里找灵感，大约是老板女儿、太太、母亲、祖母或情妇的小名。有一天无意中见到了老板，是个女人，养了一条恶犬，就叫“瑶瑶”，两人差点不再光顾。

武大外文系现在盛传自从屠文财代理外文系系主任，也一并代理了蔡新承在周蓉安和余凯娣心目中的地位。学生最近发觉屠代理主任喜欢一个人坐在学校附近的速食餐厅里喝咖啡看报纸，偶尔专心地读着眼前的一本宝贝书，或者什么也不做，只是坐在那儿发呆，不理睬对他打招呼的学生。女学生说屠代理主任在速食餐厅里一副色痨相，专瞄漂亮女生。男学生注意到代理主任修炼的宝典是武侠小说，上课请教，代理主任表示最近打算向西方介绍中国武侠小说，重点在金庸的“侠义和有情世界”，话锋一转，说到欧洲中世纪骑士文学，引起师生课堂上热烈讨论比较文学的可能。其实坐在速食餐厅里的不是屠文财，而是李清吉。

李清吉自从上次在主任办公室“代理”了屠代理主任后，又在代理主任恳求和命令下“代理”了两次，一次比一次驾轻就熟，最后一次屠代理主任没有赏给他任何“孙中山”或“蒋介石”，反而慎重地将那套西装、墨镜、烟斗送给了他，颇有晋阶授爵、学成出征的意味。李清吉虽然像热爱国家一样热爱山石，但他对这几样玩意儿更觉兴味。他冒充了三次上司，嘴脸添了些福相和威严，人也长了学问，会说 Good Morning、Good bye、Hello 之类宠物也听得懂的奴才话，好比嫁给大官名流的女人学问和身材一起膨胀。李清吉当然没有察觉自己气质上的变化，只知道自己的背影是颜太太寂寞时的依靠，后脑勺可能代受过颜太太赌气时隔空打来的脑栗子，勉励自己不管是安慰或受气对象，一律挺直腰杆做好树枝。事实上颜莉莉已经和林伯第勾搭上，现在依靠的是林伯第的前胸，少了寂寞的眺望，望远镜早派不上用场，只是猜疑地摆在窗前作为贞烈象征。自私的屠文财没有察觉妻子的异样，奇怪自己忽然多出许多活动空间，乐得多开小差和上狗食堂。林伯第的文学课程依旧没有开成，却替颜莉莉开了一门文艺课程，拿言情小说的内容和她谈恋爱。

两人在屠家幽会时，波斯猫缠着他俩咆哮，颇有公审奸夫淫妇的气势，文财回来时还缠着他告状，恨自己不会说中文的“抓奸”二字，它被女主人冷落，又被男主人嫌啰唆，伤心得时常翻窗外出和其他公猫争风吃醋，左邻右舍地喊打，媲美官员鄙夷色情行业时发出的正义之声。

李清吉将上司的馈赠挂在墙上瞻仰，觉得上司送给他就是要他好好利用的意思，学会了吸烟斗和戴墨镜，偶尔忍不住穿上它们出外亮相，对好奇地打量自己的学生视而不见，只专注看武侠小说、报纸和透过墨镜神不知鬼不觉地看女人，害得学生以为代理主任堕落到这个地步。屠文财一本正经地和学生讨论武侠小说纯属巧合。文财一直不忘凯娣将来留学后的研究课题，建议凯娣把中国武侠小说弄到比较文学里，去让西方人开开眼界，两人在“开小差”研究如何向外国佬介绍轻功和降龙十八掌时，以一个人驾了飞机和一枪在手做了科学性的比喻。

一个星期天晚上大约七点左右，武大外文系系馆一如往常地安静，忽然有人敲响了李清吉的宿舍大门，正在阅读武侠小说的李清吉惊骇地看见，远在香港的武大外文系系主任蔡新承风尘仆仆走了进来。

蔡主任还未跨进门槛，就把大门充满防卫意味地像战盾拎在手上，好像大门就是靠他一臂之力挂在半空中的，当大门滑回门框时，顺便把他西装下摆的一角夹在门缝里。蔡主任扯了两下没有扯出来，抓着把手左右拉转，大门居然不肯打开，正想踹它一脚，老李赶紧走来打开大门，蔡新承注意看老李的手，右额被大门打中，头一歪，脑袋撞到了老李的太阳穴。

老李请蔡主任坐在房间里唯一的一张椅子上，卸下嘴里的烟斗，从壁架上翻找出一包扁皱不堪的长寿烟，由于最近抽惯了烟斗，不确定里面的内容，从表面看来根本不像放得下一根烟，却被他奇迹似的挖出一根，小心翼翼地摸摸捏捏，整理得像一根香烟后才递给蔡新承。蔡新承从大门学到了教训，怀疑椅子和香烟的实用性。他挥挥手表示对那根烟不感兴趣，用手摸了摸椅背，又用鞋尖踢了踢椅子脚，确定它不会发出动作后才坐下。“老李，还记得我这个上司吧?”

●

六月初位于山腰上的武大第一女子宿舍传出外文系四年级女生余凯娣被老师屠文财强暴时，余凯娣曾经失踪了三天，当她再度出现时，已是全校风云人物。她的出现是短暂的，接受了女教官两小时盘问后，余凯娣了解到事情的严重，在室友和女教官协助下，挥泪打点行当，租了学校附近一栋雅房匿藏起来，直到骊歌响起也未再踏入武大校园。

这时武大校园平时张贴社团海报的各种大小看板，已如雨后春笋出现了各式揭发、批评和声讨强暴案的大字报，保守安静的武大校园顿时变得热闹冲动，随着新闻记者带着生花妙笔或如椽大笔跟进，更成了社会焦点。

据说第一个张贴大字报的署名者是“一个武大外文研究生”，八百字的内容生动兼沉痛，显然受过很好的作文训练，如果不是题材的惊世骇俗，大学联考的作文评审官会打一个高分。研究生有研究精神，巨细靡遗说出强暴案始末。五月二十六号星期四晚上，余凯娣独自到屠文财寓所请教一个比较文学问题后，屠文财自告奋勇护送余凯娣回宿舍。当时屠文财喝了不少酒，在家里和途中已有失态。武大第一女舍位于山腰上，和校园隔着六百多米，其中三百多米是一片茂林。两人来到这片林子时已是九时四十分，屠文财坚持护送余凯娣穿越这片林子，被余凯娣婉拒了五六次才打消念头。当余凯娣行走于林子中时，屠文财突然出现将她掳到山腰一片丛林中。余凯娣对她的亲密室友透露，当时虽然视线不佳，但是屠文财的形貌就像大白天校门口的孔子塑像一样五官分明，此人一边动作一边发出的响嗝更是铁证。报纸上“民意论坛版”一位读者投书表示，古代没有照相术，没有人知道孔子长得什么样子，塑像的五官其实是模糊不清的，孔子应该像基督教的上帝是没有面目的。孔家后代大骂大学生孺子不可教。大学生讲道义，大字报从头到尾不提余凯娣三字，只以“外文系女生”代之，乍看仿佛日本人做了受害人。至于屠文财三字不但上了报纸社会版，学生还割下他在毕业纪念册上的人头贴在海报上，以示斩首示众，也有学生在人头下画了一个狼身，表示是一种人兽杂交的新物种。

学校停止了屠文财的授课权并找了一位教授代理他的代理主任一职后，由副校长、训导长、文学院院长、教育学院院长和一位女教官组成了调查委员会，调查是在文学院会议室进行的，时间是六月十日早上九点钟，屠文财坐在五位委员面前接受质询时，每吐一个字就像海龟每下一粒蛋一样痛苦，所不同的是海龟有成就感，而他只有屈辱和悔恨。至于痛的部位完全相同，因为此时他的痔疮发作得厉害。据说海龟下蛋是会流泪的，屠文财也真的流了泪，但是和所有强暴犯一样，他坚决否认罪行。

屠文财发觉五位委员已经对这件事情的始末和他本人做了详细调查，他的强辩成了一批垃圾。“我和凯娣……余凯娣认识这么久，她从来没有到过我家。那天晚上，我和同事周蓉安用过晚餐后……那天晚上我的确喝了不少酒……就和余凯娣在一家约好的咖啡厅见面，余同学很上进，要我指导她将来的硕士论文，我们见面都是研究这个东西的。九点钟我送她回家，她为了避嫌，只准我送她到那片林子前。我为了安全，要陪她走过那片林子，她不答应，我们只好分手，老天爷做证，我没有再回到那林子里！我没有再去找凯娣！因为喝了酒，心情不好，所以到周蓉安家里谈……聊天。我是十点钟就到周蓉安家里的，而那……那……件事情是九点五十分发生的，我怎么可能干了……干了那件事情？余同学说得很清楚，强……强暴犯离……离开她时是十点十分……你们……你们可以问周蓉安的……不……不，周蓉安撒谎！周蓉安撒谎！”

早在调查会举行前，屠文财已经千方百计联系余凯娣、周蓉安、蔡新承和其他同事，寻求他们的协助和同情，但是事后他才知道，调查委员会在这些人身上比他做了更周详和频繁的联系。训导长按下桌前录音机上的一个钮，出现周蓉安的声音：二十六号那天晚上我的确和屠文财用晚餐，他喝了好多酒，醉醺醺的，说了一些神经兮兮的话，幸好没有闹车祸。我六点三十分和他分手的，还劝他早点回去休息，明天还要传授学问呢……大约十一点左右，他忽然到我家来，一进门就大哭，说他做了一件不能原谅的事，怪我晚上灌了他太多酒，坐在我家客厅里哭了将近半小时，问了他好久，什么都不肯说，还骂自己是野兽呢。十二点才离开的……哼，我哪有灌他酒，他倒灌了我不少呢……”

“撒谎！撒谎！周蓉安这婊子撒谎！……”屠文财盯着录音机，就像流浪民族盯着无中生有的国家版图。

“你和周蓉安吃饭的餐厅叫什么‘瑶瑶’吧?”训导长说。

“听说是一条狗的名字。”女教官小声说。

“呃!”文财为了今天这个场合，早上只喝一杯咖啡和吃一个荷包蛋，不想老毛病又发作了，而且第一声特别响。

“打嗝了。”文学院院长说。

“你和余凯娣喝咖啡……或者说研究学问的地方叫‘开小差’吧。”教育学院院长说。

“你们研究的课题是金庸的武侠小说吧。”训导长说。

“屠文财，我们对你的学生和同事做过调查，有不少负面评价。”副校长第一次说话。训导长慢条斯理地把所谓“负面评价”报告了一下，而且并不请屠文财申辩，其简略的过程仿佛不想让屠文财知道得太多。所谓“负面评价”大部分来自屠文财和周蓉安、余凯娣的交往。“唯一没有说你坏话的，是你的好朋友蔡新承主任，如果蔡主任没有替你说了话，我们连这个调查会也懒得开，”训导长说，“听说你很赏识蔡主任的著作，写过文章赞美，而且你的研究室就在主任办公室隔壁，你认为自己凭什么当上代理主任呢? 还有，”训导长忽然调皮起来，第一次显示他是个人，“有谁不知道周蓉安、余凯娣、蔡主任和你之间的关系的，举手!”

结果当然没有人举手，只有五个人的下巴举得很高，表示藐视这四个人的关系。屠文财想起蔡新承在长途电话里的安慰，庆幸自己当初写了那篇批评文章。“老屠，我相信你，学校已经来查过了，我百分之百向他们肯定你的清白，可惜我人在香港，否则我一开始就会把事情压下来。现在事情闹大了，学校受不了压力，恐怕会找你开刀，你要趁早谋算，谋算的时候，不要忘了，你得到我所有的支持。”

“我没有做！呃，我没有做！我发了疯吗？呃，我像个强暴犯吗？”文财伸长手臂，以食指指着副校长，发觉失态，垂下来指着桌上正在发音的录音机，就像动物园里的长臂猿指着游客手上的零嘴。“把余凯娣找来对质！呃，她为什么躲着我？她也许被强暴了，呃，但那个人不是我！呃！”

“是不是你，不是由你来决定的，”训导长说，“余凯娣说，你——你趴在她身上时发出的响嗝，她死也记得的。谁——会做那种事情时打嗝呢？”

“屠先生，其实这种事情过去也不是没有过，你的运气特别坏，”副校长说，“闹得这么大，我们要狠心一点了。没有关系的，屠先生，你可以到海外讲学嘛。”

“是呀，教授金学嘛。”教育学院院长说。

“这个余凯娣也终于得到了教训。”女教官下结论似的说。

六月十二号学校在布告栏公布了屠文财自动退休的消息，同时颇不表谅解地以“外文系四年级余姓女同学”称呼被害人，在背景和性别上替那个日本名字做了注脚，仿佛暗地里替屠代理主任报了仇。

●

骊歌响起时，余凯娣终于拿到了大学文凭。虽然强暴案发生后，她从未踏进校门，但是学期已快终了，教授们给了她不上课的权利，期末考时派人送考卷到她的住处去。教授的同情分数使她毕业时高居全系第五名。七月初蔡新承从香港回台继续接掌武大外文系，可惜丑闻损人，不然蔡新承是很愿意聘请余凯娣留任助教的。

她留学的宏愿倒不成问题，全系最好的博士伯伯叔叔们替她写了很好的推荐函，让她半工半读地进了美国一间名校，据说专攻科幻小说。武大外文系系馆依旧充满朝气，只是多了一层腥秽，几百只鹭鸶聚集到这一带的树林做巢下蛋，屙了很多鸟粪，害得李清吉不得清闲。规模庞大时，简直像在下粪雨。这些鹭鸶不久盘踞了整个武大校园的树梢，蔚为一大奇观。学校替孔子塑像做了一个华盖。

蔡新承回台第二天就到李清吉的宿舍做了一个神秘拜访。他进门第一句话，即保证改善宿舍的硬件设备，然后用力拍了一下老李肩膀，小声说："老李，你他妈的做得太到家了，我只要你非礼非礼，你竟然真上了！"老李结结巴巴，声调生涩得嘴巴像结了蜘蛛网。"报告主任，我……我……我……没有，我真的遵照您的意思，让……让……小姐吃……吃亏而已，我……没有……"蔡新承又捏了捏老李肩膀，"瞧你，不要紧张，我又没有怪你，谁叫余凯娣那骚包长得那么漂亮，只吃吃豆腐简直违背良心嘛。"

"我……我……我那天晚上喝了不少酒，也许把事情做得太……太过分了，但是我……我真的没有……没有……"主任又揉了揉老李肩膀，好像它是猪肉摊贩擦手的一角抹布。"你这个人不老实！我没有怪你啊，我称赞你还来不及呢！干得好，干得好！"老李忽然不说话了，接过蔡新承递来的香烟（丑闻案后，他已没有勇气吸烟斗戴墨镜）后，慢慢地坐在床沿上，陷入一种无法渗透的雕像式沉思中。"我……我……我那天晚上因为喝了不少酒，所以小……小睡了一会，到底后来我怎么了，我……我也记不清楚了，只记得一定要把主任您交代的事……任务办完……"蔡新承坐在一个多月前坐过的木椅上。"这才是我的好伙伴！别忘了，我才是你真正的上司呢！将来我当上文学院院长，你一定到院长室打杂去。”雕像不理睬人，只是从嘴里喷出烟雾，许多疑问的小精灵腾云驾雾而出，飘浮天花板上凝视二人。“报告主任，我当兵时有梦游习惯的，这习惯现在还保存着，那天晚上……如果……”蔡新承这一次把老李的膝盖换成抹布。“胡说八道，这事情不是你干的，难道还真的是屠文财吗?”当天晚上蔡新承躺在周蓉安床上时，心里忽然生起了一丝疑惑。“Mary，你记得那天晚上屠文财几点钟到你家里?”蓉安懒洋洋地说：“就是十一点嘛。”“他告诉委员会是十点。”“你相信他？他喝得醉醺醺的，早糊涂了，除了哭闹这一截是假的，我可没有骗人。”蔡新承把头往蓉安胳肢窝里钻。“这小子连我的女人也敢动？他既然喝醉了，你有没有给他占了便宜?”“都是你！要我灌他，差点连我也栽了。哼，他想上我又不是第一天了，哪有这么容易?”

李清吉有一回因为好玩，穿西装戴墨镜吸烟斗上速食餐厅，发觉引来许多蔑视眼神，连服务生也对他指指点点。他出了餐厅，把墨镜、烟斗丢到狮子会捐赠的一个豪华垃圾桶中，西装则保存着，以便将来回大陆探亲。速食餐厅短暂的屠文财的出现，使学生们开始猜测屠老师的现状，据说屠老师费了许多力气保住婚姻后，带着妻子和波斯猫移民美国，在一家小学院讲授中国现代文学，努力提升中国文学的国际地位，同时用最先进的方法使自己稀有的精虫和太太的卵子结合，他的痛苦（据说手术不好受）没有白费，日后太太果然产下一个小屠文财，一家三口的全家福上了当地小报。照片中的屠文财依旧吸烟斗戴墨镜，额头上的一撮黑发受了加勒比海阳光的洗礼，居然愈长愈茂盛，像小姑娘的刘海覆盖下来。屠氏夫妇受奖似的双手高举婴儿，很像网球双打球员展示冠军锦标。屠太太苍老了许多，她在美国发扬国粹，上电视蒙着眼睛凭触觉玩麻将，让当地盲人多了一项消遣。虽说儿子是最新科技赐物，但她仍不免在儿子吮着自己的乳头时，低头寻找林伯第趴在胸前的贪婪模样。

林伯第的文学课程依旧开不成，他在文财出事后，用颜莉莉的望远镜观察鹭鸶，发表了一篇散文《我爱鹭鸶》，展现了善良敏锐的一面。他那近万元稿费有不少是靠恐吓而来的，区区八千字文章，有六十几个惊叹号。他后来继续作文，从花莲的太鲁阁歌颂到加拿大的枫叶，大自然叹为奇观的美，使他变成一个爱写惊叹号的散文家。

屠文财虽然远离了武大，武大师生却对他永铭在心，第一女子宿舍前面三百多米的树林子自从发生不幸事件后，武大人就对它起了很大的畏惧，据说在那以前和以后也曾经在此地发生过状况不明的骚扰。武大女生于是更理直气壮拉布条抗议学校纵容变态狂和色情狂，学校说总不能砍倒这片树林子，何况赏鸟协会和鸟类专家正在这儿研究鹭鸶，结果在林子里的羊肠小径两旁砌了两道宽一米高两米的砖墙，说色狼即使翻墙，掳了人就没有力气翻出去，口气仿佛打赌色狼有没有勇气就地办事。有男学生说女学生遇袭必然高呼，鹭鸶受到惊吓必然四散，请校警和大家注意鹭鸶，好像鹭鸶是训练有素的牧羊犬。现在女学生经过这条砌了围墙的巷子时，一定遵从马路上说的“行人请结队快速通过”，但是不管她们走得多快，围墙外头仿佛经常传来一阵打嗝声，伴随她们走过宁静、凉爽、多鸟粪的小巷道，护送她们回到宿舍，男学生们不久就替这巷子取了一个名字，叫“打嗝巷”，还在两边出入口题咏设匾，惕人警世。女学生觉得男学生实在调皮，不敢告诉他们深夜入睡后，宿舍窗外还传来一阵阵“呃……呃……呃……”的打嗝声呢。

* 据作者回忆，写作时间早于《沙龙祖母》

潮湿的手

妈的。又来了。这群小兔崽子，一句简简单单否定句，教得焦唇敝舌，考卷上的答案却五花八门。不是我不反省，堂堂一个师大英语系毕业生，名归正传的准老师，这点东西也教不好？一句话，这群小混蛋脑袋欠灵通、欠窍。

中午这鬼天气，窗口掠不进一点风，办公室热得人一肚子急躁，脑子混混沌沌的，只想趴在桌上痛快干他一场午觉。

早上那桩事发生，今天不得不牺牲午觉教训教训这小子。上学期没上满十堂课，就想放手结结实实刮他胡子，心里却老是卸不下肉麻又温情主义的“爱心”“爱的教育”。哼，万世师表。表气包。你伟大，命也短了十几年。一日为师，终身为父。教育国之本——大学校歌第一句不是这么唱？民族幼苗。很值得罢。

教材教法说的什么认知什么 approach，只适合绝顶聪明的学生，碰到孺子不可教的，你只有掏尽本能用应对流氓之类的手段，恐龙吼加藤条，彻底修理他一场。那比什么教学效果都要有效果。

话是这么说，到今天还没动过他们一根毛，要不，小子总会收敛一点，不会做出上午那桩事。谁叫我是三〇一班的导师。

升学班最坏的一班，却是全校最有名气的一班。班上有留级的，有问题学生，有笨得让你恨不得一头撞黑板自杀的，有不折不扣的白痴。那个叫郭维襄的，留级三年，二十六个英文字母还认不齐全。我把他豁出去了，教他三十年也开不了窍。老同学说：你运气好，分到一所明星学校。

明星，明星个鬼，真正霉星罩顶，一生教下去永世不得翻身。大学四年拼老命弄八张遮面子的成绩单，为了什么？还不是想将来毕了业，可以分发到一所不错的学校实习。四年投资，如意标到一间还算有点名气的中学，记得当时真是兴奋得半死。到学校报到那天，校长说：“你当三〇一班的导师，三〇一班是升学班。”更是激动得嘴唇也有点抖了。

等到发觉三〇一班是每个老师不敢顾盼、躲都躲不及的问题班时，已经半自动把自己枷锁起来挣也挣不开了。同事说：你年轻没经验，校方注重升学率，有一班升学班让你教就不错了。三〇一班？照理说这种难缠的班级应该让有经验的老师去收拾，我老几？不是说我年轻没经验？那跟管一所监狱、一群流氓犯没两样。你运气好！妈的，想着和我一起毕业的同学在一些烂学校当王牌老师，呼风唤雨驱这使那，看人家多逍遥，每天悠悠闲闲跷着二郎腿吞云吐雾，月底领了饷塞进荷包不见得比我扁。我呢？不但是受气包，还是出汗筒、喘气袋，半死在小考、日考、周考、月考、随堂考、模拟考、期初期中期末考的快速循环中，忙得差点连放屁也要上面批准。不是轻易缴械那种每个大学生离校时“为理想而奋斗”的初期执着，只是教务主任的话把我的背脊骨变成一条冰柱，满腔热情同时冻结：“考试是学校规定的，一定要考！考得日夜颠倒也要考！你教你的，他们懂了多少你就不要管了。考一个大鸭蛋又怎样？你留个记录就是了，担心什么？不是你的实习分数！校长不会因为三〇一班成绩差，就说你教不好！谁教也是那个样子，孔圣来了也没用，谁不知道那四十几个家伙的慧根？”

真委屈，就像拨一块砂姜地给一个勤奋的庄稼汉。

中午这鬼天气——又何必呢？见了棺材也不流泪的小兔崽子，操什么心？教历史的罗老师大惊小怪说：“你想说服他吗？你想感化他吗？迟顾生那小子？省点口舌，他左耳通右耳，没拐进大脑的！”

不是我吹，教了一个多学期，除了骂就没给过他们再重的刑罚，三〇一恐怕对我这位杨老师印象最好。当然他们没把我看在眼里，所谓“好”，就像臭袜子堆里选一双最不臭的将就将就，好比人家选美国总统，两个坏蛋总得选一个。我就是这样的“好”。

三〇一那群猴崽子不买我的账我没话说，但迟顾生总有一点讨价的余地，这小子如果不值得我评估，那我这个导师真干得一点意思也没了，回宿舍孵豆芽罢。

瞥瞥腕表，十三点十二分。从十二点开始，没给迟顾生吃午餐的时间，就把他叫到办公室我办公桌旁罚站，我改了一小时十二分的考卷，也让他站了一小时十二分。

低头用红笔批着，我没正眼看过他。视围最偏远的一角是他黧黑枯瘦的脚和半只手臂，偶尔不耐烦地前摆后晃。小子五脏庙没修，想用一些琐碎的小动作向我抗议。

“饿了罢？全校只有我们两人没吃过。”这么说有两个好处，一来让他知道我陪他一块饿肚子，二来表示事态严重，我不想打发了事。小滑头就是喜欢被重视，他知道老师为了他曾经这样那样，就会觉得受用，不会跟你马虎拉扯。数一数，还剩六张考卷，等改完再跟他蘑菇。

虽然不看他，但知道他看着我，考卷上经常映着他鲜活的形象。瘦瘦的个子，想不透紧黏着的一层皮怎么把一身嶙峋的骨骼装进去。他的身子好比骨骼是竹枝凑搭成，糊一层纸。走起路来两脚轻飘飘不着地似的，像牵系着线的木偶，蹑足踮脚，半浮半撑，虚晃着没一脚贴实。剃得光滑的头大得不像话，他要是挤在篮球场上，那些摘下眼镜的猴崽子准会什么时候出手抢戳那颗脑袋。耳朵上端尖翘翘的，攀升向脑框子，像削成一半的贝壳。细薄的眉毛，面对面瞧着，也没敢说它长得什么形状。眼睛大得像漫画，眨眼时慢吞吞的，像玩具娃娃双眼一张一合，一种愕然的死灰复燃。眼眶下两片深凹的黑圈，眉毛像长到这儿来了。

一双干瘦枯皱的手臂，漆一层死褐色，像一根折断而还没落下地的树干摇摆着，伸出五只枝丫一般的手指。不管何时何地，五指总爱往身上抓这捏那，几次在课堂上看见它伸向两腿之间，或迅速从裤腰间摸进去，捣两三下伸出来。我猜他在调整他那个小东西。

曝露在外得这么怪异，我不免怀疑穿上鞋袜的脚丫子有没有长蹼结鳞，或像鸡爪那样。

每次指责他，不管我怎么骂，骂得血管快爆炸了，总是丢给我一句不增一字不删一字，叫人气破肚皮的话：

“老师，这是我的习惯。”

他一再固执地复述这句话，那副自以为是的憨态，倒像他提到的习惯只是洗脸刷牙，我变成干扰别人隐私的迫害者了。

迟顾生坏毛病一大箩筐，最严重的就是喜欢对女生毛手毛脚，而且鬼主意总打到女生几个最不能动脑筋的地方。那双手像生下来就专会干这种事，细细长长，总是又湿又黏的样子，那些女生真是怕死他了。训他贬他，他就用那句“老师，这是我的习惯”跟我抬杠，弄得我啼笑皆非。我从来没想过体罚，那对他不管用，除非把他双手捆起来，要不干脆剁掉。

上学期，这坏毛病把一个小女生吓哭了。我习惯了他的恶作剧，生不起气来，又不能不装着很生气，叫来责问。

“迟顾生，你的手又痒了？”

他用手指不停捏着擦着裤侧。“我没把她怎样，只不过叫她当我的模特儿。”

这回答跟以前不一样，我差点把昨晚跟同事打牙祭的卤蛋呕出来。

迟顾生功课差。像一些功课差的，他有一种特殊才华，他的绘画天赋，叫我对他另眼相看。教美术的彭老师，师大毕业，高我几届，每周都拿着迟顾生的作业在我面前晃，说：“看呀，天才画家，白痴班卧虎藏龙！”

虽然绘画我一窍不通，但十五岁的孩子能有那么娴熟的着色、线条和构图，也让我揣摩出不平凡。这小子乳臭未干，画面不是暮气沉沉，就是晦涩阴森的，真是太世故了，什么都看穿一般。不知道小鬼脑袋瓜装着什么。他的画只是好，纯粹写实，画啥像啥，说不上抽象。而且真他妈的画啥像啥。

彭老师没规定画题时，他就交上来一幅裸女。第一次碰到这种事情，彭老师碰翻了一罐墨汁，愣过几回才定下神，在我面前指指点点评估，总是赞美和惊叹。

看着那些裸女，我和彭老师有点心虚，没敢喘一口气。他妈的，真是逼真到家，叫人想入非非了，莫名其妙尴尬不安起来。

小滑头画的都是又瘦又弱的女人，表情很可怜，像掳掠到贼寨的闺女，倦悲中流露着不屑和不亢罢。有时候也有笑容，但笑得很不自在，画得不够自然？——我跟彭老师辩。乳房很小——和彭老师看画时，我总装得很不在乎地指出这点。

这小子居然还要模特儿！这档子事，除了和彭老师笑话过去，没向第三人声张。训导长告诉我，同学有见不得人的事，随我打骂，最好不要闹给校长知道。如果我不替迟顾生遮掩，他那一大箩筐怪癖准有好戏瞧。我平常苦口婆心诱导，末了，就想和他谈谈他的家庭、日常生活和嗜好，他说：

“我不喜欢跟人家谈论这些，老师，这是我的习惯。”

我干笑：“是吗！”看他一点也不把我看在眼里，不和我一般见识的模样，心里有气。这是我的习惯，老师。他一定以为自己很性格。真的太性格了。

“早上怎么回事，说说看。”改完考卷，点一支烟提神，不看他。我不大喜欢看他，那双大眼睛直窥进你心底似的。

不吭半个字。我不气恼，不等你逼得他下不了台，照例是不说话。好不容易开金口，千篇一律“老师，这是我的习惯”。今天我不马虎自己，也不怂恿他养恶习。病猫也会发威，何况我本来就是不露真面目的懒老虎。

三〇一班，瞧过去什么人都是一个高矮，只有迟顾生我私下多辟他一条路。周记给他最多评语，看什么书，不应该看什么书，什么对什么错，写得一清二楚。英文考得一塌糊涂，加的分数也比别人多。他嘴不说，从他上课瞄我的神情，总以为他心里感激。

早上那桩事，说起来叫人喷饭，男老师抿嘴窃笑，女老师热着耳根子红着脖子骂。训导长跟我说："杨老师，别喧嚷出去，李老师那儿我多费点口舌，你千万叫迟顾生向李老师道歉。"

掐死我罢，我就不相信迟顾生会听我的。

十点的数学课，李老师在讲台上发考卷，学生一个个轮流上台领。快发完的时候罢，左边一个领考卷的小家伙不对劲儿，李老师急转过头看，叫林学明的小鬼左掌持一面镜子，凑近她裙下，镜面朝上，鬼鬼祟祟地调整角度。

李老师吓了一身冷汗，隔壁班的许老师听见她的尖叫，丢下课本飞奔过去。

"他偷看她的内裤！"训导长把我叫来，好像因为我是导师，要揍我泄气，"他偷看她的内裤！小王八蛋不是人！不打得他小屁股蛋开花……"

事后查询，全班一起招供，是迟顾生出的点子，他指使全班吃李老师的豆腐。上台领考卷，每个人手里持一面镜子，轮流交替使用。林学明不机灵，被李老师逮个正着，人赃俱全。

当着训导长面前，我借了一根藤条，不管青红皂白，每人先来十下手心。迟顾生数到二十，接下去斟酌着打。平常爱的教育至上，没动他们一根毛，没想刚刚开杀戒，全班遭殃。抽了他不知道多少下，手臂都有点麻了，对我来说简直是在惩罚自己。

实习报告要怎么写，小色狼！一面打一面想。也骗人骗己地左一句爱心右一句爱心，像咱同学那么肉麻兮兮？我不相信他们的学生天才到哪里去，只有我后知后觉，暴政施展得太远。不能怪我，最后的撒手锏，要不然饭碗会叫这批夜叉小鬼砸掉。

迟顾生的手伸出来时，我又暗吓了一下，恍如冰凉的义手伸出来跟人握手一般滑稽。想着要鞭打它，心里怪怪的。掌心还是湿湿黏黏的，一天到晚淌汗？我怀疑他的手掌可以像壁虎爬墙上天花板。

就是这双手惹的祸，鬼鬼祟祟捏一面镜子。说它鬼鬼祟祟并不正确，不是光明正大在课堂上干的？

手臂累得酸痛了。迟顾生弯下腰，把手夹在两腿间，不肯再伸出来。

这么倔强、怪脾气的孩子也折腰了，心里酸酸的。

抬头看看四十几张发青的小脸，我转过身子，面对黑板，他妈的看不清楚黑板上的什么加减乘除了。

十点到十二点的数学课只上到十点半，调查和惩罚花了一个小时，剩下的时间训导长训话。我只想质询迟顾生，十二点就把他留下。

“你不说，我不怪你，又是你的恶习！你一定要跟李老师道歉。”我把考卷推开，把烟灰缸端到面前，手臂微微一阵酸痛。打得这么重，或许不应该，或许实在没有资格重罚人家。我不敢面对他，难道是内疚作怪？

“我从来不向人家道歉的，老师，这是我的习惯。”又是这么可恶的一句。

“偷看别人的内裤也是你的习惯？你这个——”小色狼、小太保、小杂种……

接不下口，我装出一副恶狠狠的表情，转过脸去看他。我说“装”，因为凶不起来。十五岁的孩子干下这种事，我只觉得滑稽，小子八成开玩笑。大学时是戏剧社的中坚分子，装蒜是我的专长。要我扮个凶相，凶得恨不得啖人一口，这不难。

“啊——”我打心里叫一声，吓得差点从椅子上弹起来。

迟顾生脸上没有一点表情，双眼像嵌入铁脸的弹珠，映着几点寒光，冷酷地凝视着。我不相信这双眼看得见人。

“迟顾生，你，你干吗这样子看着我？”心里喊着，噩梦里的一个片段，魔鬼阴森森瞪着人，想逃，双脚酸软得跨一步就带动一千斤，声嘶力竭地喊。

“老师——”

“啊。”这一次我是真的喊出来了，很轻的一声。这么一喊，总算苏醒过来。老天，太紧张了，眼前的他不是好好站着吗？

我揿熄了烟，再燃一根。揿熄时发觉第一根才烧了一半。我下决心不再看他。

我猛吸着烟。

第二天我佯告李老师迟顾生已有悔意，但他不肯向她当面道歉。“我向你赔个罪罢！”我说，心想：你如果不穿那么短的裙子……哼……

星期六下午，我搭乘公车到万华迟顾生家里做家庭访问。这是我和迟顾生说好的，他一万个不情愿，我说：就算破门而入，也要亲自找你妈谈。

这是我的第一次家庭访问。学生调查卡有他填写的资料：独生子，父亲过世，母亲职业：不详。经济来源：不详。

不详……

下车后走了五分钟，拐进一条弯曲狭小的巷子。我看一眼左边第一户的门牌号码，门口像站着又像瘫痪地倚靠着的一个浓妆艳抹的女人，自己也预料不到地僵笑起来。二号、四号、六号……××街××巷……没有走错地方，二十八号应该靠近巷底了。

又黑又陡的楼梯，边按着扶梯边登上三楼。一楼到三楼没有转弯，从三楼可以看到一楼最下面的梯级，梯口罩着外面的光，努力把那一点光塞进来，暗和亮堵在那儿。

习惯了黑以后，用力捺着刚上来时以为根本没有的门铃。十多下了，没人应门。我用四指关节敲三下大门。

呃——呃——呃——迟顾生站在开得刚好有他肩膀那么宽的门口中，也没招呼我，转过身子说："妈，杨老师来了。"跨两步，消失大门后。

"啊，杨老师，请进来罢！"懒得应，却装着很热心地应。

想把门推开一点，但推不动，门后堆着东西。我半斜着身子走进去。习惯了楼梯的黑，里面的昏暗倒也释然。亮着的是墙上一盏大约只有四十烛光的电灯泡，没有灯罩，吃力地想刷亮天花板、墙壁和地上。

十坪[1]大的房子，不像人住的，像储藏室。

"杨老师，随便坐啊，我马上出来！"右边屏风后传来的声音。

1 坪：面积单位，1坪约3.3平方米。

靠近屏风的大床上，棉被像一座嶙峋的小山耸立着，像在告诉来客主人刚起来。

大床过来是大化妆台，立着和倒下的化妆品挤满台上，下面两个抽屉拉开着，丝袜内衣裤挂在外面。化妆台过来是一张长桌，桌上瓶瓶罐罐，桌下全是装得鼓鼓的纸箱。长桌过来是两个塑料衣橱，被里外堆着的衣服埋得几乎看不见。衣橱过来是另一张屏风，看它的模样，像利用它在左墙角中隔成一个小世界。一张铺在地上的草席从屏风后露出来，搁着一双脚丫子，就在我看它的时候，脚丫子挪了几下，改用侧卧的睡式。屏风上面披着迟顾生的校服。

靠门口的墙壁搁一张饭桌，茶壶电锅玻璃瓶占了半桌，另一半摆着吃剩的碗筷菜肴，桌下四五张没有靠背的铁椅。饭桌旁是一个小电冰箱，上面放一架垂得很低的电风扇。

“对不起啊，老师，让你久等了！”紧靠大床的屏风后面钻出一个三十几岁的女人，穿一件粉红的便衣和拖鞋，嗒！嗒！手脚并用，把地上和电冰箱上的电风扇扭开。“睡得一身汗——老师！你好！”用脚从饭桌下钩出一张椅子坐下。

“你好！”我也拉过一张椅子坐下。忙那么久，只穿了一件便衣？我打量着她。睡前如果卸了妆，刚才就是忙那张脸了。蓬松的鬈发，顶在有点娇小的身材上，显得太长太多了。迟顾生的母亲和这张年轻可爱的脸是很难叫我牵系一块的。

“对不起啊，我睡醒了都要化妆的，”自己招供了，“这是我的习惯。”

我又暗惊了一下。这是我的习惯。母子俩的口气真是一模一样。

“我是迟顾生的导师，敝姓杨，”我说，“打扰您了——”

“我听阿生讲过了！杨老师，打扰的是我们呀，要你老远跑来！喝茶！老师！”拎着一只大茶壶，把温水倒满一只玻璃杯。玻璃杯里已经放好了茶叶。

“谢谢。也没什么，做一个简单的家庭访问罢，顺便跟您谈谈迟顾生。”我瞄一眼漂浮水上的几片茶叶。

“噢?”扬一扬手，像要我注意指甲上艳红的蔻丹，忽然放低声音，“可不可以让阿生听到?”

倒像她跟我比跟迟顾生还熟。“他在场，我可以用另一种方式谈，不过很麻烦，最好不要让他听到。”

“阿生！”她对着我后面喊，“你到林阿姨那边睡！我跟杨老师有点事。”

另一张屏风后的脚丫子缩了进去。迟顾生穿着拖鞋走出来，似乎屋子里的事全不跟他相干，低头走到门口，拉开门，出去，关上。他的脚步声在外面响了六七下，随着开门关门的声音沉寂下来。

迟顾生的母亲告诉我，她在一家西餐厅当服务生，从早忙到晚。她把年轻时恋爱结婚生子失偶的事绘声绘影向我吐诉，边说边叹气，但没显得很伤心，好像对吐诉身世已经家常便饭，至少是经验丰富了，讲得有条有理。开始抱怨工作时受到多少委屈，我才想起她还没提到迟顾生，就说：“迟顾生跟您住同一间房子吗?”那个“是”答得很霸道，像抗议我问得多余，问错了。她几乎是拉着我去看迟顾生在房里用屏风隔开的小天地。

两坪大的一角，草席铺去一半，另一半摆着一个木箱子，上面放着迟顾生的书包。两面墙上贴着五六张迟顾生的裸女画，右下角还有彭老师用红笔打的分数。

她告诉我木箱子是迟顾生的书桌，对墙上的裸女画不多置喙，只说是迟顾生画的。我又暗吃了一惊。

已经耗了一个半小时，我不想再待下去。她也不挽留我，好像我要知道的她都说了，我的目的全达到了。我不是为迟顾生来的吗？她一点也不纳闷。

“我不该太早把迟顾生的事情告诉她，”边走下楼梯边想，“不寻常的家……不寻常的母亲……也没什么不寻常……穷一点……那房子的气氛有点怪……他母亲……像在哪儿见过……应该多接近迟顾生……有空再来……今天也没有白跑……”

我没空也要赶紧第二度造访了。那是三天后，星期三的中午，迟顾生又犯了老毛病。

“他把三年级一个女生骗到操场后面那片花丛后，要她摸他，她不肯，他就抓住她的手——”训导长的嘴角从没见过地歪曲着，“她叫起来，被同学们听见，迟顾生才有了顾忌。我问她，他只抓住你的手，没把你怎样吗？你没被他怎样吗？她说，他抓住我时我就大叫，起初他不肯放手，后来看见同学们走过来了，才放开我！我问，你真的及时叫起来的吗？他只抓你的手吗？她说，是的，他的手又滑又湿的，好讨厌哦！杨老师，迟顾生这个小子我已经请吃过面条，你看现在怎么办？他那个毛病随时会来的！”

我告诉训导长今晚再找他母亲谈谈。观望下去也没什么好处，还是早点让她知道的好。

下课时我跟迟顾生说：“告诉你妈，今晚七点半我有事找她谈。”

迟顾生不说话，一闪一闪的大眼似乎还嫌我这个人太小，不够看。自从打了他，对我愈来愈凶狠了。

晚上我准时敲开大门。

“嗳呀，杨老师，你真准时！”屋内一样的昏暗，他母亲的声音却不大一样，不是嗲，也不是娇柔，“坐，坐，喝口热茶。”

高高提起茶壶，冒着白烟的水柱注满放着茶叶的玻璃杯。

我被她的衣着吓着了。薄薄的睡袍，奶罩和内裤是隐约看见的，接待儿子的老师穿的？

“杨老师眼力真好，”放下茶壶，笑得一双手也想乱舞，忽然走到我身后，“嗳，要关上哟——”轰地推上门，走回原来的位置。她身上的香水味——满屋子都是。

“我是因为迟顾生——”不敢把视线停在肩膀以下的地方。

“阿生跟我讲过了！”她的“生”跟我的“生”叠在一起，“老师这个价钱真抬举！一分价钱一分货嘛！我保证老师收回本！”

我看她有点糊涂，认错我是谁了。

“嗳，那天骗老师，也是没办法的，操这种行业，能跟人明说嘛！服务生我是真做过的，好久的事喽！”脸上的妆比那天浓。要把化妆台上的瓶罐抹空，小脸上的那块皮肉承受得了？“所以说老师眼力真好——噢——我等下要问，老师怎么看出来的。不该叫你老师——杨先生？”

我不知道她胡说什么，也来不及问。

“这么紧张，哟，第一次？”她向她认错的人走过来，“别只顾站着，有兴趣跟我聊，等下时间多的是。”两手向我脖子伸过来，要掐我吗？“真的像第一次——”她要解开我衬衫上的纽扣。

我把她的手挪开，瞪着她："干什么？"

"哟——"吊嗓子那么长的一声，"还要调情吗？没问题，杨先生出了这个价钱，叫我做什么，我就做什么。"说第二个"做"时，眼睛向我眨一下。

"伯母，您怎么了？"我想起巷口二号门牌下僵笑的女人，忽然有点懂了……但她认错人了，"我是迟顾生的老师，敝姓杨！杨柳的杨！"

"客人那么多，我怎么记得住每个人的名字？"她笑出来了，"既然你是阿生拉的第一个客人，好！我记住，"学我的语气，"杨！杨柳的杨！"

我冷得两脚发抖。

"唉！阿生这傻小子也帮我做了件好事！"她懒洋洋地走向大床，在床沿侧卧着，一只脚扒开，"我见过的客人，比杨先生讲气氛、讲派头的多的是！杨先生……"

我转身走向门口。门外有脚步声。

"别紧张哦，阿生要很晚才回来，杨先生的关系嘛！别人他才不管呢！有一次他边做功课边问我：阿妈！中国是哪一年成立的？那个时候快来了，我哪有气答他！"

我打开门走出去，外面没有人。我冲下楼梯，但她似乎追到门口来了。

"杨先生！不满意再排啊！隔壁的林小姐……我可以介绍……杨先生……"

我几乎是半滚地下了楼梯，又差点被最后几级拐得半飞落到外面的水泥地上。我半跑着逃出巷子。巷口那个女人在朦胧的灯光下僵笑着，嘴唇在动。床上运动可以减肥…… 有人窃笑……

他妈的，我原来是个胖子。回头看一眼昏暗的巷子，迟顾生的身影在杂乱的霓虹灯中飘浮着，那一双手像雨后的枝丫，潮湿地滴下水来。

* 原载《蕉风》第三七〇期

一九八四年三月

柯珊的儿女

一九八六年七月，汤哲淮把学期成绩交给课务组，顺便寄了一封辞职信给系主任向鼎，钻进奔驰轿车，发动五千匹马，向他的荒谬人生展开另一条黑暗且未知的大道。我们则正在宿舍整理行李准备回到爸妈怀抱，除了少数买不起机票回侨居地的侨生，大家忙进忙出，偶尔对其他班上的女同学发表批评。最近电视台选拔“大学校园美女”，使我们替班上的女同学感到愤愤不平。“没有关系，”我们安慰她们说，“我们欣赏内在美。”华裔摄影记者陈大卫替《花花公子》拍摄了一系列美国大学美女的裸照，我们对他羡慕极了。汤老师走进宿舍时，我们已经整理妥当，正在听不久前获得北区大专英语演讲比赛第一名的萧绍鑫，用英文议论某杂志选出的十大校园美女。“罗维铭，”汤老师把一叠考卷递给一位同学，“你把这些考卷发还同学。”我们问候汤老师时，顺便纠正一下各种奇形怪状的坐姿。有一点必须声明，当着师长面前，我们从来不叫他们“教授”，这是电影和电视编剧开的玩笑。其实称呼汤老师“教授”，实在抬举，充其量，他只是英语系一位名不见经传的讲师。汤老师把考卷丢到罗维铭怀里，挥一挥手表示收到我们的问候，一个转身，离开死气沉沉、发着汗臭味和尿味的男生宿舍。我们发觉从前年轻英俊的汤哲淮，眉头深锁，嘴角紧闭，像满脸怨气且恶毒的小公务员，此外，他头发散乱，两眼布满血丝，瘦了四五千克，胡子长了至少一星期，浑身烟臭味。“Air pollution（空气污染）。”一位同学说。汤老师丢下的期末考考卷，有本系的大一英文、大二的文法与修辞、英文作文和体育系的大一英文。九月中旬开学时，这些课程被一位新老师接替，汤老师的谣言和传说，逐渐传入我们的小圈子里。汤老师不告而别，害得几位崇拜他的女同学，暗地哭了一场。我们是一群用功读书的好学生、乖宝宝，每个人大约吃掉政府十万块钱后，满怀爱和感激，分发到各地初中教育英才。我们没有摸过女孩子的手，连所谓舞会也不屑参加，不像某校学生，包包和裤袋里，随时带个半打以上的保险套，他们谈起和女孩子上床的情形，吓死我们。据说其中两位午夜牛郎，艳名享誉林森北路一带。且说那天汤老师走后，我们继续兴致勃勃地听萧绍鑫发表感想，不时正经八百地用英文反驳一两句，谈到热酣之处，口沫横飞，自己也很得意。

“Bull——”（狗屎）萧绍鑫被汤老师耽误了几秒钟，看着汤老师的背影，小声骂道。

●

汤哲淮以时速五十千米冲过新生南路和仁爱路口，自动摄影机拍下奔驰屁股后面的车牌号码。“主任：谢谢您的爱护和鼓励，我打算到美国念完博士学位再说，君子有成人之美，这下您不好意思拦阻我了吧？我想推荐一个人接替我的空缺，以后再跟您谈谈这个问题。”哲淮通过一座高架桥，停在松江路和长安东路口，想起写给向鼎的辞职信。“P/S：本校有一个很不好的风气。校庆当日，某些男生会买西瓜到女生宿舍和女友共享，名之曰‘剖心’云云。那天我在校园被女学生拉到宿舍喂了一肚子西瓜，活受罪。年轻人高兴起来，从来不为别人着想。西瓜绿皮红肉，有很多种子，送给新郎新娘才对，大红大绿，多子多孙。主任以为然否？”哲淮握紧方向盘，把愤怒传给引擎盖下面的机器，准备献一个热吻给一辆不知好歹的土产车。他另外打了一封英文辞职信给向鼎，至于那封中文信，正和一堆书本、英文稿纸、打字机和衣服睡在车子里。哲淮写信，必然加个“P/S”，业已形成个人风格。三个月前，某公立大学中文系教授柯子彰（柯珊道貌岸然的儿子），捎信拜托哲淮把自己一篇介绍庄子思想的文章译成英文。那篇文章，又臭又长，哲淮边译边删，浓缩成三千字，回信时，礼尚往来，丢给柯子彰一件苦差事：“P/S：不少公众人物——包括电视节目主持人、政府官员——对性颇感兴趣：‘颇有真实性、具有相当危险性、很有可看性……’把那个暧昧的性拿掉，‘很真实，非常危险，值得一看……’阁下高见？你身为大学中文系教授，应该教一教那些大人物怎么说话。”柯子彰志在跟他攀交情，后来接连寄来了几封信，大谈庄子，还说要到府上拜访。哲淮咬牙切齿，目露凶光，用力踩了一下油门。往前推移一个月，在寄给女友美沁的生日卡上，他开了胡适一个玩笑：“P/S：亲爱的沁，当我正想用很多小小的吻把信封封起来时，窗外有一个兜售冰淇淋的小贩，按着喇叭，八不八不，招徕顾客，像胡适鼓吹八不主义。”哲淮的心，碎成千瓣，痛苦地瞪着前面一辆肥公车的大屁股。今年一月，他被楼上的钢琴轰得作息失常，写了一封匿名信，请他们装设隔音室：“P/S：你们到底是捉虱子还是弹钢琴?”哲淮小时候也学过钢琴——这又是个伤心的记忆。松江路两旁，万头攒动，人类正在人生战场上厮杀。哲淮按一声喇叭，驾着设备精良的奔驰战车，从车队斜冲到另一个车道，满脸杀气被一盏红灯安抚下来。“爱琴海西点面包店”。一个熟悉的招牌映入哲淮眼里。

黄蕾娣，这个身材娇小、笑起来有酒窝的美女，爱琴海老板娘，二十八岁的单身女郎，现在在做什么？也许正在地下室和面包师傅打情骂俏，或者正在看时下流行的翻译小说，裸着和爱琴海小餐包一样好啃的小肩膀。她那张小嘴永远嚼着什么东西，口香糖、鱿鱼丝、蜜饯（她用电话叮咛哲淮：“淮，你回宜兰记得买蜜饯给我！”）、糖果、巧克力、海苔、牛肉干。哲淮喜欢吃零食的女人。“淮，你猜我在啃什么?”蕾娣送给他一个短暂的热吻。哲淮一边嚼着，一边说出零食的名字。

奔驰冲过一盏绿灯，在一百米外再度被一盏红灯拦下。蕾娣不管走到哪里，一径散发着香喷喷的吐司味道。她把看到一半的翻译小说塞入抽屉，从柜台后面走出来迎接哲淮，先带他到点心部门走一圈，看看今天准备用什么喂饱这位馋嘴的大男孩。她把一小块巧克力塞给哲淮:“啊,坏蛋,我买一个奶嘴给你。”下一分钟,哲淮坐在爱琴海附设的咖啡座,一边喝咖啡吃点心,一边听蕾娣闲话家常。想吃蕾娣豆腐的男人真多。一个高中生,经常站在门外看她,如果他再不死心,她准备抄下他胸前的名字和学号,让学校训导处管教一下这只迷途羔羊。一个年轻的理发师傅,付钱时摸一下她的小手。一个脏老头子,老是问她同一个问题:“老板娘,这些点心是你做的吗?”这是她投资一万五千元和两个月,向一家“西点面包烘焙技艺研习中心”学来的手艺。她从来不向哲淮提起抽屉里的翻译小说。奔驰随着一队战车,浩浩荡荡开到民权东路口。殡仪馆有人赶办天堂入境证,行天宫有人祈求神让自己在地上多活几天。哲淮知道那些翻译小说无非描写一对俊男美女,经过重重误会和折磨后,跳上床的故事,千篇一律,专供十五六七岁的少年男女一块做梦的地方。他的一个学生曾经以一千字一百二十元的稿费替出版社译过这种小说,家庭环境不好的女学生请教哲淮 feline eyes 应该译成“猫眼”还是“猫一样的眼神”。“母猫还是公猫?”哲淮认真地说。在爱琴海咖啡座让蕾娣爱了十几分钟后,柯珊另一个儿子,柯长虎出现了,好像蕾娣的爱和点心太多,这个家伙打算捡几口袋回去。如果蕾娣和长虎不是同母异父的兄妹,哲淮会以为他们是情侣。“虎哥。”“娣妹。”打完招呼后,他们不怀好意地看着对方,半晌不说一句话。长虎从自己在附近开设的小型超级市场步行过来时,远在爱琴海五十米外,业已干扰到小两口体内变化激烈的酵素。他深深地一鞠躬,恭敬地想把脑袋当着帽子搁在手上,坐在小两口对面:“教授,我迟到了。”从另一张椅子传来的一屁股热气还没有散发干净。一只脏手在点心盘上面流连过后,哲淮失去胃口。溜来溜去的眼珠子，令哲淮想起便器里的樟脑丸。柯珊众多的儿女中，长虎混得不算得意，他以前是监牢里的票据犯，现在开了一家小型超级市场，占过不少女职员的便宜，太太因此和他离婚。他在一个十六岁的女工读生身上留下什么，被女方告到法院，长虎动用了柯珊生前各种关系，在父亲鬼魂震慑下，一个大逆转，变成被害人。他那张长满横肉的脸，哲淮痛恨极了，当作沙袋、砧板、皮球。在爱琴海，哲淮老是躲不过这个淫坯的纠缠。民权东路杀气腾腾地掠过各国战车，日本铃木、美国凯迪拉克、意大利菲亚特、德国奔驰、英国捷豹、法国标致、瑞典沃尔沃、韩国小马，八国联军，从排烟口开炮，射出毒气，轰得土产车灰头土脸。哲淮躺着靠背，吸一口气。来点愉快的回忆吧。蕾娣的点心不是白吃的，长虎走后，哲淮就要报答人家。蕾娣经过一番调情（她小说看多了，深获个中奥妙），两颊飞出一片醉人的红光，眼睛似水，嘴唇微张，露出一排贪心的小尖牙，用手脚说话，拉着哲淮走到贴满外国男明星的卧房，在床上把对手想象成梦中情人，不停地叫着他们的名字，从克拉克·盖博到沃伦·比蒂。哲淮最受不了这一套。“淮，你怎么啦?”“我——我不行了。我告诉过你多少次，叫你不要叫那些杂种的名字。”但是有一次蕾娣露出马脚。“郑明雄是你什么人?”哲淮咬着她的小耳朵。他在爱琴海吃了一大堆高热量的点心，一直胖不起来。

“他妈的，你做白日梦！”一个穿汗衫的大汉从后面的卡车中冲出来，一拳敲在挡风玻璃上面，一点二六吨的奔驰马上晃了一下。

哲淮在一片喇叭声中，左转民权东路，加入八国联军行列。大猩猩那一拳如果打中什么古迹建筑物，不知道会被判什么罪，不过它并没有敲醒哲淮的白日梦。哲淮头脑里出现另一个女人。韩艳也喜欢叫别人的名字，那些过世的古人对哲淮产生奇妙的效果。哲淮的奔驰穿过一个十字路口，飞越时空，冲到一九八〇年的罗马街道，二十七岁的哲淮陷入阳光、音乐和温暖气候的怀抱中。那一年，他刚在美国密西西比大学拿到文学硕士学位，一个人到欧洲逍遥一年。

“先生，您可以租一辆车子，四处逛逛。”罗马旅馆的侍者对哲淮说。“太冒险了吧，我叫不出这儿任何一条马路。”哲淮说。“条条大路通罗马，你们中国人也听过这句话吧？您还担心什么？”哲淮于是租了一辆车子，靠着一张市街图，四处游荡，寻找奇迹，征服罗马。折回旅馆途中，他忽然见到韩艳，车子马上冲入人行道，停在她面前。哲淮在旅美台湾同学会的一次聚会中认识韩艳，当时她已念完硕士学位（哲淮搞不清楚那是什么学位），等人求婚。韩小姐人如其名，艳光四射，她应该住在浪漫的那不勒斯，接受鲜花和情歌的赞美（《遥远的散塔卢琪亚》《五月之花》《卿莫忘我》……），或者夏威夷，陶醉在阳光和海水之中，做一个蹦蹦跳跳的广告女郎。她精力充沛，魅力十足，所到之处，掀起那不勒斯和夏威夷似的热闹情调，鲜花，情书，好话，尾巴，在她四周活跃。一个伯克利大学电机博士候选人，已经快要为她把到手的学位丢掉。哲淮和她初识，相谈甚欢，但他马上不礼貌地离开韩艳，走到角落和一个来自台南的寂寞女孩聊天，安抚一群嫉妒的眼光。一个月后，她到密西西比大学找哲淮。他搁下福克纳的《喧哗与骚动》，陪公主散几天心，重新回到图书馆，谣言说他像狗一样追她。

他毕业时，韩艳不知道从地球哪一个地方打电话祝福，当她听说哲淮打算到欧洲游玩时，“欧洲每一个国家我都去过，我当你的向导”。哲淮虽然婉拒，但九个月后在罗马街道看见她时，还是激动地按了五六下喇叭。在美国，男士对她虎视眈眈，他不想树立太多敌人。他们在罗马下榻的居然是同一家旅馆。“先生，怎么样，成绩不坏吧?”建议哲淮租车游览罗马的侍者看见他挽着一位漂亮小姐回来，马上趋上前来祝贺。哲淮犒赏了一笔不小的小费。当天晚上十点，韩艳叩着哲淮的房门，当天晚上，是的，就在当天晚上，二十七岁的汤哲淮献出自己的童贞，而十八岁那年，为了钢琴老师，哲淮发誓一辈子“守身如玉”。“罗马所有的伟人中，我最欣赏恺撒。伟大的恺撒！让恺撒以不朽的姿态站在世界上！”当他们赤裸裸地躺在床上时，韩艳发出一连串惊叹。哲淮迷迷糊糊，任由韩艳摆布，后来才明白韩艳叫个不停的恺撒，所指何物。一夜之间，他们演完罗马帝国兴衰史。汤哲淮，一个没有性经验的大男孩，以恺撒大帝的姿态，征服了生平第一个女人。

哲淮心神飘忽，摇摇晃晃，驾着欲望之车，再度穿越时空，回到台北民权西路，恍惚冲了一阵，碰见红灯，停在重庆北路口，但他没有完全清醒，车子又腾空而起，一阵天翻地覆，漫游欧洲大陆。他和韩艳在欧洲度过剩下的三个月。在巴黎，韩艳重新燃起拿破仑征服世界的美梦。“拿破仑是个三寸丁。”哲淮说，“亲爱的，你使他变成巨人。”在西德，她弃希特勒，选择贝多芬。在伟人激励之下，哲淮的男性气概不停地膨胀、成熟，三个月后，当他回到台北时，他觉得自己是个真正的男人，不再是那个暗恋比自己大八岁的钢琴老师而哭泣的小孩子了。

哲淮以一个九十度的快速转弯，再一次将欲望之车，同时也是启蒙号特快车，掉回台北重庆北路，向高速公路飞奔，在时速一百千米的摇撼下，欲望之车冲向另一个高峰。哲淮的灵魂离开驾驶座，穿过挡风玻璃，窗外猛烈摇晃的光色，使他迷失了一会，一阵汹涌的音乐流窜，引导他走向另一个女人的怀抱，贝多芬的《英雄交响曲》向他轰击过来。周香蕊，她的肉体陶醉在他的两臂之中，感官则在享受一堆乐器的摧残。她风格独特，喜欢聆听音乐，这可能是肌肉过于发达，精力旺盛，需要接受灵肉的双重轰炸。她是某大学体育系毕业生，当过某种球类的职业选手，身高一百七十四厘米，在球场上发出的叱咤，令对手不寒而栗，连电视机前的观众也听得一清二楚。她每天在运动场跑完二十圈后，紧接着做五十下向上拉杠引体动作，又一口气来个一百下伏地挺身，看得一旁恭候的哲淮目瞪口呆，他跑完七八圈业已晕头转向。这只是热身运动。稍后他们驾车回到香蕊家中，洗完热水澡后，她轻描淡写地把哲淮抱到床上开始办正经事。文弱书生落到这种女人手里，难怪海顿一旁打气。哲淮受了激励，始终保持运动精神。对手勇不可当，令他泄气。哲淮庆幸自己和香蕊分手得早。“淮，你为什么不理我了？”她在电话中边哭边说，“是不是我没有女人味？是不是我最近上健身院的缘故？我以后不去了。”哲淮很难想象自己在她手里变成哑铃和拉环的模样。她配合音乐，反应惊人。哲淮希望她播一些小品文，诸如勃拉姆斯的《匈牙利第五号舞曲》，肖邦的《波兰英雄舞曲》，那也够激昂了，时间上也可以配合。香蕊有一个坏习惯，在贝多芬和海顿等人的大部头杰作没有播完以前，绝对不肯停止（幸好她对歌剧没有兴趣）。前面几次，哲淮也很振奋，挥舞着指挥棒，有始有终地诠释一首惊心动魄的《田园交响曲》。后来，他实在撑不住了，大叫一声，丢下指挥棒，不过上了轨道的百人交响乐队，在首席小提琴手周香蕊的带动之下，继续轰轰烈烈奔腾下去。香蕊奋力地运转拉弓的模样，业已完全进入状况。

“香蕊，你准备放什么音乐?”

“柴可夫斯基的《悲怆交响曲》。”

“老天。”

“怎么? 巴赫的《马太受难曲》好吗?”

“不要! ——随便。”

哲淮憔悴的灵魂，左冲右撞，挣脱香蕊的怀抱，追着奔驰轿车，穿过挡风玻璃，回到一个时速一百千米的时空流窜，全身上下的灵肉合离不一。他摇摇头，瞪大双眼，前面出现一座收费站。

付钱，通过收费站，哲淮放慢车速，回到现实。他必须冷静地检讨有没有亏欠这三个女人。三十岁时，美沁出现，他毅然地和她们断绝关系。“P/S：亲爱的沁，我永远的爱。今晚请入我梦来。”哲淮也有过内疚的念头，至少，在和韩艳发生数次关系后，跳入她愉快地抖动的肉体之前，心里会不自觉地说：“伯克利电机博士候选人，原谅我吧!”对蕾娣，他想钻入时空隧道，把点心和面包吐还爱琴海，可以的话，包括蕾娣缠绵的爱。香蕊和他交往时，逼他天天运动，教给他一套太极拳，日有起色的健康，已经全部报效回去，他对贝多芬和海顿更内疚，打算什么时候研究交响乐。四只轮子带领他的思潮，安静而平稳地滚向一条滑溜大道。“这三个女人勾引我。”哲淮对好友罗文瑞说。文瑞是哲淮的同事，比哲淮大四岁，长得苍老，很像香港保济丸注册商标上面印着的创制人李兆基，一副老谋深算的模样。在罗马，韩艳带着一瓶香槟敲哲淮旅馆房间的大门。开香槟的时候，她让瓶塞射到天花板，然后把浸满泡沫的食指在哲淮嘴上一抹："味道不错吧？"喝了两杯，她开始骂哲淮想灌醉她（那种香槟，小猫咪也喝不醉），吩咐哲淮扶她上床，万一她醉了，她就睡在这儿，哲淮去睡她的房间，她不能让哲淮扶出去，让人看见不成体统。当哲淮将她扶上床时，出现银幕才有的浪漫情节。"她不知道预演过多少遍了。"文瑞，他生平最要好的朋友，一径维持保济丸注册商标的冷漠表情。且慢，他为什么向老友诉苦？现在他一个人飞驰在高速公路上，身边没有一个朋友，只有几本英文书，一台西德奥林匹克牌打字机，正在一截一截清理三十三岁以前的记忆，回到儿时的故乡，开始另一个人生。汤哲淮，命运捉弄你，女人玩弄你，觉悟吧！奔驰加快速度，叭的一声，越过一辆野鸡游览车。他才不欠任何女人感情债，上帝如果主持公道，她们甚至欠他几颗眼泪。他在柯长虎的婚礼第一次见到黄蕾娣时，她将他的地址写在手掌心，以后哲淮不时收到专人送到府上的爱琴海包装精美的点心。"送给哲淮：尝尝我的手艺——蕾娣""吃了不少了，尝出我的风格没有？——蕾娣""有空到爱琴海来，尝尝刚出炉的爱琴海脆皮吐司，本店最独特的风味——蕾娣（记得我吗？）"翻译小说这一套真管用，哲淮只有登门道谢。两个月后，她试着替他抹掉嘴角上的奶油蛋糕，拍掉衬衫上的饼屑，有一回，她弯下腰，细心地把面包屑从哲淮两腿之间捡起来，噼噼啪啪地拍了几下裤衩，此时男人最好装笨。她带他参观她的房间，保罗·纽曼、阿兰·德龙、猫王、罗伯特·雷德福……一群俊男，每晚陪她入睡。

“哲淮，你猜我嘴里啃什么?”这是她第一次玩这个把戏。

“?”他一本正经地猜。

“眼睛闭起来，你马上会知道。”她把自己当点心送上去，以下又是电影编剧发挥想象力的时候，碰翻一个花瓶什么的。

哲淮用力踩着油门，开始喃喃自语。他扪心自问，觉得自己对得起任何人。周香蕊哭哭啼啼，说:“不要让我碰到美沁，我准备扭断她的脖子。”她在学校时，和班上男同学打橄榄球。那一年，哲淮兴起运动的念头，在运动场有气无力地跑完三圈后，发誓明天再也不来时，周香蕊忽然走过来搭讪，以专家的口吻教他慢跑秘诀。她健康活泼，笑声明朗，哲淮收回刚才的发誓。“你好魁梧。身高多少?”“一百七十四。”“一百七十一。”“呵呵呵。”她拍他的屁股，说:“吸两口气，吐一口气，加油!”四个多月后，她在家里替他按摩扭伤的小腿，然后是大腿。哲淮记得第一次演奏的音乐是贝多芬的《合唱交响曲》。

“她练举重，我真替美沁担心。”文瑞的话不多，有时候沉默得完全像坐镇保济丸注册商标。“她喜欢开玩笑。”哲淮在奔驰车上回答老友。建议哲淮租车游览罗马的侍者，在哲淮离开旅馆时说:“先生，你以后猎艳，一定要有一辆车子，愈拉风愈好。”意大利人，真是没有办法。他以为这个中国人多了得，在罗马绕一圈就钓到一个东方美女。潘孝孚说他是色鬼，更没有道理。“潘孝孚，我原谅你，你因为嫉妒、伤心，说了不少气话。”哲淮回想朋友的言语，逐一地下评断。“不可能了，”他心里喊道，“你还是彻底地死一次，重新活过来吧!”重新活过来，把从前的自己当一面镜子。从前的汤哲淮实在混蛋。大学毕业以前，他和女孩子说了两句话就会脸红，如果不是十八岁时发下重誓，拿着香槟敲旅馆房门的不会是韩艳。“我干脆拿一瓶拿破仑敲她的房门。”哲淮向自己忏悔道。大学时，他收到不少女同学的匿名信，信封上面写着 highly confidential（高度机密），也有几位连名带姓向他挑战，或者借故找他说话，拿一首英诗和小说某个片段请他解释。“P/S：爸，我决定留学进修，研究英美文学。”哲淮洁身自爱，装笨的功夫一流。大三时，他代表本系参加大专英语话剧比赛，扮演莎士比亚《恺撒大帝》中的恺撒（真是无巧不成书），在南海路公立艺术馆，哲淮的演技和丰采迷倒了不少女同学，担任评审的某电影导演跑到后台握手致意，问哲淮想不想拍电影。二十岁出头的哲淮，正经、古板，每个礼拜写一封信给爸妈报告学校生活。二十七岁到三十岁，他和三个女人度过一段荒唐岁月。

“这不是我的错。”哲淮听见一个声音说。他看见身旁坐着二十七八岁的汤哲淮，嘴角划着一个骄傲的微笑，穿着剪裁得宜的西装，几绺头发充满气质地垂下额头，在那张差点使他当上电影明星的俊脸上面摇摆。坐在驾驶座、另一个三十三岁的汤哲淮，胡须满脸，两颊深陷，神情变化不定，痛恨地驾驭一辆一点二六吨的机械怪兽和沉重的记忆，随着情绪的起伏，忽快忽慢地飞驰在车祸频繁的高速公路。才不过五六年的时间，他被迫接受身旁这个年轻小伙子的嘲笑。这个小伙子说，二十五岁时，他在美国密西西比大学英文研究所用两年时间研究福克纳，弄到一个硕士学位，指导教授鼓励他再投资几年时间念完博士学位。在欧洲流浪半年后，他写信给指导教授，说自己打算回台教几年书，如果以后有空，再接受您老的教诲。他把信看了几遍，觉得欺骗老师不是办法。“P/S：我是怎么把学位弄到手的，自己也莫名其妙。请您告诉我，我的硕士论文有什么价值。我用一百二十张纸，不停地证明福克纳的伟大，东抄西凑，言不由衷，请您不要加深我的罪孽吧。我在欧洲旅行思考，觉得自己思想不深，见识浅薄，人格不成熟。为了不辜负您老的期望，我会多读几本书，观察反省，开拓视野，请您原谅您的坏学生的真心话。”小伙子回到台北，彷徨了一阵子。论学历，他可以给大学生上上课，但是想起自己那本硕士论文，心虚得很。此时和他一起回台的韩艳已在北县一所野鸡五专觅得教职，自作主张，拿着哲淮的文凭和论文去见校长，让哲淮做了她的同事。哲淮虽然不愁吃穿，但也不想赋闲，混了两年，得到痔疮和胃病。那些五专女生，打扮得漂漂亮亮，把书本捧在胸前，摇着装满求知欲的屁股，走在生气蓬勃的校园中，阳光激动地照着她们丰满的身材。在课堂上，当哲淮叫她们用英文朗读课文时，小脑袋为难地沉下来，看着课本，动着可怜的小嘴，结结巴巴，令人心痛。如果不是看在那一张漂亮脸蛋分上，哲淮早已破口大骂了。这些脸蛋，是哲淮唯一的娱乐。“P/S：妈，不要老是催我结婚好不好？”

在这最不得意的两年，小伙子的苦闷，获得韩艳、蕾娣和香蕊的安慰。在蕾娣怀抱里，他感谢人类发明甜美和高热量的点心。从香蕊身上，他了解健康对身体的重要，能够经常得到音乐的陶冶，真是身心愉快。至于韩艳，他知道旅行对人类来说，实在不可或缺，特别是到欧洲这么一个充满历史、艺术和伟人的地方，对视野和胸襟的弹跃，助益匪浅。他做了二十七年乖宝宝，忽然同时得到三个女人的启发，心里充满感激和悔恨，但不认为自己犯下淫罪。她们投怀送抱，他年轻力壮。看看她们准备了什么：点心、音乐、恺撒大帝。

“哲淮，最近很忙？注意身体。”哲淮的父亲，宜兰市东岳庙的司庙管理，坐在东岳大帝身旁和儿子下棋，每次抽掉儿子一只车或马时，就会不经意地问道。等到儿子的将被扳倒时，他劝儿子去吃妈妈的麻油鸡。

“慢慢吃。人家女人生了孩子才吃麻油鸡，你怎么瘦成这个样子?”哲淮的妈妈看着儿子两眼下方吊着一袋黑气，爱怜地说，“你交了几个女朋友？小心。”“P/S：我不会乱来的。”接受韩艳等人的恩泽后，他碰到一个回馈的机会。她是哲淮班上的学生，哲淮把这位班花载回家里，在大错没有铸下以前，送她回家。“你哭什么？我对你说过什么？我连你的手也没有碰过。”哲淮在车上用老师的身份劝导学生。她哭得更厉害。他和三个有经验的女人周旋过，却拿一个十九岁的小女生没有办法。车子停在她家一百米外时，她不肯下车。“你不走，我走。”他在附近绕半小时回来，小女生已经在车上睡着了。街灯照着年轻脸蛋上的泪水，哲淮想起十一年前，一个十八岁的年轻人，站在夜晚下雨的街道上，一边流泪，一边看着钢琴老师的家。“胡婉玲，时间不早了，快回家去。”哲淮打开车门，摇醒学生。两只手向他脖子伸过来，哲淮拉开时，大概弄痛人家，她又哭起来。哲淮打电话向韩艳求救。事情解决时，韩艳说：“你对她做了什么?”“没有。我是她的导师。”“撒谎。”哲淮当晚证明给她看。一年多后，韩艳在电话中带着更重的醋劲说：“美沁对你做了什么？为什么你对她这么着迷？她床上功夫比我好?”“不准你这么说!”“淮，你——不要生气。”“P/S：再说一遍，我们以后不要再见面了。”哲淮遇见美沁时，已经向五专小朋友说拜拜，透过大学时代好友罗文瑞博士的推荐，到罗博士执教的大学当讲师。一个五专小女孩，送给哲淮老师一个钢笔座，附带时钟、日历、记事册、拆信刀、指南针和气温表，带着这个东西，可以到北冰洋探险，女人爱他到这种地步，难怪文瑞在教员休息室不时打听哲淮和他女友的近况，提醒老友抹掉嘴角没有吃干净的新鲜艳福再去上课。美沁是个不爱惹事的乖女孩，有时候也会讨哲淮欢心，看看他随手在口袋里装了什么韵事。认识美沁三个月后，美沁告诉他一件怪事：韩艳和香蕊，和柯珊也有一点关系，她们是柯珊另外两个姨太太（柯珊的姨太太，坐得下一辆游览车）的侄女和外甥女。

“你怎么知道?”台湾真小，到处碰到和柯珊有关系的人。哲淮不是第一次有这种想法。

“哥哥告诉我的。”瘦小而多病的潘美沁眨着一双漂亮眼睛说。潘孝孚开了一家规模不小的“强人”补习班，认识不少柯家的人，一个在高中教书的柯珊的女儿，曾经是强人最具号召力的老师。孝孚一天到晚忙着逃税，口袋里两本电话簿，写满有钱有势者的电话号码。他说，如果电话簿里的人全部弃逃，台湾就会完蛋。

“噢。”哲淮失神道。

“这跟你又有什么关系?”

“柯珊——哼，我倒要问问她们。”

“有什么好问的——你跟她们还有来往?”

“没有！我可以发誓。我骗你，被车子撞死。”

“不要发誓，我相信你。”

“汤哲淮，你最好给车子撞死吧。”哲淮狠狠地踩刹车板，把身旁四年前的自己震出车外，奔驰头停在一辆福特红屁股后面。一百米外发生车祸，五辆车子被拦下，排排停在哲淮前面。情况相当严重，警察、记者、救护人员正在为薪水忙碌。哲淮摇下车窗伸出头来张望，想吸几口血腥气，增加斗志。他看见面目全非的车身和尸体后，满足地缩回头，头脑蹦出一个女人。“他们怎么可以让我采访这种新闻，我是影艺记者，”柯婕——柯珊的女儿——某晚报的记者，满脸委屈地对哲淮说，“我看到血——还有那些尸体——我的天！我马上昏倒。”她抽烟，撒谎，奶子大，说人话，外加装在屁股后面的牛仔裤袋。柯婕三十四岁，长得像印在一种镜子后面的白嘉莉[1]，任何人可以在地摊上花二十块钱买到这种镜子。友报一群男记者用独家小新闻代替鲜花追求她老人家。小晚报缺少人手，柯婕跑过各种新闻。“我挖掘黑暗，搜括大人物的丑闻，总编辑不让我写，”她怀才不遇，愤怒地抓着胸前两粒纽扣，“我有钱时，自己办报，我要让那些衣冠禽兽不好过。”哲淮坐在车子里，看见一个义愤填膺的女人，扯开上衣，露出胸前绣着闪电状的超人全套装备，以超光速飞到半空，俯视这个罪恶像高楼大厦林立的城市。好一个正直的女超人！

两辆救护车从哲淮眼前掠过，奔驰后面陆续排了二十几辆车子。哲淮躺着靠背，闭上两眼，想让忙碌的脑袋打个小盹，在黑暗中，他和柯婕来到海山煤矿灾变现场，尸体被担架一个个抬出

1 著名的台湾电视台主持人，活跃于二十世纪七十年代。

来，柯婕神色凄惨，不停地擦着眼泪，有人把她当作遇难家属，递上一碗绿豆汤：“身体要紧，不要难过。”接着哲淮看见晚上十一点的柯婕采访迅雷小组出勤，递上名片，“你可以吗？”小组组长说。哲淮在驾驶座上小声说：“干给他看，女超人，拍几张精彩照片回来。”记者招待会上，柯婕迟到，使出浑身解数缠住一个男记者。哲淮睁开眼睛，眨几下，闭上眼睛。他坐在家中，接受柯婕访问，大谈留美问题。哲淮觉得有人更有资格谈此问题，但是柯婕不放过他。她写了一篇三万字的文章，问了哲淮五十一个问题，从考托福办签证到如何在美国吃饭拉屎，“访留美学人汤哲淮，星条旗下五十一问”，在晚报连载十天。“P/S：你的工作态度令我敬佩，但请不要把我们的留学生当婴儿。”她替哲淮打知名度。有一次，哲淮参加一个座谈会，会后和另一位出席座谈的女明星陈思媚聊了几句，几天后，柯婕在影剧版上说陈思媚和大学讲师汤哲淮“过从甚密”。

“柯小姐，你搞什么鬼？你明明知道我跟陈思媚只不过研究一下天气。”哲淮在电话里骂道。

“我替你打知名度。”柯婕满不在乎。

“大学讲师在影剧版传出绯闻，这算什么知名度？那边怎么说！”

“人家什么也没有说。”

“她们那种人，恨不得天天上报。她不穿奶罩，牙齿全是假的，我那天坐在她旁边，被她的狐臭熏得差点昏倒。你明天澄清一下？”

“我用这个办法，让很多人出过风头，人家高兴还来不及。好吧，我帮你澄清，照你的说法，你们只不过研究一下天气……”

“这样说是不是很暧昧?”哲淮坐在车子里想。他在那个座谈会第一次遇见柯婕，第二天柯婕在晚报上吹捧哲淮，令哲淮后来没有进一步追究绯闻事件。《羡》杂志发行人沈莉嫦，庆祝《羡》发行三周年，邀请包括哲淮在内的七位文化影艺界人士参加一项座谈会，在国宾饭店五百多位观众的注目下，哲淮和陈思媚传出绯闻。参加座谈会的其他六位，有头有脸，当沈莉嫦的丈夫，柯珊的儿子，柯圣荣，邀请哲淮出席座谈会时，哲淮犹疑了半天。在一个国际比较文学会议中，哲淮有幸认识大学外文系副教授柯圣荣。关心一下对方健康后，柯教授用浩瀚的英美文学缠住哲淮，聊了四十五分钟，分手时，说了一些“相见恨晚”的肉麻话，订下没有日期和地点的约会。柯老狐狸颇有交际手腕，不时假装对沉默的哲淮提出问题。

“索尔·贝娄不久前被《纽约客》退回来的小说，叫什么名字——汤先生，你记得吧?”

哲淮把那篇中篇小说的名字说出来。

“噢，对！对，汤先生的记忆真好。汤先生有订《纽约客》吗?我可以借给你看。”

“不用麻烦。”

“P/S：以后不要再寄《纽约客》，我不想看。”

“我太太办了一份杂志《羡》，内容还不错，透过《羡》，可以了解时下的青少年。汤先生看过《羡》吧?”

“在书摊翻过，印刷得很漂亮。”

“P/S：请把《羡》送给别人，我又不是十六七岁的少女。书桌摆一本《羡》，真是罪过。老实说，我可以从任何地方了解青少年，但绝对不是从《羡》。你们设立热线电话替青少年解决感情问题。听说那位负责热线电话的小姐，声音甜美，经常受到性骚扰。”

柯太太在电话中称赞哲淮是“青年才俊”“英美文学专家”，带着两个女编辑登府拜访。当时哲淮透过罗文瑞的推荐，在某报副刊翻译一系列介绍近代英美文学思潮的文章，同时在一本月刊负责一个英汉对照专栏。汤哲淮三字偶尔出现在湿淋淋的包着豆腐的报纸上面，但是论知名度，只有本行当中的活跃分子叫得出来。柯太太坐在哲淮对面，让两个打扮入时的女编辑左右伴着哲淮，说他是“最有价值的单身汉、雅痞的代表、青少年的偶像”，愈说愈不像话。人家瞧得起，哲淮只有硬着头皮，花几个星期研究“青少年的现状和未来”（对座谈会的副标题“汉堡炸弹大震撼”，哲淮不明白怎么回事）。座谈会当天，主办单位先让七位专家发表五分钟感想。前面六位，以充满爱和关怀的语气，提醒大家注意青少年：“免得再过二三十年，咱们落入他们手里，没有好日子过。”六人互炒冷饭，轮到哲淮：“我完全赞成六位的看法……”但是舆论和传播媒体宠坏青少年，父母的爱心被视为恶毒和无聊，这些让麦当劳在台北置地产的小伙子应该坐下来好好想一想，不要一天到晚“有话要说”。

哲淮在驾驶座上歪着头，想想自己说了什么，小声地笑起来。

当天哲淮变成座谈会的焦点，六位与会者和观众的问题，纷纷落在哲淮身上。沈发行人感谢汤先生带动座谈会，在该期三周年特大号的《羡》封面，让哲淮的照片印在一位偶像女歌星的肚皮上面，一个月内转给哲淮十几位女读者的来信。“P/S：请告诉你们的编辑，叫她们不要再冒充读者写信给我。”

车祸现场清出一块地方，疏解交通。哲淮发动奔驰，从死神裤衩通过。撞成一团的裕隆轿车，像市立美术馆展出的现代雕塑品。哲淮看见受难的耶稣子民的手，从一堆烂铁中伸出来。在天堂和地狱之间，生命摇摆在地平线上下。一个初中女生被压在倒塌的学校礼堂中，对柯婕说：“阿姨，救我。”一只手推着断柱，另一只手抓着一截肠子。柯婕经常向哲淮诉苦，哲淮并不排斥她的眼泪，她口中各种稀奇古怪的见闻，吸引不少教员休息室的教授，他们用不信任的表情控诉哲淮撒谎。《羡》那一次的座谈会中，柯圣荣夫妇对柯婕的采访，一点也不表示欢迎，给了她不少难堪的眼色。柯婕扬言要在《快递周刊》写一篇报道把沈莉嫦的底子抖出来。柯婕是《快递》的特约撰述，偶尔提供内幕消息和丑闻。那篇有关沈莉嫦的文章，哲淮先在电话里恭聆，后来又在《快递》看过一遍。柯圣荣替太太出面，一状告到法院，柯珊的儿子和柯珊的女儿打官司，热闹一时。哲淮到法院旁听时，见到不少柯珊的儿女。那些杂碎，向哲淮围过来，问长问短，令哲淮忙于应付。哲淮把奔驰驶离车祸现场，对柯珊儿女的阴魂不散，感到厌恶和痛苦。他像关灯一样关掉记忆，吆喝五千只马，翘起奔驰的白屁股，一口气冲过基隆市，奔向滨海公路。

●

看见蓝色的太平洋和上帝的领土，哲淮心里好过了点。他放慢车速，走在狭窄的单线道上，不时看一眼左边广阔的天地，头脑穿过车顶，又开始神游。早在十一年前的谢师宴，哲淮就听见大三的英国文学史老师宋时选和几位教授干了一杯绍兴酒后，小声说："走到哪里都看到柯珊的儿女，妖孽。"宋教授的愤慨，来自哲淮隔壁班一位柯珊的女儿柯小萍，当时柯小萍和一群学生刚向宋教授敬过酒。柯小萍脾气古怪，不爱说话，神色阴晴不定，绰号"老小姐"。哲淮只记得她坐在教室一角，用茫然的神色四下张望的模样，此外，他在一次班上的聚会中，和她玩过一种小朋友的团体游戏，拉过她的手。

"她的头脑，我没有接触过，真是一个奇怪的柯珊的女儿。"哲淮把车子时速维持在四五十千米之间，以这个速度，大约两个小时可以抵达宜兰，但他不急着赶路。在奔往水湳洞的台湾东部滨海公路，一九八六年七月八日上午十一点十分——哲淮看一眼腕表，确定现在的时空位置，继续神游。

宋时选教授那句有关柯珊的名言，对别人来说也许夸张，但哲淮心有戚戚焉。从前在宜兰老家，不时出现打扮入时的女人，稍后知道她们全是柯珊遗孀时，哲淮的脑袋已经被她们当作中泰宾馆欢喜佛的大肚子摸了个千百遍。她们不是一整批来，而是一个个来，带着儿女。她们不是专程来访，而是因为南上北下，"顺道来看看哲淮这个孩子"。哲淮因此受尽折磨。这些姨太太把哲淮叫过来，像瞎子摸一遍，做一个肥瘦长短和上一次有什么不一样的短评，然后叫他坐在身边，以医生、牧师、老师、奶妈的身份调查近况，最后，叫这个小天才坐在钢琴前面表现一下，临走时丢下一份礼物。"好乖，下次阿姨再带礼物给你。"

"妈，我可不可以留在房间里，不要出来见阿姨?"哲淮问妈妈。

“傻孩子，不可以的，这是礼貌。”妈妈说。

哲淮在车子里叹一口气。

升高中时，她们才慢慢绝迹汤家，除了一位姓严、年纪较大的太太。哲淮后来知道她是柯珊的原配夫人。她坐在客厅，细声细气和妈妈聊天，看到哲淮，随便问两句，“你去玩吧，我和你妈妈聊天。”妈妈偶尔会带哲淮到台北参加柯珊儿女们的喜宴，后来哲淮上台北念大学，妈妈懒得上来，打发哲淮赴宴，哲淮因此认识更多柯珊的儿女和柯太太的亲戚。“这是怎么回事？”他对文瑞抱怨，“女人都嫁给柯珊了吗？”哲淮的妈妈曾如鬈，年轻时是闻名宜兰县员山村的美人，她告诉哲淮，她的父亲曾炎在她十岁时，丢下家庭，一个人跑到台北打天下，偶尔寄点钱给妻子儿女（如鬈是独生女），三年后，音讯全无，如鬈二十三岁时，忽然接到父亲来信，吩咐母女俩到台北相聚。如鬈和母亲在台北见到曾炎时，才知道曾炎做生意，搞房地产，变成暴发户。“妈妈说，虽然爸爸一度不顾我们死活，但他有了钱，没有忘记我们，是个好人。”如鬈说。

“妈，您这是何苦？”哲淮向二十年前的母亲抗议。“P/S：您在台北四年，认识不少柯珊的姨太太。她们看在您的分上，在喜宴中不停向我灌酒，真叫人受不了。幸好淫鬼柯珊死得早，听说他得过性病，那些姨太太恐怕也有问题。我记得小时候，她们亲手为我剥开糖果纸皮，用手指拈着糖果放到我嘴里。还有一位，每次一来，就亲手喂我吃葡萄干，我又不是没有手。”哲淮苦笑不已，透过挡风玻璃看一眼亮丽的天空：妈妈，请您原谅我。

曾炎带着妻女出入上流社会，认识柯珊，结成好友，如鬈因此和柯太太们攀上交情。“他那些姨太太，有的年纪比我轻，互相吃对方的醋，一天到晚想把柯珊留在身边，”如饗笑说，“她们知道爸爸和柯珊要好，经常向我打听、诉苦，和我交上朋友。”哲淮想起母亲说话时的神情，一阵绞痛，奔驰差点冲上另一条车道。四年后，曾炎病逝，母女变卖产业，回到宜兰买下一块地，盖了一栋华宅，如饗随即嫁给儿时好友，当时还是小学教师的汤兆祥，靠着曾炎留下的财产，让汤哲淮在富裕中长大。“爸爸，哦，爸爸。”哲淮视觉有点模糊，奔驰在时速三十千米中慢慢前进。从大学开始，哲淮经常在公共场合碰见柯珊的儿女和柯太太的亲戚，其中有一些是柯珊死后，柯太太改嫁他人生下的种（如黄蕾娣）。他把对柯珊的憎恨和鄙视，毫不犹豫地移转到柯珊的儿女身上，以敌视的态度对待他们的友情。放任一些，摒除钢琴老师的影响，他或许可以提早在大学时代得到二十七岁时的风流经验。几个柯太太方的女亲戚，对他表示好感。

“柯珊的淫荡，天下第一！”

哲淮不止一次在文瑞和同事面前，痛骂柯珊。在教员休息室中，他和一群教授喝咖啡，说着柯珊儿女的笑话。柯珊的儿子柯宝端，某单项运动协会副理事长，带领选手到海外比赛，和其他代表队职员接触频繁，有关单位在他回台时叫他过来讲话，他激动地说：“我爸爸非常忠诚！”柯珊的儿子柯炜学，第一次当电影导演，想把柯珊的风流韵事拍成电影，老板认为不具号召力，炜学拍着桌子，说柯珊是一代情圣，有很多小老婆，女人抢着下嫁，没有留胡子的时候，像极六十年代的喜剧明星陈厚。柯珊的儿子柯斌，在一所商专教书，搞上几个女学生，弄大一个肚子，校长叫柯斌写悔过书：“你想学你爸爸？你有本事统统娶回去做小老婆。”柯斌在悔过书中，推崇父亲，感怀身世，“生不逢辰，有志难伸”，校长把悔过书丢在柯斌脚下，要他重写。柯珊的女儿柯锦瑜，某初中校长，经常在朝会时表彰父亲，他老人家教导有方，让女儿有今天的成就，如果不是英年早逝（柯珊死时，五十一岁），政府会腾出一块地方替他竖立一座纪念碑（提到柯珊，她说“我爸爸”，学生一直不知道这位伟人的大名）。柯珊的女儿柯若慈，伟世贸易公司总经理，控告厂商违约，出庭时，她告诉法官，她父亲生前经常周济被告，现在被告欺侮恩人的女儿，“司法界有很多父亲的朋友，大家都知道他正直、讲义气，赴汤蹈火帮助难友”。

“柯珊当初应该办一所幼儿园，专门招收自己的儿女做学生。”英文系系馆教员休息室中的汤哲淮说。

几位老教授看不惯这个年轻人的刻薄，提醒他留点口德。

“柯珊也许风流，但他的后代是无辜的。”一位教语言学的老教授对身旁一位老同事说。

“柯珊的儿女，也有很杰出的，不久前提名竞选中研院院士失败的柯爵霖，还有那位被礼聘到委内瑞拉当农业生产指导的柯金，”刚刚上完英诗选读的一位副教授说，“是台湾的精英分子。”

“柯珊的一个女儿，当选过美国某地的华裔小姐。”哲淮不动声色说。

“这有什么不对？”有人说。

“我听说柯珊有一个在美国念大学的女儿，差点上了《阁楼》。”文瑞给老友助阵。

“P/S：我们还是朋友吗？”

“你听谁说的？这是谣言，我打听过。”一位博士说，“那个女孩不是柯珊的女儿。她是个高中生。据说照片已经拍好，编辑也在处理版面，有一个引人遐思的标题：东方美女教你中国烹饪。她脱光衣服，在厨房做中国菜。不知道为什么临时抽掉，美国人吃不惯中国菜吗？”

“柯珊的女儿真是倒霉。”教语言学的老教授说。

“柯珊的女儿带着父亲的淫种，全是下流坯，”哲淮呷一口咖啡，“他的一个儿子，在台北开了两家地下舞厅，准备赚够钱回乡下竞选县长。他送了一张贵宾卡给我——哪一位有兴趣？”

“还不错嘛，他舍得用这些钱造福县民。”英诗专家说。

“不是造福，是鱼肉。柯爵霖是一个例外。他竞选院士失败，一气之下赶办绿卡。”文瑞说。

哲淮减到时速二十千米，集中精神听着教员休息室的争论。

“我也经常在公开场合看见他们，”一位讲师说，“蛮可怜的。同父异母，瞧不起对方。”

“这是柯珊造的孽。”文瑞看着讲师说。

“柯珊死后，那些姨太太应该组一个歌舞团到阿拉斯加凯旋宫表演，物尽其用。”哲淮说。最后，照例剩下哲淮和文瑞一伙人继续讨伐柯珊。

“我忽然辞职，他们会怎么想？”哲淮的奔驰偏向另一个车道，差点和对面来车相撞。那辆黑色裕隆闪到路旁，落到河沟前及时刹住，有人打开车门走下来。哲淮停下奔驰，准备过去道歉一下。他下了车，知道惹上麻烦。

“干你娘，你想我们死啊？”四个流氓向哲淮围上来，有一个家伙把槟榔渣吐在哲淮脚下。

“进口车，干你老母。”另一个家伙踢了奔驰轮胎一脚。德国人造它时，没有想到会让四个中国好汉欺负。他们年纪很轻，最大的不会超过二十岁。

“对不起，对不起。”哲淮小声道歉。他的脑袋早已把他们的头颅丢进果汁机，正在揣摩猪舍欢不欢迎这种食物。

“对不起就算了？”吐槟榔渣的说。

哲淮伸手到西装口袋用拇食二指直接从钱包夹出两张一千元大钞，放到吐槟榔的手上：“小意思，压压惊。”

下一分钟，哲淮继续驾着奔驰驰骋在滨海公路。他不想再考验对面来车的驾驶技术，抵达鼻头角后，他把车子停在路旁，走下车来，登上一块岩石，面对大海坐下。海浪拍着肚子大大的石头，涛声围绕这个三十三岁的年轻人。刚才一场虚惊，暂时赶走柯珊鬼魂，让哲淮想起另一场和奔驰有关的车祸。猛烈的海风，把他飘摇不定的灵魂送回驾驶座，十一月的小冬阳透过挡风玻璃照在哲淮身上，行人道上的女人，带着满足而陶醉的表情，脱光自己，做着想象中的日光浴。这一天，三十岁的哲淮当了两个月的大学讲师，从校园驾着奔驰回家，口哨不断，缓慢前进，不时从后视镜看一眼背影苗条的女郎真面目。他开了一些冷门课，但十分满足。大学女生真会撒娇，经常要哲淮减轻功课，从他手里抢回一点约会时间。她们奋斗十二年，考上这所一流大学，哲淮有责任让她们的头脑有用一点。有一种女人，凭着脸蛋身材，轻松符合公司的求才条件，使老板和同事工作愉快；另一种女人，非得靠头脑不可。当奔驰停在丽水街和潮州街口，准备右转回到永康街的家时，砰的一声，哲淮全身一晃，马上想到什么可怕的东西干了奔驰一下。后视镜出现一辆头部受伤的土产福特。哲淮走下车子，准备替德国人讨回公道。那辆不自量力的福特，头脑撞得一团凹凸，脑袋壳（引擎盖）裂开，而德国硬屁股丝毫未损，二次大战，纳粹的坚船利炮横扫欧洲，不是没有道理的。哲淮得意地拍两下奔驰，等着福特主人向德国人表示敬意。

福特肚子吐出一个女人。这是哲淮第一次看见二十三岁的潘美沁。她留着短发，额头披着刘海，像一个放暑假的高中生；白衬衫外面套一件黄毛衣，黄蓝相间的格子褶裙。一百六十厘米左右，又瘦又白，就像百货公司的人体模特儿。她抖动略带八字的眉毛，一脸惊慌，小声道："对——对不起，先生。"

"什么？应该道歉的是我，"对面这位穿藏青蓝呢西装的先生，一个箭步走上前来，"我右转灯已经打出来，赖着不走，难怪你会冲上来。你还好？有没有受伤？真抱歉。只有你一个人吗？"

"我没有及时刹车——"

"我早就应该右转，我的驾驶技术不行，这种九十度的转弯，我一向很头痛，"哲淮发挥讲师的口才，"这里很多电线杆吃过我的亏，它们看见我，恨不得长出脚来。我刚开始驾车时，把一辆停在路边的日本车撞得粘在墙上。我妈妈要我开坦克车上街。"

那边忍不住笑出来，打量这位电线杆的仇人。

"你放心，一切损失，由我赔偿。"哲淮继续道，"你的车子只是有点头晕，没有什么大碍，还发得动吧？"

哲淮把奔驰停在路边，坐上福特驾驶座，把小姐一起载到自己熟悉的一家修车厂。他们在路上交换姓名、职业。"你那辆是什么进口车？我好像撞到航空母舰。”美沁说。

“奔驰。我妈妈花了台币一百六十万，向德国人买了一堆废铁，还是土产车好，经济实惠。”

“你的驾驶技术没有你说的那么糟。”

“土产车比较尊重自己人。”

哲淮把福特交给修车厂，坚持用计程车送小姐上班。在美沁哥哥潘孝孚开设的强人补习班，哲淮发觉二十七岁、冷漠、精明、长了一张孩子脸的潘老板，对自己不太友善。孝孚对妹妹从马路捡回来的陌生人仔细打量一遍，知道车祸发生的经过后，看了妹妹一眼，冷笑道：“对那些撞你车子的人，汤先生都向他们道歉吗？”

“是我不对，才让令妹措手不及。”

孝孚比哲淮年轻三岁。他二十一岁开始为生活打拼，二十五岁成立强人补习班，论手腕，哲淮这个绣花枕头不是对手。“用不着你来献殷勤。”

“哥，人家汤先生帮我们修车子，你这样子对人家？”美沁说。

“没有关系，潘小姐，”哲淮笑说，“现在坏人很多，你哥哥不放心。”

“不错，”孝孚对妹妹说，“美沁，你把修车厂的地址告诉我，我去跟他们交涉，别让这个有可能是坏人的家伙插手。”

“潘小姐，不要说出来，这一点心意，我奉献出去了。”

“哥！你发什么神经！”

“好吧！汤先生，以后车子出了问题，唯你是问，”孝孚边走边说，“我们很忙，没有空陪你。学生想考上好学校，我们要替他们想办法。老师也很辛苦，不是靠几个笑话几句牛皮就混得过去。我们赚的是血汗钱。美沁，你还不去工作，出纳组有一张椅子长蜘蛛网没有？”

哲淮踏出强人时，在门口一个落地镜前打量镜中人，觉得一点也不像坏人，潘孝孚到底怎么回事？他在强人外面站了三分钟，接过工作忙碌的美沁透过玻璃送给自己的两个分量不轻的笑容后，满足地离开强人。当天晚上，他躺在床上，决定对蕾娣、香蕊、韩艳三人负心，和她们一刀两断。第二天，他打电话催修车厂。“汤先生，我们最好训练八爪鱼当修车工人。”一星期后，他驾着福特，停在强人门口，把车钥匙交给潘美沁，请她出来验收。“我刚刚从新车展览会场开过来，”哲淮拍着引擎盖，“潘小姐晚上有空吗？我请你吃饭。”

“哥哥把我管得很严，”美沁小声说，“很抱歉。”

“哦——潘先生很关心你。”哲淮低头拍着福特发亮的头。

“花了不少钱，真可惜。”坐在岩石上面，被海风吹得披头散发的哲淮想。

两天后，失眠两夜的哲淮挂电话到强人。“潘小姐，记得汤哲淮吧？”

“汤先生有事吗？”

“有心事。那次车祸发生后，我对自己的粗心大意，向你的福特赔了罪，但是对福特的主人，还欠了一个实际行动——我非要请你吃一顿饭不可。”

那边沉默了两秒钟。“明天晚上好吗？明天晚上哥哥要赴一个晚宴。”

“再说一遍？——你几点下班，我去接你。”

“不要来接我，同事会看见。什么地方？”

哲淮告诉她一家餐厅。“希望明天那家餐厅不要消失才好。”

“明晚再谈好吗？我现在很忙。”

“等一下，先不要挂断。”

“干什么？”

“我要捏捏我的耳朵。哎哟！”

第二天晚上，哲淮坐在一家豪华餐厅里对美沁说甜话，食不知味地吃着一条鱼，被鱼骨鲠到，痛得面青唇白。闹了半天，经理建议他到附近一家外科诊所求救，临走时，哲淮发觉忘记带钱。医生替他拿出鱼骨后，哲淮回家拿钱还给美沁，两人选了一家以情调见称的西餐厅继续填肚子。打扮得像圣诞树的女侍（裙子像油纸伞），两手挽着裙角深深地一鞠躬——就像明星花露水招牌女郎的姿态——把他们当热恋中的情人送到角落，端上两块吓吓叫的牛排。一个钢琴师弹着一首轻快而滑稽的曲子（好像在嘲笑哲淮刚才的遭遇），给客人当佐料。“这块牛排没有骨头了吧？”哲淮对一直保持微笑的美沁道，“谢谢你刚才的经济支援。”他狼狈地离开那家送给自己一根鱼骨的餐厅时，听见侍者说：“第一次和女朋友约会。”那个浑球医生自以为幽默：“和这么漂亮的小姐约会，难免发生一点小意外。我建议你下一回吃一两颗镇静剂。”哲淮想象手术刀、骨钳、剪刀、皮下注射器统统插在医生头上像印第安酋长。日后美沁伏在哲淮身上，像小鱼吃饵咬着他的耳朵说，哲淮被鱼骨鲠到的模样，使她把哥哥的反对丢到九霄云外。美沁没有说谎，当天晚上分手时，哲淮说：“潘先生什么时候才有宴会？”“从明天开始，每天都有。”

隔天晚上，哲淮以一束玫瑰换来美沁的身世。潘家兄妹从小失去父母，寄养亲戚家中，孝孚高中毕业服完兵役，开始工作，和妹妹在外面租下一栋房子，供妹妹念完五专，开设补习班，打下一片“强人”天地。孝孚对妹妹管教严厉，轰走不少追求美沁的男人。“我会努力证明给他看，我汤哲淮是个好人。”哲淮说。十天后，两人丢掉对方尊贵的姓，改称亲昵的小名，为了配合进度，哲淮准备过马路或者走在什么好地方时，拉美沁的手。做这件事之前，他把指甲修过一遍。当他挂电话到强人时，孝孚说：“汤先生，请你以后不要再和美沁来往。”“潘先生——”电话挂断。他陆续挂了几次，对方听到他的名字，马上挂断。他决定到强人交涉时，接到美沁的电话。“美沁，你哥哥不让我们见面。”“我们暂时不要见面好吗？”“为什么？”“等哥哥消消气再说。”“他消什么气？美沁，你已经二十三岁，不是小孩子了，警察、法律、张老师、琼瑶、官员，一律赞成我们来往，一千九百万票对一票，全台一致通过。”“现在不是说俏皮话的时候。你就听我一次嘛。”“好——那一票什么时候否决掉？”“我再打电话给你。”“我真搞不懂——我可以用电话跟你联络吗？让我每天至少听你说几句话。”“你不要打过来，我打给你。”有一个星期，除了上课，哲淮像总机小姐坐在电话机旁，接到美沁打来的五个电话和蕾娣、香蕊、韩艳三人数不清的骚扰。“我们什么时候再出去吃一次饭，我愿意让剑鱼的嘴巴鲠一次。”“电信局有多少人靠我们吃饭，多打电话给我。”“美沁，我把电话放在胸前，你给我听诊，听听我的心跳——我还可以活多少天？”同时，香蕊提醒他，海顿是交响乐大王，一生写过约莫一百首交响乐。“体育系毕业的人怎么会喜欢音乐?”哲淮纳闷。爱琴海的女主人做了几种新式点心，保证哲淮没有尝过。“我要保持苗条，美沁不喜欢胖家伙。”光艳照人的韩艳念念不忘罗马经验，害得哲淮不止一次梦见伯克利电机博士候选人用枪射他（他的学位怎么样了）。哲淮对朋友，心肠很软，不忍当面点破蕾娣等人，一星期后，写了三封绝交信，以忏悔的心情投入邮筒。此后，他陆续接到蕾娣等人的电话，美沁的电话不再打进来。

“淮，我接到你的信，哭了两天……”爱琴海的女主人，一边哭，一边啃着伤心的零食。

“P/S：不要把我的电话当生命线。”

哲淮一连十天没有接到美沁的电话，驾着奔驰，停在强人门口。美沁看见门外的哲淮，拼命摇头，小爱人为难的脸色融解了哲淮的冲动。两人比手画脚，哲淮终于明白美沁要他回去等电话。他看了美沁五分钟，以痛不欲生的姿态离开强人，回到家里，接到一个电话。

“我是韩艳……”

“把我的信再看一遍！”

“P/S：我和我的学生胡婉玲没有做过什么见不得人的事。我劝你向校长‘告密’以前，请先为一个小女孩的清白深思一番。你拿这种事情威胁我，真令我难过。再说，即使我和她上过床，又有什么不对?”

三十分钟后，他终于等到美沁的电话。“你刚才在门外看到我，你猜我瘦了几公斤?”

“我现在大概瘦了七八公斤。”坐在岩石上面的哲淮，脑袋埋在手腕和膝盖之间。

“你不要急，我会慢慢说服哥哥。”

“那么你为什么不打电话给我?”

“哥哥知道我用电话跟你联络，他看得很紧。你要相信我。”

哲淮的心被刀子刺了一下。“你要说服到什么时候? 有一天，我要找潘先生谈谈。我写信给你可以吗?”

“哥哥来了——一学期的学费是四万八千两百五十元，没有关系，现在插进来，我们可以减价。您儿子想念保证班吗? ——对，对。”

“说下去。让我听到你的声音就好。你不是出纳组吗?”

哲淮每天写一封限时专送信给美沁。“P/S：你哥哥别想把我像从前追求你的男人一样轰走，除非他把我碎尸万段。”“P/S：太久没有看到、听见美沁，哲淮耳不聪、目不明。”“P/S：今天在路上捡到十块钱。”“P/S：天天要刮胡子，真是麻烦。”一个月后，哲淮推开强人大门，准备和潘孝孚摊牌。站在柜台旁边的孝孚当着全体职员大声说：“汤哲淮，你来干什么?”

“谈谈有关我和令妹的事。”对这位比自己年轻三岁，事业已有小成（此时强人尚在起步之中）的小老弟，哲淮决定不再让步。

“哲淮——”美沁从办公桌后站起来。

“你给我滚出去，”孝孚指着大门，“这是我的地方，你别想在这儿撒野。”

“请潘先生给我一个机会。”哲淮说，“这事关系到令妹终身幸福。”

“哲淮，你不要说——”“P/S：你放心。以后见到潘先生，我会对他很客气。他是你哥哥。”

“滚出去!”

“哥——”

战果比哲淮想象的差多了。他背着“骚扰良家妇女”的罪名，被孝孚当场赶出强人。当天，他从黄昏开始站在潘家外面，打算站一整夜。清晨两点，潘家客厅大放光明，隐约出现美沁的影子，哲淮精神大振。两个年轻人在街上拥抱时，女的说:“我不管了，以后哥哥如果把我关起来，你要叫警察来救我。”

“不要这么说，他是你哥哥,”男的红着两眼,“我会努力证明给他看，我汤哲淮是个好人。”

“好一对他妈的令人羡慕的情侣。”哲淮被海风吹得缩着身子，两手抓着头发,“且慢，我好像忘了罗文瑞对我的帮助。哼，我一生最要好的朋友。”

美沁没有投怀以前，那一段害相思病的日子，文瑞变成哲淮的精神支柱。“你这个无往不利的大情人，现在为了一个小女生掉进苦海——你还活得下去?”文瑞拍着老友肩膀,“需要什么支援，吩咐一声。”文瑞父亲去世得早，母亲在工厂当女工。高中毕业时，文瑞先服完兵役，干了两年外务员，让自己念大学时不必经常向母亲伸手。他以第二志愿考上某大学外文系，念了一年，转学做了哲淮的同班同学。文瑞头脑聪明，英文好，第一天上英国文学史，用英文和老师讨论中古文学,“凭你今天的表现，这个学期的英国文学史，我可以给你九十分。”老师说。哲淮和文瑞的深交来自一位患虐待狂的老师。那个家伙带着一副古董扩音器和麦克风对学生吼叫，让教室变成猪栏，抗议的哲淮和一旁声援的文瑞，气得他用猪蹄膀敲着讲台。“你们两个，Get out! 以后不要再来上我的课。From now on, I flunk you!”文瑞身材魁梧，抢篮板球时，经常碰倒竹竿，随即传球到中场埋伏的哲淮，发动快攻。他们用一枚回纹针把报告别在一起交给老师时，老师问他们是不是搞同性恋。

“P/S：那天我们在教员休息室碰面，你冷漠而难堪（我的表情也好不到哪里去），令我痛心。念大学时，我们在外面同住一栋房子，冬天的时候，我们躲在一张棉被下面研究海明威。老友，我没有对不起你，除了何佳芬那件事。那不是我的错，如果你要算那笔账，我也只有认了。”

大四时，文瑞看上三年级的何佳芬，发动攻势，哲淮大力帮忙，说好话、制造机会，后来两人发觉佳芬对哲淮有意思。哲淮向老友赔罪，买了一瓶绍兴酒和一堆零食，一面向老友干杯，一面说出一段伤心记忆。哲淮六岁时，母亲请了一位钢琴老师教哲淮制造噪音。十四岁以前的哲淮弹钢琴，就像他后来嘲笑楼上的邻居，十根指头像捉虱子。他皱着眉头，看着乐谱，摸索半天，弹对一个琴键，咬紧牙根找下一个。“琴键又没有长脚，它们不是在同一个地方吗？你跟它们捉迷藏。”老师耐着性子对这个有钱的小子说。曾如韈发觉儿子进步缓慢，换了一位老师，重塑十五岁的小天才。“他有天分。我看他坐在钢琴前面，想起莫扎特。”

“P/S：妈，我以前早上起来就有便意，现在很难说。楼上的钢琴声吵得我作息大乱，他们不知道怎样称赞孩子。”李真刚从大学音乐系毕业，分发到宜兰市一所初中任教。“我不再痛恨钢琴，”哲淮对老友说，“学了八年，乐谱也看不懂，我在李老师面前恨不得剥自己的皮。”李老师留着长发，经常用一根白带子把头发束在背后，露出白皙的耳朵。额前的刘海，在她摇晃着身子弹琴时，轻轻地抖动，哲淮努力学琴。她的眼睛像五线谱上面有意思的音符，当她撑开细长的手指，隔着六个琴键，用拇指和小指弹出咚的一声时，哲淮开始领悟音乐的乐趣。

“老师，你的手指很好看。”

“用心一点。”

从十六岁开始，哲淮编过不少幸福的梦。他在地球某个人烟罕至的地方，在一座优美的山坡地，盖了一栋神圣的小木屋，主人是汤哲淮和李真。他们把钢琴架在小木屋旁边一棵大树上面，在树荫、绿叶、小鸟、微风和太阳的环绕中弹琴，肚子饿时，采果子吃。不久，充满爱和欢乐的大树，结满鸟巢。李真的头发夹着几片叶子随风飞扬，小鸟在她手指敲过来时，从琴键飞到她的肩膀上面。“汤哲淮，现在你来弹一遍。”“弹什么?”“你在想什么?”

哲淮弹错时，老师会轻轻地拍一下他的手背。

“弹琴不要这么粗鲁，不要一股劲地冲，”老师说的每一句话，哲淮都奉为圣旨，“这是一篇文章，有很多句子，你要读懂，不要把声音弹出来就算了。”

“文章?”小天才问，“什么文章?”

“不要像念经一样弹琴。了解每一个 phrase（乐句），抓住音乐的个性，弹错也没有关系。”

“老师会打我的手背。”

哲淮十八岁时，有一个男人到汤家接送李老师。哲淮被老师拍手背的次数愈来愈多。“老师，那个接你的男人是谁?”“同事。”“哪有头发那么长的老师。”那个家伙跑到哲淮书房参观师徒上课。“我不习惯有人在旁边看。”哲淮说。“训鉴，你到客厅坐。”“客厅也不行！”哲淮把他赶到花园。“老师！不要老是拍我的手好吗?”一个星期后，他把一封信偷偷塞到老师的手提袋里。这是哲淮有生以来写的第一封情书。下一堂课，老师挑了一首艰深的曲子，不再拍哲淮的手。“慢一点，慢一点，我讲过多少次，不要太早进来，重来一遍！又来了——这个地方要早一点放，不要拖。错了，错了！指法！指法有问题！照着上面写的指法！上面写什么指法你没有看到吗?一三二！一三二！”哲淮看不清楚乐谱，空出一只手擦眼泪，努力地想把它弹好。“汤哲淮，你学琴十一年了，以后再不用心，我劝你不要再浪费家里的钱。”下回上课时，哲淮装病，老师顺便向如鞶辞职。哲淮听见妈妈说：“也好，大学联考到了，让他好好准备。谢谢你，李老师，哲淮这孩子很喜欢你。”哲淮不停写信寄给李真，细诉衷曲，请老师回来上课，意犹未尽，染上写P/S的坏习惯。放学时，他跑到李真执教的初中，站在校门口，见了李真，露出一副活不下去的样子。“P/S：我想你，像我书房里的琴键想念你的手。”两个月后，汤家收到一张结婚喜帖。李真出嫁的前一个晚上，哲淮在李家外面站了两小时。老天可不欣赏他的作风，下了一场大雨，让他奋斗得很凄惨。

“男子汉大丈夫，岂可因为女人折了气概，干杯，”文瑞用力碰哲淮的杯子，“那个何佳芬，不懂得欣赏我罗文瑞的才华，这是她一生最大的损失。”

文瑞毕业后，飞到美国专攻莎士比亚，戴着戏剧博士的方帽子回台，当上大学教书匠，此时哲淮还在密西西比大学研究福克纳，两人经常以书信联络。“你真是怪胎。你在信中，写了一堆废话，正经事放在P/S里。我小看那位钢琴老师对你的影响。”文瑞抽出博士论文中的两个章节，发表在本系印行的《研究集刊》上面，引起行家注意。他回台后，陆续在报章杂志发表评论，其中一篇《论伊阿古》，仔细分析这个莎士比亚笔下的大坏蛋，认为此人才是《奥赛罗》一剧中的主角，就像布鲁图斯是《恺撒大帝》的主人翁。一位在大学教英国文学史的评论家，就这篇文章和文瑞打笔战，不仅使文瑞声名大噪，两人还交上朋友。哲淮回台后，文瑞只让他在五专替漂亮的女学生服务了两年，就向系主任大力推荐，让哲淮当上大学讲师。文瑞当时在某报副刊翻译一系列有关英美文学思潮的文章和负责某杂志的中英对照专栏，他把这两件工作转手给哲淮，让哲淮有了一块发展的地方。后来他看过哲淮的硕士论文，建议略做浓缩修改，寄给中央研究院美研所出版的《美国研究》，让哲淮吓出一身冷汗。

“老友，你也未免妄自菲薄了吧。”文瑞说，“我看过《美国研究》一篇以立体主义研究福克纳的文章，也是美国大学的硕士论文，发表时让编辑修改了不少，你的强得多了。本系研究所一篇有关福克纳小说《押沙龙！押沙龙！》的硕士论文，用将近一半篇幅，热心地向评审老师把故事讲一遍。”

“我——我那篇不行。我死后打算跟福克纳交朋友。”

“P/S：这是我写给你的最后一封信。不管是通电话，或者见面，对我们来说已经没有必要。我准备回宜兰孤独一下，然后飞到美国继续研究福克纳，希望有一天我的文章上得了《美国研究》。”

谈到柯珊和他的儿女时，哲淮和文瑞变成一个出声筒，哥儿俩一唱一和，他们的尖酸刻薄，使一向沉默寡言、有“冷面虎”之称的应柏淳，在教员休息室捧腹大笑。柯珊的儿子柯乃旭，曾经在公开场合形容他们是“狼狈为奸的文化小丑”。提起柯乃旭，哥儿俩就没什么好脾气。哲淮早在念大学代表母亲参加柯乃旭姐姐的婚礼时，就和这位比自己大两岁的冤家见过面。

“汤先生，久仰大名。”柯乃旭对走过身边的哲淮说。

“阁下是谁？”哲淮停下来道。这位不怀好意地打量自己的年轻人，嘴角下的笑容刚从冰箱端出来。

“我是柯珊的儿子，新娘子柯毕媛的弟弟，柯乃旭。”乃旭手里端着一杯酒，说话的时候，好像眼前站着一个幽灵。

“柯先生久仰我什么名？”

“你是大人物，你不来，今天的喜宴会大失光彩。我代表柯家向你致十二万分的谢意。”

“我不明白？”

六七年后，哲淮学成归来，继续和这位神秘人物交换仇恨。前面几次，他们碰面时，出现以下的场面。

“你好。”哲淮向乃旭伸出一只手。

“汤先生问候我？不敢当，”乃旭碰两下哲淮的手，“汤先生要跟我握手？我跪下来吻你的手。”

“你说话一向如此？”

“有人和汤先生一样尊贵吗？请通知一声。”

“这是什么幽默。”

“汤先生一表人才，英俊潇洒，又年轻，又有钱，开进口轿车，被女人追求，听说你的好友罗文瑞准备推荐你到 × 大教书，真令我嫉妒。分一点成就给我。”

“我不认识你。”

哲淮发现自己对乃旭所知有限，四处打听，不想再便宜这个家伙的口舌。乃旭用神话、弗洛伊德和荣格的理论研究美国当代某作家的小说，得到俄克拉何马大学文学博士。他把博士论文寄给那位作家时，收到作家一本新书和一封短笺，说他的论文饶有趣味（very interesting），而他本人是一个颇有前途的学者（a very promising scholar），乃旭否认此事。他在台湾一所私立大学混了两年，忽然辞职，窝到一间野鸡工专。乃旭的请辞至今仍是个谜，有一种说法是，他人缘不佳，出口不逊，得罪院长和系主任。以乃旭在台湾的名气和学问，在一所工专（学生把二十五开本的教科书影印缩小，藏在手掌中作弊，气得他把讲台当锣鼓，敲坏手腕上的老表）屈就，仿佛变成废物。乃旭以台湾作家的作品为对象，从《破晓时分》到《玉卿嫂》，正在撰写一系列启蒙小说的评论，已经完成九篇，准备再凑一篇结集出版。文瑞告诉哲淮，当初向向鼎推荐哲淮之前，向鼎心中已有人选。“谁？”哲淮说。“柯乃旭——他费尽心思，想回大学教书。所幸我和向鼎交情好。”“原来如此。”

在向鼎主任家里的一次聚会中，哲淮带着美沁赴会，碰到这位不得志的学者。

“站在这位英俊小生旁边的小女孩是谁？”乃旭喝得醉醺醺，从身上送给他们一阵酒味。

“这是我的女朋友，潘美沁，”哲淮说，“这位就是我提过的柯乃旭先生。”

“柯先生，你好——”美沁说。

“得了，得了，不用告诉我名字，反正你女朋友多，记住名字下回反而认错人，”乃旭打量美沁，“小朋友。”

“他喝醉了。”哲淮小声说。他在美沁面前说这种话。

“我喝醉了。小仙女，小心，他很风流。”乃旭看着哲淮，“我正在挑你翻译上的毛病，不要让我抓到太难看的把柄。”

“柯乃旭，你胡说什么？”一向好脾气的哲淮，这回忍不住了，“早知道你急着回大学，我叫向主任把我的职位让给你，谁稀罕跟你争这个饭碗。”

“对我这个可怜人，汤先生难道不能说一点同情话？”乃旭满不在乎地说，“凭你这种料子能够当上大学讲师，还不是因为——”

“P/S：我的确不够格当大学讲师。我已经向主任推荐你接替我的教职。”

“是我推荐的，”文瑞走过来说，“你又好到哪里去？哲淮那篇硕士论文，再写一百页，就是博士论文。”

“我以为是谁，”乃旭说，“原来就是那个说 Iago 是《奥赛罗》主角的莎士比亚专家。”

“你那些有关启蒙小说的评论还不是炒冷饭。”文瑞说。

“我听见有人开文学研讨会，”向鼎走过来打圆场，“气氛似乎很热烈，可以轧一脚吗？”

当晚离开向家后，哲淮挽着美沁走在街道上，把自己和蕾娣等人的交往告诉美沁，不消说省略了床上一决雌雄的经验。“谢谢你告诉我，”美沁说，“没有关系的。”“你以后碰到周香蕊，不要惹她，她在学校跟男生打橄榄球。她代表本地出赛时，把意大利一个女球员撞掉两颗门牙。”恋爱中的哲淮告诉爱人的头发说，“柯乃旭敢对你无礼，我要收拾他的鼻子。”他搂着美沁的腰走在宁静和黑暗中，带给美沁很多幸福。

他和美沁热恋半年后，用奔驰载着美沁回宜兰，让父母看看未来的媳妇。奔驰上了八堵交流道，向基隆飞奔，在歌声和笑声中，轻快地滑过八斗子、瑞滨、水湳洞、南雅里。“那是什么地方?”“鼻头角。”三年后，哲淮坐在鼻头角的岩石上面，看着三年前一辆奔驰雀跃地从眼前奔向南方，车内坐着一对快乐的男女。“去死吧！但愿你们掉到太平洋去喂鱼。”

●

曾如颦形容儿子小时候的健康和可爱，不会忘记提起香港保心安油穿兜兜装的胖宝宝，当她看见美沁时，发誓要把她喂胖，“让美沁住下来，等我把她养胖再走”。如颦是电影迷，五六十年代的华语电影和明星，如数家珍。不看电影的时候，她看电视剧。电视台休息时，她听广播剧。一九八五年十月，五十六岁的如颦乳癌恶化，躺在病床上面交代后事时，念念不忘播映中的一出八点档连续剧。哲淮记得从前邵氏兄弟电影公司出版的元月号《南国电影》，后面刊载着邵氏旗下全体明星的单身照、个人资料和签名式，他时常看见母亲伏在客厅的矮儿上面，用心模仿每一位明星的签名，从王羽到罗烈（排名以姓氏笔画为序）。月历上面出现母亲学过签名式的明星，母亲一律拿起签字笔，想也不想地在右下角替大明星签名，惟妙惟肖。她签完后，端详一番，问哲淮像不像。哲淮从她口里知道不少电影明星的死活。

“美沁，乐蒂死时，你几岁?”她一面谈往事，一面关心客人。林黛死时，她吃一星期斋。凌波来台，她刚好和父亲住在台北，有幸目睹盛况。她坐在电影院里流泪，丈夫打瞌睡，哲淮忙着整理口袋里的糖果。柯太太们来访时，带着电影杂志，坐在客厅和她谈明星。她们对某些明星的坎坷遭遇流下不少眼泪。

“哲淮跟我提起过，”美沁找到说话的机会，“她们送很多礼物给哲淮。”

“哲淮上高中以后，我就不准她们来了。”

“除了一位姓严的太太。”

“你怎么知道？”

“哲淮说的。”

“她是柯珊的原配夫人，没有儿女，很可怜，身体不好，大概活不了多久，”如鞶叹一口气说，“我的身体也不好，生哲淮的时候，痛了三天三夜，医生剖腹取出哲淮，差点要我的命。这么一折腾，以后再也不能生育了。”

母亲和美沁聊天时，坐在岩石上面的哲淮，看着各种像傻瓜蛋的大石头和被海水冲洗的石胆、礁石，开始回忆父亲汤兆祥。从孩提开始，哲淮记忆中有三个家：母亲的二层楼独栋豪华住宅、父亲在员山乡的老家、父亲后来的寺庙管理员宿舍。他把这三个家划分为：母亲的家、父亲的家和父亲的宿舍。父亲当小学老师，全家人轮流住在父亲和母亲的家，后来父亲当上庙祝，父亲的家几乎荒废，只有初一、十五和过节时，父亲才会回去祭拜祖宗牌位，顺便打扫一下。父亲有空时，会到母亲家住一两晚，但通常是母亲到宿舍陪父亲，偶尔帮父亲料理庙事。父亲宿舍的墙壁，挂着他和如鞶的结婚照，当时父亲三十二岁，头发梳得又黑又亮，穿着宽大的中山装（大概是临时租来的礼服），站在母亲身旁，手里装模作样地叼着一根烟，一副不胜俊俏的模样。母亲坐在父亲身旁，留短发，蓄刘海，穿旗袍，美得像仙女。哲淮时常盯着这张照片，看得入神，怀疑是不是五十年代什么大明星的电影定妆照。兆祥和如馨是青梅竹马的恋人，结婚时，兆祥要求如馨“赤条条地”嫁给他。“这也不能怪你母亲，”父亲对哲淮说，“你外公只有你母亲一个女儿，他的财产不给她给谁？她说，她要用这笔钱好好抚养你。”婚后如馨和兆祥住了半年，觉得洋房空着可惜，搬了回去，劝兆祥辞掉工作享受富裕。兆祥不肯动用如馨一毛钱，干了一生的小学教师和寺庙管理员。

哲淮七岁时，外祖母去世（她老是缠着哲淮，担心如馨带不活），在爸爸家里吃饭的次数渐渐频繁。他喜欢跟爸爸在一起。爸爸带他去钓鱼、抓泥鳅、放风筝。他最喜欢做的一件事，就是跟爸妈一起洗温泉。“P/S：我知道您最近忙庙事，很少泡温泉，您不要放弃这个习惯，有人做过研究，说员山温泉的泉水属碳酸泉，无味无臭，对您的关节有用。”爸爸在温泉中泡得额头冒汗、一脸发红时，记忆开始活跃，不时想起一些业已忘记的往事。他一面回忆，一面告诉哲淮，偶尔放大声音，让隔壁女池中的妈妈也听见。“你现在坐着的地方，”爸爸指着哲淮说，“坐过很多日本人的屁股，包括撞得稀烂的神风特攻队队员的屁股。”曾经是兰阳第一名泉的员山温泉，是当年日本人醉生梦死的地方。“神风特攻队”队员出征的前一个晚上，被招待到此地和美人洗温泉、大吃大喝，射掉最神圣的一包精液，拉下最感动的一把屎后，第二天，这些忠诚的天皇子民，涂胭抹脂，把一张脸化妆得像女人，被风风光光送到机场，驾机去撞美军军舰。

“他们在脸上画假眉毛、眼影，两边脸上涂着两粒又圆又大的胭脂——”爸爸说。

“就像脸上贴了两面日本国旗。”哲淮说。

“——好聪明。远远看过去，像歌舞伎。”

“为什么出发前要跟女人睡觉?”

“这个——”

“祥,”妈妈在女池中大声说，“不要跟孩子乱讲话。”

“我在教育孩子。”爸爸严肃地说。

“我喜欢。”哲淮说，“说下去。”

爸爸受过初中教育，日据期间在一家日本人的碾米厂担任文书工作，凭着这层关系，没有让日本人拉到南洋充军。“我有不少朋友在南洋喂蚊子，一去不回，我不认为自己运气好，如果日本人叫我去，我就去。”日本人的优渥待遇，使爸爸当时手头比一般人宽裕。“可惜你妈妈只是十几岁的小女孩，要不然当时就把她娶过来，现在你也许娶老婆了。”爸爸指着儿子的下体，“你这个小东西，我看着它长大。”“嘻嘻嘻。”那个赤裸的东西借着浮力，像朝天椒左右摇摆。

“哲淮，你爸爸跟你说什么?”

有一次，美国的飞机忽然飞过来丢炸弹，爸爸和祖父母来不及逃到防空洞，一粒炸弹掉下来，爸爸身上沾满祖父母的鲜血和肉块。二次大战接近尾声时，沮丧而惶恐的日本人，神情像饿瘦和饱受炸弹惊吓的猪。有一天晚上，几个日本军官借用汤家研究军情。“你去睡，你去睡。没有你的事。”日本军官说，爸爸用番薯招待他们。“不用了，不用了。”他们用一张纸当作灯罩，罩着客厅唯一的一盏灯泡，下面摆一口木箱，把地图摊开在木箱上面。客厅四周一片漆黑，围在暗淡的灯光下商讨战略的日本军官，皱着眉头，严肃而悲伤，隔了很久才说一句话。几天后，年轻的神风特攻队出动了。哲淮回到汤家时，不时想起不到四十年前，一群日本军官围坐在客厅中央，像幽灵啾啾说话的模样。

哲淮在高中念历史时，历史老师从甲午战争谈到中日战争，几乎泣不成声。哲淮决定“再教育”爸爸。他和爸爸在口头上干起来。谈到激烈之处，父子按压情绪，暂时休战。哲淮走到屋外呼吸几口新鲜空气，爸爸打开冰箱，喝冰啤酒。再度干起来时，父亲稍作让步，不过最后两人总是闷声不吭，掉头走开，开始冷战。最后一秒，父亲投降。“好了，好了，日本人是坏蛋，快来吃饭吧，咱们有空去爬富士山，把旗插在上面。”哲淮一边低头吃饭一边说：“那是四十几年前一个抗日青年的心愿。”“什么？早知道如此，日本人把我拉到南洋当军夫算了。”哲淮不得不笑起来。

父子争吵过后，下棋和比腕力时，战况惨烈。爸爸当上庙祝后，泡温泉的次数减少，不过总是尽量抽空和儿子在冒着热气的水池中坦诚相见。有一次，他背着父亲坐在水中，当他回过头来，忽然看见父亲愣愣地瞪着自己。父亲的眼神，冷漠而遥远。

“爸爸，你在想什么？”

“你——你长大了不少。”

“我以前一直没有问你为什么辞去小学教职，去当什么寺庙管理员，整天敲木鱼，和一群鬼怪做伴，被烟火熏得半死。我太不了解你了。”哲淮从岩石上面站起来，听见正在和美沁聊天的母亲对自己说：“你带美沁去见你爸爸，叫他和你们一起过来吃晚饭。”

●

一条像虫的白云，懒懒地躺在地平线上面。深蓝的海水，浮着几艘渔船。千奇百怪的鱼，在海水下面厮杀、恋爱、交媾、生产、死亡。一批游客像哲淮一样呆呆地望着庞大得超出想象的大海的肚皮。这些无忧无虑的年轻人，正在天真地赞美什么。哲淮痛恨地看了他们半晌。柯太太们来看母亲时，如果父亲在场，父亲会采取三个步骤：一是闷声不响地坐在一旁，二是关在房间里，三是在没有被发觉以前，从后门溜走。小哲淮向父亲提起柯太太们的骚扰时，父亲总是从鼻子里“嗯”“哼”几声。长大后，哲淮在父母面前作贱柯珊时，父亲一律保持沉默，而母亲会轻轻地蹙一下眉头，打断哲淮。

“好了，不要讲人家坏话，你懂什么。”

“老是碰到和柯珊有关系的人，真是讨厌。”哲淮说，“有没有一种药，吃下去后，见到和柯珊有血缘关系的人就隐形起来。”

“他们对你怎么样了？”母亲说。

“我就是不舒服。外祖父怎么会交上柯珊这种朋友？妈，你看过柯珊，他长得什么样子？”

“像妖怪。”

“唉，我真是不孝。”哲淮从岩石上面跳下来，看看手表，一点十分。他在电话中告诉父亲，两点以前回家。现在他告诉自己停止胡思乱想，回家再说。他发动奔驰，继续南奔。后视镜挂着妈妈买给奔驰的护身符。“妈，我会好好活下去。”他喃喃说，“你真残忍，留下这么大的难题给我。你过世时，说：妈真不忍心离开你，在妈眼中，你永远是个小孩子。”哲淮浸淫在悲哀中，慢慢驾着车子，像丧礼中的礼车，追悼了妈妈六千米。抵达金沙湾时，三个女孩想搭便车到福隆。“福隆有多远?”“大概八九千米。”“上车吧。”三个快乐的女孩钻入哲淮的丧车，在车座上尖叫、蹦跳，像坐上云霄飞车。哲淮阴沉地看着前方，加快车速。“先生贵姓?”“不知道。”女孩大笑。“先生去哪里?”“地狱。”他要去爸爸管理的东岳庙，庙中祭拜东岳大帝、十殿阎罗、七爷八爷、牛头马面、文武判官、阴阳司、各路鬼怪。女孩大笑。“先生哪里上班?”“我是人口贩子，正在工作。”他即将做一个重大的抉择，一个大伙期待已久的抉择，它会改变不少人的命运。女孩又笑。她们吱吱喳喳彼此谈笑，不再跟怪人搭讪。哲淮被一车子欢乐包围，头脑暂时出现愉快的回忆。

●

哲淮需要一点愉快的回忆。在还没有做那件重大抉择之前——哲淮有时觉得像世界末日审判时的上帝，需要斟酌斟酌，有时觉得花两毛钱买一个馊主意就能打发掉——他得把不久前发生的一连串事件快速过滤，老实说，他到现在还不明白发生了什么鸟事。短短两个月，汤哲淮从天堂掉到地狱，被地狱之火煎熬！来点愉快的回忆。“P/S：你是我愉快的泉源。我每天早上，喝一杯咖啡，吃两块你昨夜留给我的笑容，感谢你赐给我充满活力的一天。”从美沁身上寻找愉快的回忆。和美沁交往的三年中，哲淮度过一段还算是人的生活。自从那天晚上他在潘家外面罚站奏捷，演出一场大赚彼此热泪的喜剧后，两人罔顾孝孚的反对，展开长达三年的热恋。八十年代的男女，用金钱和时间恋爱，讲求速战速决，尝到甜头，马上结婚，让爱情进入冷冻库，保持永久新鲜。哲淮和美沁之流，交往三年，仍然锲而不舍地热恋，天使做证，可以保送金氏世界纪录。“我要每天送一朵叫另一个名字也一样芬芳的花给你。”看看哲淮的嘴皮子。

“先生，小心，前面有卡车！”三个女孩在后座吓得大叫，“你走在马路中间！哇！”

“我在驾车？”哲淮千钧一发地闪过卡车。纷乱、忙碌、无情、快速、没有艺术的八十年代，哲淮和美沁过着充满鲜花、情书、诗歌的爱情生活（整座城市布满黑沉沉的咖啡厅，让情侣迅速进入状况），当年轻人忙着参加登山社、青年会的活动，寻找短暂的游戏和爱情，偶尔制造几个大肚子时，哲淮和美沁在图书馆共读一本《读者文摘》。他教她英文，让她旁听他的“文法与修辞”。

“这位同学，你叫什么名字？”哲淮说。

“潘美沁。”

“我对旁听生要求很严，你要用心上课。”

“是。”

哲淮的“文法与修辞”，教材庞杂，从名家散文、诗、杂志上的文章到小说片段，本年度甚至用一个学期讲解《恺撒大帝》。他站在讲台上，施展当年饰演恺撒的魅力，左顾右盼，颇有雄霸天下的气概。美沁上课不挺专心，经常看着窗外发呆。“P/S：早上的阳光从窗外照在餐桌上面，令我感动不已。自从有了你，我才发觉阳光会在此时光顾我的早餐。”美沁一直留着短发和刘海，喜欢把短袖卷起来，露出瘦瘦的手臂（瘦得令哲淮心痛），嘴唇很干，笑的时候，有酒窝。她看着窗外的模样，忧郁而憔悴，哲淮想起李真。暑假的时候，钢琴课调到下午四点半到六点半，妈妈想上完课后，顺便请李真吃饭。

有一回，哲淮一边弹奏一首熟悉的曲子，一边偷瞄李真，发觉李真愣愣地看着窗外，西沉的夕阳照着李真的刘海、额头、鼻子、嘴唇和下巴，美得像漆着一层金。哲淮不敢打扰，继续弹奏音乐，给老师的神游助兴。在音乐的流泻中，他想象老师飞出窗外，像仙女奔向晚霞。十五年后，讲台上的哲淮让美沁也跃向天空，加入飞翔的行列。一年多后，奔驰中的哲淮看见母亲从天堂落下，带领两女漫游天国门前。“这是什么愉快的回忆！”哲淮无缘无故地按一声喇叭，轰散假象。“她们在天堂快活，我在地狱苦中作乐。救救我吧！”最愉快的经验，变成最痛苦的回忆。寻找愉快的回忆，还是回到蕾娣、香蕊和韩艳身上。哲淮头脑里掠过一张伯特·雷诺兹的照片。记得有一回和蕾娣风流过后，他躺在床上，看见伯特·雷诺兹穿着一条泳裤，侧卧在游泳池的充气艇上（让他牛一样的身体压得几乎沉下去），笑得一脸淫邪，这张照片使他成为好莱坞“性感象征”。摄影人员费尽心机替他设计的姿态，完全像一个在床上勾引男人的淫妇。

“我看不出伯特·雷诺兹有哪点性感，他像伐木工人、码头搬运夫、砍柴佬、清洁队员，”哲淮说，“不过你们女人爱过一堆斯斯文文、全身洒满香水的小白脸后，就想吃吃这种原始、粗犷和暴力的野食，你没有看到一大堆女人对泰山着迷？以此类推，一只捶胸咆哮的大猩猩也能够引起女人的性欲。”

“放你妈的屁，”蕾娣披着睡衣，坐在化妆台前整妆，“你们男人还不是一样，你们把玩女人当作一种探险，当你们周旋在莺歌燕语中时，你们的灵魂飞回什么蛮荒地带去找母猴交媾。”

“多么深刻！是你从翻译小说看来的吗？”哲淮大叫，“给我笔和纸，我要记下来。”

“放你妈的屁，”蕾娣把一片口香糖放进嘴里，伸出一只脚，用两根脚趾往哲淮身上什么地方一扭。

“哎哟！坏了传宗接代大事。”

这又是哪门子愉快回忆？无故招惹皮肉之痛。“唉。”哲淮心里叹息一声，加快车速。他听见尖叫和笑声，看见车子前面出现两列欢呼的队伍向天空和奔驰抛撒色纸和彩带，披戴着红绣球、红布带和小旗子的奔驰（装饰得像马戏团的帐篷），现在是一辆结婚礼车，新郎罗文瑞和一身白纱的新娘子喜气洋洋地坐在后座，而坐在前面的伴郎汤哲淮一边挥手向群众招呼，一边回头向一对新人祝贺。幸福压得奔驰喘不过气来。新郎文瑞当时想些什么？他让前面这个年轻人当上大学讲师，介绍他在报章翻译文章，现在又让他当自己的伴郎，当年轻人回头对文瑞和新娘微笑时，文瑞笑得多么甜蜜和兴奋。“P/S：谢谢你提供的宝贵意见和资料，没有你的帮忙，我不知道什么时候写完硕士论文。我在论文的序言中，特别感谢两个人：一是指导教授，一是你——我生平最要好的朋友。口试通过后，马上打长途电话向你报喜。”唉！——哲淮又在心里叹息一声。最愉快的往事，变成最可怕的羞辱和折磨。车子外面两排欢呼的队伍，陆续发出尖叫和笑声。

“不想死的话，请你们安静一点，让我用心驾车！”

哲淮对后视镜的三个女孩发出警告，看见她们伸一伸舌头，闭上嘴巴后，继续加速前进，同时将记忆快速倒退，回到起跑点——从他有记忆的时候开始，寻找愉快的经验。七岁以前，他是外祖母的宝贝，小肚子装满外祖母亲口嚼碎的食物（老人家真没有卫生观念）。撒尿时，她用两根手指夹住小鸡鸡，就像夹一根皱巴巴的雪茄，有一天，哲淮一脸委屈地抗议（小便出不来），祖母不放心，蹲在前面看，他像喷水池上顽皮的小天使，两手捧着鸡鸡，屁股一甩，突击外祖母。哲淮终于获得愉快的回忆，偷偷地笑出来。“真是怪人。”后座的女孩小声说。外祖母去世后，他的世界渐渐扩大，除了爸妈，出现一批陌生人，有柯太太和她们的儿女、老师、同学，和一个黑色的魔鬼和巫婆；钢琴和四十岁的钢琴老师。母亲爱哲淮，也爱电影明星。哲淮的学校成绩，年年第一，加上魔鬼和巫婆的鞭策，她把心思放在一群做假表情的人和编剧的胡思乱想中。有一回，她看了一部冯宝宝的电影（分上下两集），上集结束时，冯宝宝掉入湖潭，生死不明。母亲回到家里，急得失眠。“妈！冯宝宝是不是主角？”哲淮说。“当然是。”“主角不会这么快死的。”“这还要你说。”哲淮装病，让妈妈着急。妈妈着急的时候，很爱哲淮。“小乖乖，你怎么啦？”“乖乖生病。”“医生说乖乖没有病。”“乖乖假装生病——死了。”“不要胡说。”“如果乖乖像冯宝宝掉进湖里，妈妈怎么办？”“妈妈跳下去救你。”哲淮记得有一个星期天一连来了四个柯太太，在他身上像瞎子摸象似的玩过一遍，气得他当场流泪。柯太太要哲淮带她们的儿女到花园玩耍。哲淮阴阳怪气地站在走廊上，看柯太太的儿女玩秋千。阴魂不散的魔鬼和巫婆，让哲淮觉得童年有如一场梦魇。那个巫婆，戴近视眼镜，又瘦又矮，怪里怪气，暗地里不知道骂过哲淮多少次笨蛋。她不在的时候，留下魔鬼看守哲淮。庞大而丑陋的钢琴，在哲淮梦中变成妖精，像一只黑色的大甲虫飞出窗外。爸爸跟哲淮一样，讨厌魔鬼。“哲淮，你在弹什么？”爸爸说。“《可爱的家庭》。”哲淮痛苦地说。“我不知道用钢琴弹《可爱的家庭》这么难听——不要弹了，爸爸带你去玩。”爸爸像英雄救出哲淮，带他走向乐园。哲淮在海边的礁石下面，捞过很多奇怪的鱼。在兰阳平原，看过长脚的水鸟。在充满血腥气味的屠宰场，看人杀猪。爸爸教他做弹弓、打桌球。念初中时，哲淮被爸爸训练成学校的桌球代表队，但是哲淮打不赢爸爸。“杀！”爸爸每杀一球，从丹田呐喊，不时把哲淮吓一大跳。他的正面杀球、抽球和反手杀球，凌厉无比，哲淮招架不住。爸爸额头冒汗，满脸杀气，两眼充满仇恨，咬紧牙根，用尽全身力量，攻击儿子。“杀！”“杀！”“杀！”“爸爸——”哲淮抓紧方向盘，从心里祈求父亲手下留情。除了尿尿外祖母，还有什么愉快回忆？如果他有了不起的记忆，可以继续倒退，回到妈妈怀中，享受吸乳的经验。大娃娃汤哲淮，哇的一声，倒在妈妈怀中，拉屎撒尿，接受抚慰和怜悯。他那低廉的人格、被踢屁股的尊严、破裂的爱情、完蛋的友情、崩溃的亲情，他可以摇摇晃晃地站起来，大声哭泣。他受损的心灵可以获得弥补，他那高贵的情感终于有了寄托。安睡吧！小宝宝。在睡梦中，他继续追溯，回到子宫，变成一粒卵，一只精虫使它受精。这是改变命运的一刻。精虫的主人是一个大恶棍，他庞大的阴影，从此笼罩着哲淮，控制他的一生。哲淮吓得从白日梦里醒过来，在驾驶座上摇摇头，看一眼忧悒的海岸，妩媚的海洋，明亮的天空。现在他重新武装自己，离开充满阳光的世界，回到两个月以来，自己一直不敢面对、乌烟瘴气的天地。他在车上做了半天白日梦，现在正是回到现实，面对自己的时候。是的，还没有下那个重大抉择之前，他必须把发生的一连串事件快速过滤一遍，看看到底发生了什么鸟事。汤哲淮，坐稳一点，抓紧方向盘，睁开眼睛，你烂泥巴的头脑清醒过来没有——好，请你仔细分析、研判，看看自己怎么度过长达两个月的噩梦。你的宝贝奔驰，两个月前（大概是五月十日）停在一家西餐厅前，你挽着美沁上楼，准备消遣肠胃，吃一顿情话绵绵的消夜。哲淮在驾驶座上整端坐姿，身体靠向方向盘，一副全神贯注的模样。西餐厅的灯光挺昏暗，摆在角落的座椅，除非女侍上前招呼，或者有燃烧的烟蒂晃动和满脑淫欲的人头冒出来，看不清楚有没有人。空气略显窒闷，天花板和墙壁贴满不怀好意、躲也躲不掉地映照着顾客的镜子，柱子被装饰成蔓延着人造叶的艳俗树干（好似如此这般可以令客人置身浪漫、美丽的仲夏夜中），唯一值得称道的是那些似乎不受地心引力影响的女侍，笑容满面、浑身是劲地周旋宾客之间，她们的小屁股更像萤火虫尾部发着光，一扭一扭地摩擦出足以熔化醉翁的高热。哲淮和美沁彼此笑一笑，做了一个无可置否的表情，坐在一张小得放不下一本杂志的桌子前面。上帝决定困扰一下这对恋人，派来伺候他们的这位半天体的小姐，芳龄二十左右，像女奴跪在桌前，拿着笔和纸的双手无限旖旎地伏在桌上，等着写下一些废物。“真是罪过。”哲淮心想，麻烦小姐到海里捉几条鱼，给他们弄两碗海鲜粥，再到果园摘几粒好吃的果子，调两杯可口的果汁。小姐走后，哲淮和美沁相对一笑，准备说一两句没有什么意义的话。

“汤先生?”一个粗声粗气的家伙，一巴掌敲在桌子上面。倒霉的哲淮，又碰到柯珊的儿子。

柯乃旭仿佛从酒缸冒出来，满脸通红，一身酒味，步伐不稳地打一个脏嗝送给小两口。“你也来了?”

“柯先生，”哲淮对乃旭打量了一番，幸好头脑正在寻找没有意义的话，“我们每次见面，好像总有一方头脑不太清醒。”

“这是哪一位小朋友?”乃旭不理哲淮，看着美沁。

“我是潘美沁，”美沁说，“我们见过了。”

“他还没有甩掉你吗?”

“柯先生有事吗? 我们不想被打扰。”哲淮说。

“我跟两位打招呼，”乃旭指着一台桌子，旁边坐着一位打扮入时的女人，“我坐在那边。有什么事情，请随时吩咐。我是你的仆人。”

“先生，福隆到了!”后座的女孩伸过头来对着哲淮耳朵大叫。

“那个好看的女人，是你的女朋友吗?”哲淮一边停车，一边调侃未婚的乃旭。三个女孩吱吱喳喳走下车子。在一片道谢声中，哲淮意识到夏天已经降临，不禁看着女孩背影，从心里呐喊：你们不陪我了吗? 我需要几个伴，陪我下地狱受苦——算了。你们去享受白天夏日的阳光，我继续回到夜晚的人工仲夏夜，那里有比你们穿得曝露的小姐，跪下来伺候我。哲淮发动奔驰，回到灯光迷蒙的西餐厅，和美沁吃海鲜粥，喝果汁，像一对恋爱中的大学生。当他们吃完海鲜粥，感动地凝视对方时，事情忽然发生了。从头顶醉到脚底的柯乃旭，用忽前忽后的步伐，再度走到他们面前，在桌子上面敲出几下醉醺醺的声音。

“两位赏脸，陪我喝几杯好吗?”乃旭两手撑着桌子，把安静的果汁震得溅到桌上。

“柯先生，你不能再喝了，我叫你朋友送你回去。”哲淮向乃旭的女友招手。

“你不要管她，她不会喝酒，”乃旭把身体倾向美沁，“可爱的小朋友，陪我喝几杯好吗?你——你——和汤先生睡——睡过几次——觉?”

“柯乃旭，闭上你的脏嘴!”哲淮骂道。

乃旭的女友走过来扶走乃旭：“不要胡闹，我们回去。”

“我——我——我说错了——什么?”乃旭倒在女友身上，喃喃自语，“小朋友——陪我喝酒。”

“柯乃旭，柯珊的儿子!”哲淮在柯珊儿女面前从来没有说过柯珊坏话，这一回，他实在忍不住，把聚积几十年的愤怒和轻蔑一股脑儿泼向柯珊的种，“你爸爸柯珊一生荒淫无度，玩过数不清的女人，这个色鬼，现在正在地狱受到报应。他自命风流，娶了一大票姨太太，在世界每一个角落留下你们姓柯的杂碎。你想学你爸爸，我不怪你，你是柯珊的淫种。你把博士论文寄给那位作家，不晓得写了多少封信过去，人家才回你一张便条。柯乃旭，我受够你了，你仇视我，只因为我抢走你的大学饭碗?你心胸狭窄，孤芳自赏，令人作呕。”

如果不是美沁，更精彩的话还在后面。乃旭伏在女友身上，醉得神志不清，但耳朵没有坏掉。他一边抵抗女友搀走自己，一边吃力地说：“骂——骂得好。你——你以为——你姓汤?你知不知道——你为什么老是碰到——柯珊——的亲人?你知不知道?你以为你是谁？我——我告诉你吧，你不姓汤——你姓柯！你是柯珊的儿子！你不但是柯珊的儿子，你还是柯珊最宝贝的儿子！柯哲淮，你爸爸不风流，会有你柯哲淮？柯珊正在地狱受苦，你去控诉他吧！”

“你这个酒鬼，你胡说什么？”哲淮被美沁拉到一边凉快。

“柯哲淮，你面对现实吧！”乃旭软趴趴地瘫在女友怀里。

哲淮停下车子，脸蛋枕着方向盘，半晌，坚定而冷漠地抬起头来，系上安全带，决定迅速、果断地把两个月来头脑里累积的渣滓打扫一遍，丢进记忆的垃圾袋。他用力踩着油门，以惊人的速度一口气奔完剩下的旅程。他把回忆像炮弹射出去，轰炸的第一个目标是柯乃旭。听过那一番醉话后，第二天哲淮挂电话给研究启蒙小说的学者。“柯先生，我是汤哲淮。你昨天当着一群人面前，说我是柯珊的儿子，你开什么玩笑？如果不是看你醉得像一团泥巴和你女友分上，你现在摸不到你的鼻子。”

“我昨天说什么？我说你是柯珊的儿子，老天，我真的喝醉了，我现在头脑还晕晕的，等一下——我大概醒了，我摸得到自己的鼻子。”乃旭在电话那头的嘴脸，不难想象，“我虽然醉了，酒后吐真言，我说的都是实话，我没有骗你，你是柯珊的儿子。”

“我要跟你决斗。”

“不公平，我比你老弟老两岁。让我把一切跟你解释清楚。老实说，我真不知道该同情还是嫉妒你。”他约哲淮当天晚上在一家啤酒屋见面，“我要给你一个震撼。”

“你又要喝酒吗？”

“老弟，买醉的恐怕是你。”

位于浦城街的啤酒屋，小而安静，侍者没啥事做，搁着两只闲耳朵，听顾客聊天。乃旭和哲淮小声地交谈。

“我看你是说到做到的汉子，请你发誓，不管我说什么，不要乱来。我要保护我的鼻子。”乃旭一本正经地说。不到二十四小时前，那张不省人事的脸严肃地打量哲淮。“我要你担保，不要对任何人说是我柯乃旭透露的这件大事。”

奔驰中的哲淮，忘记发过什么誓，做过什么担保。黄色的柔和灯光充塞着啤酒屋，里头三桌客人像一群陌生人，临时送作三堆，相互热络一番。外面的巷衢三三两两地掠过行人，和忧郁的街道一样满腹心事。哀伤的气氛，实在不是寻欢作乐的好去处，难怪当天晚上几张桌子始终空着。一个怀旧的家伙，坐在这间啤酒屋，向街道望过去，容易掉入六十年代，那时候，哲淮还是小学生。或者更早一点，五十年代，柯珊还活跃人间……哲淮再度加快车速，摒除周围不相关的事情，听听乃旭说些什么。

“柯珊最后的一个小老婆，叫曾如鬟，据说柯珊——我父亲（乃旭说这三个字时，含糊带过）——非常宠她，在父亲心目中，没有一个柯太太比得上她。父亲死后，他的律师吴绍南召集了所有柯太太，宣布柯珊对她们的忠诚表示怀疑，每个人只能分到一小部分财产，柯珊的大部分财产，留给其中一位对他忠心耿耿的柯太太，等到这位柯太太的儿子成家时，由他把这笔庞大的财产，分配给柯珊的儿女们。”

奔驰在一阵冲刺下，像风一样掠过卯澳，四轮不着地地朝东北方向飞向三貂角。哲淮远远看见行人或车子时，就发狂地按一阵喇叭，提醒他们注意驰骋在时速八十千米的巨大铁块。

“吴绍南没有透露这位柯太太的身份。其实，名正言顺的柯太太，只有原配夫人严淑莉一人，柯珊到底有多少小老婆，只有去问他老人家那个风流种。柯太太们——包括我母亲——合力查询，一年多后，有了眉目，由严淑莉挂电话向曾如鞪质问，逼出口供后，柯太太们租了一辆游览车，一群娘子军一家伙杀到宜兰。”

哲淮看到一辆游览车以雷霆万钧的气势，越过奔驰，上面载着一群打扮入时、张牙舞爪的女人，她们吱吱喳喳商讨大事的声音压过了引擎声。在妈妈家里，他看见一群来势汹汹的女人，冲进客厅，争吵不休。

“财产早已合法落入如鞪手中，她坚持遵照柯珊的遗嘱，分配财产，不肯施舍一毛钱，柯太太们一边叹息，一边抱怨柯珊。如鞪的丈夫，一位姓汤的小学老师——就是你现在的父亲吧？——要求，在他儿子结婚成家、摊分财产以前，不准柯太太们透露他的身份。好了，这就是我知道的全部故事，有什么疑点，请你去问吴绍南律师，这只老狐狸是柯珊生前好友，或者干脆问你父亲汤兆祥，他大概有不少精彩的事情告诉你。你现在知道柯珊那位得天独厚的儿子，那位天之骄子是谁了吧？”

“我到哪里找这位吴绍南律师？”

乃旭给哲淮一个律师事务所的地址。“现在你知道为什么柯太太和她们的儿女对你好了吧？母亲要我讨好你，让你多分一点财产给我，我乃旭不会做这种事。我要你知道，不是每个柯珊的儿女都稀罕那批臭钱。我柯乃旭就不稀罕！不错，我讨厌你，不完全是因为你抢走我的大学饭碗，而是讨厌你身为柯珊唯一财产继承人的嘴脸，讨厌你那副呼风唤雨的样子，讨厌和别人一样奉承你，你使其他柯珊的儿女变成奴才，柯哲淮！”乃旭忍不住敲了一下桌子，啤酒屋的眼睛全部集中过来，“柯珊怀疑我们不是他的种，他唯一不怀疑的，只有你！你！柯哲淮，你是不折不扣的柯珊的儿子！”

“干你娘！”奔驰超过一辆车子，差点把迎面飙来的一辆机车撞碎，机车驾驶员留下一句粗话。此时奔驰已经通过三貂角，全力南奔。哲淮高速奔驰在这条单线道的滨海公路上，不仅险象环生，随时有可能滚向大海，或是一头撞毁在礁石上头，和德国人的心血结晶一块火葬。车速实在太快，他两手发抖，额头开始冒汗，在这紧张的一刻，他打电话到律师事务所，在一家大医院的头等病房见到吴绍南。母亲去世时，她瘦削的身体，就是以医院为起点，跳入虚无的灵魂世界。当时哲淮和父亲红着眼睛坐在病床前，各自握着母亲一只手，帮助她勇敢地走向那个孤独的世界。现在哲淮想起母亲死前说过一句耐人寻味的话。

“哲淮，你记住，不管妈做了什么，妈永远……为你好……”母亲以搬运一架钢琴的力量（她时常和哲淮移动钢琴，因应风水）说完这句话。

“妈，你对我够好了……”哲淮觉得内疚。上了高中，他拒绝陪母亲看哭哭啼啼的电影，让母亲一个人在电影院流泪。

“听你爸爸的话，他永远……是你……爸爸……”

哲淮抓着母亲的手，用力地点头，眼泪流到脸上。

哲淮发觉自己踏进一个错误的时空位置，来到一个错误的病房。医院，这个最干净，也是最肮脏的地方，整座城市身体有问题的人挤到此地，在呼吸、喷嚏、哈欠、咳嗽中，散布成千上万的细菌，一个上过厕所、双手潮湿的梅毒病人推开门的把柄时，留下可怕的螺旋体，让下一个开门的倒霉鬼碰碰机会。

“你是曾如鞶的儿子——哲淮?”躺在病床的吴绍南又瘦又黑，像掏空内脏、熏干后挂在名产店的板鸭。他以一双几乎睁不开的眼睛看着哲淮。

“是的，我是哲淮，”他估计吴绍南的年纪，八十左右吧，“吴伯伯，你故意不提我的姓。”

“什么意思?”

“请告诉我，我是汤哲淮，还是柯哲淮?”

“跟我老人家说话，不要拐弯抹角，我日子不多了。你知道什么?”

哲淮转述啤酒屋听来的故事，把柯乃旭当成没有名字的神秘人物。两个月后，奔驰中的哲淮，还没有完全接受这个故事。叭！叭！叭！他按着喇叭，警告几个从海边钓鱼回来的人慢半秒钟过马路。

“坐下来吧，哲淮，”吴绍南指着床前一张椅子，“你准备结婚了吗?”

“没有。”

“有女朋友吗?”

“有。我很喜欢她，非她不娶。”哲淮痴情地说。

“好吧，你年纪不小了，让你知道也无妨，汤兆祥应该不会反对，”吴绍南用沙哑的声音和缓慢的步调，叙述三十几年前，一段鲜为人知的孽缘，“老柯这个人的确太风流，他那些姨太太，有的是舞女、小歌星、模特儿，有的是交际花，背着老柯偷汉子，养小白脸，难怪老柯说：这是风流报应。来台第三年，大概是一九五一年吧，我和老柯路过宜兰，在闻名兰阳的员山温泉——当时叫宜兰温泉——说得不好听，喝酒召妓，荒唐一夜。”

哲淮听父亲说过，战后的员山温泉绝不逊于繁华一时的北投和礁溪，入夜后，那一栋不起眼的小楼开始大放光明，接送客人的马车来往穿梭，歌伎酒女组成的肉丛和嫖客军团尽情消耗苦闷的人生。骚人墨客写诗赞咏，什么“此间仿佛桃源境，觞咏何妨十日留”。这个日本无数神风特攻队队员度过最后一夜的人间仙境，老兰阳人对它现在埋没荒烟蔓草的处境发出叹息。兆祥泡温泉时，自言自语说：红楼梦远，不胜追昔。哲淮暂时逗留在三十几年前的员山温泉，看看柯珊和吴绍南两个风流鬼想干什么。他无缘目睹盛况，想象成二三十年代上海舞厅之类的热闹场所，阔佬和空心大佬倌挽着贫穷的美女，一副醉生梦死的模样。

“第二天一早，我和老柯坐马车回宜兰，经过员山路时，老柯忽然命车夫停下，着魔地看着什么东西。有一群年轻女人蹲在河岸上洗衣服，其中一个女人吸引了老柯的注意。‘老吴，那个女人是谁?’老柯说。”一脸病色的吴绍南笑得像僵尸，“老柯这个人，一生没有对女人用过情，但是这一回，他爱上了你母亲。他在员山租下一栋房子，隐藏身份，偷偷追求如馨。哲淮，你没有看过——你父亲，他长得风流倜傥，虽然见到你母亲时已经四十七岁，但是看起来只有三十几，长了一张讨好女人的甜嘴巴，对女人温柔体贴，有钱——我没有看过女人拒绝过他。不消说，你母亲也一样。老柯知道如馨和一个叫汤兆祥的年轻人来往，他真有手段，把汤兆祥推荐到当地一间小学教书，讨如馨喜欢。第二年，老柯把如馨和她母亲秘密接到台北，从此，如馨变成没有名分的柯太太。”

“妈，你电影看得太多了。”奔驰中的哲淮喃喃抗议。

“老柯说，他好不容易碰上可以死心塌地爱一辈子的女人，他要把一生奉献给她，要她生儿育女，传宗接代。名正言顺的柯太太严淑莉不能生育，那些姨太太被老柯当作玩物，她们的儿女，老柯怀疑有几个不是他的种。一九五五年，老柯去世时，你才一岁，为了证明对如馨的爱，他把全部财产留给如馨，要你长大成家后，把财产分给其他儿女。老柯死后，你母亲住不惯台北，搬回宜兰，嫁给对她一往情深的汤兆祥。”

“妈妈说，她到台北，是去投靠父亲……”奔驰中的哲淮骂自己一声笨蛋。

“这是借口，堵邻居的嘴。你外祖父是在台北打天下，混得不如意，走上邪道，听说如馨做了老柯小老婆，敲过几笔钱，后来在赌场被流氓打死。”吴绍南看着一脸茫然的哲淮，道，“你母亲死后，财产已经转给汤兆祥。老柯真是痴情种，当初说让你分配财产，可没有立下片言只字，也就是说，你老弟如果不高兴，那些柯珊的儿女还是一毛钱也分不到。还有，你母亲有一本名册，上面记载着柯珊儿女们的经历、现职和地址，这是老柯生前托人每隔五年对儿女们做的调查，让你分配财产时查阅。不要辜负老柯对你的期望。”

“不可能，这是不可能的……”哲淮小声地说。

“什么不可能?”

“我……我怎么会是……柯珊的儿子……”

“回去问汤兆祥吧！如馨死时就应该告诉你，她把财产放在汤兆祥名下，万一……”

“爸爸不是那种人!”

“你是说哪一个爸爸?”

“爸爸!”哲淮心里喊道，方向盘一转，奔驰超过一辆中兴号，在高速且极不稳定的状态中前进，就像两个月前，离开吴绍南律师后，马上开着奔驰奔回宜兰东岳庙。当两个月前的奔驰停在东岳庙前，主人走下车子时，哲淮让自己停在庙前，回到吴绍南病房，回到那个坐在病床前、垂着头、一声不响的哲淮身上。他必须把整个事件回想一遍，培养心情，酝酿足够的眼泪，面对悲剧。躺在病床的吴绍南，陆续说着柯珊和如鞶的孽缘，教训这个年轻人接受事实。奔驰冲过石城，奔向二点八千米外的大里。哲淮让庙前的自己往前走几步，觉得不行，再度停下来，回到病房。他用两手撑着大腿，看着光滑的地面，愈想愈激烈地绞进事件的核心。真相不留情地轰击过来，使他处于混乱之中。现在他知道为什么妈妈很少提到外祖父，为什么家里经常出现柯太太，为什么老是碰到柯珊的儿女，为什么爸爸不住进妈妈家里……他往庙口走几步，再垂头丧气地坐在病房中，最后，终于说服自己去见父亲一面。当他抬起头时，父亲坐在管理员宿舍中，后面挂着父母的结婚照。父亲今年六十二岁，向东岳大帝上香奉茶的模样，虔诚肃穆。当他坐在桌前，拨着算盘，细数香火钱时，喜欢在面前摆一盆水，沾湿了食指翻账目簿。东岳庙管理委员会的委员大人们在地下室开会时，父亲是发言最多的人，特大号的嗓子，连二楼的香客也听得见。哲淮小时候经常蹲在楼梯口，听委员大人们嗑着瓜子胡说八道，父亲一边和委员们议论，一边做眼色叫哲淮走开。快速前进的奔驰，在哲淮怀念父亲时，驶进一个遥远的梦中。在大学教书时，哲淮梦见自己从美国念完博士回台，走在通向宜兰老家的小路时，夕阳染红了半边天，四周长满金黄的稻田，白鹭鸶飞向山林。退休多年的父亲从一个遥远、模糊的地方走出来。

“哲淮，你回来了。”皱纹爬满父亲的脸，眉额之间一片忧悒，“我帮你拿行李。”

“不用了，我自己拿，”哲淮说，“爸爸，您怎么知道我今天回来？”

“你不是说这阵子可以拿到学位吗？我这几个月天天等你回来。”父亲坚持地从儿子手中接过行李。哲淮看着父亲孤独而苍老的背影，眼泪夺眶而出。当他情绪稳定下来时，父亲已不知去向。哲淮回到老家，发觉房子倒塌在一堆荒草之中，邻居告诉他父亲早已过世。

“发生什么事？你和美沁吵架？”坐在管理员宿舍的汤兆祥把前面沉默地垂着头和奔驰中梦游的哲淮拉回现实。迎面冲来一辆大卡车，滚到奔驰后面，哲淮再度绷紧神经。

“我——我见到了吴绍南律师。”哲淮看着父亲说。

“他是谁？”父亲的宿舍约莫八坪，摆着一张大床，床头放一个日本瓷娃娃和一个穿和服的日本姑娘，书桌上面竖着一小面旗。父亲的宝贝书墙摆着不少破旧的中国古典文学和日文书籍，一套几十年前的漫画《小侠龙卷风》（缺了几本）和几本二三十年代的小说。那套《小侠龙卷风》，哲淮小时候看过十几遍，经常在那张大床上学主角志敏和志强打坏人，偶尔爬上五斗柜，施展轻功跳下。

“柯珊的老朋友，他什么都告诉我了，”哲淮看着墙上挂着日本风景的月历，“是这样子的，柯珊的一个儿子和我起了冲突，把柯珊和妈妈的事跟我说了。”

奔驰中的哲淮回忆父亲的脸色。

“我和吴绍南谈过。我不相信。爸爸，请你告诉我，这是怎么回事?”

汤兆祥安静地看着儿子，两眼一片漠然。有一次下棋时，哲淮抽掉父亲一只马，发觉父亲以这种脸色看着自己。“杀!”父亲狠狠干掉儿子一只车。

“我当然认识吴绍南，那个混蛋，”父亲用同样漠然的声音说，“哲淮，你要我告诉你吗?不错，你是柯珊的儿子。”

“P/S：爸，我今天又收到柯珊儿子的喜帖。老天，柯珊到底留下多少种?”

哲淮困惑地看着父亲：“不……不可能的……这个世界发疯了。”

父子沉默片刻，此时，疯狂地飞驰在滨海公路的奔驰数度偏离马路，滑向路旁。主人反应机灵，没有发生意外。

“你……你为什么瞒着我?”哲淮恢复病房中的姿势，两手撑腿，低下头，让一片憔悴的头发垂下。

“你听我说，”汤兆祥坐在床边，一只手摆在书桌的玻璃垫上面，玻璃垫压着几张泛黄的照片，包括哲淮的婴孩照，“我从小和你母亲一块长大，十五岁时，我立下心愿，娶她为妻。论及婚嫁时，柯珊从我手中抢走了她。哲淮，你看着我!”哲淮抬头看着父亲的脸，“柯珊是什么东西?他不过有几个臭钱，有一张讨好女人的脏嘴，当然，他身上带着最无可救药的淫种。他玩过多少女人，娶了多少小老婆，他还不满足，他要跟我争你母亲，她是我唯一的女人。我怎么也不相信你母亲会喜欢那个色狼。柯珊带你母亲到台北时，我上台北找了她三个月，站在她住的大楼外面，不敢进去。

柯珊死后，你母亲抱着你来见我，说她爱我，要嫁给我。我跟她说，她断手断脚，我也会娶她。你母亲不肯放弃柯珊的财产，遵照柯珊的意思，留给你裁决。我唯一的条件，就是隐瞒你的身份，等你结婚那天，分出财产为止。我——我太爱你母亲，她如果不答应，我会让步。我为什么隐瞒你？如鬘剖腹生下你，坏了身子，不能生育，我——我想把你当作我的孩子。我甚至想慢慢说服你母亲，隐瞒你一辈子。哲淮，我希望你——一辈子——陪我下棋。”多话的兆祥和沉默的哲淮，眼眶同时出现泪水，“我要你母亲做主，趁早分出财产，和柯珊永远脱离关系，你母亲不肯。她死时，要我发誓，完成柯珊的心愿，才把财产转到我名下。你母亲信任我。她告诉我，嫁给柯珊，是她一时昏了头。你知道我为什么辞掉小学教职？我和一位同事吵架，他说凭我这种料子，当上小学教师，还不是有贵人相助？我四处打听，又是柯珊搞鬼。他当初追你母亲时，推荐我去教书，还不是想讨好你母亲，我捡破烂也不稀罕那份职业！你母亲有时候也真糊涂，为了此事，我俩吵过一架。”兆祥两眼射出怒火，“柯珊耍了我十几年。柯珊抢走我的女人。在台北的时候，我想杀死柯珊。我恨他，不错，我恨不得生啖他的肉。他是最卑鄙、最肮脏、最无耻的混蛋！哲淮，老实说，有一阵子，我对你又恨又爱，想起你是柯珊最宠爱的儿子，想起你流着柯珊的血，我——我恨不得——消灭你。”

奔驰中的哲淮回到十几岁时和父亲比腕力。父亲青筋暴突，咬牙切齿，两眼布满戾气，大叫一声，把哲淮的手腕压到桌面。

“你姓柯，你不姓汤，我没有资格叫你姓汤，”兆祥从床上站起来，“你现在知道自己的身世了，柯哲淮，振作起来，你想不想到柯珊的墓地祭拜一下？你老子的钱，吩咐一声，我马上交给你。”兆祥拉开五斗柜，翻了半天，拿出一册厚厚的黑簿子。“吴绍南那个家伙有没有跟你提过，他们每隔五年对你的兄弟姐妹们做一次调查，免得你分财产时，没有头绪。拿去吧。我看你不用再等下去了，现在就是实行你老子心愿的时候，现在就是你满足柯珊儿女的时候。柯珊的儿女，全都写在这儿！”兆祥把那册簿子甩在桌上，走出房间，“我很忙，暂时无暇奉陪。”

哲淮继续维持可怜的姿势，就像坐在吴绍南病房中。他是柯珊的儿子和财产继承人，他流着柯珊的血。他吃柯珊的饭，穿柯珊的衣服，住柯珊的房子。他用柯珊的钱学钢琴、读书、到欧洲观光、买奔驰轿车——这辆结构完美的车子，现在奔驰在台湾东部滨海公路，介于大溪和大里途中。轿车中的家伙，每一块肉，每一滴血，都和柯珊有关。他那张迷人、潇洒的小白脸，正是柯珊的遗传。哲淮发狂地让奔驰吞吃前面的马路。即使不小心撞死，他也是柯家的鬼。在地狱，柯珊将张开双手，以淫荡、狰狞、刺耳的笑声，将他抱入怀中。

●

坐在东岳庙管理员宿舍的哲淮，伸出一只手，翻开柯珊留在人间的庞杂支脉。这一批无所不在的柯珊后裔，他嘲笑了半辈子。这一批同父异母的兄弟姐妹，他辱骂了三十三年。当他翻开这册黑色本子，柯珊的儿女此起彼落地对他发出笑声，好像这是什么滑稽的表演。哲淮合上本子。他听过柯珊的儿子，某政府部门的主管人员，虔诚而感动地说："我最崇拜的人是父亲。"柯炜学想把父亲的一生拍成电影，柯宝端替父亲的忠诚辩护，柯锦瑜叹惜政府没有给父亲盖一座纪念碑，柯若慈在法院宣扬父亲的正直和义气。似乎有不少人，以生为柯珊的儿女为荣。他们没有得过父亲什么好处（柯珊甚至抛弃他们的母亲），异口同声，歌颂父亲，极致孝顺。柯千鹤，"鹤"服装公司老板娘，噙着眼泪，说："爸爸死时，我痛不欲生。"即使和柯珊没有纠葛的人，在公众场合提起柯珊时，也会竖起大拇指（私底下，他们也许以一声臭屁攻击自己的谎言）。柯珊颠倒众生，不是无的放矢。他死时没有遗爱人间，把庞大财产（且不管它们从哪里来）的一小部分，施惠贫困，是一大憾事。身为柯珊的财产继承人，哲淮比起其他儿女幸运多了。他是天之骄子，得到柯珊最慷慨的眷顾。他的出生，使柯家的荣光得以延续。如果他想略尽孝顺，现在正是弥补罪孽的时候。

●

哲淮继续驾车南奔，再度翻开柯珊儿女的名册。第一位柯太太严淑莉，没有子嗣。第二位柯太太姜璞菜，为柯珊生下二儿一女，大儿子柯怀东，四十二岁，曾任 ×× 保险公司再保课课长，现任 ×× 陶瓷公司副理，住址：台北市 ×× 街 ×× 巷 × 号。电话……哲淮见到各种名字和经历，包括他有数面之缘的手足。柯明璇，女，三十六岁，殁。哲淮考虑烧一卡车纸钱给这位"姐姐"。哲淮慢慢翻下去。他看见柯婕，那个正义化身的女记者，真有乃父的遗风，她用三万字访问哲淮，谈留美问题。柯圣荣，他送《纽约客》

给哲淮，要他太太邀请哲淮参加《羡》主办的座谈会，让哲淮的照片印在《羡》封面一位女歌星肚皮上面。柯长虎，蕾娣同母异父的哥哥，对哲淮敬如神明。柯子彰，那个家伙托他翻译《庄子》，借此和他攀交，此人真是笨到极点。哲淮愈看愈触目惊心，他们的嘴脸随着名字的出现，一个个蹦到眼前。柯乃旭，那个不稀罕柯珊遗产的家伙。哲淮暂时停止翻阅。这些柯珊的儿女巴结他，只是看在一批没有什么希望的遗产分上？

哲淮蹙着英俊的眉毛，一双柯珊家族的眼睛装满仇恨，让车子满肚子怨气地奔过大溪，发泄似的掷向一点五千米外的蜜月湾后，继续翻阅名册，出现下列字眼："罗芷湘，子柯文瑞，三十七岁，从母姓，现任 × 大英文系副教授，住址：北市泰顺街 × 巷 × 弄 × 号。电话……"哲淮把这行从地狱冒出来的字眼看了不下二十遍。

"老罗，你爸爸是什么人？"他丢下名册，马上挂长途电话给文瑞。

"干吗？"

"你妈妈是不是叫罗芷湘？"

"不错。"

哲淮把一切和盘托出，在没有提起名册之前，文瑞发出一声怪叫。

"什么？你是柯珊的儿子？你发什么失心疯！你用电话敲两下脑袋。"

哲淮接着说出名册的事。"他们每隔五年，对柯珊的儿女做一次调查，你的职业、地址和电话没有错，我不知道调查的人是不是想幽你一默。你最好问问你母亲。你没有见过你父亲吗？"

“我一岁时他上天堂给天使做衣服去了。我妈妈说他是裁缝师。喂，你玩笑开够没有？今天是什么疯狂日子？”

“我心情坏透了，鬼才跟你开玩笑。如果现在看到柯珊的儿女，我要踢他们的屁股。”

“你想知道我的屁股可不可以踢？”

一小时后，文瑞挂电话到东岳庙。“我和母亲谈过了。哲淮老弟，我真不敢相信…… 母亲瞒了我一辈子。”

“现在我怀疑你开玩笑了。”

“王八蛋。我们最好互相交换一点安慰。”

“你母亲为什么瞒着你？”

“她实在没有必要。她说柯珊的名声不好，来历不明的儿女太多，她不想让人家知道我是柯珊的儿子。”

“你母亲怎么认识柯珊？”

“她家境不好，在一家餐厅当女侍，被柯珊用花言巧语骗走。我母亲不是贪财的人，她不相信柯珊会留给她什么东西。柯珊死后，她独力抚养我，要我从母姓，想和柯珊脱离关系。”

“搞了半天，我们居然是同父异母的兄弟。”

“他妈的，我不习惯。我不想认这个便宜父亲。真是恶心！”

“我的情况比你更惨。老哥，我今晚赶回台北，哥儿俩找个地方买醉。我还不知道怎么解决柯珊留给我的麻烦。”

“各有伤心事。我晚上夜间部有课，十点后到校门口接我。”

哲淮离开东岳庙时，兆祥正和一批委员在地下室开会。哲淮像小时候一样，站在通往地下室的梯级，看了父亲半晌。回台北后，哲淮先找美沁诉苦，害得美沁掉泪，最后反而要哲淮安慰她。美沁听完故事后，伏在哲淮胸前，走在幽静的温州街，一语不发。温州街一带，耸立着几十间日式平房，晚间静得可怕，正是伤心的好地方。房子射出暗黄的灯光，一片肃哀，主人大概在看令人掉泪的书，或者回忆柔肠寸断的往事。十点钟在校门口见到文瑞后，两人看着对方苦笑。

“我不能接受这个事实。”文瑞生气地说。

“你还不想醒过来吗？老哥。我们骂了柯珊半辈子。”哲淮说。

“哥儿俩要不要抱头痛哭，美沁，你说。”

“她比我还伤心，”哲淮说，“走，去喝一杯，庆祝兄弟重逢。”

三人在一家海鲜餐厅吃了一顿消夜。瞧瞧文瑞，喝得满脸通红，嘴角流出口水，一会儿问服务小姐洗手间在哪里（问了四次），一会儿要美沁陪他喝一杯，最后敲着桌子，哼起歌来。哲淮在美沁劝导下，比文瑞哥哥少喝几杯，打着饱嗝，用精神力量嚼食桌上的菜。一点钟，哲淮打起精神，驾着奔驰送文瑞和美沁回家。车子经过一条小巷时，文瑞吩咐停车，走下车子，面对角落一道涂满鬼画符的墙壁撒尿。

第二天中午，当哲淮还在家里抵抗昨夜的醉意时，文瑞的母亲忽然登门拜访。罗芷湘今年五十五岁，娇小玲珑，披着长发，从脸蛋和五官不难想象年轻时代的风韵。哲淮见过她几次，觉得她的眼睛似乎永远噙着泪水。

“伯母，”哲淮请她坐下，“很抱歉，我揭发文瑞的身世。”

“你没有揭发，”罗芷湘小声说，“文瑞早就知道了。”

“什么？”

奔驰穿过风景宜人的蜜月湾、北关，奔向头城。状似大海龟的龟山岛，浮在太平洋肚皮上面。礁石上面的钓者，耐心地等待鱼汛。两个月前罗芷湘的话，把一脸凶狠的哲淮吓了一跳。

“文瑞高中毕业的时候，”罗芷湘安静地说，“为了想和你同时考大学，先服兵役和工作，后来你们考上不同的学校，文瑞转学，做了你同班同学。他知道以柯珊儿子的身份出现，会惹你反感，因此隐藏身份，甚至装作不知道自己的身世，和你交朋友。”

“这又是何苦呢?”

“他想从你那儿分到柯珊的财产，”罗芷湘那一双永远像要哭的眼睛，此刻一片忧愁，“我一直不赞成他的做法。当初我跟柯珊，是我一时糊涂，他离开我，我不怪他。我今天来告诉你，我们母子过得很好，不需要你分什么财产给文瑞。文瑞骗了你，一是为了我，一是个性好强，你不要怪他。昨天文瑞喝醉时，把一切告诉我了，我觉得不应该瞒着你。”

芷湘走后，哲淮维持在吴绍南病房和东岳庙管理员宿舍的姿势，让头脑麻木，十分钟后，他慢慢站起来，茫然地望着客厅墙壁，想懒惰下去，找个舒服地方睡大头觉，再面对可怕的现实。他继续看着墙壁，把它射穿后，开始搜寻文瑞，十几年来，那个和他情同手足的难友也许躲在什么地方偷笑。当天下午，哲淮充满攻击欲望的一双眼睛出现在文瑞英文系系馆的研究室。这当儿，认识十几年的老友，第一次以真面目对决。

“苦命的受难者来了，”文瑞嘴角挂着冷笑，“我母亲刚刚打电话跟我说了。不要这样子看着我，不是我把你送上十字架的。”

“老友，现在否认还来得及，我相信你。”

“不要肉麻了。我们称兄道弟十几年，我也不想伤害你。但是让我们面对现实吧：我骗了你十几年。”

“我希望你继续骗下去。”

“也许会的，如果母亲没有告诉你，老实说，我还真希望继续交你这个朋友，”文瑞对着一张椅子挥挥手，“坐吧，老弟。柯珊儿女再多，也不会让你一天到晚碰上。从你念高中时，我开始打听你，天保佑我，我们都念文科，报考乙组，这也算是缘分吧，老弟？我没有想到你会考上第一志愿，是我低估你。我愈和你交往，愈觉得你不坏，有时候，我真想告诉你真相：我们是柯珊的儿子，看在他给我们生命的分上，给他老人家留点口德吧。老弟，请相信我，我对你是有感情的。”

“你介绍我到大学教书，你够伟大了。”

“你不能否认，我照顾过你。你的硕士论文，大部分的观点来自我的头脑。你应该把你的硕士帽子分一半给我。我让你做我的伴郎，我够认真了吧。分开的时候，我们通过很多信，你敢说我们不是好朋友吗？”

“不错。念大学时，我们住一间房子，同床共枕，我们是球场上的最佳搭档。我帮你追何佳芬，结果阴错阳差，你有没有怀恨在心？”

“相信我，老弟，我早已经忘了，何佳芬不是我的钢琴老师。我帮助你往上爬，花了不少心血，幸好你表现不坏。老弟，你不想报答我吗？”

“接受老朋友的照顾，我不觉得可耻。”

“我是说，实质的报答，分一点柯珊的财产给我这个好哥哥。当然，我现在不再奢望。”

“这又是为什么?”

“为什么?”文瑞往桌上一拍，忽然露出一张愤怒的脸，“理由很简单。我母亲是个善良的女人，她爱了柯珊一辈子。柯珊离开她时，她毫无怨言。多少年来，对她表示好感的男人一大票，但她为了柯珊，情愿独身一辈子，不错，她没有名分，没有资格替柯珊守寡。柯珊偏袒你，怀疑我不是他的种，我母亲哪一点比不上你那个九泉下的母亲?柯珊死时，他施舍给我们的钱，还不够养活两条狗!我母亲是小老婆，你母亲难道不是吗?你是柯珊的儿子，我难道不是?为什么柯珊不顾我们死活?等我把柯珊的钱拿到手，我会嘲笑他，还有你，柯大少爷!你不要怪我们，你去怪你那个有名无实的父亲。是的，柯哲淮，每个柯家的人都知道你是柯珊的儿子，只有你自己不知道!”

哲淮不想再看老友的脸，两眼射穿文瑞身后的墙壁，开始寻找美沁，寻找三年来最大的精神支柱，心灵最安全而温馨的寄放处。他想对她诉苦，获得安慰。他看见美沁坐在强人补习班，忙碌地处理桌上的东西。当晚他把美沁带回家，让她坐在沙发上面，伏在她两腿之间，用关怀自己的裙子擦泪。美沁用两手抚摸他的头发，抚慰那飘浮在人体最顶端、最神秘而没用的感情、思想、魂魄。她国贸系毕业的头脑，热情地探索哲淮文学硕士敏锐而受创的心灵。她补习班出纳小姐的手，像数钞票一绺一绺地摩擦哲淮烦恼的头发。她孤儿的眼泪，装满眼眶。最后，哲淮抬起头来，看着美沁，说:“不要离开我，美沁——我们结婚，好吗?”美沁咬着下唇，点了十几下令哲淮满意的头。哲淮伏在她扁平的胸前，慢慢地往上爬，寻找嘴唇。此后，他们在柔软的沙发上面拥吻十几分钟，欲望在哲淮的体内叫嚣，但没有得逞。他太爱美沁。

第二天，哲淮挂电话给潘孝孚，请这位反对他们交往的哥哥把妹妹嫁给自己，他如果做了孝孚妹婿，误解和不满自然消弭。孝孚道：“让我考虑。”第二天孝孚挂电话给哲淮：“把你家的地址给我，我今天晚上找你谈谈。不要让美沁知道。”

忙碌的潘老板如果再不想个办法逃税，潘孝孚三字就会登上全台前三十名纳税人排行榜。他口袋装了银行，表面行头净是夜市地摊的货色，连手表也是花了八百元从万华夜市买来的赝品。当他坐在哲淮的家中，先对一套豪华的音响设备发出穷光蛋的叹息，再抬头瞻仰天花板上的水晶吊灯，露出肃静的神色。稍后，他感激地喝一口哲淮端上的咖啡。“美沁告诉我，你受到不少折磨。”

“我需要美沁，”哲淮说，“我爱她。”

“不要一再重复你在电话中说的话——这还要你说，”孝孚说，“听我说几句话怎么样？”

“你有什么条件，我全部接受。”

“你和柯珊的故事，我早就知道了，”孝孚激动时，一张孩子脸马上变红，“你想不想听听我们的故事？柯先生，很抱歉，你受到重创，我实在不忍心再丢一颗炸弹给你。”

“你是什么意思？我知道你对我印象不好。”

“美沁和我，不是兄妹。”

“姐弟？你看起来很年轻。”

“不要打断我。严淑莉，柯珊的原配夫人，你应该知道吧？”

哲淮记得严淑莉。她每次来妈妈的家，一律穿旗袍、高跟鞋，冬天时，披一件黑皮红里大衣，说话细声细气，一副雍容华贵、不可侵犯的模样。

“柯珊死时，财产留给一个没有名分的小老婆曾如鞶，身为明媒正娶的柯太太，自然不痛快，曾如鞶的儿子分配财产时，她没有儿女，更没有指望。她吞不下这口鸟气，处心积虑地想得到柯珊的财产。柯夫人有一个从娘家带来的老司机，叫潘国荣，没有儿女，对柯夫人忠心耿耿。她走遍全台孤儿院，看上一个漂亮的七岁小女孩，命潘国荣领养，抚养女孩的费用则由她负担。潘国荣的条件是同时收养一个儿子。这一对小孩，从此变成潘国荣的儿女，男的叫潘孝孚，女的叫潘美沁。柯夫人以一生积蓄抚养他们，视如亲生儿女，管教严厉。十年后，潘国荣去世，柯夫人在外面租了一栋房子给潘家兄妹。好了，柯哲淮，现在你知道了吧，我和美沁非但不是兄妹，而且还是柯夫人养大的。还有更精彩的故事，让我喝一口咖啡，你的房子真是气派。我们名义上是潘国荣的儿女，不过我们更敬爱和尊重柯夫人，没有她的资助，我根本开不成补习班，可以说，我和美沁有今天，完全是柯夫人的功劳，且不说我们走出孤儿院后会流落到什么鬼地方。你现在大概想知道，为什么柯夫人托潘国荣收养我们？我是满足潘国荣的附属品，没有什么利用价值。柯夫人看出来美沁是美人胚子，准备养大后，‘迷住’你，让你娶她为妻，柯珊的财产自然落到美沁手中，这个计划很冒险，但是没有想到你这个被美色冲昏头脑的淫坯，你这个柯珊的儿子、自命风流的家伙，轻易地掉入美人陷阱。”哲淮像一块石头看着潘孝孚。“柯夫人不想被人识破，所以托潘国荣抚养我们，她这一招奏效了，没有人知道我们的身份。你好像有意见？”

“潘孝孚，你胡说八道！”

“你不要再做你那大情人的美梦了。你想想看，你以为美沁的驾驶技术那么糟，无缘无故撞你的车子？她用这种办法认识你，我做梦也没有想到。”

“你的故事漏洞百出。你为什么阻止我们来往？现在我要娶美沁了，你为什么破坏你们的百年大计？”

“问得好。柯哲淮，这就是我今天来找你的原因。从我们做了潘国荣的儿女开始，我就喜欢上美沁，我十四岁时发誓，将来要娶美沁做妻子。我从小对她百依百顺，把她当公主侍奉。当我知道柯夫人准备把美沁养大去‘勾引’你时，我多么痛心！我知道美沁喜欢我，她没有告诉我，但我看得出来。我要保护她，不要让她落入魔鬼手中。我知道柯夫人觊觎你的财产后，拼命工作，想把全世界的钱赚过来，让柯夫人放弃这个计划。我开补习班，用尽一切手段骗学生的钱，我从中阻挠，不让你跟美沁认识，但是没有用，柯夫人根本看不上我这个补习班。你和美沁认识后，我威胁美沁，如果你们再交往下去，我要向你透露柯夫人的计划。此事后来被柯夫人知道，把我训了一顿。那天晚上，你站在外面，你——哼，你不要以为你感动了美沁，她只不过不敢违背柯夫人，才跳入你的怀抱。柯夫人生前没有得到柯珊的遗产，是她生平一大憾事，她死的时候，叫我和美沁跪在床前发誓，不准我破坏你们的好事。美沁嫁给你以后，就会设法把柯家的财产弄到我手里，让你变成穷光蛋。我才不稀罕你的臭钱。怎么样？我对你不错吧？柯夫人死后，我忍了一年，但是现在忍不住了。柯哲淮，我知道你和美沁交往以前，有过不少女朋友，你这个色鬼，身边绕着一大堆女人，你还不满足？你为什么从我手里抢走美沁？她是我唯一的女人。你记不记得当初柯珊怎么从汤兆祥——他叫汤兆祥吧！——手里抢走你母亲？柯哲淮，你身上留着父亲的淫种！你是一个不折不扣的柯珊！你以为美沁喜欢你？你不要痴心妄想了！”

哲淮茫然的眼神再度穿过孝孚身后的墙壁，寻找他的心上人。当他按着潘家门铃时，灵魂的每一个触角正在找寻攀抓点。这是他离开孝孚十五分钟后的事。美沁开门后，哲淮用肩膀靠着门框，看着这个相恋三年的女友。

“淮，怎么啦?”美沁说。

哲淮先转过身子，背对女友，吸一口气，然后又转过身子来，冲进潘家。“看着我，美沁。从现在开始，你的眼光半秒钟也不要离开我。”

“嗯?”

“关于我们的婚事，你哥哥找我谈过。我不知道柯夫人严淑莉这么关心我们，十几年前就打算把我们凑成夫妻，我更不知道你和潘孝孚是青梅竹马的情侣，”美沁一双漂亮的大眼睛令哲淮心如刀割，“潘孝孚把你们的事情告诉我了，美沁，你最好跟我解释一下这是怎么回事。”

“淮，你听我说——”

“我正在听你说。”

“我对你是真心的，相信我。”美沁流下眼泪。

“这是什么解释！”

“不错，我和孝孚是柯夫人从孤儿院捡回来的，我从前对孝孚有好感，但是见到你以后——相信我，见到你以后，我一直真心待你，至于孝孚，我从来没有喜欢过他。”

“棒极了的连续剧对白。用你诚实的眼睛告诉我，你如果真的喜欢我，为什么不早一点跟我说?”

“我——我不敢跟你说。我们开始交往时，孝孚威胁我，要把我们的事情告诉你，从那个时候开始，我就不敢跟你说，我怕失去你。”

“你怕失去我的财产，你是柯夫人的奴才。”

“不——不是。你——你不相信我了。”

“你撞我的车子！你撞得这么凶，想把我撞到十字路口送死吗？”

“那——那是柯夫人逼得我太紧，我没有办法。”

“你——你瞒了我三年！一千个日子，你只要抽出一天，抽出一天当中的十分钟，你就可以叫我大彻大悟！你像柯珊的儿子一样骗我！”

“我不敢跟你说，我真的不敢说。当你第一次告诉我你和柯珊的关系时，你那个样子，我害怕极了。”

“那个时候，你更应该对我说！”

“你这么生气。”

“那么你打算瞒我到什么时候?”

“柯夫人已经去世，我准备嫁给你以后，说服你放弃柯珊的财产，分给柯珊其他的儿女，或者随便你怎么处理，总之，我们——我们不需要那笔钱，你教书，我工作，我们一样可以过好日子。”

“胡说，我不相信你，我谁都不相信！我妈妈骗我，我爸爸骗我，我生平最要好的朋友骗我，柯珊的太太和儿女骗我，你们全都骗我！潘美沁，我不知道你还有什么花样，我这个傻瓜角色演到今天为止！看着我，这是你从我身上骗走的最后几滴眼泪。再见吧！潘美沁！”

●

哲淮的奔驰离开滨海公路，奔入内陆，像一头猛兽驶向二城。有一阵子，他让脑袋空着，专心一志地驾车，稍后，他发觉视觉愈来愈模糊，乃减速慢行，眨着两眼，用眼皮像雨刷清理泪水。伤心奔驰慢慢通过二城，开往礁溪。哲淮再度被美沁骗走几颗泪水时，开始回想事情发生后，自己怎么活过来。和美沁分手一星期后，奔驰在师大路和一辆沃尔沃比赛铁头功，双双挂彩。哲淮和车主站在马路旁，两人客气地检讨一番，认为彼此都有不是，各自料理后事。此后一个月，哲淮暂时失去代步工具，改坐计程车。他精神状态不佳，驾车只会继续闯祸，头脑最好送到什么地方修理、保养一阵子。可以的话，换一颗新脑袋也不是坏事。他必须振作起来，上完一个半月的课。“文法与修辞”的学生正在欣赏老师表演恺撒大帝。教到第三幕第一场，恺撒在国会被部属刺杀时，哲淮表演了有生以来最精彩的一场戏。他来回走动，滔滔不绝，煽动学生的情绪，渐渐将气氛带入高潮。刺客一个个扑向恺撒。最后轮到恺撒最信任的布鲁图斯。“还有你啊，布鲁图斯——那么死吧，恺撒。”哲淮激烈地抽搐着，扑倒在讲台上面。学生静静地等待老师复活。哲淮上半身趴着讲台，把头埋在两手之间，看见柯珊的儿女挂着奸笑，一个个走过来，刺他一刀。柯子彰、柯圣荣、柯婕、柯乃旭……最后是文瑞和一个非柯珊的种——美沁。这两个人，把他的心刺出一个大洞，用两脚踩着他的灵魂。五分钟后，哲淮抬起头来继续小声而缓慢地念着莎剧。有一天晚上，哲淮在学校礼堂观赏话剧社的演出，靠着椅背假寐，做了一个可怕的梦。柯珊的儿女，正在舞台上面演戏，而导演——柯珊的鬼魂——像一个庞大的阴影，活跃幕后。空荡荡的礼堂，只有哲淮一个观众。

星期六下午，哲淮办完什么事情，在校园遇见同事秦雅菲，被她用保时捷载回家里喝咖啡。秦雅菲从小在富裕中长大，有两次离婚记录和一箩筐绯闻，不时有一些比她小二十几岁的男学生，到她独居的公寓请教功课，发生缠绵的爱情。哲淮念大学时，秦雅菲教过他作文，十多年后，这一对师生在另一所大学变成同事。这天下午秦雅菲被邀请到本校演讲厅和几个名流参加一个座谈会（那种虚无缥缈、上不着天下不着地、有关“感情生活”之类的垃圾座谈会，这种座谈会教听众如何在现实生活中做美丽的梦，和如何在忙碌中替自己制造一堆无所事事的时间），说了不少困扰听众的话，会后，她在校园看见年轻的哲淮同事对着一座喷水池发呆，于是问他愿不愿意到她家喝咖啡（参加那种座谈会后令她愈发无聊）。她喜欢请小男生到家里喝咖啡，如果是在晚间，她顺便请他们吃消夜。“内容丰富。”她说。

在秦家客厅中，她当着哲淮面前，对端上两杯咖啡的五十五岁用人说：“张妈，你不要再忙了，早点回去休息吧。”经验老到的张妈看见主人带了小白脸回来，早已猜了个八九不离十，什么扫兴话也不说地离开秦家。这当儿，坐在沙发上面满腹心事的哲淮，暗自后悔。秦老师使出浑身解数，在沙发上面叠着两腿，以侧卧的姿势面对哲淮（难为了那一袭旗袍，它尽责地抱紧一双想挣扎出来的小腿），老练地喷着幽怨的三五牌烟雾，这些烟雾包围从前的学生，无声地倾诉她的深闺寂寞，一双滥情的眼睛盯着他。

“你不介意我抽烟吧，”她四十五岁了，不过看起来年轻个十一二岁，“心情不好时，我喜欢一根接一根地抽。”

她好似在座谈会一般，净谈一些感情问题。看看这个忧郁的小男生，他两手交叉胸前，不知道在思考什么不好解决的事情，他是装蒜还是了然于心，只有他心里那个鬼晓得。他像上军训课一般坐得端端正正，一个接受学位口试的准硕士也比他轻松十倍。秦雅菲愈看愈气，心想为什么要请这个不解风情的呆瓜喝咖啡，咖啡只会令他更紧张，她应该请他喝白开水，如此他的笨脑袋瓜或许会清醒一点。坐在沙发上面的哲淮，头脑在追溯一件往事。念大学的时候，他的一个学长和秦雅菲有过一手。这家伙当过宪兵，在圆山忠烈祠站过岗，魁梧得不得了，他被秦老师暗示十分钟后，就像狗一样爬到她身上，瞧他在忠烈祠站岗时对任何女人目不斜视的模样。这位学长对学弟们传述床上风云时，神秘兮兮，得意非凡。

一个多小时后，秦老师以哀怨的眼光，把这个笨小子（亏他一双眼睛长得好不销魂）赶走，她已经暗示到了极限。她是老师，可不能像那些怨妇穿一件薄如蝉翼的睡衣，假装拐一跤掉到他身上。这回算她看走眼，平白放了用人半天假。被遗弃街头的哲淮从秦老师一双哀怨的眼光中，想起蕾娣、香蕊和韩艳等人。她们和柯太太的关系，令他吓出一身冷汗。如果柯珊儿女看在财产的分上讨好他，那么蕾娣等人是否也有所图？诚如柯文瑞说，他和柯珊儿女的碰面，不是巧合。他和蕾娣等人交往又是怎么回事？蕾娣是柯太太再嫁后生下的种，香蕊和韩艳是两个柯太太的外甥女和侄女。哲淮站在人行道上，和一个垃圾桶研究此事。她们不是柯珊的儿女，分不到财产，难道——难道她们和美沁一样？悲伤而肮脏的垃圾桶，像吞下整座城市的伤心事，面对落魄的哲淮，彼此倒有点像难兄难弟。香蕊主动和他搭讪，教他慢跑秘诀。他是什么东西，人家不过看在他几个臭钱分上。蕾娣用点心诱惑他，把他当作伯特·雷诺兹，真叫他不敢当。哲淮小看这个喜欢吃零嘴的女人，她的目标是一块大肥肉。艳光四射的韩艳，撇开一大堆追求者送上门来，没有碰过女人的哲淮以为自己交上桃花运。他在罗马巧遇韩艳，对方没有显得十分惊讶。照道理说，她应该比哲淮更兴奋。他们居然在罗马下榻同一家旅馆。事前韩艳曾经表示要陪他游玩欧洲，也许她花了不少时间追踪打听，最后终于在恺撒大帝的故乡逮住他！她介绍他到五专教书……哲淮最好不要再想下去。他以为自己是什么大情人，人家不过在钓金龟婿。哲淮狠狠地踢一脚垃圾桶，心想：至少，垃圾桶老兄，她们的高潮不是假的吧！

避免和文瑞见面，他尽量不到教员休息室，不过偶尔还是碰个正着。他写了两封信给对方。第一封表示他没有责怪老友，希望老友不要把他当仇人，并且勉励双方下次见面时，表现大方一点，不要像小姑娘一样。他在第二封信中告诉老友将辞去教职，到美国修完博士学位，今后各奔前程，珍重再见。他另外写了一封信给柯乃旭，感谢对方透露自己的身世，有关启蒙小说的评论专集出版没有，如果没有问题，对方不久将会回到大学教书，他已经向向鼎提出辞呈，并且推荐乃旭接替空缺。他接到美沁打来的两通电话。第一通，他没有让她有说话的机会。第二通，他让她哭了一分多钟才挂断。夜深的时候，他不时在潘家附近的街道徘徊，对着街灯、睡觉的树和野狗发出沉重的叹息，偶尔用疯子的眼神望着一片黑漆的潘家。有一天，他喝了酒，差点去按潘家的门铃。最后一个晚上，他站在第一次拥抱美沁的地方，洒下几滴泪水，哀悼死去的爱情。

●

历经悲欢的奔驰，花了四个小时走完八十千米路程，回到朴素的宜兰市。哲淮看见自己度过十八年的故乡，看见熟悉的街道和建筑物，兴起一股莫名的感动。他平稳地进入市区中心，穿过几条堪称热闹的马路，停在东岳庙前，走下车子，拍一下苦难的奔驰头，踏入庙口。

“爸，我回来了。”他对查核账目簿的兆祥说。

兆祥抬头看了哲淮一眼，低下头继续工作：“你不是说一点到吗？”

“高速公路发生车祸，”哲淮说，“我还没有吃午餐。”

“菜已经冷了，用锅子热一热，”兆祥说，“电锅里有饭。”

哲淮填饱肚子后，走到烛台面前，用刀子刮掉蜡花，清扫干净。“爸，你算完账，没事的话，下盘棋吧。”

吃晚饭以前，他们杀了十盘，五比五言和，再赛一盘，下出和局。晚上，哲淮帮父亲料理庙事，在十殿阎罗、范谢将军、地藏王、牛头马面等鬼怪环伺下，思考事情。父亲月薪一万元，加上每个月香火买卖两三千元的盈余，一个月有一万两三千元收入。他的宿舍，有厨房、洗澡间和一个小餐厅，水电免费，每月初一、十五祭拜后的一大批水果也落入他肚子里。以父亲的身体状况，可以再干个五六年，唯一担忧的是，寺庙管理这种工作，轻松而无聊。晚上十点，他和父亲关上门窗，坐在宿舍中打牙祭，喝月桂冠酒。

“爸，我已经辞掉工作，准备念博士学位，”哲淮说，“这回玩真的了。”

“要念多久?”

“大概四年吧。听说县政府计划在兰阳设立大学，顺利的话，我打算念完学位后，给本地子弟上上课。”

“什么时候出去?”

“快的话，今年夏天，要不然就是明年一二月。”

父子沉默半晌。哲淮道:“柯珊的财产，我打算捐一半给慈善机构，替柯珊做点好事。另外一半，分给他的儿女们，免得柯珊死不瞑目。至于妈妈的家，我在台北的住宅和那辆车子，留学以前卖掉，一块捐出去。我不是想做好人，而是不想再跟柯珊发生关系，我已经花了柯珊太多的钱。你看怎么样?”

“我没有意见。你留学读书的钱呢?”

“我看看能不能申请什么奖学金，或者在学校找什么工作。以前那位指导教授对我不错。我这几年教书，存了一点钱。”

“我可以把家里那块地卖掉。”

“不要开玩笑，那是你养老的地方。”

“我也存了一点钱，不多，大概四十几万。”

“不用了。”

“再看吧。你和美沁的事呢?”

他没有向父亲提起美沁和文瑞的事。“我俩好像没有什么缘分。她长得好看，追她的男人很多，这种女人娶了反而麻烦。”

“又是你辜负人家了。”

“我没有。喝酒，爸，让我醉一次。”

当晚哲淮喝得七八分醉，睡在父亲身旁，做了一整夜破碎的梦。此后，哲淮暂时住在母亲家里，开始工作。母校密西西比大学没有什么钱，虽然有指导教授给他撑腰，但对申请奖学金一事，不抱太大希望，打算试试别的学校。他写了几封申请书，请密大教授写推荐函，此外，他准备写一份二十页的研究计划，告诉人家打算怎样研究福克纳，为了这份工作，他必须重读福克纳的作品和有关福克纳的评论。八月初的一个傍晚，他在宜兰公园漫步，站在一座漂着几朵睡莲的人工湖旁边，看着湖水发愁。约莫半小时后，湖面对岸出现一个女人的倒影。哲淮抬起头来，凝视那个看着自己的女人。“老师！——”

“汤哲淮。”那个女人说。

哲淮绕到对岸，站在阔别十五年的钢琴老师面前。李真像从前一样，用一根白丝带把长发系在背后，露出白皙的耳朵。眼角有不明显的三十九岁鱼尾纹。她的刘海和眼神完全是哲淮记忆中的模样。“老师，你好吗?”

“汤哲淮，听说你当上了大学教授。”

“不是什么教授，只是一个小讲师，”哲淮不好意思地笑一笑，“已经辞职了，现在是无业游民，正在申请到美国念博士。”

“回来以后真的是教授了。”李真打量从前的学生，“你除了音乐不行，倒也是人才。”

“老师还在初中教音乐吗?”

“你看我能够做什么。”

“你先生好吧?”

“他带孩子上台北玩。天气热，我不想走动，留下来看家。”

“见到老师真高兴。”哲淮想请老师吃晚饭，顺便聊聊天。老师表示吃不惯外面的食物，请哲淮和她回家用餐。两人回到李真家里，花一小时弄了一顿晚餐。“有酒吗? 庆祝师徒重逢。”哲淮兴奋得叫个不停。“老师，我们点蜡烛好吗? 最好再放一点音乐。”在吃饭途中，哲淮流下眼泪。

“汤哲淮，你有心事吗?”李真停止嚼食，“你看起来很憔悴。”

哲淮继续吞下几口菜，放下筷子，无限痛惜地说着柯珊、母亲、父亲、文瑞和美沁等人的事，好像那是丢入火坑里的钞票。他红着眼睛，像一个小孩子向妈妈哭诉如何被人欺负。李真用怜悯的眼光，充满同情地听故事，不时点头、摇头、叹息，最后，小声地说:“不要难过，事情已经过去了。”

“老师，”哲淮忽然说，“你离开以后，我写过很多信给你，你有收到吗?”

“有。你这个傻瓜蛋。不要再提那件事了。”

“老师，我现在不是小孩子了。”

“我知道。你三十三岁了。吃饭吧，菜冷了。”

吃完饭后，两人坐在客厅的沙发上面，听肖邦的音乐。十分钟后，哲淮坐到李真身旁，把她搂在怀里，寻找她的嘴唇。“不要这样子! 汤哲淮!”李真把他推开，坐在另一张沙发上面。两人继续沉默地听音乐。播完一卷录音带后，李真说:“时间不早了，你回家吧。”

哲淮看着老师说：“今天晚上让我睡你这里好吗？我不想回去。”

李真摇摇头：“好吧，你睡我儿子的房间。”

“我不是小孩子。”

“我儿子念初中了。”

哲淮躺在李真儿子的床上，伸手拉住正要离开的李真的裙角：“老师。”

“什么?”

“我们一起去美国好吗？我读书，你煮饭给我吃。”

“傻瓜蛋。”

“我们私奔。”

“胡说八道。”李真拉开哲淮的手，关上房门。三十分钟后，李真打开房门，注视入睡中的哲淮，两眼噙着泪水。“哲淮，亲爱的哲淮，”她心里喊道，“有一些事情，你永远不会知道，老师也永远不会告诉你。所有柯珊的儿女和你碰面，都是他们制造的机会，只有我不是。我们纯粹是巧合。当我教了你一年钢琴，有一天母亲向我问起你们，当她听说你母亲的名字后，她告诉我，你是柯珊的儿子。哲淮，柯珊只和我母亲相处了两天，就离开了她，柯珊不知道母亲怀着我出嫁，连我现在的爸爸也不知道。当我知道我是柯珊的女儿时，哲淮，我很难过。我喜欢看你十七岁的眉毛，你的眼睛，还有你挺挺的鼻子，我多么想把你拥在怀里。当我看到你的信时，我知道必须离开你了，”李真一边想，一边走进来，跪在床前，“我不能告诉你，我是你姐姐，你被太多人骗过，你一定不相信这是巧合，你会以为我想分你的财产。”她注视哲淮，吻了一下弟弟的脸颊。

“老师，”哲淮睁开眼睛，“我没有睡。”

“你！——”

“老师站在门口看我干什么？老师喜欢我吗？”

“不要胡说。”

“那么老师为什么吻我？”

“傻瓜蛋，你在做梦。”

“我在做梦？老师，你是不是哭了？”

“汤哲淮。”

“什么？”

“你现在还有弹钢琴吗？”

“老师走了以后，我就没有弹了。”

“起来，老师现在教你弹。”

师徒俩走向黑暗的客厅，打开一盏壁灯，掀开琴盖，坐在钢琴前面。在寂静的深夜里，李真翻乐谱的声音，清澈而响亮。哲淮注视老师的侧面，就像十八年前一样。“就弹这首你从前最拿手的《跳土风舞的女人》好吗？”李真说，“来，一二三，开始——”

＊原载《中国时报·人间副刊》

一九八八年二月二十五日至五月二十五日

围城的进出

戴圆翅幞头着圆领衣系红鞓玉带趿丝鞋的在职文人……斜倚松树肃读手中古籍……夕日眦睁……如瘀溃且布满红丝的眼珠滴喷着赤霞……晚空……一袭中弹的白色衬衫……背手凝视这般喷红洒朱艳丽或悲壮的其中一位，钉头鼠尾衣纹像败战旗子……披发侍童靠着披麻皴假石打盹……踞坐竹簟弈棋戴硬翅平举式幞头右方这位褰起袖角中食二指啄住一枚黑棋空垂石案棋盘上……吸饱了血的蚊子嗡嗡嗡嗡像隼鹰停在左方这位肩上，肚腹中的血浆红得像郎窑宝石红荸荠尊……啮进纱窗的风舔一口挂轴，轴杆的的的的响着，蚊子参差斑斓飞走了……

窗外的白茶花被风熏得鬼醉，像半身埋进水里的鹅尾……杨公套着白色长袖的手臂摇过棋盒钳一枚黑棋挂到右上隅……白底黑线纵横像雷达荧幕的棋盘，幽浮着愈聚愈多互相围击的黑白不明飞行物……黑睛白眼仇视着……仿佛两尾撕咬得肢散躯碎的黑白蜈蚣……杨公……轻轻咳嗽着……鱼跃着的喉核像挣不脱导线的黑鲤就要呸一声跳出来了……蚱蜢脸……童画中画得心巧力绌的大鼻子……恶颜厉色毁着面容……黑边镶金眼镜瘸在脸上仿佛也毁得不成形了……像一只连体蟹紧紧剪住山水画里丘崖上的一颗矾头……

琉璃厂东长方形钵上被铁丝拶得左右跪拜的榕树……镜片后的眼眸睆睇着棋盘……

矮几上的电话挂断了……

四十七手……记录王鹏飞教授燃点鞭炮似的把笔伸到棋罫纸上……像描女人小嘴小心翼翼画着……战栗的小嘴……

一顶一冠红仙丹……蕊心吐得烟花轰扬一刹那……国运昌隆……

五十二分……龙吐珠红白绿青喷鬃石墙上……计时员侯永平握拳托腮好似照片上拳击手被一记重拳打得歪腭喇叭嘴……才四十七手啊，业已去了五十二分……这种下法……两小时……哪里禁得住两般三样慢条斯理琢磨……

黑猫从墙头上蘸笔洮毫如是踮脚走过……公卿贵胄琥珀眼……白云痴肥……丰沛得像母牛等着挤乳的朵朵蕾蕾乳房……

唐朝隐士头扎巾子……白裳底半露着高墙履……曲领逢掖黄绢大袖衣扬虬欲裂……昂首含笑……

四十八手……落得真快呀……仅仅过滤了十七秒……侯永平龇牙睚眦吃了更重的一拳了……持白棋的木谷宇太郎……牵牛花爬满整棵安石榴喧宾夺主粉饰枝丫……糙肉粗皮狐獐狼虫矮寇……蜻蜓点水只赶了十三分多……这种囫囵下法……杨公……

八哥野猡呀……心里不禁叱咒了……

这样的神色自若……也许从头至脚早已酿妥输棋细胞了吧……一点也不在乎……啊啊……那两只似极了叼在猪公阴茎尖端尿骚骚阴毛的薄眉……一皱起来脸上就勃起一种性欲的冲激……IQ零蛋的眼睛……那么扁那么红那么像狒狒屁股的鼻子……八字须尤其八哥野猡……这么肥这么短这么像一只招风兴浪小蝴蝶结……瞧他雷霆一般地闪出大和民族微笑时……真似……似一个阳壮肾强硬兴兴扑向女人的大军阀……不上相若此非吾辈褊狭……正侧后倒看仔细随便看……像得鸡飞狗跳阁下活生生就是褪色嗜色的一个黄种阿敏……身材脸蛋举止……八哥野猡……像得八哥野猡……把大和魂的气魄切腹出来呀……拢总只拼了十三分钟……胆小的东洋鼠……可恶的……混账的……

唐朝贵族仕女一身披帛薄纱衣团花长裙……微袒丰润而嫩刮刮地向双乳膨胀的酥胸……高高的云髻插着金步摇金簪子牡丹花冠……额间翩着两只蝶翅状倒晕眉……眉间点一颗泥金色花压子……擐金镯子的玉手执着拂尘挪戏一只褐黑猧子犬……

扎在犬颈间红色蝴蝶结似极了木谷先生人中两边鬼饰着的八字须……

啊……啊……八品职业棋士陈魁也不禁在心中发出雨点一般繁复的诧惊了……从挂吊窗栏边小瓷瓶像青铜器夔纹伸出的羽裂蔓绿绒……被风鼓荡时好似一只多翅小飞龙摇头摆尾俯冲而下……习惯性拧着丝质唐衫衣襟上的如意纽结……四十八手止……序盘敌我壁垒……肃整得像两支拔河队伍……黑空实利多……白棋模样大……虽然也有一两着问题手……然而布局确实太雄伟了……

两位先生……仿佛武侠小说武角吃了仙丹神药一夜纵横武艺圣殿……棋艺骤然跃升……

往常和两位先生下授子棋的八品职业棋士陈魁鹰瞰着棋盘竟也一时不知如何点兵遣将……

海棠不红……扶桑红得像一身艳赤的暹罗斗鱼撕打时怒张着的胸鳍……

靠窗独坐的外科医师江雄涛两柄锐眼手术刀一式霍亮着……血腥……细腻……急救的……若此……剖析战盘上的突发恶疾……

四十九手……杨公又长考了……

观战的四人立刻又陷入肃戾中……这样……不见得占得到便宜……势均力敌……时间挥霍得比那个天皇顺民多出一担担……杨公今天到底满怀什么肚肠……难道真要风萧萧兮……这般如此不复还吗？……落子啊……出手啊……给那个宫本武藏一记正宗回马枪……

啊呀……四人仿佛篮球比赛终场几秒钟前从内心渴望杨公球过半场就跃马中原急射了……

继续孕育着四十九手的杨公……似乎不急着落子……只等着时间一秒一分赖过去……心静神清，风流贼浪……

木谷宇太郎用力挲着半秃脑袋涂得根根筷筷的毛发……凶狠地眨着两眼……鼻孔不时发出嗅出臭味的嗫嚅……这个东条英机……今天吃了什么撒西咪……料理得迅捷又不见致命败着……神完气足，头脚维新……全身养足了肉猪一般肥牟牟的武士精神……

一阵风挥拭着挂在墙上的鸡毛掸子……像斗鸡对峙时火焰一般

的颈毛……

戴鹿皮冠着大袖黄袍服趿高墙履的苍癯中年汉子……春蚕吐丝衣纹如刀痕遒紧地劈开着……右手执一卷白纸左手拈笔远眺冥思……

若有所吟……斑斓文采……还是……忧国伤时今夕何夕的喟慨……

●

“屈原……是吧……”

二十多年前第一次踏进杨家的木谷宇太郎睇瞻着画轴中执笔吟哦中年汉子露出小学生式的疑惑。

“什么……是李白……”三十四五岁一枝花龙马抖擞的杨公捧着一盘茶具，英姿焕发风流到客厅来，“你只知道屈原……”

“冠盖满京华，斯人独憔悴……”细声而近乎咬牙切齿地念着右上角的题款，“我好像在哪儿看过这一句呢……是李白写的吧?”

“是杜甫……”杨公把茶具搁在矮几上发出分贝激窜的轰吼。

“啊……啊……”

木谷宇太郎酷似初进宝窟的大盗好奇而掠兴横流地鼠目瞟摄客厅四周的字画摆设，晌午的燠悍阳光冶炼得窗外园圃里的枝红杈绿亮金滴玉。杨公整饬妥当茶具，骨朗朗踱到木谷身边。

“这幅仿制博古画，你知道它的名堂吧?”

“啊……请指教……”

“这是明代初期的新理念花代表作，有一个名堂，叫作‘隆盛理念花’，”杨公用食指在画幅上描摹起来，“这是梅，这是柏……这是松……兰……山茶……天竺……柿子……灵芝……水仙……如意……一共十种，取十全之意……”

“啊……啊……”

“说到‘隆盛理念花’的特点嘛，不外枝叶俯仰有致各得其所，刚柔并济繁而不乱……虚实相映隆重典丽……如此这般……隐隐蕴含东方理念的极致，”食指突突敲戳画幅转头目视木谷宇太郎，“‘隆盛理念花’是你们池坊流立华的始祖！”

“真的！真的！”木谷由衷地用日本话褒奖一番后，也学杨公叉出食指“这是梅”“这是柏”连续叫认了六七种，意犹未尽比画着枝干伸引的样式。

没有扭捏清楚“隆盛理念花”的特色和撇剩的三四种花材，眼光暧妙妙立刻被紧邻一帖书法勾搭去了。

“哈哈……那是我的戏作……”杨公笑得行云流水没有一点碍窘。

“啊……是杨先生写的吗？写得真好！写得真好！”木谷像啮橡皮般吃力地念着，“……仁则能全……义则能守……礼则从变……智则能兼……信则能克……好！好！”

“你知道这段文字的出处吗？”

“请指教！请指教！”

“这是宋朝时，潘慎修将围棋赋以仁义礼智信五德，写了一篇棋说进谏太宗，很得太宗赏识呢！”杨公睽视自己鼎媾了黄山谷纵横奇崛和李邕沉练雄伟的书法，不由得壮山吞河气概起来。

“是！是！是！……”

“围棋……在我们中国已经有很久的历史了……《博物志》说：尧造围棋，丹朱善棋……这样，至少有四千多年了……啊，说到围棋，我们别再浪费时间，先下一局再说吧！”

“好！好！好！……”

两人踅到棋台两旁席地踞坐。

“下棋前，先尝几口冻顶乌龙！你刚来台，大概很少呷过这种佳茗吧！”杨公从矮几上够起东坡壶，“这种茶，据说元朝就传来台湾了，嘉庆皇帝还特地敕封它为贡茶呢！在台湾，南投鹿谷乡彰雅、永隆、凤凰是有名的产地，那里四季如春，气候温和，阳光从日出晒到日落！海拔一千多米的山顶经年笼罩着云雾，恍如仙境！土壤水质，得天独厚……”

“真了不起！真了不起！……”

“冻顶乌龙的好处，不胜枚举！比维他命更维他命！去毒除腻，清洁血液，消除疲劳，养颜提神……”

“真好！真好！……”

“来，先品一品！清一清喉咙，醒一醒头脑！”杨公说得兴骚，不等木谷端起杯子，侧身指着墙上一幅挂轴，“那也是我写的！不错吧！颇得山谷道人真传吧！你一定没有看过这首诗，这是刘禹锡的《西山兰若试茶歌》……”

高腔高调吟诵着前头数行了……

山僧后檐茶数丛，

春来映竹抽新茸；

宛然为客振衣起，

自傍芳丛摘鹰觜。

…………

●

杨公年轻时是北大中文系毕业生，来台后弋得C大博士学位，便落难C大授课粜活。他在学校刊物及书店报摊搜寻无果的杂志上铅印过几篇学术论文，不曾比他的学生在同地肆虐的小说引起更多悚惊。朦胧地解释起来，他是个刺屁股的殷勤学妖，博博薄薄的杂家怪，在学术界小有名气，教书虔真，和他的言行一般奠不下半尊牛鬼蛇神。三十岁时谋娶了一个同过班的硕士老婆，至今膝下犹虚。

三十四岁那年，他在一个晚宴里叨识了比他迟生两年的P大日文系副教授木谷宇太郎。追究这位呢喃得满嘴悲切虚假中文的东瀛小儿族，就很有一批乌瘴了。据说他是透过他的学生——剥劫汉学的台湾留学生——的推介造孽到台湾来的，此郎为何不留在亚洲生活水平最高的海岛上吃寿司看相扑，妖障迷离一片诌测。有人说他在当讲师的大学里轧了一出蚁火伤身的桃色艳事，有人说他抄袭外国论文，有人说他利用讲师身份替几家公司窃盗商业机密，更有人说他是山口组在台眼线！种种劣闻，恐怕跟他那不令摄影师眷恋的面相有咎吧。总之，木谷带着太太及两个儿女阖家侵占过来了，而且似乎有永久流亡台湾的疾态。数年后，木谷太太果然霉在补习班赤贫贫教起日文来，两个儿女也癌到小学习汉文——这一切都有违大和民族生理及心理发展条款的吧！

媒合杨公及木谷宇太郎的那位狡睿先生，开口就筛出双方尖锐的共同点，使得我们的苦闷侠客和来自异地的流亡武士觌面就张牙舞爪搭斗起来。

“这位杨公，他的围棋是朋侪中最高段的了；木谷先生，也是大阪业余界一大高手，得空切磋切磋！”

这样把两只好斗的蟋蟀或恶狗关在一个笼子里自由交谊了。

两大高手第一回在杨家对弈时，彼此竟有点轻掂对手斤两，等到两局棋一胜一负拼缠下来，方知二郎真君唬住了齐天大圣，日后便失魂丢魄叫起阵来——不想第一回一胜一负的战绩，一路衰败僵持着往后对峙的成果：不论侠士浪人如何吃奶食米养精蓄锐钩心斗智，一律不卫生地混战不出胜负。杨公如果某段日子里气势狂狷连下二局，木谷一定背水沉舟抢回两盘；木谷如若叱风咤云扳倒三城，杨公必然断腕尝胆收复疆土；杨公倘或一阵枯朽四战全胜，木谷势必狂澜破竹……这样如此，呕来喀去。在他们敌对的二十五六年中，少说也下了近千局吧，除了最后一局——啊啊，这最后一局，留到后面再说——设若把这千局双方赢取的目数累积起来，恐怕连半目微差也阙如了。

是这样的势均力匀……双方在这二十多年为着壮魁棋艺牺捐的精力，足够成就好几十本论著了。博研棋谱，抬教职业棋士——木谷每年暑假归日月余碌碌请益，回台时似乎又更上一层楼了——精析专戮敌手缺害……二雄尽管竞争得日月胶悍，功力倒没有因着远岁长年的进化而达尔文对方……适当一人有着一丝丝进步，另一人必定合乎逻辑地一缕缕跟上，缠绵悱恻。

木谷宇太郎似乎对这种轩轾很俗习呢，像蝙蝠庆幸自己业已脱离哺乳的鼠类，而超升到和鸟禽一般贵矜。哎哎，无奈自诩凤凰的杨公对此般异象要不满而喝唳不休了。

一旦杨公输棋而心劣念恶时，便拨弄木谷日本制的小辫子冶戏……有一次……木谷赢了一局……

“最近背部痛得真厉害，”轻轻转动北极熊一般的腰杆，把胜利的兴悦绞进肉脂里，“也不知道看过多少医生，就是治不好……”

“背痛吗？……”杨公抠砸着垒块了，“看西医有什么用？你应该看中医的呀！扎几针就好喽……”

“这样子吗？”

“说起我们的中医……”如常地导诲木谷，“别的国家不提，你们日本，奔涌着最猛鸷的影响力吧！你们明治维新以前的医学，全以汉医为主……约莫六世纪中旬，那个时候，有一个叫知聪的苏州人携了《针灸甲乙经》等一百多卷东渡日本，这些医书，是最早传入你们日本的中国医书……”

“是！是！”

“七世纪初，你们天皇派了几个药师到中国来习艺，这便打开你们出国留学的最古先例！八世纪中旬……我们鉴真和尚莅临日本，好像菩萨下凡那样，更叫你们醉溺汉医了！鉴真和尚教你们辨认药材，被你们尊为日本神农！……”

“是！是！……”此时木谷虔诚又尊敬的神色，好似无可抗拒地驯吮杨公反刍过来的食粮了。

……还有一次……两人弈出和局……这使杨公七窍如何火冒若干……那盘棋原本他一路领先，不意收官粗心，被木谷扳平……杨公怒意铿锵随手抄起身边一份日报詈读着体育版……

“就连你们夺得奥林匹克金牌的比较强的种，也是偷我们的吧！”面无脸色推开报纸……“不是听说你们从前拿我们山东人下种吗？”

“啊？……”

“我说一个笑话，你知道为什么你们从前长不高！旧时武大郎捉奸被西门庆追打四处奔窜携了儿女逃到日本岛——那时只是个秃前秃后漫无人迹的荒山僻地——安身立命成家建国——仓颉造汉字武大郎造日本字——怎么造！——昔日卖烧饼记账阿狗欠若干阿花还若干一担现成汉字通盘盗用拼添一批自创豆芽蝌蚪孑孓！——腰上围巾摊地烧饼一块往中间叭！——掌下！——这就是你们大日本帝国永不凋落太阳红国旗！”

“……”

“武大郎的后裔……这个笑话很无聊？”

●

午后三时的阳光竟比一时开始对局时批红判绿得更严酷……肾蕨、孔雀竹芋、筋头竹、爱知赤、九重葛、彩叶芋烤烈了，瘀青淌赤……

披大红皮裘戴帏帽抱琵琶坐兽皮毡倚枯干的昭君，思汉杀愁……

一百零三手……真令人尿急一般悚肚栗肠……杨公……到底天马行空棋势中还是碧落黄泉何处去也……金分银秒花了一小时二十九分……

木谷嘛……只用掉三十四分……

披发或扎鹁角儿着对襟或交领短衣的顽懵村童大闹学堂……竖蜻蜓翻筋斗武桌斗椅……拈一茎草……搔击椎发扎东坡巾着长衫伏案打盹的村学先生……

●

杨公五十六岁退休后愈益恣恋打谱了。虽然他的大部分同事都枯朽到六十几岁才隐退，然而杨公仿佛未有这种壮志未酬终身打拚的夙孽，而憨然在届满退休年龄一年后锒铛下台。据云，他是为着蔑视那些步步蠢蠢目无尊长及昏懒投机的学生而提早超度的……

木谷一日不逾的届龄退休表现得更具规模了。不知是为着养家或防老，居然隐而不退地在几家出版社兼任口译，风闻油水比从前的教授柴薪还要肥厚……

过气英雄更加添炽未竟烽火了……前所未有的频繁战事……好像每一枚棋子都是胸中垒块……呕落棋盘……有时不免像两个伤残累累斗士拼尽最后一口气想把摇摇欲坠的对手吹倒……

杨公六十五岁五个月耆老时……有一天……在杨公家里……两老弈完一局棋后……

“木谷老弟，”主人仿佛不胜累赘敛容说道，“我们斗棋有二十多年了吧，始终分不出胜败……”

“哪里哪里，”木谷十分得体地拒受恭维……“有杨先生这样一个对手，是我一生光荣……”

“这样子斗下去，不知何时才能分个高下……再说，岁月不饶人……我们也逐渐老迈了……体力精力……不比往常了啊……”

“同感，同感……”

“我想，这样子吧……”冥结着残憔的眉毛……“这样子……我们来下最后的一局……以这一局……盖棺论定我们的优劣……”

“最终的一局……”

“既然是最后的一局，彼此制定一些规则是应该的吧……原则上，没有时间限制，不过，当一方用时超过两小时……”

“超过两小时是常常难免的了……我们这几年每弈一局……哪一次不是各耗个三四小时……年纪老大吧……”

“当一方超过两小时……”千吨万斤掂着每个字……

“是……”

“当一方超过两小时，每下一手……必须切断一根指头……”

“……”

“一根一根切下去……下十手，切十指……十手后，真正不受时间限制了……”

“是这样……”

“重复一次？……”

“听懂了……”

“不过……”仿佛负荷不住这样大斗大斗称着每个字……“切指头时，不能麻醉……”

“……”

“这个……我们找老棋友江雄涛帮我们做吧……他是一级棒的外科医生……从切割、止血到包扎……”

“啊……”

“此外……我从前的学生侯永平……请他当计时员吧……放心……虽然是我的学生，不会偷分减秒或添秒增分的……老友王鹏飞……做记录……这两个人都跟你下过棋吧……”

“没有错，下过棋……”

“有必要……最好是这样……找一个见证人……陈魁可以吧……他是职业棋士……”

“是……”

“这样子……是我构想的全部规则了……你有没有意见……添删什么……”

“没有吧……”

“好……那么……决定下这一局吗？”

“……”

“你考虑……三天内回复我……没有问题的话……我去联络他们……约定一个时间……还有……不要告诉任何人……包括你太太……”

两天后……木谷挂了一个电话给杨公……

“杨先生的精神实在令我敬佩……先生看得起我……令我感动……那么……我……只有陪着先生壮烈一番……奉陪到底……”惶恐……但是坚毅地承诺了……

杨公一一联络人手……不用说，起初……四人都以为此公弈棋过多搔首抓脑捏断什么重要神经而发毛地全力矫正他的癫痫思维……其中外科医生江雄涛反对尤烈……

“不麻醉情况下切断十根手指头！”在他那像私人诊所一般净亮简明、节奏畅快的客厅里，被首屈一指的 A 医院医生尊为偶像的江外科雷吼一般地从短细躯骸里发出巨人咆哮……“杨老爹！你知道可能会发生什么事？休克！你几岁了？”

“休克……”杨公漠然地看着这位激动的老友，“不一定会休克吧……”

“如果休克，你还下什么棋？也许真是最后的一局！”

“休克……需要多少时间救醒？”

“不一定……每个人体能不一样……”

“麻烦你把抢救休克的器材也带全吧！这局棋非下不可……就算是夤夜不眠十天半月也非下不可……”

●

“老师，您还有三分十六秒……”

逼临四时的阳光熔铸得纹纱窗金丝银线交织着……一大匹悍丽的光泽慓驰在客厅边近窗口的地板上……整个客厅的气氛被这一匹光泽慑得惊惶了……墙壁天花板和各类摆设纷纷攘攘扰亮起来……昭君苍癯的脸上激涌着一层红晕……唐朝隐士笑得容光焕发……青莲居士的喟慨夹着数声厉啸……轻轻咳嗽的杨公……唯独这尪羸的苟喘……仍然一夫当关这般顽鸣着……竟然诡丽地挥洒着一丝一纹悲壮……

侯永平仿佛无力击破这种蛮强气氛细声说着……

杨公的一百一十一手……一秒……一秒……惦考着……卫生纸一般枯皱的皮脸没有一绺表情……像还有三百六十五天等着他长相思……

皇帝……太监……煎死人喽……四人几乎忍不住捶膺捣额……哎呀……哎呀……还想……还想……

但是一切业已太迟……杨公即使再灌一千公斤脑浆也无济了……才下到一百一十一手已经耗剩三两分钟……局势仍旧沌淆……黑棋掌权左右上隅，下边两地归伏白棋麾下……枕戈待旦，风声鹤唳……肉搏战还没有开张呢……啊啊……杨公……杨公……

一分二十四秒后，杨公终于落子了……若无其事……振眉……鹰爪一般扬长尖到右下角……

四人眼眉鼻嘴比斗绝望的讯息……

五十六秒后……木谷堂堂拈下一百一十二手……然而……这个猪木马场山本五十六拢总只用了一小时一分多……声气全无的脸容不知道动员多少精力捺熄广岛原子弹一般威猛的喜悦……那样红叽叽的似乎秒秒瞬瞬就要爆笑了……也许不是吧……是太过紧张……硬生生憋得一粒笑弹庄严肃戾……

四人已无魂魄睹评东方阿敏的神采了……

“老师……您还有一分五十二秒……”

杨公大约昏聩了……眊瞎了……魇寐了……不管四人急得如何……就要滚地呻吟了吧……一概蒙酣地梦孕着第一百一十三手……

侯永平颠簸声调读秒时，王鹏飞低吟着催眠的语音召唤老友……

“杨公……投子……认输算了……杨公……”

侯永平翛然止嗓……两小时终结了……

钟馗歪戴软翅纱帽身穿内红圆领腰束犀角大带脚踏皂靴……莼

菜条衣褶随风飘止，吴带当风……焦墨勾线，磊落雄峻……络腮胡须撼容摄色……饱满天庭……方圆地阁……锋眉刃目出鞘的青锋宝剑刺向半空……印堂凛凛一股黑气……休逃小鬼……

仿佛过了很久很久……没有人识得多久多久……地面上的光泽似乎又迤逦一寸……骀野野地波漾得唐朝仕女的酥胸愈加满盈……啊啊……就是这么久这么久……这么像在嘀嘀嗒嗒拆卸两霎三眨爆破的定时炸弹……啊啊，这么静这么静……像悄悄向肺部侵袭的癌细胞……连窗外的植物也簇拥而成一幅油画，如风中盘止的雄鹰敛息在一片流湍的光色中……啊啊……就是这样子吧……这样子……杨公……仿佛魇噩且玲珑剔透复苏过来了……凶敏地蘸染着这种气氛……终于梦遗一般不由自主泄漏了戏剧性的举动……用力钳着一百一十三手黑棋，提抽着全身力量，躯干往前倾倒，整个人似乎就要随着棋子掷碎棋盘上了……

这一手，花了四分四十四秒……

“超过时间了吧……”杨公嘴角划过一盏冷笑……啊啊，真是魑歹……简直像在咕叽梦呓……“雄涛……麻烦你了……”

轻轻地……傀般傴样地……散着五指把手弃置独坐右方靠窗的江外科身前地板上……

啊啊……差那么一厘厘……就差那么一发发……赋诗填词一般琳琅锦绣押进来的一篇光泽势必起承转合题吟那只纹皱抑扬的手……

四人立刻慷慨地驱吓那只手了……

……不要开玩笑了，杨公……认输算了吧，何必这么认真……老师，看开一点……认输吧，认输吧，一盘棋……是啊，又不是一盘金一缸银，老杨……

“君子一言，九鼎压身……”啊啊……杨公也这般激昂巍峨弹了一段滥调……“雄涛……马上动手……”

……喂，不要执古啊……老师，老师呀……断了十指，以后就不能下棋喽……岂止不能下棋……啧啧，真是……

此刻……木谷的一百一十四手不声不忙落下了……仍旧庄严肃戾贯注棋盘上……不闻不问四周的是非好歹……

……啊，太过分了，太过分了……四人心中发出核子落尘一般密布的细声蓖语……这样子太过分了吧……即使杨公现在投子认输，也恐怕要切断一指了……

“雄涛……快点呀……”杨公又落魄棋盘上……“我已经在想下一手了……从食指开始……下完这一手……马上接着收拾中指……”

四人翕忽喑阒了……筮凶了……栗呆了……

“婆婆妈妈什么！快点呀！快点呀！想陷我于不义之地吗？要我临阵退缩吗？食言而肥吗？要我做懦夫吗？小人吗？……只是切断几根手指罢了，又不是叫你阉那条臊根……”杨公畅快泄悒地恚斥着……

“好吧……”这两个字……是从江外科嘴里逼出来的吧……虽然是那么沙哑而犹豫……A 医院年轻医师的偶像……就是在这样担忧的情况下发出来的声音也还是震吟着权柄的力量……

客厅里疾衍着杨公的轻咳……气氛番生着一种痒痒而难受的鲠窒……其他的声音……仿佛病入膏肓地沉寂了……像悄悄向肺部侵袭的癌细胞……此刻……啊啊……欣欣向荣地一步一步迈向屋内的阳光显得多么健康而活泼……医院诊霾的……像紫外线犀利

地搜剔着菌源……

像恋人沿着肌肤游熨充满朝气和热血的炙吻……

仿佛没有人搭睬江外科做什么了，但是……

“那是什么?”睨见江外科用止血带缠住自己的手腕时，杨公立刻追究了……

“止血带……”A医院年轻医师的偶像……像初出茅庐的实习医生……“扎在手腕上……”

“把这个噜苏丢掉……”杨公睐回棋盘上……“丢掉……”

“但是……”

“丢掉，噜苏……”杨公很像一个力求壮烈成仁的烈士呢……

“好吧……”又是逼出来的两个字……“杨公……我动手了……”

不等众人进一步啯哝……江外科左手拇食二指捏住杨公食指，右手攥着骨剪便向近节指骨关节处怵然截下了……啊啊，这个泼辣时节杨公踊跃着什么神情以及众人被掳劫了什么反应……这个，稍待一下再说吧，先看看我们A医院年轻医师偶像的神奇技术……食指——啊啊，真的是食指呀，长在杨公手上的食指——谍然断落棉布上时，江外科用力地以拇食二指攫紧断口左右两边的血管，右手拈一支血钳剔出血管续以丝线将之堵扎，窗外的红仙丹和扶桑魁艳得嫉红妒赤的——动作是这般地快，气氛是这般地凝滞……江外科提起一把Metal Clip——确实的中文译名，连江偶像也不甚了了了，这是一种代替手工缝皮的新式机械怪兽——订书机一般地咬住断口缝合表皮……这样，再用棉布包扎便大功速成了……

真是骇稀的技术，前后只花了一分多钟……再睖瞪一下流在棉布上的血迹吧……总共不过五西西……也许更少……像挂轴上在职文人注视着的瘀溃的夕日……啊啊……

杨公……杨公这个时节是什么神情呀……根本没有什么神情吧——从远一点的地方看来……近近地看，似乎也看不大清楚什么……鼻子似乎画得更糟了，甚至破坏着整个面容……除此之外……依旧恶颜厉色……不知道扛了多少重量……压制着像长崎原子弹一样威猛的痛苦……

令人更上一层崖地慌诧的……杨公……在江外科扎妥断口几秒钟后……洒兮兮地便落下一百一十五手……

“轮到中指了……”大方地向承诺、信誉、壮烈或什么布施自己的血肉……

江外科……攒眉重施神技……

木谷……依旧不曾斜眄过一毫地庄严肃戾棋盘上……

其余四人……原来像杨公的守护使者一般激昂的四人，除了江外科，不外……凄凛，悍呆，浑钝……面面印证……屡屡这样……那般……不难估测的了……

也许是有了一点宰猪杀鸡的生猛、爽快经验吧……这一次江外科仅仅一分钟便行刑完了……

“砉然向然，奏刀騞然，莫不中音……合于《桑林》之舞，乃中《经首》之会……果然快刀！好手艺！雄涛名不虚传！哈哈……”啊啊……听呀，听呀，这个六十岁的退休教授愦乱地肆虐一些什么豪情……浪佻得便要引吭一阕……看起来似乎更像扼要地灭饰断指之痛及心中腐现的悲疮苦瘤吧……“刮骨疗毒也不过这般爽快吧！咦……”

刚莽地睇睎着棉布上十西西的血迹……“才流这么一点血吗？……怎么可能……”

江外科……毕竟是偶像……没有半点得意之色……“骨剪有止血作用……”

“是吗？……”妖异地翻视着剩下三指的手掌……瞥几眼尚未落子的木谷……低首冥考……忽然起身走向厨房……

谁有那种脑筋掂掇得出他在干什么……煽惑着什么似的步回来时，左手愕然拎着一把荡剃着虎头铡一般刃芒岌岌的……菜刀……

除了木谷……众人又不免被那岌岌刃芒愓胁着了……

“我想看到大量的血流出来，这样才有一点意思……”走到原位从容踞下……“下一手我下定了，先断了再说吧！……这么一根就够瞧了吧！……”

追着踞坐下来的身子而砍下去的菜刀……快得众人来不及配唆几声凄厉呼啸……像是负载着杨公体重那般地朝贴落地面上的无名指劓下……因为断的是近节指骨基底部而骉地发出忐忑的声音……菜刀当当坠地……血浆酗喷醉涌地熏红了地面，其中有一大叶不省人事酩酊到那片光泽中，灌得健康活泼的她们忽然地不胜酒力酣酡酡起来，舞尘扬坌……不知道是她们挑衅得那些血愈加亢奋地烁耀着，还是那些血嫖啜得她们艳丽起来……

杨公……连他也意料不到吧……手掌竟然抽搐得不由自主地向上弹跃……仍旧喷洒着的血，矢飞镖扬地闯进棋盘下隅中间的地方……那儿有二十几目被白棋围空了，因此空着……这三五滴空降部队大约是讶然自己陷入敌阵而慷慨凄郁地殉眠着了……

江外科立刻以拇食二指攫紧断口两端重施故技……大约是断口

的结构被菜刀破坏得非常凌乱吧，竟花了比前两回更多的时间……

木谷瞅一霎棋盘上的血滴，便庄严肃戾棋盘上……

“大江东去浪涛尽千古风流人物，故垒西边人道是三国周郎赤壁，乱石崩云惊涛裂岸卷起千堆雪江山如画一时多少豪杰！……”杨公也重施故技了……略带战栗的嗓音及额上微沁的汗珠……啊啊，这样吟诵一些毫不相干的诗词确实可以减轻不少痛苦吧……祖国的山河比麻醉药更有效吧……哎哎，真有点令众人心酸而不忍卒睹了……杨公继续这般地吟诵了三两首……“看着血这样汹涌澎湃地奔流出来，而不是那样婆婆妈妈地三点两滴，心里舒畅得多了！雄涛，剩下的……用回你的老法子吧……”

木谷像是偷偷地粘下了一百一十六手……

“一根就够了……木谷老弟，你一定不会让我一人专美，独自壮烈吧！……”杨公傲睨着对手……

木谷抬首尴尬地咧一咧笑，低头庄严肃戾……

“哈哈哈……”杨公也垂颔觅寻一百一十七手……

凄狷的拼赌还没有停止……从一百一十七手开始，杨公便启用左手下棋了……如此这般，右手五指荡然无存……尔后，左手也根根波及……但是杨公的棋是落得愈来愈慢了，一百二十三手竟拖了四十一分，是目前思罣得最长的一手……而且，万分顽邪的，似有愈下愈乱的趋势……

一百二十九手……杨公只剩左手一根小指了……每切一指便朗诵三两首诗的杨儒侠，精神并不比切第一根指头时更衰萎，似乎还肃立了一层阴昂昂的魄气……这么说，是一点也不夸张的啊，看吧，看吧，一百三十一手……已经无指捏棋的杨公，用两掌托抔着棋盒挪至嘴前嚅出双唇衔一枚棋子随后弯腰缩背地把棋子降送到棋盘上……啊啊，当他把最后一根小指切除而重复做着这种动作时，是多么地滑稽又可悲……似乎完全摒弃到一种爬虫类动物的卑夷境界了……自怜地乞背缩脖子，狼狈得像嗅觅一般寻视着棋盘，谄谀又生怕被责备似的小心翼翼落下棋子，甚或龌龊地在棋子上留下一些口水……

杨公切完十指时，木谷尚余三十一分多……然而从这时开始，木谷也频频长考了……一百三十二手花了八分多……一百三十四手花了十二分多……

一百三十八手时……

“木谷先生，您还有四分十一秒……”侯永平迫不及待且夸张地喧哓……

天色逐渐晦暝了，下午六点三十分的阳光衰老了一甲子，多病、昏瞌且力瘁地在外头一边躬退一边眷留着……客厅被两盏戆强的日光灯横暴地挞伐着……

杨公……时而睨睨棋盘……时而睥睥木谷……这个无指老人现在到底在想些什么……

一百三十八手严思一分多钟后……木谷忽然慢慢抬起头来，钦服、真诚且感动地向杨公深深鞠躬……

“杨先生的精神和意志力实在令小弟敬佩，有幸与先生下这一盘棋，终生难忘……先生的功力原来就在小弟之上，过去二十多年曾蒙先生指教和礼让，不胜感激……惶恐之余，不知如何回报……这一盘棋就下到此为止吧，先生比小弟高明，小弟衷心拜服……从此人前人后，一律承认小弟乃先生的一生手下败将……”

杨公……乃至众人……一时呆蒙了……

“小弟认输了……”木谷鞠第二个躬了……

杨公缓缓开口了……口气和神色是多么复杂啊……不喜不悲不甜不苦……啊啊，这都不能形容了……“你也终于认输了……”

“诚服在先生这样一位高手手下，也是光荣啊……”木谷三鞠躬了……

“哈哈哈……”杨公轻轻笑了几下……若哀若乐……似乎连自己也表露不出心中的滋味吧……

拍拍拍拍拍……掌声蓦地响起来了，侯永平起头……须臾，江外科、王鹏飞、陈魁……也纷纷激昂地鼓掌了……啊啊，那样激昂啊，手掌要贺烂了……

恭喜，恭喜，杨公……太棒了，老师……恭喜，恭喜……了不起，了不起啊，老杨……

不管他们在想什么……不管他们是不是故意不提杨公的牺捐……也许是真的一时亢奋过度忘了吧……总之，这样衷心、热络且不停地向杨英雄道贺了……

战争终于结束了吧，胜方……然而，当掌声和祝贺声渐渐止息时……万分顽邪的……从陈魁……乃至木谷、江外科等人……甚至包括杨公本人……忽然又一一将注意力集中棋盘上……

“两位下得太好了，太精彩了，太微妙了，”八品职业棋士啧啧论战……“我也下不出这种局势呢……”

“是，是，这是我一生中下过的最美好、最有分量的一局……”刚刚还十分谦卑的木谷，这时也不揣谫陋地自夸了……

“而且，这么难分难解短兵相接的局面……要怎么样打开这种僵局啊……右边，黑棋打劫活吗？……必须牺牲左下角……如果大龙活了，可以回头攻上方的白棋吧……这样……这样……纠缠不清……”陈魁仿佛又羡又嫉地指指点点……

“白棋有希望做活大龙吧，真想知道结果……微妙……”木谷也恋恋不舍地言语着……

江外科、侯永平及王鹏飞三位棋迷也不由自主加入讨论……滔滔不绝争叱……五个人……似乎无视棋盘上的血迹……到底那些血在他们眼里会勾出什么意象……更不用说地板上迤逦的另一片血了……

天色黑全了，窗外的绿色植物似乎魔咒一般地萎缩起来……屋内的光线添了一层带菌的湿气……

“杨先生……”木谷突然又向一直不说话但愣视着棋盘的杨公鞠躬……“我有一个请求……”

杨公露出询问的神色……

“这盘棋实在太微妙了，相信您一定同感……我想……把它下完……当然，不管结局如何，一概不能当真啊……我已经向您认输了……”

杨公低首目瞪棋盘……

“一生从来没有下过这么微妙的棋，希望先生成全……不计胜负，只是想知道结果如何……先生意下如何？”

杨公继续瞅着棋盘……

“杨公就把它下完吧，反正木谷先生已经认输了……”陈魁也撺掇着……

“好吧……”此后杨公视线未曾割舍过棋盘了……“我也想知

道结果……”

这是持续未竟的战争吧……大约所谓的和平、切磋、不计胜负的友谊赛……从一百三十八手开始，两人又步步为营落子了……双方用时竟也愈耗愈多……木谷有一手居然费了四十八分而打破本局纪录……但不久又被杨公的五十一分刷新……令人扼腕且不解的是，杨公似乎下得愈来愈没有条理了……思路纷乱了……不但频频涌现败着，更下出好几手拼命的棋子……漏洞百出，左支右绌……观局的四人不禁暗暗叫疼……啊啊，怎么啦？刚刚称雄的杨公到底怎么啦？或许……强忍着的切指之痛折腾得思维混乱了吧！不再精准了吧……看他那副殚精竭虑的苦样，似乎塞一个简单的七减三数学题到他脑海里，就可以把他思得累倒了……

随着情势的急转直下，杨公的脸色似乎也跟着苍白、疲累了……那一副孱羸且不堪一击的模样，一根指头就可以将他扳倒了吧……

一百八十八手后，白大龙业已骁猛饥馋且风卷残云活了……黑棋……退无可退，进无可进……

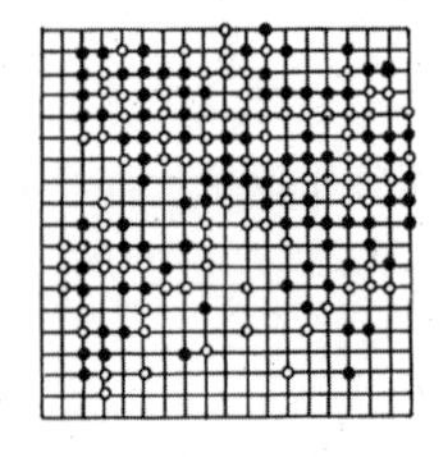

如若往常出现这般状况，杨公早已投子认输了……今天……杨公却没有这么做，似乎准备拼到一兵一卒，一口气一滴血了……

两百四十七手后，胜负已定……

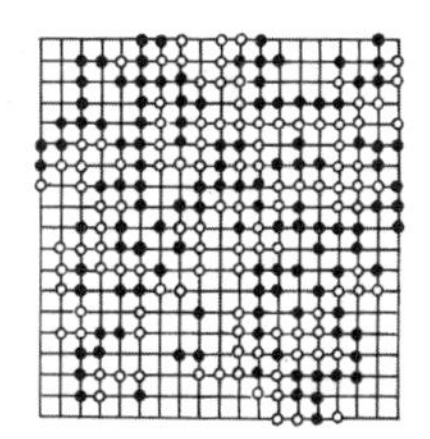

黑棋盘面输了二十九目，贴还三目，杨公竟然输了三十二目……一生中从来未曾败得这般凄惨……

“这盘棋的胜负不要放在心上吧……总之，先生赢了，小弟永远是先生的手下败将……谢谢先生今天不吝指教……谢谢，谢谢……”木谷又深深一鞠躬后，慢慢站起来了……“那么……我走了……已经快十一点了……又要给太太说一顿喽……再见……谢谢……谢谢……”

木谷向大家告别时，杨公仍旧苦苦且茫然地盯着棋盘……其余四人礼貌性地向木谷点点头……木谷于是慢慢地步出位于台北市泰顺街 A 巷 B 弄 C 号的日式平房……

屋内五人仍旧若有所思……所感……所惑地瞄视淌着杨公干涸血液的棋盘……

许久许久……啊啊，也许没有那么久吧……仿佛又是很短很短的一段时间……到底多长多短，似乎不那么重要了……坐在旁侧的王鹏飞首先有了举动……轻轻将身旁一臂之遥的电话挂了回去……茕茕走到窗前独思了……

电话很快且扰乱地响着……

被铃声惊醒了的杨公……起身走到矮几旁……伸出右手……瞬刻又缩回去……

“哪一位帮我接电话……大概是我太太从娘家打来的吧……”

说完……噗的……昏倒地上……

*原载《中国时报·人间副刊》

一九八六年七月三十一日至八月三日

如果凤凰不死

别以为小麟儿真的小，把抓大的小鬼头，腰围没他胳膊粗。人说，镇上如果出现虎狼，不慌，叫小麟儿往这窝没长眼睛的畜生背上骑，准压得肝肠尿屎直朝屁股洒。这还不打紧，人总说小麟儿的骨骸是钢铁架的，皮肉是石砖砌的，跟他动手，不搬来一架子母炮什么朝他面前放几响，还真撂不倒他。年前，打哪儿钻出一个饿昏了的地痞流氓，三更遁进小麟儿家作案，倒霉，小麟儿可是刚刚睡醒一觉，吼一声翻起身，朝小贼贴过去。做贼的摸惯黑，小麟儿拳头没打直，左胸就长了一把刀柄。吆喝声引来拎灯笼扛矛枪的。小毛贼早在地上伸直了脚，瞧，一把小刀直没至柄，插在小麟儿心窝上。人都以为小麟儿白白吃大了，小麟儿却若无其事地拔出小刀，六七寸的刀身全洒满鲜血，上了药，扎了膏布，埋头就呼呼大睡，没喊过他娘的一声痛。住在街尾的医生刮老头瞧过他的伤势，说：“不碍事，小麟儿肉多胸粗，六七寸的小刀捅进去，心脏儿没沾半点边，皮痒肉酸罢！”小麟儿壮得这么没边没际，镇上那些身上没儿两油脂的瘦皮猴儿，闭上眼睛、绞干脑汁，也想象不出那是一幅什么光景。

可不是，就这么直挺挺站在众人围观的圈子中，矮的小的不用踮脚，也瞧见小麟儿硬得像铁丝的鬈发，热阳下泡着打头皮冒出的湿汗，根根烁亮。腾出的空地，拔地擎天矗着两双脚。一双，腿肚像羊肚粗，是小麟儿的，别人四五个臀股也接不上。

另一双，腿肚没有小麟儿的膘，也不比常人。腿的主人和小麟儿面对面瞅着，架势一点也没让小麟儿压下去。要说小麟儿难看，碰上这人，小麟儿出俏得可以抬上花轿当姑娘嫁。那张脸，见鬼，好比随处砌来一堆像人头的陶土，三抓两捏，挖两个洞是眼睛，点两个孔是鼻子，抹一条痕是嘴巴，剩下一些凸的凹的，全是现成的皱纹怪疤。世上也有这等不是人的嘴脸。一套紧身灰袄裤，腰勒红色宽兜肚儿，斜插两柄拖红绸的匣枪，斜肩背一柄单刀，藏在腰腹中的肥肉一层一层裹着灰衫叠出来。五指空垂着，那副剑拔弩张的吃紧样，好像稍稍动上一动，两柄匣枪就会忽地打从枪管里爆出火花，一柄单刀也会飕飕飕地劈出刃光来。

“瞧吧，大狗二狗，”围观的群众中，一个老头凑近两个小孩，“这就是害得咱们不死不活，把杀人看得像拉屎一样稀松平常的土匪头儿二头蛇！”

话没说完，二头蛇就扯开嗓门对小麟儿胁吼。那声音，除他这一家，猪栏有分号，扎耳：

“我把你娘那个屄操到烂！你块头大？屁！是人揍的就先打我三拳！我赌你有胆！这伙弟兄们——”

往后指，八九十个大汉腰插匣枪背单刀，跨着马两三列排开：

“他们，赌你没胆！有种，打我三拳！要不，我输了，大爷面子不好看，操你老婆个没分寸，我一刀挑出你的胆生啃！打！打呀！你拳头还在跟你娘捣奶吮呀？”

马上八九十个汉子也扯足嗓子帮腔：

“打呀！你手软喽？专往姑娘身上伸呀……”

“妈的太那个，揍人也不会，妈的……”

空地腾出来，就有黄沙翻腾出几个小型龙卷风，扯几块黄桑叶，往小麟儿脚下打转。小麟儿影子黑熊一般伏在地上，没半分动静。

起先，事情还真惹不到小麟儿身上，要不是个子大，走路头皮擦屋檐过，怎么会在这么多人中让二头蛇揪出来耍。二头蛇如果不是喝豺狼奶水长大，也恐怕是毒浆灌大的，不然一颗心怎么会败坏到这个地步。这土匪头儿的来历，小麟儿也耳闻过。

镇上教塾馆的老塾师郑先生，人称包打听，镇前镇后四五十里内出风声，总会往他耳朵刮，再打从他熏得乌漆墨黑的老烟牙里一五一十向镇人抖出来。老塾师说，早先，二头蛇只纠合五六个马贼，有一票没一票在县城邻镇干一些偷偷摸摸的拦劫勾当，凭一身真本领，愈混愈大，愈坐愈稳，半年时光，已经是北边五六县的总瓢把儿。

也是鬼子太阳旗在县城飘扬，中央游击队在东南边活动，伪军驻守邻镇，共军在西边行动，东挟西打你追我赶，镇人远远闻着枪火也不知谁打谁。夹缝里长苗芽，二头蛇就在乱火中把自己烧炼成一尊土匪帝魁。

二头蛇用什么法宝压出天下？他一手匣枪，神呀，飞出去的子弹好像还听他命令似的，随时扭转方向朝什么砸去。北边一带混世的土匪，枪法再出众也熬不到二头蛇的境界。二头蛇左右两手能够开枪，准头也不分高低。传说，他可以把两手同时射出去的子弹在空中相撞，弹开，两颗子弹照样砸中靶子。鬼！这还是人修炼出来的境界？简直上了鬼域。

“还不止呢，”老塾师聊起二头蛇的身手，一张舌头控制不住似的，直往唇外钻，“他那柄单刀舞起来，快不快？只比子弹慢个一两下眨眼工夫。这么说吧，刀枪一起往你身上招呼，子弹刚钻进你脑袋瓜，眨眨眼，刀也剁进心窝，你还有口气，再眨一眼，刀不在刀鞘里吗？”

这魔王，活生生站在小麟儿眼前，猪颈弥勒佛腰跟他的刀枪伎俩真没法想成一块。鬼哭起来也比他笑得好看。谁要跟他打个照面，迎面就拂来一阵阴风鬼气。这张脸，小麟儿听老塾师说：生下来不是这等样，却也没人弄清楚怎么回事。人说二头蛇曾经被日本鬼子抓去用刑，几盆煮滚的沸水朝头顶洒下，一头黑发全数烫落，灼得皮卷肉烂，鼻梁嘴唇全凝在一块。人说他初出道时被几个土匪折磨，逼他吞红炭，一脚踩着他后脑勺在红通通的炭焱上抹。人说……

瞧他那副歪相，小麟儿心想，别人怎么诌他也信，刚屙下的热屎也比他中看！底下要不连着一副人体，没人会说那是一颗人头。

是他二头蛇，早二十多天前就领着百多个马骑，开枪挥刀，破了坝的洪水一般溅到镇上，原来的贫瘠小镇百劫千难后剩余的一丁点财物，一星儿也让这些随猛水卷来的鳇鲨噬走。

局世乱。前些时候，镇长和镇上几个长老商定，镇人束紧腰带，有钱捐钱，有力卖力，纠合镇上年轻力壮的小伙子，拉起保乡队。三不管地带，土匪要来就来，抢杀随便，不保卫自己，除非不想活罢。八九十人的保乡队，呼喊起来倒也声势雄壮，镇长于是托人到邻近县城千周万转，总算弄了三十几柄后膛枪，五柄匣枪，各有枪火百余发。分发不到枪火的青年，也威风凛凛地拿大刀舞缨枪扛铁矛，恨不得马上拔了土匪窝铲平当庄稼耕。镇人无拘大大小小，造枪楼，筑角堡，摆开抗匪杀贼的阵势。

那天，镇上出现一个流氓当众抢东西，刚拔腿逃出镇门，就让保乡队七八个使后膛枪的小伙子跟上，砰轰砰轰朝流氓身后开火。也不过隔了十几码远，他娘的一颗子弹也没长眼睛，居然叫他连滚带爬地遁得没个影儿。

镇长这才明白，开枪不比吃奶，要不苦练，没人天生就会。站在两三码外山一样立着的一个人，那批小伙子还捏不准枪头该往哪儿摆呢，别说跟走江湖靠火冲子打天下的土匪对阵。

又花了每月二十块银洋请外埠一个曾在官里当过刽子手，切过上百人头的武师络胖子到镇上教武艺，率领保乡队抗匪。枪火珍贵，小伙子每人练了几十发，瞧着似乎有了样子，这才严阵以待，只看土匪敢不敢卷过来。

保乡队成立四个月后，二头蛇领了两百多个土匪，把邻镇围堵得像封了蜡的酒坛。若论枪支实力，邻镇有一个全是洋枪拉成的百人保乡队，一股四百口刀的刀会，加上填挡四面圩楼的红衣子母炮，枪火备足得像一座堵满大炮的战堡，比起络胖子保乡队的寒酸，又强劲又上场面。可是土匪是狼虎，那股搏命劲儿，十口刀架在脖子上也要找隙缝遁。他们算准邻镇最富庶，只要这一票得手，吃喝一年半载没问题。二头蛇指挥弟兄围攻邻镇三天三夜，好比一群蚂蚁吃定一只甲虫，虽则一时啃不死它，也蚕食得它奄奄一息。邻镇派人飞马捎信给络胖子的保乡队，请他们把队伍拉出去，合力剪除土匪。

镇长早和邻镇打过招呼，遇有险难随时相互接应，虽然镇长不太愿意把保乡队全拉出去，转念一想，组织保乡队全为了对付二头蛇那伙土匪，这一次如果能把二头蛇击退，日后有什么危急，邻镇投桃报李，必然全力衔应。主意打定，络胖子领头带了八九十个小伙子，携枪背刀——土匪不上门咱们爬到他头上去——开拔到邻镇火并。

别忘记，二头蛇既然叫二头蛇，自然有他面面顾到、八方应对的本领，他不但把邻镇的街弄劈成一条血河，竟也把络胖子的保乡队齐地削平，不留半节活口。

不打紧吗？半个月后——二十多天前，二头蛇带了百多个土匪，山岳一般压到镇上。

“操你妈个十八代祖宗！大爷不惹你们，你妈的敢拔老虎牙？活得不耐烦，要咱们千刀剐死？弟兄们不少刀枪，脖子痒伸过来！要不，好东西都亮出来，弟兄们抢杀痛快！大妹子也要识好歹，别叫大爷生气，换把火冲子塞你！……”

镇上只留老小，土匪面目没瞧出个轮廓，就束手待毙似的遭到邻镇同样的厄运。

浩劫过后，大家以为土匪刮足财物，三月半年不会出现，不想晃个二十多日——今天早上，八九十个马骑随着二头蛇又扑噬过来。二头蛇在街上勒住马，拔出匣枪朝天打几下空，刮锅底的嗓子：

“操你妈的脚麻腰酸呀！镇上没死的半死不活的全给我听着，大爷今天没好心情，闷得拉不出屎，婆娘的你们又没丁点东西让兄弟们发财，出来呀，你娘的，统统给我站出来，大爷今天跟你们消遣消遣！消遣呀，大妹子……”

二头蛇又朝空开几枪，驭马朝前晃了几步：

“操他娘的个他妈的，弟兄们，把这些龟子龟孙请出来，抗命的给他一个开肠剖腹，操，瘪的……”

四五十个凶汉吆喝着，响箭一般散开，转眼工夫，就把床底下的镇人赶绵羊一般揪出来。惹慢的早叫土匪用枪柄刀背往头上招呼，瞪眼怨气的转眼就变成哀叫求饶。土匪是土皇帝，吐的唾沫要当酒啖。

“个娘的操你妈个太那个，拖三牵四不干脆，大爷今天可没说不请你们吃子弹，猪呀牛呀你们，没给你好死也准你赖活，拉屎吃粪也不谢大爷，舔了你们的脏血白净净的刀子不可惜嘛……”二头蛇跨马在空地绕圈子，一口唾沫伴一箩筐话，翻天覆地骂一顿，“大爷说，你老娘的，大爷今天没好心情，不嫌你们猪头猪脑，找你们开心，谁讨我一个笑，狗运的你大妹子就有希望做压寨夫人！听到了没？听到了没？妈的大爷寻你们开心！”

一百多张嘴巴不敢吭一声。二头蛇夸张地吐一口唾沫，刮锅底的声音继续响着：

“别哭丧脸惹大爷火，妈的你们霉星罩顶，我也要给你们克死吗？大爷大妹子玩够了，拳头痒，谁敢站出来陪大爷走几招？”

土匪头儿摆开阵式，虚虚实实，谁敢真冲过去？更是噤若寒蝉。

“你，大个子——”二头蛇虎目觅食，两指朝小麟儿比画着，

“你体壮胳膊粗，不收敛一点大妹子会叫你压死的，来，大爷今天叫你换换胃口，陪大爷松松骨头！”

可不是，要不是个子大，走起路双手几乎晃到人家脑袋瓜上，怎么会一眼让二头蛇挑中？土匪头儿那里铸的一张脸，一颗头死了多少天似的开始腐烂生蛆。

“妈的大个子，你忸怩什么？”二头蛇没半晌又吼，“躲着做大姑娘？出来啊，你要是拳头比我硬，我伸直两腿，要阉要割随你便！”

后头一个骑马汉子：“你要真是大妹子，也他妈的伸直双腿方便咱们啊！”

二头蛇和八九十个骑马汉子笑得像几千只鸭子同时聒噪似的，也不知真的假的就要摔下马来。

“别大意，一个差错土匪就亮刀动枪，落在他们眼中，咱们都是贴地爬的狗——”郑老塾师站得靠近小麟儿，压低了头。

“别使性，你脖子粗，咱们不经砍——”旁的什么人也跟进一句。

“大妹子出不出来？妈的还要咱们花轿抬啊？”二头蛇又朝空放几响，鼓起腮子吹冒烟的枪口，撕铁片似的笑着，匣枪插好，枪穗儿随风荡，“大爷空手跟你玩，不赏脸，你娘的，大爷就在你脖子上洗一洗刀口，出来呀，大妹子，妈的，你脚给鬼操软喽？”

百多个人给他眼光一瞄，好像刀锋往头皮削过。

“出去，别惹他，瞧着办。”郑老塾师嗓子压得只剩一串嘶嘶声。

“妈的，大妹子撒娇卖骚吊大爷胃口……”二头蛇一口唾沫啐得劲似流星，跨下马，转身朝小麟儿，步子刚迈出去，众人就憋住了呼吸，身上只有骨头是硬的。二头蛇刚翻落马，小麟儿两根脚撑着一栋楼房似的拨开人群移过来。

“少愣，别真跟他玩，替大伙想想。”经过镇长，他扯扯小麟儿。

就这样让这妖孽揪出来。不知是不是前世走运走过头，触犯魔星，今世给他找上门。

就这么样，跟二头蛇面对面地立着，让那一身邪气扣住。开始，小麟儿的影子往前伸，最远端的头尖刚好触着二头蛇的草蒲鞋。从二头蛇啾嚷着让自己三拳，八九十个小喽啰有一句没一句地助腔，到自己傻兮兮地咬不出一个字为止，太阳泼辣辣往上滚，黑影也晓事，一寸一寸缩短，犯忌似的离开那双脚。现在，影子和草蒲鞋的距离，刚好是二头蛇一柄匣枪的长度。

不应该那样不机灵。还不久前，自己躺在炕上睡懒觉，娘捡拾自己上山劈的柴火，小山一样整齐叠起。刚烘烂的番薯散发着纯朴的泥土味，满屋子一阵香。战争打得如火如荼，挖番薯也会挖出骨头来，备存着的番薯使他们勉强没挨过饿。天天早上啃它，嗅它，也没一天嫌它难咽。番薯香熏得他肠子要翻滚似的，娘不喊他吃，懒得动，翻个身想再睡一觉。

“麟儿，听，什么声音?”娘在门口喊。

坐起身，三两下枪声和吆喝声擂进耳朵。“土匪!”跳下炕，打开番薯窖，娘两脚刚跨进去，大门口就飘来两个使枪的恶汉。他反锁番薯窖。

“他娘的臭屄，大哥喊破喉咙喊出尿屎请你们出去，你妈的耳朵塞了几斤猪屎，装聋?”两柄匣枪往他胸前点点捏捏。

眼前这个阴森森、斜斜歪歪的土匪头儿，就是这魔魁，二十多天前带着一群妖魔鬼怪，把小镇唉成一片地狱?

“没操过婊子，不开窍!”二头蛇双手叉腰，胳膊上的肥肉往下堆，“三拳，瞧你这副身材，牛也叫你压翻！白打我三拳，赏你长得像汉子！妈的，三拳，大爷看你有几成是人揍的?”

当真吃得起我三拳？上回，那个小贼，挨我一拳就给了棺材店一笔生意。二头蛇再滑溜，皮肉不是钢铁炼的，三拳？除非有三条命。

镇人八起眉毛，只差没绑在一块。也难怪，这批人对我不放心。什么保乡队，也不过一股屁，放得再响也散得没影踪。保住屁股吧，坐着吃饭也稳正。保乡？人家土匪头儿可不用拳头，用鼻子冲过来的，你们他妈的就仰他鼻息？保乡？聚几把洋枪大刀当法宝，镇上就有神护住？快亮宝吧，土匪这不憋不住了吗?

保乡队，去他的保乡队罢。

“小麟儿，不是我说你，局势这么乱，谁不起个保乡队自卫队什么？国难几千年熬下来，虽说也有太平日子，大半时候不是抢呀就是杀的，这块土打从开天辟地，到现在还是拓荒拓荒，哪来的王法？要保住自己，就得要枪动刀，讲理？几千张嘴，也讲不过人家一口刀子!”这话，是镇长抽着烟，一口一口，也那么锋利往自己劈过来，“你又不是怕事人！不参加保乡队，没人硬塞给你火冲子，不想想，镇上数你最会使力气，寻常五六个人也被你拳风吹落，你加进来，旁的人多生一个胆，你甩开头不管，不像花果山少了个猴王吗?”

记不清楚自己怎么挡驾，大意说：“管他怎么乱，怎么抢怎么夺，总有正主儿出来管！旁人不提，我小麟儿忙自己庄稼，自家屋檐下躲风避雨，哪一刻活得不抖擞？再说罢，我做儿子的，先把娘伺候好，她寿终了，我也放心伸直两腿回去，活得不比你赖！”

“这你就要歉疚了，当初，你爷就埋怨过你的性子，”郑老塾师跟小麟儿熟，说的又是另一番坦白话，“活在这种乱世，不能只护住自己，凡事都有责任沾一点边，别人喘不过气的事，你还不是轻快担子？瞧你全身牛劲，勤奋一点，一座山也让你铲平喽，剿匪的事，你里里外外、上上下下都是这块料，由不得你不惹那伙坏蛋，照样崩到头上来！你妈疼你，当然希望保乡队没你的份，要你地下的爹知道了，三更半夜会找上门！”

怎么搪塞过去，没印象，也和应对镇长一个模式罢。

保乡队，去他爷爷的保乡队。漏气，人家可不偷摸，是打正门劈进来的，当初那股气焰，现在都叩头缩尾去喽？杀匪呀，八九十个混蛋不都一列排开吗？以为是切萝卜，一刀就落？花什么钱买什么鸟洋枪，天天揣着那些锈铜破铁比画，技痒得一身骨头发酸，牙没长全就要嘴滑舌，八九十个小伙子也学人家剥虎皮，土匪没上门不罢了，自己居然送上门去——我猜，土匪翘起屁股，一个响屁就把他们熏死，还用得着人家正面冲吗？

也真他妈的可怜，这批小伙子，长得这么大不容易，百担米凑不成一斤肉。撑着一个大肚子，好不容易熬到这一天，流汗陪命落成的一个小生命，不应该珍惜得当宝供吗？狗屁罢，战乱一到，还不是几千几万条命、捕鱼似的一网打尽。没良心的小伙子，不想想妈妈怎么辛苦把他养大，也应该想想生他时挣扎过几个夜晚。

不是吗？听爹说，当初把娘娶过来，几年掠过去一点风声都没有，急得娘天天上娘娘庙烧香，好不容易遂了愿，我小麟儿才在继承香火的一片希冀中滚到尘世。生下来不起眼，长得却不马虎，三岁穿的就是七八岁衣着，再这样不节制地吃饭拉屎下去，真会长成一个翻山倒海的巨人。

爹的庄稼，自己不想接，从小放羊，闻着膻骚味长大。放羊小儿科？狗屁，不看人家阿牛阿傻小鼻涕那伙放羊人，今天少一只母羊，明天失一只羔羊，我小麟儿什么时候走失过一根羊毛？明说是看羊，其实是看狼，没两把刷子跟狼周旋，阿狗阿猫也是那块料吗？

往常，小麟儿捉狼的狠劲，跟他身上的膻骚味一样出名。狼远远见了他，就会从鼻端痒到尾根，等着剥皮哩。家家放羊人总把羊群往小麟儿的地盘稳住，沾一点他身上的杀气，图个虎威。小麟儿护驾，羊们吃草也吃得特别慢条斯理，那副优哉，难说它们不知道小麟儿的威风。

他爹冲着这一点，嫌他窝囊，骂他时，一张五十多岁的大脸庞还会像鼓皮一样拉紧："你一个人的饭食，别人可以养大四五个孩子，好歹你一人也使得出四五个人力气！好好一块庄稼地不耕，长草放羊？爹就老了，哪一天一柄锄头不会比我一身骨头轻！白长那么大也是七八岁，放羊不都是那个年纪吗？捉狼？也是一番大事业！"

怨尽管怨，小麟儿从来没有说过放羊有什么不好。坐在土冈上，躺在草坡上，东一簇西一批的羊群，远山、树丛、蓝天、白云、暖风、鸟鸣，谁说放羊不好？也不慵懒，防狼就没让人闲适过。说没出息，大太阳底下，不依傍别人站，世上还有不少人做不到。放羊的时候，那一块小天地就是自己主宰的世界。

除了娘，没人说过好话。娘体弱，一年三百六十五天倒有两百天躺在床上，她总爱把一切事情归咎鬼神：

“瞧低放羊的干吗？这是神旨，上天做得了主！你爹懵懂，自己一生都捏不准，胡扯！娘生你，心跟你连在一块，别人扯什么，别管，都是一鼻孔出气！麟儿你要不欺不骗，心安理得活到老，死了神仙会抢你上天堂！那坏心肠的人呀，就要游遍十八层地狱！”

战乱刚到，爹就去了，小麟儿把田放给别人耕，只在后园留一小块地种点蔬菜，够娘儿俩糊口。鬼子虽然没打过来，土匪强盗早已揩过油水，庄稼保不住不说，家畜也遭了殃。从此也没人雇小麟儿放羊。局势不稳，大家逃躲，留住生命已经不亏一生烧香拜佛了，还图什么？这些日子，小麟儿就靠后园那块菜畦，或到山上猎食，总算没让娘挨过大饿。

不是吗？起什么保乡队，亮枪亮刀，好玩的？起了也罢，还不自量力招惹土匪，现在爽了，土匪抢了我们不够，还肆无忌惮找上门来，应对不好会被当众脱裤子耍弄。那个当过刽子手的络胖子，以为土匪都是背插死亡旗子的囚犯，一个个伸长颈子，让他温暾暾下刀吗？

要不，我小麟儿也可以和那八九十个傻小子抵挡一阵，虽然不起作用，也牵制牵制一下，叫土匪多一层顾忌，下手有个分寸。

去他的保乡队，不是这混蛋保乡队，土匪会这么快上门？你们自己惹的祸，算不到我头上。也难怪，一个个难过得老婆离家出走没人跟他温存似的。一个应对不妥当，大家逃不过刀枪。别用那样乞怜的眼光看我，也他妈的替我出主意。二头蛇要我打三拳，一个差错，以为你们不会也吃三拳吗？瘦琵琶竹竿，禁得起吗？

“操，别又婆娘，你打不打？大爷身上的肉虽然不像大妹子，块块都是天鹅肉捏的，妈的也不会叫你双手碰了生烂疮，顾忌什么?”二头蛇直起腰，矮一矮身扎稳马步，牛也未必撞得倒，“把我往后挪个一两寸，总瓢把子冲着你叫！”

瞧这家伙也实在没多大能耐，逞强鲁莽，白搁着个脑框子。两柄匣枪斜插着吓人。还有那柄刀，有那么快？我拳头送到鼻端上，怕没摸到刀柄罢？

“大妹子，你吓软喽？手举不起来？”二头蛇昂头，一漂白色浆液喷到小麟儿裤管上，“别吓坏老二，灭子绝孙的！”

八九十个汉子笑得马蹄一阵踢踩。

“干脆脱了瞧个清楚！”后排一个家伙说。

哪一家的女人晚上患了失眠症，让她瞧瞧二头蛇就好了。真亏自己跟他面对面这么久，肚肠虽没翻滚，睡觉准做噩梦。老天，跟这人同桌吃饭还有胃口吗？别让我再看见他吧，情愿十条老虎对我龇牙咧嘴，心寒也有个限度，不像这人，真是无底无边的恐惧。

“你真是吓软喽？还是嫌我不够斤两？你不要看我长得不风流，往常大妹子被我搂住，他娘的骚货，真浪，没一个不高兴得晕倒在我怀里！你直爽点，打我三拳，赌的是你的胆，别让弟兄把我的便宜赢回去！你要是婆婆妈妈，打了我三拳，我要回你三拳！”

土匪头儿开玩笑，还是真要我打？出尽力道，三拳，打不昏他，我小麟儿抱他的脸亲。真打，土匪翻脸亮枪不吓人？不打，气火了也会拔枪罢？那张脸恼怒起来会是什么模样？

后头八九十个汉子虎视眈眈，会罢休吗？放马压过来，我就算逃得走，总也有人变肉酱。少使点力气，他看我不中用，更不当人看。妈的——

“大妹子，怎么？大爷兴头快没了，到时舔我的脚指头也要踏烂你的狗舌，”二头蛇没了笑容，一张青紫黑红不分的脸，更没了颜色，“嘿，这么说，嘿——”

你们站着看什么？没人帮我出主意？没人打圆场？别以为我真不敢揍他，还不是为你们着想。看哪，这个模样，别说大姑娘，连我都会被他的鬼气熏昏。

“操你奶奶，我想嘛，大爷是大名鼎鼎的土匪头儿，蚂蚁都不敢绕我脚下过，旁人看见我一根毛，会吓出一场病！你大妹子没能耐，千催万请，手指头也伸不出来捏我！三拳？哼，三拳嘛——”二头蛇松了马步，朝人群瞅一眼，两只手指头往右一指，“小鬼头——憋住！不要撒尿拉屎——你，走出来！”

手指方向，一个八九岁小男孩，傍伏着大人的腿。二头蛇向他打量时，话没出口，早已吓得缩到大人身后，弯下身子从大人胯下伸出头来。

“小不点儿别玩捉迷藏，脚软使不动，爬出来！”二头蛇继续瞅住他。

让小鬼依傍的大人，看模样是他爹，两手往后挪搂住儿子，嘴巴像塞了一粒鹅蛋。小鬼把头从胯下缩回，躲在大人身后。

“叫你出来，听见了没？妈的小鬼也反了！”没人看见二头蛇怎么把枪拔出来。轰！大家才发觉他手上捏了一柄匣枪。枪头朝小鬼这边摆。子弹打在小鬼脚指头旁。“小鬼再他妈的躲躲藏藏，把你两脚打断！”一柄匣枪捏在手里，土匪头儿的威严才现出来。小鬼抱紧他爹，头往他爹后臀贴。

“二头蛇，别伤那孩子！”小麟儿站出来这么久，才说出第一句话。

“嘿——嘿——”二头蛇笑得凄凄惨惨，“我混了大半辈子，没有人敢在我面前喊我的外号，你，嘿嘿，你，是第一个——”

除了二头蛇，谁晓得你还有什么怪里怪气的名字。

“不伤这孩子，好办——”二头蛇似笑非笑，“揍我三拳，早劝你动手——”

“伤了你，怎么说？”不让他吃拳头好像不行。

“哗哈哈——怎么说？没话说！没话说！哈哈……”

“空口没凭据，起码立个誓！”这个家伙以为自己是金铜铸的。

“少脱裤子放屁！大爷说一是一，二是二，哈哈，哈哈……”

“起个誓，别拿镇上的人出气！”

八九十个汉子笑死了一般：“不会找你麻烦，大姑娘，放心打罢……”

“来罢，看你有多大能耐……”二头蛇把匣枪插好，也不扎马步。

管你二头蛇四头蛇，打正七寸，不相信你不叫妈妈。

直像一栋大楼朝二头蛇塌下。二头蛇的笑声让一声什么哽住时，正是小麟儿第一拳掏进他胸前时。右手两拳，左手一拳，三拳，这不叫他烂泥巴一样趴在地上吗？

陶土捏成似的，八九十个马上汉子和镇人，摆在四周，少了躺在地上的主儿挪动，真的永远僵在那儿不动了吗？静得撒泡尿也听成大雨，风追逐黄桑叶，黄沙迸成的小型龙卷风。

二头蛇胸口一起一伏地拧动着，这家伙命不便宜，三拳卖不出去。怪不得我，愣小子们，是他想估价我的拳头。

三人打马上跳落，俯向二头蛇打量。咬耳朵。中间人拔匣枪，左边人制止。又凶神恶煞咬耳朵，好一会才达成协议，三人抬起二头蛇，不吭一声走回去，上马，掉转马头离开。一匹黑马负着两个人，前头那人大概就是二头蛇。这场祸，转眼消失在烈日下。

小麟儿一人击退了土匪，没人敢说是祸是福。逃过这一劫，往后也没人敢说睡得下一场安稳觉。二头蛇被三拳摆平，不找上门来，总瓢把子的宝座不坐歪了一边?

回去说出来，小麟儿他娘也吓得直朝天拜。村里没人真怪他，不能怪他，土匪惹到你头上，化一股烟也遁不走。也有人说小麟儿的罕世神力压邪，二头蛇丢脸到家，以后再不敢到镇上扮虎作威了。日子一天一天过去，镇上静悄悄没发生过大事，大伙见了面，总会不经意地自嘲说：这种不寻常的太平，会持久吗? 会有好预兆吗?

十多天后的早晨，小麟儿扛了铁叉，从山上跑下来。乱世里的日子难过，连猎物都远远避开人，一连几天都这么空着手下山。刚踏进镇上，没歇口气，就有了气氛。有人东跑西奔，有人跪在地上号啕，有人麻木地伫立着。门前，街弄，阶上，三三两两躺着一些身上洒了血的死人，也有没死的，抚着伤口叫痛。屋宇变成灰烬，白烟冒上天。这种情形，也不是第一次见到，那一次二头蛇洗劫不也留下这种残景吗? 只是，没像今天死了这么多人。

“你娘——”有人从小麟儿身旁走过。

这才发觉什么似的往家里跑。往常土匪只劫财物，不兴杀人，这一回却不太一样。那个原来是家的地方，哪还有家? 木梁、屋瓦和柱头烙成木炭和灰烬，火舌走窜，黑烟和白烟扭绞着攀上天。依稀看得出是门前一小方石阶上，小麟儿的娘趴在那儿，下半身压在倒塌的木梁中，额角流着血，两眼拢着，脸上蒙了一层白沙。

他没来得及把娘抬出来就跪在地上哭着。有人走过来劝，听得出是郑老塾师，这家伙总是命大。仿佛听见他大略描述二头蛇怎么领着土匪压进来，怎么掀起惨剧，怎么呼啸离开，怎么慢慢数着，谁死了，谁伤得多重，人口削了三分之一。

那天傍晚，小麟儿把他娘葬下以后，就消失在镇上一片哭悼声中。人说，看见他肩上扛着一柄朝天戟的铁叉，踏着大步子走出镇门，就没回来过。也有人说，照小麟儿往常不爱管事的个性，准是厌惧局势，躲到山上隐居去了。

持第一个说法的人又推测小麟儿伤心他娘，找二头蛇那伙人算账去喽。日子一天一天过去，不到一个月，大家就把这件事情甩到脑后。局势怎么乱，日子总要过，只求没有土匪，没有不讲理的人乱杀人，已经算是受到神仙眷顾了。

提起土匪，郑老塾师又有话说。北边五六镇冒起一股新势力，一个叫红狮王的土匪头儿，率领一百多个手下和二头蛇那伙土匪抢地盘，苦了白白挨上冤枉枪火的老百姓。老塾师说："瞧吧，哪天咱们这儿也会变成他们的战场！"

日子还是一天一天过去，不但二头蛇和红狮王没在镇上出现，连旁的抢杀事件也没发生，恍惚过了一段不长的太平日子。隔二头蛇第二回洗劫小镇的四个多月后，傍晚镇上忽然冒出一个魁梧影子，提了一柄铁叉打街梢走来。秋日已熬过去，冬雪就要下降，那人一身夏日薄衫，胸毛乱纷纷地敞开。

远远早有人猜测是小麟儿，若不是他，怕不是一只巨猿，也只有小麟儿主宰得了那副大个子，受得住那种吨位。去一趟倒像风火炉炼了四个多月，全身都是钢铁劲儿。发梢四面盈跳，没一根伏贴。颊下的络腮胡子跟胸毛分不出界线，一团毛毵毵的可以御寒。

“小麟儿，你回来喽?”有人说。他没甩。早有一伙人，包括郑老塾师，朝小麟儿身后跟了一段路，问了一箩筐话。

街梢一棵树下三四个人围着篝火取暖，小麟儿挤到篝火旁，蹲下，伸出两只大掌，像自言自语又像对谁说：

“再过二十几天就下雪了，非剥几张狼皮不可。”

铁叉依傍在他肩上。一张脸混着倦意和思虑，颊骨映着火光。有人拿一壶温开水给他，他啜着壶嘴两三口喝光，望着篝火想什么。早有十几个人围过来。太阳已经完全凋落，等到月亮打东边露出整个黄黯黯的脸，小麟儿敲敲脑框，吐一口唾沫，把四个多月的经历一口气抖出来。

他妈的，我把那个家伙抓过来，问他：二头蛇老窝在哪儿？你要不说，瞧你伤得这个样子，我补一拳！

噢，什么？怎么一回事？要我从头说起吗？妈的，我性子急，挑重要的地方开始嘛！前面的——也实在没什么好说，就讲。不瞒你们说，那天离开你们，娘死了我伤心不说，二头蛇杀了镇上那么多人，不冲着我，他的手会那么痒吗？一肚子气没处泄，扛了铁叉就走，发誓找二头蛇讨这笔债！

三四个月浪荡过去，沾不到一件新鲜事。吃一餐过一天，睡的是破屋破庙，这做狗的滋味也不是只有我一人尝。他妈的，我东打听西打听，问得舌头长得快舔到眉毛了，苦的是没半点二头蛇的着落，他钻地洞我也撒泡尿灌出来。听说没有？叫什么红狮王白狮王的一个土匪头儿，领一批癞皮狗做狗大王，跟二头蛇狗养的争得狗血淋头，一群乱世之狗，没好出身，杂种。

说东南边不远一座山头，过了傍晚，两批土匪常在那儿放冷枪。扛起铁叉，连夜朝东南逛去，那还是二十多天前。

赶到山头宿了两个夜晚。第三晚，月亮逛到正头顶，打四面响起一阵乱枪，择方向遁过去，看见一个受伤家伙，右胸洒一股血，没枪，见了我就伸手拔肩上的刀。我抢过去夺他的刀，这家伙一双拳头不赖，捶我，叫我手肘推倒。

丢了他的刀，把他一手抓过来，问他：王八蛋，你是不是二头蛇手下？

这家伙干脆，点头。我又问：你们老窝在哪儿？不说，看你伤成什么样子，禁得起我一拳吗？

就这样，这家伙让我吓吓吼吼，说只要我替他扎好伤口，天一亮就引我到老窝。我从他身上扯几块破布扎一扎，不济事，血还流个不停，怕活不过一两天。找一些野藤，把他绑得像粽子。想随便睡一觉养神，这家伙问我找二头蛇什么事？“什么事？剥他狗皮！那一次，你在不在？二头蛇要我打他三拳，妈的，吃不起我三拳，让你们抬回去！”

这家伙记得我。“你就是那个大个子？你那三拳真厉害，不知伤了大哥哪里，身手没以前灵活不说，连刀枪也要得碍手碍脚。”

这好，我心里想。

这家伙的口气也他妈的哭丧起来。“没听说红狮王的事？这人跟大哥有仇，明里争地盘，其实要把我们一伙统统宰掉。往常大哥没受伤，十个红狮王也不看在眼里！咱们正面械斗，大大小小少说十几场，看起来两方没吃亏，认真说咱们总比他们死得多。”

这家伙静了好一阵子，以为他没话说，正想睡，又嘀咕：“你寻大哥仇罢？我看也不必，咱们都得了报应喽。”

“狗屁，娘死了，还有好多人，二头蛇是冲着我来的，你们不也说不找我们麻烦吗？我小麟儿一条命算什么！”不看他伤成这个样子，剥清光喂蚊子。

“是这样，红狮王愈坐愈大，咱们枪火人马老早不能跟他比喽，没想他夜里会找上咱们老窝，倾巢攻打，没两下工夫，百多个兄弟全栽在他们手里！咱们这伙人，不少是有妻子儿女的，虽说藏得隐秘，也恐怕没几个活着。这，还是十多天前的事。”

“二头蛇呢？”真是狗咬狗，干脆两方死个清光。

“咱们十几个弟兄前世恐怕积过德，要不怎么活着逃到这座山头？大哥吗？听逃出来的弟兄说，大哥受了重伤，躲着。唉，咱们是完喽，红狮王晓得咱们十几个弟兄逃到这儿，成不了气候，没赶尽杀绝，天天派人喊话，归降就是一家人，妈的，倒有一半弟兄真走出去喊红狮王大哥，这也怪不得他们，但也不能不顾交情领着他们来打咱们啊！——就是今天晚上，数不清多少人杀上来，咱们这伙不肯降的弟兄，除了我，怕全都见了阎王。”

这伙坏蛋倒真得到报应。不是说过吗？早晚会有人出来做主！不过红狮王也不是好东西，老天这个忙帮得不彻底。小子这才打住，合眼要睡，瞧他可怜，松了绑。“你伤成这个模样，明早我背你回你老窝，晚上别耍花样。”

第二天一早，背他走了一天，近傍晚才来到二头蛇老窝。也他妈的真隐秘，旁人怎会察觉？先渡河，又曲曲弯弯绕着山谷转，满眼大树高山，又是鸟声，又是水声，好比神仙住的地方。我是粗人，那地方好到什么程度，说不出来，只知道，要我一生一世住那儿，少活三十年也值得！这么好的地方，让土匪盘踞了当匪窝。

走着走着，眼前出现一座村庄，不小，怕有几百户人家，深山野林哪来的人烟？那家伙说，这，是贼窝。嘿，原来土匪窝是这等样子。往前走，三面绕着高山，有小河，有庄稼，有街弄，整个村庄都是倒塌的柱梁和灰烬，却又不像是人住的地方，和咱们镇上没两样。那家伙从我背上跨下，有气无力地喊："弟兄们，我长脸猴回来喽……"

喊过几回，屋里才慢慢探出一些人头。妈的，我又不是红狮王，怕成那个样子干吗？有人认出长脸猴，应了几声，这批人才聚到大街上。我小麟儿一看，妈的心都软了，都是女人小鬼头，没一个脸上有好气色。女人有年轻的也有老的，五十来个模样，小鬼嘛，有三四十个，全是会把尿屎拉在裤子里那么大。

"大哥呢？大哥欠这人一笔债，人家找上门来喽！"长脸猴说。

话刚出口，早有几个女人跪在地上，脑框叩到膝盖，哭喊：

"这位大爷，行行好，别伤咱们老爷，咱们老爷待您有什么不是，咱们向您赔罪……"

"大爷要什么，尽管说，求您别害老爷……"

"大爷，您有什么气，出在咱们身上吧，大爷……"

长脸猴嚷说："这位大爷，就是上次三拳把大哥打伤的好汉……"

五十几个女人全都一起跪落街上，小鬼不晓事，也让她们一个个压下去。拜我做大爷也罢了，又封我做菩萨，选我当皇帝，还有人管我叫玉皇大帝！这算什么？我小麟儿一生一世没让这么多人跪拜过，别这样，沾辱了真正的菩萨圣人。我叫长脸猴带我见二头蛇，那些女人又嚷起来：

“大爷您要碰老爷一根毛，把我先杀了吧……”

“您可怜可怜，您要害老爷，咱们先跟您拼……”

叫我怎么办？什么事不好办，碰到女人。妈的，我给她们一场哭喊揉下来，也雪人儿一般没点男儿气。前头，逛来四五个汉子，一个个扎头绑手，伤得没一个四肢五官齐全、劫后余生的土匪。

“长脸猴，是你呀，妈的原来你没死！”一个家伙说。

“捡回来的命，不，是这位大爷救了我，”长脸猴说，“记不记得，大哥让他白打三拳……”

“是你，大个子，”一个扁鼻的家伙说，“你来有什么事？”

“把账给我算清楚！”我铁叉朝他们挑，“你们说话不算话，害我娘和几百个乡人赔命，叫二头蛇滚出来把话说清楚！我还他三拳，再跟他比画！”

瞧这些人伤得折手折脚，别说使枪，蚂蚁也捏不死。杀的人抡起算盘也来不及算，摆几张哭丧脸想叫我不管吗？本来就不想管你们，惹到我头上没商量。我把铁叉往地上锤，说：“怎么？是不是要我把他揪出来？”

一个家伙一拖一拐地走进一幢楼房，没半晌，探出头说：“大哥说你可以去见他！”

我朝那栋房子走去，背后那批女人又开始喊：

“你要伤了他，我拿命跟你拼……”

“老爷活不了，咱们不会放过你……”

踩到鸡脖子了。进门是一个大厅，七八个汉子在里面躺着坐着，又是一群劫后余生、断手缺脚、扎得像软绵绵的布人。朝左有一扇门，走进去，床上躺一个人，一张脸全是膏布，只腾出眼睛鼻子嘴巴，双手齐肩切断，身上的伤口密密麻麻，让什么怪物——嘴上长满獠牙的咬过一般。我问他："二头蛇在哪里？"

这家伙撕铁片的声音真熟悉，刮得我耳朵发痒："我是。"

二头蛇也有被降伏的一天！瞧他这副模样，别说伤人，没让人欺压是他命大。失掉双手的匪首，要不动刀枪，宝座还坐得稳？外面那群男女真是瞎眼！服侍一个杀人不眨眼的魔王，天生的孬种。

"记不记得我？打你三拳的大个子，"我靠上去，"哼，大妹子！"

"你好臂力，大个子，要不是我伤成这个样子，准还你三拳！"鬼家伙伤得重，说话却轻快。

"算了罢，小羔羊比你难对付！"这还是顶客气的话，"二头蛇，你说话不算数，干吗到咱们镇上乱杀人？"

"你要把我怎么着，随你的便，"二头蛇没迟疑过，"弟兄活着也是赖活，给他们痛快罢！女的小的没依靠，你也不要留下半个！"

二头蛇落得这个下场，比死难受。厅里那七八个使唤不动自己身子的可怜虫，除了吃喝拉撒，什么都只有光看发闷骚。屋外那四五个，虽然还能走动，看模样也使不动快刀，上不了烈马，更不要说飞檐走壁做坏事。嗤。

"算了，你还有受不完的罪，挺胸熬一熬罢！"走出房子，穿过大厅，屋外一片黑压压，星星东一批西一批眨着眼睛。我伸懒腰，打着哈欠到街上。那群女人眼睁睁地盯住我。我跟那四五个汉子说："麻烦给我弄个地方睡觉，天一早走路。"

一个头发长得像女人的家伙领我到一个小房间，搁两张床，长脸猴躺在一张床上，伤势有了照应。我把铁叉往床头放，侧身睡下。房里黑黝黝，燃一盏油灯。不管怎么说，这是不折不扣的贼窝，要想睡一趟安稳觉不可能。熬过两三盏茶工夫，长脸猴忽然说：

“大个子，你不知道咱们大哥跟红狮王有什么仇？”

我没响应。

“这……说起来真有一段话，”又他妈的没来由地哭丧了，“其实，咱们这一伙人，包括大哥在内，大都是一家人，不是兄弟，就是亲戚，有的还是父子呢！不是普普通通的土匪，全是乌合之众！这……得从老祖宗说起，上百年的事。那时老祖宗也在刀口上讨生活，镖局里的总镖头，一生保的镖没失过，却结下不少仇家，老祖宗虽然身手了得，哪里禁得住仇人三番四次纠缠？再加上局势乱，好好坐在家里，也会有祸事上门，日子是在针毡上度过的呀！老祖宗不是那种爱名利的人，壮年就关闭镖局，带着家人和亲戚四十几口，翻山越河，想在蛮荒深林里安身立命。”

噜苏下去！

“跋涉四十几天，老祖宗挑剔，找不到落脚地。有一天经过咱们现在睡着的这块地，老祖宗看天色晚了，大伙这些日子没好好休息过，嘱咐大伙扎营歇几天。当晚老祖宗睡熟时，梦见一只七彩鲜丽的凤凰，绕着这儿最高的一座山头，飞了有一盏茶工夫。只梦一次也罢了，接连几个晚上做了同样的梦，老祖宗兴奋得不得了，说：这凤凰是祥瑞的鸟，百年见不到一次，现在却在梦里绕着这儿的山头飞，可见这个地方有祥气，不加思索，就安居下来。”

凤凰？这东西胡诌，没人见过。

“到现在，待了百多年，上百户人家，不比你镇上小吧？真过了一段太平日子，五谷种得齐全，畜口天天增加，吃的全靠自己，只几年一次到外头收购犁具铁器什么。老祖宗当初没看走眼！听上一代说，天上的日子也是这么过的罢？运气不差，这种日子我也过了大半辈子。数数看，遽变来临时——那也不过是年前的事。”

长脸猴你好端端一个人怎么会当土匪，这倒曲折。

“不是说隔几年到镇上收购点什么吗？年前，几个小伙子归途中叫一群土匪盯上——局势乱到什么程度，我们也不知道——追到这儿，土匪看咱们庄稼好，牛肥马壮，赶回去第二天拉了一大堆人马来抢，匪首不是别人，就是欠咱们一千刀没好死的红狮王。

“老祖宗当年开镖局，拳脚不比常人，闲来就教教武松松骨头，咱们族里除了女人，每人都演得出几套拳法，世代传下来没间断，话虽这么说，怎么比得上枪杆子？一夜之间，族人死伤一半，家畜庄稼全被糟蹋，老祖宗一番心血！太平日子是一去不回喽！

“数大哥最伤心！爹娘老婆儿女没一个逃过劫数，勤奋出名的青年，拳脚也最灵活，一身胆汁和牛脾气，肯罢休吗？发毒誓，不宰掉红狮王下世不投胎做人！纠合族里六七个火暴脾气、骨肉死得凄惨的，扛起刀枪，嚷着出去要红狮王好看。

“一个多月后回来，变了另一个人。腰插两柄匣枪，披熊皮戴裘帽，除了原先六七个族人，又加了十几个生面孔，一个个都有洋枪火冲子。他说：外头日子不好过，想剥红狮王的皮，非得先把自己坐大不可。局势又乱，大家打来打去，只有土匪最好混，抢的劫的是富商恶霸，收了十几个弟兄，回来才有这一场风光。

“大哥把这地方当总寨，要族人也跟他出去偷抢。本来大家不想跟他混日子，可是庄稼家畜让红狮王糟蹋得不像话，要生活必须从头干起，眼前日子一时又熬不过来，老小等吃，贼赃又实在叫人眼红，渐渐族里的男人也都干起这一行，我也不例外。过不了几个月，咱们就有了几百个弟兄。

“这种阵势，可以光明正大向红狮王叫阵吧？嘿，他是狐狸，滑呀，看大哥崛起，自己敌不过，早溜得无影无踪喽。

“大哥武艺最好，点子灵活，当咱们大哥没话说，咱们弟兄谁不服他这个。那次大哥和五六十个弟兄被鬼子围在一座山头，是大哥一人出头顶罪，救出大伙。鬼子没杀他，把他折磨得人不像人，鬼倒有七八分像，从此咱们更死心塌地地听他使唤。

“富商土霸也有抢完的一天，吃喝使唤惯了，要咱们回去耕田不成？没办法，老百姓就成了猎物。报应来得真早，红狮王招兵买马，不声不响打回来，不巧大哥又被你打伤，大个子……说起来不好听，是你三拳把咱们打垮的……大个子……”

翻个身，想睡，就他妈的整晚睡不好。

天刚亮，长脸猴还没睡醒，我抡起铁叉往外走。咦，妈的，不放我走吗？街上又站满那些女人和小鬼头，还有那四五个走路不稳健的家伙。我把铁叉往地上锤，想说什么，汉子一起跪下：

“大爷，大哥说您拳脚了得，要您留下来，带着咱们到外头混日子，大爷，从今天起，我们就听您使唤……”

近百数的女人和小孩也噗噗噗跪下，哭哭嚷嚷，喊得我耳朵发麻：

“大爷，您可怜可怜咱们，没人管这个庄，咱们日子不好过……”

“大爷，求求您，咱们全心全意听您使唤……”

“大爷，您别走，可怜可怜咱们母女呀……”

又有五六个女人跪着爬过来，抱着我的腿，哭得叫人心寒：

“大爷，求求您，求求您……”

“不能走，大爷，千万不能走呀……”

“您要走，大爷，拿我的命去罢……”

“大爷……”

…………

白蒙蒙的月亮升到头顶，寒风刮得树丫一阵鬼叫，木块已经烧得七七八八，大家的脸让炭火照得红通通的。小麟儿垂低了头，一手搁在膝上，一手捏着铁叉。

“怎么，你真当他们的头？”有人憋不住。

小麟儿抬起头来，铁叉往木炭挑去，火星乱窜。大伙吓得闪到一旁。小麟儿耸耸身子，劈着铁叉朝人指指点点，嚷说：

“没错，我当了土匪头儿，要你们好看！……什么？你看我会吗？你看我会吗？当土匪头儿？我小麟儿会走这条路吗？……谁说我不是？土匪头儿，我是那块料，我天生是那块料！你们有什么好东西，都拿来孝敬我！听到了没？……妈的，我小麟儿是什么人，我会当土匪头儿吗？我会吗？我会吗？……什么？我不就是土匪头儿吗？我不像吗？我不像吗？你看我不像吗？我这趟回来是来招募人手喽？想在刀口子上讨日子的打点打点明儿个就走！咱们铲平红狮王的老巢，给二头蛇他们报仇去！……”

＊原载《现代文学》复刊第十五期

一九八一年十月

弯刀·兰花·左轮枪

1. 嘿

小得像鸡寮的公车总站柜台后面的售票员问不明："你去哪儿？"不明用英文说："对不起，我不会讲马来话。"困得两眼没有完全睁开的售票员用英文说："你不会讲马来话？你是哪国人？"不明说："马来西亚。"售票员说："你是马来西亚人？不会讲马来话？"不明说："不错，我是不会讲马来话的马来西亚人。"售票员把电风扇固定在往自己吹的方向，头发像骑上母鸡的公鸡脖子后面的鸡毛："你是马来西亚人，为什么不会讲马来话？"不明把手提箱放在柜台上，像一个多月前向机场办理入境的马来人解释自己不会讲马来话那般，和他纠缠起来。

他记得机场那只马来人听到自己不会讲马来话后，像谴责一个公开自渎的人，当着一批旅客面前说："你是马来西亚人，可是你不会讲马来话！你在马来西亚住了多久?”不明说：“十九年多，快二十年。”马来人说：“你在马来西亚住了二十年，不会讲马来话！不会讲马来话?”马来人翻不明的护照，猪脑袋像盘算几组天文数字似的摇晃着：“你今年二十四岁，其余四年你在哪儿?”不明说：“台湾。”马来人问：“你在台湾做什么?”不明说：“读书。”马来人问：“哪个学校？读什么?”不明说：“× × 大学心理系。”马来人问：“毕业没有?”不明说：“毕业了。”马来人问：“四年期间，你有没有回来过?”不明说：“没有。”马来人问：“你现在回来做什么?”不明说：“探亲。”马来人问：“你会待多久?”不明说：“一个多月。”马来人问：“你还会回台湾?”不明说：“是。”马来人问：“你回台湾干什么?”不明说：“念研究所，不一定。”马来人的一缸问题好像已经耗尽了脑力，停一停，用手抚着猪脑袋，重新上发条地嘀嘀嗒嗒下结论：“先生，你的国籍是马来西亚，但是你是中国人，你在马来西亚住了二十年，你不会讲马来话，你在台湾读了四年书，你回来探亲，你还要回台湾！”这只马来人，他的话左拐右弯，最后几乎是一记倒挂金钩那么突然地把敏感的政治痔疮踢着。没有回马前，马侨曾经教训他：“现在不一样了，英文已经不是官方语言，你回去一定给屌个半死！他们大概会约谈你。”不明说：“谈什么?”马侨说：“问你在台湾做什么呀，有没有搞政治活动呀，所以，”他放低声音说，“我们只能参加什么海外青年讲习会，不能上成功岭。”为了让不明知道自己冒险拉他一把，马侨装得半不情愿半忍不住地说：“我不是乱讲的，有学长就给他们约谈过，像你一去四年又不会讲马来话，看在他们眼里，就像家里死了老公的小淫妇，贞节有问题。”眼前这条马来人的一脸得意，就像捉奸掀开棉被时欣赏里面一双肉虫穿奶罩着内裤。八毙[1]！不明想在他的脸上撒一泡尿。站在不明身后的旅客这时已经有点不耐烦，不明于是装得很会烦人的样子，告诉马来人自己小学念的是华校，初中高中念英校，那时马来文不是必修科目，所以他和其他中国同学都没有学过马来文，不过大马政府努力推动马来文时，不明曾经上过学校在晚间替中国人开设的初级马来语课程，因为功课太忙应付不来，上了几天就放飞机了——八毙！不明暗地诅咒，八毙了至少七八次，马来人才像写遗嘱一点也不情愿地盖下印戳——一个蓝色椭圆圈，上面印着“马来西亚移民局”，中间是当天日期“一九八二年一月四日”，下面“沙捞越州”——然后用原子笔在圆圈中间签下他像猪尾巴的名字，白不明一眼——八毙！——把护照像捉奸抢来的亵衣扔还不明。

不明把自己不会讲马来话的原因，向面前的售票员半讲授半唠叨地述说一遍。有了机场经验，他已经从表演升华到催眠，东拉西扯地使那只马来人眯眠起眼睛来，当马来人最后一次差点把头磕到柜面时，忽然打断不明：“好了，你想去哪儿?”不明说：“文莱[2]市。”马来人揉着眼皮子：“干吗?”不明说：“我要到文莱市的远东贸易文化中心办理台湾入境证。”马来人问：“你打算在文莱待多久?”不明说：“顶多两天，我到台湾的机票已经买妥了，是二月十五日，大后天，我必须在十五日以前赶回来，很赶啦，听说签证要一天以后才会发下来。”马来人说：“我们没有直接到文莱市的公

1 马来语，即猪猡。
2 文莱：位于沙捞越东北方，两地都在婆罗洲岛内。

车，你可以先到马来奕再换车，支那[1]，最近下了十多天大雨，路况很糟！海水倒灌冲毁了从这儿到马来奕十分之九的滨海路线，不知道车子能不能走到马来奕哩！”不明露出很吃惊的样子：“是吗？一泻[2]，这么厉害？”马来人得意地说：“小心，路上有鲨鱼。”不明说：“走着瞧吧，麻烦您给我一张到马来奕的车票。”“你的护照。”不明打开手提箱，把宽三英寸长五英寸的红皮革护照递给马来人。

护照号码在封面最上头以小窟窿排列着，下面英文和马来文对照的烫金字体“马来西亚护照”，再下去也是烫金的马来西亚联邦国徽，印着两只单足直立的龇牙吐舌马来虎，四足扛一面金盾，金盾上面图案复杂，最上角五柄马来弯刀，下面十一个形状各异的格子，每个格子绘着马来西亚十一州州徽。金盾上头一个上弦月和一颗星，下头一张摊开的纸状，写着不明看不懂的马来文和像精虫的阿拉伯文——其实不明会说会写的马来文统统加起来还没有十个字。烫金部分已经磨损十分之七八，图案和字体也几乎不能辨认。四年之中，它就是证明不明身份的东西，沉浸着上百个人手掌上分泌出来的臭汗，不明觉得它脏得像旧纸钞、用过的卫生棉。

马来人瞄了两眼封面和封底，打开，封面里英马文对照：

马来西亚最高元首敦请及要求各有关单位给予本证持有人最便捷的通行，并在情形许可下，协助及卫护本证持有人

1 马来语，即中国人。

2 马来语，即先生。

下面是内政部长的亲笔签名。真屌。底色是浅紫、浅黄的畸形图案。封面第一页第一行：本护照共三十二页。第二行：护照号码K681754。第三行：国籍：马来西亚。

马来人翻到下一页。第二页：持有人资料——

持有人姓名：沈不明先生

性别：男

国民身份证字号：K561457

职业：学生

出生日期：一九五七年四月二十日

出生地点：马来西亚沙捞越州美里镇

蛰居国家：马来西亚

身高：五英尺八英寸

瞳色：褐

发色：黑

脸部特征：无

第三页：持有人照片，持有人签名，本护照有效日期至一九八六年七月九日。马来人眨一下眼睛，再翻。第四、五页：同行者资料，空白。猪蹄再翻。第六页：本护照合法进出各国除了阿尔巴尼亚中国古巴东德以色列北韩越南南非。第七页：护照更新专用。猪蹄唰唰唰翻得更快。第八、九、十页：三十几个海关戳印，圆、方、长、三角、六角、椭圆、半圆，好似持有人走遍了半个地球，其实只有三个地方：马来西亚和中国的台湾地区、香港地区。

啪。猪蹄合上，交还不明，说："今天下午一点三十分的车子，车资十元。"不明从手提箱里拿出十元马币递给他。马来人写了一些怪字，说："到医院注射霍乱预防，下午一点三十分以前拿证明书来领车票。"不明一愣："霍乱？"马来人说："快去，公立私立都可以。"反正都要钱。妈的，霍乱！

2. 倘若我是狂犬病人

陈康南诊所。悬挂二楼的亚克力招牌。不明四年前赴台求学时在这儿做过一次健康检查，澳洲悉尼大学医学士还替不明照了一张"挨死"光。他看见自己的剑骨、肋骨、锁骨、脊椎骨在暗黑中七横八竖，调侃医生："这是我他妈的一百年后躺在棺材里的德行。"医生的兔脸笑得像横撑着一根竹筷。

不明走上二楼。推开诊所大门。霍乱。霍乱预防。我要打一支霍乱预防。一位短发、皮肤白嫩、年轻得像未成年少女的护士站在挂号台旁。一位鬈发、皮肤铜黄、胸部比前一位隆、屁股比前一位翘的护士小姐忙这忙那。中国人诊所不豢养马来人。霍乱。那个地方是霍乱区？砰。不明关上大门，冷气，药味。皮肤白嫩问不明："挂号吗，先生？"不明故意说中文："对不起，我不会讲英文。"皮肤白嫩笑着用中文再问一次，没有附带不明回来后四处撞到的假洋鬼子脸。"我要注射霍乱预防。"不明说。霍乱。那是什么鬼地方？皮肤铜黄停下来打量他一下。皮肤白嫩问："你要去哪里？"不明告诉她那个落后、可能有霍乱的地方。她说："请给我看你的护照和身份证。”不明打开手提箱，先把护照递到她手上，再把粘着透明胶的身份证摆在台上。身份证正面是他另一张十八岁的照片，左右两边盖着全球四十五亿人中没有一个相同的他的左右拇指印。身份证微微地触着皮肤白嫩挺着台沿的白色制服，照片中的不明轻蔑地注视着她平坦的胸部，两只拇指印便像揉捏着它地浮荡起来。皮肤白嫩翻阅护照，端详身份证，说：“请交注射费五元。”不明打开手提箱，拿出五张一元纸钞，一张一张交到她手上。她的手真冷，热带的冷气机马力超强。皮肤白嫩接过钱，拿出一本黄册子填写不明身份证和护照上的资料。皮肤铜黄走过来在台上拿走几张纸瞄不明一眼。霍乱。那个鬼地方是霍乱区？

倘若我患霍乱。倘若你们的霍乱预防没有效用。倘若我患霍乱。好。霍乱症状？中学读过：吐泻、腹痛、体温下降、全身发冷。倘若我患霍乱，我就从那个鬼地方赶回来。你们打的是哪门子霍乱预防？皮肤白嫩偷看我护照和身份证上的照片，皮肤铜黄向我抛媚眼，我操。我推开门，扑在皮肤白嫩身上，把要呕的呕在她胸前，然后把皮肤铜黄一把拉过来：“我——我——患了——霍乱——请——请用——你——们——的——感——觉——告诉我——我的体温——降——降到——什么程——程度？”把她们掼倒挂号台下，操，看我怎样把霍乱传染给你们。

“沈先生，”皮肤白嫩忽然说，“你的名字好特别哦。”他心不在焉的：“是吗？”她把护照、身份证和填妥的黄册子交给不明，“请你稍坐一会，马上替你注射。”不明坐在挂号台旁边的沙发上。

不明把身份证和护照放回手提箱，打量手中的黄册子。英法文对照。最上面印着“世界卫生组织”，下来两根长着叶子的树枝绕着一个地球，再下来“国际种痘证明书”，再下来持有人姓名和护照号码。真屌，全球通用。翻开，第一、二页是注射天花——还有红斑、发疹、水疱；再翻，三、四页注射黄热病——翻，五、六页才是霍乱栏。英法对照。盖着注射日期，“悉尼大学医学士陈康南”私人印章，注射戳印证——本证有效日期从注射当日起至六个月内——翻，七、八页也是霍乱；翻，空白的黄色封底。水族箱里送气氧气泵噗隆噗隆，孔雀鱼追逐着丑陋的大肚爱人的屄。不明旁边有一个孩子四肢摊开躺在母亲怀里，不知道病得奄奄一息抑或酣睡。右边墙壁贴一张彩色人体解剖图，胸肌被刳空露出肝肠胆脏的男人微笑。“沈先生！”皮肤铜黄叫。不明站起来，看着皮肤铜黄笑着走过来说：“来注射，把那个给我。”她伸手向他要黄册子。不明交给她时碰她一下。她的手也冷。“跟我来。”不明跟着她的屁股。

走进一间开着门的房间时，不明向皮肤白嫩瞟了一眼。她正好看着他，急忙低下头。不明也把头转开。房门关上时，不明再看她一眼，她也看着他，又急忙低下头。砰。房门关上。药味更浓。“沈先生，你要打手臂还是臀部?”皮肤铜黄拿针筒，钳一支针插上，拇指一按，示威地喷几滴。霍乱。我要注射一支霍乱预防。“沈先生，请问你要打手臂还是臀部？臀部比较不痛。”不明想，我成年后还没有女人看过我的屁股。“唔——”他故意犹豫一下，“臀——臀臀臀部。”打在屁股的霍乱预防。妈的。“请把裤子纽扣解开。”皮肤铜黄笑得甜甜地持针等待。不明不客气地解开裤带，拉下裤链，露出黄内裤，下一步不知道怎么办地站在那儿。霍乱。倘若我患霍乱。“请把裤子稍稍拉下。”不明于是把整条裤子拉到屁股以下。“对，很好，就是这样。”皮肤铜黄像向小孩诱尿地说，用尖尖的拇指甲和食指甲钳着特多龙内裤，拉下后面遮住屁股的部分，但她一松手，特多龙就滑了上去。她用拇指甲和食指甲钳着它再往下拉，松手，特多龙又滑了上去。不明这时正用左手拉住另一边的特多龙，因为后面的特多龙给她扯了两次后，整条特多龙好像有往下掉的趋势，于是伸出右手帮皮肤铜黄拉下后面遮住屁股的特多龙。皮肤铜黄说：“谢谢。”不明右手继续捏着它。

倘若我患霍乱。皮肤铜黄拿棉花蘸酒精擦他的屁股。那个地方还有什么传染病？他的屁股冰凉得盆骨发痒。麻风病。皮肤铜黄停止擦拭。倘若我是麻风病人。“护士小姐，老实说，我很怕打针，”他觉得不说话就像干着不光明的事，挪挪屁股，装着有点担心地说，“打臀部真的不痛？”皮肤铜黄说：“不痛，不痛，我现在要打了。”倘若我是麻风病人，你怕不怕？仿佛一只蚊子飞过来蜇他的屁股。我要你和皮肤白嫩当我的私人护士。不明痒得想一掌拍下去。打针时甚至可以把整条特多龙扯掉。蚊子飞走。无聊时一起看闭路电视妖精打架。皮肤铜黄用棉花擦屁股。“好了，请把裤子穿上。”她的手没有碰过他的屁股。不明拉上内裤。有没有带点神经错乱的传染病？再拉上拉链，扣妥裤带。狂犬病。皮肤铜黄走到另一个房间。

倘若我是狂犬病人。皮肤铜黄走过来把黄册子递给他：“你可以走了。”不明接过黄册子打开霍乱栏，陈医生私人印章旁边多了他的亲笔签名。这个悉尼大学医学士在什么鬼地方？也许跟另一位护士躲在屏风后面研究推床可不可以承受两个人的压力。他记得这个小诊所有三个护士，倘若他们四个人在一间房子里工作，那种擦臀摩肩的趣味一定乐死兔脸医生。呃——呃，我是狂犬病人。不明把黄册子放进手提箱，推开房门。狂犬病。声门痉挛。呼吸急迫。胸腔窒闷。惧水。他经过挂号台时，有点像醉酒一般东倾西斜起来，右脚鞋尖钩住左脚鞋跟，差点绊了一跤。“沈先生，你没事罢?”挂号台上的皮肤白嫩问。“没事，没事。”不明说着推开大门。

倘若我在那个鬼地方患霍乱。倘若你们的霍乱预防没有效用。倘若有一只疯狗咬我。我一定会回来。把霍乱——狂犬病——带给你们。假洋鬼子。高级华人狗。马来人。倘若我是狂犬病人。再见，美丽的、至高无上的、服务好的、看过很多雄性屁股的护士。

3. 蜘蛛脸

我疯了。不明拿手提箱蹬上当天下午开往马来奕的一点三十分公车。单号十五。靠窗。我疯了。不明对坐在十七号靠走道的老人说“对不起，借过”。赶快离开这个鬼地方。赤道下。热带。霍乱区。坐下。一块太阳跌到大腿上。椅子烫得不明差点跳起来。拉开车窗。手提箱搁在大腿上。车子已经坐满，不明是最后入座的旅客。司机发动马达，像一只大猪打喷嚏。打完后，大猪持续地从鼻孔发出牢骚和埋怨。旅客颤抖。大猪开出公车总站，奋不顾身地劈开一条拥挤而肮脏的大街。不明瞥一眼司机，马来人。瞥一眼星辰，一点二十七分。

大猪像逃出禁锢了一生的猪栏，兴奋地埋头冲着，不到两分钟就杀出这座有七十二家百货杂货店五金电器行饮料餐厅皮鞋服饰公司、三爿卖低级杂志黄色小说书店、两家誓不两立银行、三间三流电影院、一家销路四千五百份的中文报馆、八家色情酒馆、六栋窑子旅社、居民五万的小镇，奔向通往南海的灰尘大道。热带的一月是雨季，可热得像闷在太阳的肚皮里。大猪不减速地九十度急转弯，不明眼前的车窗跳接一幅辽阔的大海景致。唬唬唬。从南海出袭的季候风灌进车窗，像煤气喷进来，头上蹿着一股黑火。大猪转入凹凸的泥路。头尾跳动，旅客像骑马用屁股桩着座椅。泼剌。两道水翼从车头喷向两边，大猪前倾。车头陷入水坑。司机踩离合器，换低速挡。大猪叫啸着，发抖地冲离水坑。司机换挡前进，大猪晃动得像少了一只轮胎。

五尺高的浪涛张嘴噬着白沙滩，撕嚼着吞下海肚。不明看一眼同座的老人，蜘蛛脸愣愣地盯住大海。泼剌。水翼从车头一路喷向车尾。前面一百米浸水。“后生仔，”蜘蛛脸突然用客家话问不明，“你知道前面的水深吗?”不明用客家话说:“我不知道。”蜘蛛脸不放心地望着司机。不明以为他想搭讪，等了三秒钟没有动静，后仰，两手搁在手提箱上，开始再整理一次以后的两天旅程。

从出发的市镇到马来奕三十英里，公车最快两小时。三点三十分到马来奕，即刻赶往文莱。马来奕到文莱六十英里，公车四小时。七点三十分到文莱，旅馆过夜。第二天——二月十四日——到远东贸易文化中心办入境证，十四日发下来，当日赶回，十五日出境。哏哏哏。大猪上岸，前座一只打瞌睡的马来人一头叩在玻璃窗面上。记得在文莱买吃的玩的给两个侄儿。手枪，叔叔，我要手枪，砰。我要机关枪，干干干干干干干。记得买啥纪念品给和他玩了四十天扑克的舅舅。四 Q！我四 K，一个睡一个，妈的。泼剌。

大猪再落水，两只水翼洒向车厢两边，像水上滑翔的蹩脚水翼船。路的左边离海一百米，一列椰树像单腿挺立地背对他们的鸵鸟，枝叶有如尾巴抖扇着。树下和沙滩上堆积着漂流木。路的右边杂草五尺高，在风中像海葵扭着柔软的触手，有时候突然冒出一两栋高脚木屋。车窗偶尔晃过公车招呼站，肮脏的长凳，生锈的避雨遮盖。

“后生仔，”蜘蛛脸说，“你来过这条路没有?”不明说：“没有。”蜘蛛脸干瘦的右手搭在他们座椅中间的扶手上：“你是不是去文莱玩?”不明说：“不是，去办事。”蜘蛛脸把身体向不明这边挪过来：“我旧时没看过你，你住哪里?”不明告诉他。蜘蛛脸身子向后靠，像电视剧里的楚留香摸摸鼻翅，用左脚踢掉右脚上的黑鞋，再用没穿袜子的脚丫子扯下左脚上的黑鞋，两脚一缩，脚丫子蹬在座椅上，双手抱膝，把自己像猴子舒服地蜷缩着：“屌他屁股洞！什么路，一年到头浸水，马来人真番薯！后生哥，你怎么这个时候去文莱?”不明闻到蜘蛛脸的脚丫子有股异味，面向灌着海风的窗口，把到文莱的原因快快讲一遍。蜘蛛脸右脚五只脚趾相互摩擦几下：“噢，怪不得，我一看就知道你是读书人，后生哥，马来鬼不承认台湾的文凭喔。”不明：“唔，唔。”蜘蛛脸说：“我有几个朋友的儿子也是台湾大学毕业的，我同他们讲叫他们儿子不要回来，他们不听我的，好，回来，有屁用！不是我看不起你们台湾毕业的，马来鬼不承认都没相干，你要靠你自己。”蜘蛛脸忽然把头靠近车窗，因为风很猛，吐出去的第一口痰差点被刮回自己脸上，又用力吐了第二口痰：“台湾毕业的后生仔，没用！我认识一个读什么图书馆系读了七年的家伙。他同我讲他大学七年上戏院比上图书馆勤快，白读！回来闲得像疯子，后来，就在他叔叔开的杂货店屈就店员。还有一个什么企管系的，回来没事做，跟他爸爸拿钱开撞球场，一早到暗跟马来仔打架，赚的钱还不够付医药费，衰仔包！”蜘蛛脸愈讲动作愈霸道，两只脚丫子狠狠地蹬着前面的椅背：“有一个更衰，没去台湾读书前就像阿飞仔，打不死煮不烂，冤枉大罪，这种人也学人家读什么鸟大学，读回来还不是一样，日日出去骚，活得像一只无头游魂。”这一次，只把头倾一倾隔着一段距离把痰吐出窗外，“这班死仔包！”

大猪停在一条河川前，等彼岸的渡轮过来载运。大马第一大州沙捞越州的第二长河，河口和大海在一百多米外衔合。大海伸出的触角四面八方钳入世界第三大岛婆罗洲，流过平原、沼泽、原始森林、山川，滋润着鳄鱼、蟒蛇、大蜥蜴。渡轮漂浮在钢缆上像大海龟开过来。蜘蛛脸等不明等了五秒钟没有反应，说：“你回台湾没错，在这边帮马来鬼擦屁股才有饭吃，回台湾好，那些马来人，一个个都没用，早上睡到太阳晒得屁股冒烟才起身，你看这个马来人，”他的食指像一阳指一戳便戳到前面的椅背上，似乎要在那儿戳一个洞，“一坐下来睡得鼻孔八个洞！”大龟靠岸，吊下甲板。大猪吼了几下，哏哏哏冲进去。蜘蛛脸用左手搓脚指头，把一小撮污垢弹到地上，“政府把店面、资金送给马来人做生意，那些马来人懂屁，三两下蛀出老本，占着店面当住家，坦克车也轰不走！这种事我也会做，你以为他们会把店面资金送给你？行开点，除非你是马来鬼。后生哥，政府强迫性地收购中国人的棕榈田，分毫不收地转让给马来人，屌他屁股洞，马来人哪有中国人勤力，不出几个月，野草长得连棕榈都看不见，他们以为棕榈不用人家管就会自己长！天天不是睡觉就是聊天，吵得母鸡生不下蛋！后来马来鬼就把快要荒芜了的棕榈田高价卖回给中国人，你说，这不是勒索是什么?”大龟背着大猪渡过河川。靠岸，甲板放下，大猪上岸。

蜘蛛脸把搓脚趾的手伸到鼻下吸一吸：“你们后生仔现在都是这样子，顾忌生人，不爱讲话，我看你不错。我跟你讲，你回台湾好好干，不要学那几个衰仔包，读那么多书有鸟用，愈读愈笨，不如回家拿锄头。唉！旧时我们吃饭连牙缝也塞不满。”不明说：“阿叔——”大猪霍地停下，蜘蛛脸说：“后生哥，我在这儿落车！一沔，请等一下！”司机不耐烦地按一下喇叭，蜘蛛脸右脚鞋子没有穿好便站起来，走到出口处把车票交给司机，跳下车子，走到不明车窗下嚷叫：“后生仔，我跟你讲，我刚才讲的那几个衰仔包是我儿子，种他番薯！”

4.……

五分钟后，大猪抵达沙捞越和文莱——大英帝国全球硕果仅存的殖民地之一——边界。司机把大猪搁在一座像公共厕所的检查站前，嘱咐旅客检视证件。不明瞥一眼星辰：两点十七分。四十分才走六英里，这种蛮荒得像被大猪边走边嗅出来的破败路，不知何时才能抵达马来奕。他拿着手提箱和众人一起下车，走入检查站。十坪大的木屋，水泥地。两个年轻马来人站在柜台后面，留胡子的黑瘦，留长发的像女巫。不明排在第五位。护照、霍乱预防证明书、身份证。黑瘦看完不明的证件，递给他一张旅客入境资料卡。不明掏笔，比前面两位填得快，越过他们，走到女巫面前。不明在他开口以前用英文告诉他不会讲马来话，女巫用英文问他去文莱干啥待多久，翻开不明的护照，盖下通行戳印，瞟下一位。下一位旅客因为不明插队，有点像抢不到奶头的雏猪向柜台伸头缩脑探视着，下下一位因为一直站在原地不动而被下下下一位推了一下。不明把证件放回手提箱，走出检查站。这时不明看见司机和两位文莱马来警察聊天。三四位旅客和不明一起走向警察和司机。司机忽然向围拢过来的旅客喧嚷，看见旅客骚乱起来后，才满意地一蹬蹬上大猪。不明用英文打听怎么回事，但是没有人会讲英文。不明看见检查站里的黑瘦也走出来，急忙很戆呆地请教他。黑瘦告诉他通往马来奕的陆上交通全部中断，三分之二路程淹水，十分之一路程被海水冲断，可能深得可以埋伏一艘潜水艇，为了安全起见，旅客必须折返原地，不愿意回去的留下观望。司机向旅客嚷叫时开始发动马达，旅客有的抱怨着，有的用脚踢几下大猪，有的戟指大屌司机，最后大部分又乖又戆地走上大猪。大猪开走后，不明和其他没有上车的四位马来人走到检查站外面面向马路的走廊上。不明和一位马来人坐在一张长凳上，另外三位马来人坐在另一张长凳上。

瞥星辰：二点四十八分。不明忽然从椅子上跳起来，把手提箱丢在长凳上，向两位发动机车的警察追过去，问他们什么时候可以通车。坐在前面的警察用破英文告诉不明，可能今晚可能明天早上明天中午后天——喷喷喷，机车喷着黑烟向另一条不知道通往哪边的蹊径钻进去。不明返回检查站，从窗口伸进去问开始和女巫玩扑克的黑瘦那条蹊径通往什么地方，黑瘦告诉他通往警察局。不明走回长凳，向一直瞪着他跟他同坐一张长凳的马来人回瞪一眼，伸手拿长凳上的手提箱，站在走廊上。

八分钟后，女巫从窗口伸出头来用马来话叽咕，然后用英文对不明说，你无聊，后面那条警察走过的蹊径半途有鸡寮，一次二十元。说完缩回头去。坐在另一边的三位马来人有两位低声交谈着，拎行李走向蹊径。不明想象三期梅毒螺旋体怎样瘫痪他们的脊椎骨。十分钟后，一辆蓝色两千四百西西丰田停在检查站前，车内走出一个蓝眼黄发老外像操练似的抖擞步入检查站。五分钟后，蓝眼和黑瘦女巫吵着从里面走出来，不明知道蓝眼要驾车到马来奕但是黑瘦女巫不给他通行后，就站在蓝眼这边帮他讲话，然后说了很多黑瘦和女巫的不是，接着他问蓝眼："我可不可以搭你的便车到马来奕?"蓝眼说："如果车子卡住了，你下车推!"不明说："当然！当然!"蓝眼说："现在让我们说服这两个家伙，他们以为我会淹死！该死!"四人大声辩论着，后来蓝眼用手在女巫胸前推一下，不明也跟着在黑瘦胸前推一下，四人你推我我推你像对拆太极拳。坐在长凳上的两个马来人站起来看他们。女巫和黑瘦矮小羸弱，被不明和蓝眼半推半揍得背靠在丰田上。黑瘦说："好，你们要去就去，出了事我们不负责!"女巫接着说："去，去，去送死!"蓝眼笑着打开车门坐在司机座位上，叫不明也上车。不明拎起放在地上的手提箱，钻入蓝眼旁边的座椅。蓝眼发动马达，像起点线上的竞赛越野车气势磅礴地一下子弹出去。

蓝眼是高胖的六英尺六英寸巨人，像摔跤选手扭转着方向盘，全神贯注地跟崎岖凹凸的路况摔起跤来。他左手肘靠在车窗上，问不明："你去文莱干什么该死事?"不明告诉他，然后问："你呢，先生?"蓝眼开机关枪一般，把口音很重的英文像没有经过舌齿运转地吐出来："我是沙捞越石砚石油公司职员，忘了在马来奕分公司办一件该死事，今天赶回去办，他们说这是我职责上的该死疏忽，不给我用该死直升机！”蓝眼刹车，踩离合器换低速挡，骂：“该死水坑！”冲进前面三十米长的水坑，不明问：“你看我们到得了马来奕吗？”蓝眼说：“我想可以，不过得看这些该死水坑深不深。”不明学他口气：“该死水坑！”丰田越过水坑上岸。不明问：“你在石砚公司担任什么职务？”蓝眼说：“海上探油技术指导人员。”不明说：“你喜欢马来人还是中国人？”蓝眼说：“问得好，我想，我喜欢中国人，马来人一天到晚都浑浑噩噩的，好像一年到头都在滥睡，晚上做梦，白天梦游，该死水坑！”丰田堵在水坑中央。蓝眼踩油门。丰田摇摆得像煮开的稀饭顶撞着的锅盖。不明问：“不要紧吧？”蓝眼说：“不要担心，等着瞧！”引擎盖和排污栏上的白烟愈冒愈浓。丰田摇晃得像一艘和巨浪周旋的渔船，奋力地碾过水坑，回到凸凹崎岖的泥路上。五分钟后，丰田又驶入一个大水坑，四只轮子陷在烂泥巴中发脾气，不明准备脱下鞋袜卷起长裤下水推车时，丰田却忽然灰头土脸地冲上岸来。蓝眼大叫：“该死！他们说水深得多该死！我看不过如此！”不明也亢奋地叫着：“该死的马来人！下地狱！”

5. 弯刀·手枪 1

五点二十五分丰田冲进马来奕时，电线杆顶端竖着夕阳像棒棒糖。不明谢过蓝眼，在一座加油站旁下车，走到公车总站，获悉今天最后一辆开往文莱市的公车已经在五点十分开走后，就在路旁拦下一辆计程车。计程车司机的英文烂得不明气得差点咬破舌头。当他终于坐进计程车后，棒棒糖已被黑夜舔完，他于是把双脚放在座椅上，头枕着手提箱入睡。司机把他摇醒时，他瞥星辰：九点三十二分，秒针刚刚爬过十二，他似乎看到分针跳到三十三。他叫司机载他到新加坡饭店，远东贸易文化中心就在饭店附近。三分钟后，车子停在一座十二层大厦前，不明递给司机一张五十元纸钞，拎手提箱下车，抬头看见头上的霓虹灯闪烁着一列英文“新加坡饭店”，踏进自动门，没有司阍、欢迎光临。他告诉柜台职员他要开房间。大眼睛的马来女人说：“你一个人吗？先生。”不明说：“是。”大眼睛说：“住多久？”不明说：“后天早上。”大眼睛说：“请给我看你的护照。”不明把手提箱放在柜台上，从裤袋拿出钥匙打开手提箱两边的锁，然后装得很慎重地转动中间的号码锁，打开，把护照拿出来递给她。大眼睛填妥护照上的资料，交还不明，问：“请问你有什么贵重东西要我们保管吗？”不明说没有，跟着一位长得很魁的马来人上到二楼的二〇八号房。魁猪走后，不明洗澡，躺在床上，扭开电视。△□○咿嘢★ RKMXY 呜唔ㄣ↓。两个马来女人不知道讲什么。关掉。瞥星辰：十点十二分四十二四十三四十四四十五四十六秒。合眼。醒来再瞥星辰：两点二十三分十六十七十八十九秒。他关掉台灯，睡到早上八点零五分。打开手提箱拿出毛巾牙刷牙膏梳子，洗脸刷牙梳头，把钱、身份证、护照放进裤袋，拎钥匙下楼，把钥匙扔给柜台后的大眼睛，走出酒店，步行到远东贸易文化中心，办妥手续，笑起来有年轻酒窝的中年中国人叫他明天早上九点来领入境证。

十一点十五分回到酒店时，他坐在床上欣赏买给侄儿的两支玩具左轮枪和送给舅舅的一柄达雅克弯刀，把最新一期的《时代周刊》撇在床头。台湾制玩具左轮枪。报上说看起来如假包换、有人用它抢劫的那种。半公斤重。钢管转轮可以转动。八颗子弹连发。达雅克弯刀是沙捞越土著达雅克人的护身器，七十厘米长，刀身弯曲，刀背有立体的原始雕塑图案，两面刀面镌着一条像黑龙张牙舞爪的怪物。不明拿起手枪，忽然看到右边衣橱落地镜前的自己。不明站起来，右手握枪，左手拎手提箱，站在镜前，想起电影中的英国皇家第七号情报员詹姆斯·邦德。他弯曲左脚膝盖，脚丫子贴着右足踝踮立着，左手把手提箱提到腰前，握着的手枪摆在左腋下，然后想象三点泳装的皮肤白嫩和皮肤铜黄妖骚地站在左右两边，两人各伸出一只手搭在他肩上。这样可以拍一张邦德电影海报。邦德独闯霍乱区——邦德——妈的——倘若我的手枪是真的，我就——弯低身子，对镜中的自己扣扳机。铃铃铃铃铃铃。茶几上的电话在响。不明走过去拿起电话，侍者说要送饮料上来。不明说好，挂上，坐在床侧。咯咯。“请进。”魁猪端着搁着一杯不知道什么饮料的塑料盘走进来。不明叫他放在茶几上，等他转过身子来时，不明用手枪指着他。魁猪瞪着一双大得离谱的眼睛，塑料盘掉到地上。不明一下子笑弯了腰，说：“跟——你——哈哈——开玩笑——这是——哈哈——假的——哈哈——”魁猪一双眼睛更是大得畸形，拾起盘子，边看不明边走出去。门关上后，不明笑得卧倒在床上，双脚朝空踢了四五下。

第二天七点五十分起床，漱洗完毕，把两支玩具手枪放进手提箱，用报纸包弯刀，只露出刀柄，刀柄和刀尖扎上两根橡皮筋，绑牢报纸，右手抓弯刀，左手拎手提箱，走出二〇八，来到柜台前，把钥匙交给大眼睛，付账，故意不看柜台后面的魁猪。八点四十分不明来到远东贸易文化中心，等二十分，入境签证准时发下。对折的小本子，封面是他最近拍的一张照片。他把签证放入手提箱，走出文化中心，到公车总站买了一张十点到马来奕的车票。瞥星辰：九点二十五分。他坐在车站旁边一座有遮盖的亭子中的木椅上翻《时代周刊》。

十点整，不明踏上车子，坐在一张靠窗座椅上睡到十二点，醒来发觉坐在旁边的马来人盯着夹在他两腿间的弯刀。不明问他从马来奕到沙捞越的公路恢复通车没有，马来人说不知道。不明于是靠在椅子上半睡半醒，直到车子来到马来奕。瞥星辰：两点零七分。他拿着手提箱和弯刀下车，走到附近售票亭问一位穿制服的售票员到沙捞越的公路通车没有。售票员说没有，然后告诉不明，这几天雨一直断断续续下着，洪水不知道什么时候才会撤退。不明说："该死！请问还有什么办法可以到沙捞越？"售票员说："噢，你看有没有计程车，不过不太可能，要不然你就碰运气搭便车，我听说有人自己驾车去呢！"不明说："警方没有封锁道路吗？"售票员说："没有啦，刚开始是有，后来大家都抗议啦，警方就不封了，听说那条路虽然积水，但只要技术好，胆量够，还是冲得过去！"售票员用屁股撞一下椅背。不明走到公交车总站对面停着不少计程车的地方，即刻有五个司机逢迎上来，当不明说明来意时，司机马上掉头走开。不明跟一位坐在引擎盖上的黑肥司机说了半天，黑肥给他扰得不耐烦，摆出一副很伟大的样子，坐在司机座椅上扭开收音机。不明向另一位坐在车子里的司机走去，讲了几句，司机像电影里的慢镜头慢慢地摇上车窗，摇了一半停下，发觉不明还在讲，继续整个摇上去。不明向另一位靠在车旁的黑矮司机走去，黑矮看见不明走过来摇着双手用蹩脚英文说："我——不——会讲——英文。"不明挥着手中的两百元。黑矮说："两万元也不载！"不明又试了几位都没有成功，最后他几乎半吵架地跟一位司机谈过后，挥一下手中的弯刀，走向通往沙捞越的公路准备搭乘便车。

6.少女·狼犬·小孩

不明走出马来奕市中心半英里后，就来到通往沙捞越的路径。瞥星辰：两点四十一分。从马来奕到沙捞越三十英里，车子最快两小时，这种蛮荒路少说三小时。他搭的班机是明早八点整，明早前得赶回去。不明的右手握着弯刀刀柄，左手拎手提箱，一边走一边注意后面有没有车子。一路的泥泞和水坑使他走得缓慢而吃力。沾在鞋子底下的泥土厚厚地从鞋底四周像意大利比萨冒出来。遇到水坑时，他左拐右弯地踩着露出水面的泥土，偶尔来一个立定跳远，踮着脚尖像第一次踩三英寸高跟鞋，那个怪模样就像阿姆斯特朗漫游月球。走了五分钟，沾满黄土的黑鞋已不复原色，裤管二十厘米以下也糊着臭水、泥土。他看见后面一辆小发财车摇晃着冲过来，于是把弯刀插在地上，面向车子微笑，像见到离别二十年的老相好猛烈地摆动右手。发财车冲过他身边时没有停下，不明没有时间打量车上的人，因为他忙着闪避车轮碾过水坑时飞转出来的水箭，虽然闪得很快，但大腿和左肩已溅湿。操你妈！他抓了一把黄土扔向它，黄土在发财车屁股后面落下。不明把手伸入水坑洗净，拔起弯刀，扎在刀尖的橡皮筋滑落，海风刮开报纸，露出刀尖以上半把刀身。不明干脆把另一条橡皮筋拿掉，扯下报纸，露出刀身，右手拿弯刀，左手拎手提箱，继续慢慢走着。

几分钟后，他又听到车声。这一次是一辆大货车，在一百多米外颠簸前进。不明选了一个没有水坑的地方，弯刀插地，手提箱靠着弯刀放下，不管距离远得司机有没有看见就开始挥动双手，有时像怀春少女蹦跳几下。操你妈，不停下来我就操你妈。货车驶到五十米外，不明看见车上只有司机时，双手挥得更激烈，双脚跳得更高，“嗨嗨”招呼着司机，有点像倚在门外喊着贱价的老娼妓。货车从他身旁驶过时，一个女人的头从司机大腿上抬起来好奇地看着他。货车继续喷着黑烟离开。不明一边猜测女人躺在司机大腿上干什么，一边拿起弯刀和手提箱继续前进，这次才走了十几步就听见引擎声。一辆白色轿车从五十米外鬼祟地一升一沉驶过来，就像敌军不想给他发觉。不明即刻走到路边，插下弯刀放下手提箱，微笑、安静地挥动右手，左手四指握着，拇指朝下。操，这是搭便车的手势。白色轿车驶近他身旁时，忽然受惊似的一下子加速越过。不明来不及跟车主人进一步卖骚，譬如行一个军礼或者嗲叫几下，居然发觉自己不知怎么又站在水坑旁，急忙地转身向后逃，躲过白色轿车掷给他的臭水，但是因为那一转及奔跑的爆发力太强，一屁股滑跌在烂泥地上。操，操你妈。不明站起来，后面从屁股直到裤管湿稠稠地沾着泥土，内裤、臀部也黏黏的像抹了糨糊。他走到水坑旁边想把裤子洗净，发觉身上有股异味，左手掌拢着一层不黄不黑的东西，滑倒的地方堆着一团压扁的狗屎。操你妈！他走到水坑旁，把左手洗得发红，再走到另一个水坑洗右手和裤子。

不明洗完后回到插弯刀的地方，拎手提箱，用力拔弯刀，发泄似的把弯刀扔出去，插入泥地。他走过去拔起来，在水坑里把刀尖上的泥土洗净。瞥星辰：三点三十七分。他的下半身、裤子和鞋子已全部潮湿，而湿裤子、湿内裤及湿袜子贴着肌肉十分难受，使得他一直不停地踢踩着两脚，或者用手在腿上或屁股上搔痒。这时他发觉肚子有点饿，忽然忆起今天只顾着赶路忘记吃早餐和午餐。他看一眼通往沙捞越的路，再看一眼自己走过的路。操你妈。他把弯刀插入泥地，放下手提箱，一股怒火从身体各个地方蹿涌起来，仿佛有许多活蹦乱跳的炸弹像内脏似的堵满胸腔，每根神经都是导火线，随时一个甩头一个跺脚就要点燃了。

二十分钟后，一辆三菱红车从一百米外像一条贴地逆流而游的大鱼，吃力地摇头摆臀滑来。不明拿弯刀拎手提箱，带着一种非成功不可的决心站在路中央，准备先把车子拦下再说。红车在大约六七十米外陷入水坑，挣扎将近一分钟才脱困，当它慢慢前进，看见三十米外一个双脚站得很开、手握弯刀手提箱、满脸流气、头发乱得像小孩涂画过的毛笔、有一种一夫当关的气魄的人时，车子像撞墙似的刹住。不明立刻走过去，站在车前，对驾驶座上的肥耳大鼻黑脸圆下巴的中年马来人说："哈啰？"肥耳两手抓着方向盘，瞪着一双怎么瞪都不算大的眼睛。不明把手提箱放在引擎盖上，膝盖靠着保险杆，发觉肥耳身边睡着浓妆艳抹、一双大奶像木瓜垂在蜡染上衣中的中年马来女人，后座坐着一个马来女孩、一个马来小孩和一条大得背脊贴着车篷、狗头一直伸到前座的狼犬。不明挥着右手，弯刀也随他的右手挥着："哈啰？"浓妆埋在枯干的脂粉中的睡眼睁开，不明发觉眼眸是唯一没有上妆的地方。狼犬警戒地冲向驾驶台，黑鼻长耳红舌贴着挡风玻璃。车内响起几句马来语，不明看见肥耳的嘴巴一启一合，表情就像一路碾死了一窝人。浓妆眨着两眼，小孩藏在浓妆身后露出一双黑眼，女孩张大嘴巴抓着犬背。狼犬的表情像在打量不明是友、是敌。不明说话时，弯刀随着右手的摆动不自觉地砍、劈、刺、切着，有一次差点剁在引擎盖上："对不起，先生，请问你是不是去沙捞越?"除了八只眼睛潜意识地眨几下及狼犬喘动的舌头，车里没有一点东西在动。不明怕他们开溜，不敢从车前走开。他把声音加大："我有急事，今晚要赶回沙捞越，你可不可以载我去，如果你去沙捞越?"小孩把整张脸从座椅后面伸出来，女孩叫一声"阿里"。"你们会不会讲英文?你们听得懂我讲什么吗?"狼犬不满意地从鼻子里哼着，把头转向肥耳，像要他解释这种暧昧的局面。"我要去沙捞越!沙捞越!"不明不小心地一刀砍在引擎盖上。他想"请载我去沙捞越"的马来话怎么讲，但对他来说这句话太难，他又想"我要去沙捞越"怎么讲。"我"他会，"要去"没有印象，"沙捞越"的英文跟马来文应该一样。他把弯刀放在引擎盖上，指着自己的鼻子用马来话说："我!"然后指着通往沙捞越的路："沙捞越!"重复五遍，即使白痴也应该有点概念了，又想"好吗?""可以吗?"怎么讲。想也白想，根本不会，又用英文大叫"OK？ OK？"，还是没有反应。他又想用马来文讲"我不会讲马来话，你会不会英文"。他只会讲"我""你""英文"及不知道对不对的"马来话"，于是把手提箱也放在引擎盖上，两腿靠着保险杆，用各种手势、表情和他会讲的几个马来字表达上面那个意思，边讲边骂自己以前没有学好马来文，又边想还会哪些马来字。其实他会讲的一句比较完整的马来话就是“送妈八毙”[1]。当他比画得双手酸累，车里的人仍然没有反应时，他就确定他们不知道他说什么，他也更确定现在不能从车前走开，他担心他们还没了解他以前就忽然溜掉。瞥星辰：四点十六分。再拖下去就天黑了，六点后，大概只有酒鬼才会开夜车走这种蛮荒路。云朵从水平线上端一直滚到头顶上，仿佛可以看见太阳从云层里俯杀下来，用海水灭熄它挥摆了一天的剑光。

不明拿起弯刀，左脚蹬着保险杆，对车里的人说：“你们到底会不会讲话？不会讲英文就讲马来文！”他用刀尖指着后座头发上面簪了一朵兰花的马来少女：“你！你会不会讲英文？你在学校里没有学过英文吗？莺歌力嘶！莺歌力嘶！第——一——课，一个人，一支笔。一个人和一支笔。这是一个人和一支笔。这是不是一个人和一支笔？是的，这是一个人和一支笔。这就是莺歌力嘶！莺歌力嘶！你小学一年级应该念过这一课！”他发觉兰花没有半点反应地瞪着明亮愚蠢的大眼睛时，弯刀不禁又失手砍在挡风玻璃上：“你！你真的不会讲英文？随便你讲什么，请告诉我，你们愿不愿意载我去沙捞越？”刀尖指着往沙捞越的路，说一句就砍一下：“沙捞越！沙捞越！沙捞越！”车里的人还是没有说话。他收回弯刀，学他们的样子回瞪他们。这时肥耳叫了一声，点两下头。不明用弯刀指他：“喂，你是什么意思？”肥耳又快快点三下头。“你是不是要载我去？”不明看一眼其他三人，再问肥耳：“你真的要载我去？”肥耳很匆促地点头，像寒天小便后全身痉挛一下。不明打量着他们

1 马来语，即统统猪猡。

的表情。四张掺着紧张、茫然及傻愣的脸没有一点欢迎之意，但是他们本来就不愿意载他，被他胡搞一阵，才勉强露出这种我们一不高兴就踢你下车的表情。要搭马来人的便车，除了死缠活拉，别无他法。时间已不允许他再等下去——瞥星辰：四点二十五分——也许这是最后一辆车子了。抵达沙捞越后，塞一张百元大钞给肥耳，一定乐得他屙下便秘了三天三夜的硬邦邦的大便。

确定他们是真的要载他的样子了，他拎起手提箱，但还是有点不放心——这时他好像看到肥耳瞟了浓妆一眼——也许肥耳准备在他离开车前走到车旁开车门时忽然踩油门拜拜。他站到左边车头灯前，用弯刀指着后车门说："请你打开好吗?"肥耳说："阿里△○□ × !"小孩把车门打开。不明迅速走到车旁，先把右手伸进前车窗，弯刀从浓妆脑后、小孩脸前、狼犬腹下一直延伸到兰花腿上。兰花吓得像母鸡叫了一下。"对不起！对不起!"不明从开着的后车门把手提箱丢到格子布绒铺着的后座座椅上。他做了最坏的打算，倘若车子开动，他就丢开弯刀，抓住门窗间的支柱，使出浑身解数挤进去。

后座很拥挤，兰花坐在最左边，中间是狼犬。它的后腿站在后座上，背部贴着车篷，身体夹在前座中间，一只腿踩在肥耳大腿上，另一只踩在浓妆的座枕上，狗头靠着仪表板看着不明。小孩坐在不明这边，剩下的空位只容纳得下不明半边屁股。不明先用左手反握弯刀，右手伸出前车窗，用力把整个身子挤进去。车厢内仿佛钻进来一只刺猬。小孩被不明撞得从狼犬腹下跌到兰花大腿上，当他坐正时，脑袋壳顶着狼犬腹部。狼犬叫着，一只狗脚踏在浓妆鼠蹊上，回首环顾。浓妆推开狼犬。狼犬继续不安分地动着，后右脚举起来骑在小孩背上。小孩开始哭叫，兰花把小孩拉过去，张开两脚，让他坐在两腿间。“对不起！对不起！”不明总算把整个臀部挪到座椅上，右手握弯刀，左手拿手提箱搁在两腿上，关上车门。“真抱歉，耽搁你们这么久，老实说，你们还没有来以前，我以为要在路上过夜喽。童子军日行一善，也许你们不认为这种善行有什么了不起，不过对我来说就不一样，所以我坐进车子时激动得连滚带爬呢！上帝保佑你们——阿拉保佑你们！”

他想告诉他们自己赶回去干什么和怎样大斗前三辆车子而凄惨落败，但是发觉他们的表情还是跟他坐进车子前一模一样时，做了一个夸张的无可奈何的表情。“前进，继续前进！”他指着前头，两手像握方向盘：“沙捞越！沙捞越！”肥耳把睁得大大的眼睛从不明身上移开，面向马路，车身颤抖，摇摆前进。

7. 弯刀·手枪 2

几天来不停地赶时间，养成不明经常看手表的习惯。三菱开动时，是四点三十七分，水平线上像烽焰飞升的云彩忽然减少，太阳疲累地沉落着，连海上的水光、天边的赤霞也疲累地闪烁、漫游着。车窗外全是疲累的暮色。不明确定自己今晚可以赶回沙捞越，心情好了许多，虽然下半身的潮湿使他难过，但是已经慢慢遗忘，开始打量车外及车内。有一个毛茸茸的东西拂着他的后脑袋，痒得他一把捞住。犬尾像看见母犬兴奋地摇摆着。不明看一眼狼犬。操你妈，那个表情只有母犬知道是挑衅还是挑逗。不明一连把尾巴推开了四五次，狼犬才知道它的尾巴不受欢迎似的高高翘起来顶着后面的挡风玻璃。

不明打量着兰花说："哈啰，我叫沈不明，你真的不会讲莺歌力嘶吗？"兰花睁大双眼。"你不会讲英文，就讲马来文，没关系，你可以边讲边做手势和表情，像我现在一样，也许我可以听懂一点。"兰花把小孩紧紧地搂在胸前。小孩的头贴着兰花宽松的蜡染上衣，从小孩耳朵旁蹿出的双乳看起来像一双肉蕾蕾的招风耳。他们的坐姿很不自然，不明发觉原来弯刀刀尖还指着兰花右腿。"对不起！对不起！"不明把弯刀从狼犬腹下抽出来，夹在两腿间。"你叫阿里是不是？"不明伸手去摸阿里的头，阿里把脸转到另一边埋在兰花左奶上。他把伸到一半的手停下来摸犬背。不明不想摸它，他对毛茸茸的东西很敏感。"今年几岁？上学没有？阿里？"想象自己掴了他一掌。三菱陷入水坑像碾着铁轨前进。不明发觉兰花和阿里都不理他时，开始注意这辆日产三菱劲花型两千两百西西轿车。他把头伸向前座。浓妆转过脸来看他。"哈啰！"不明笑说。浓妆看一眼肥耳，保持很高的警觉，就像母猫不太用心地防备公猫骑上来。不明猜想她对他没有好感，看着后视镜等肥耳从那儿看他时跟肥耳打招呼，不过这时肥耳全心全意折腾三菱冲过水坑，爬上水坑前不可能眼瞅他。不明打量前面的仪表板和中央控制台。仪表板分两个方格，左边英里读数半圆形时速表，右边引擎转数，四盏直列提示灯隔在中央。左右两旁还有细小的直列指针显示油量和水温。一排横列提示灯号在仪表板下面。中央控制台最上面是吹风机和电子表，下面是收音机和冷气机开关。"很漂亮的车子！先生！"他讨好地对肥耳说。三菱爬上水坑，肥耳在后视镜中看他，浓妆瞄他一眼。“你的驾驶技术真棒，先生！”他挤左眼。肥耳继续看着前面。不明把头转过来看兰花，但被狼腹挡着。他从腹下看过去。阿里的大眼和兰花的奶。他用狗肚子挡着自己的脸，再低头看阿里，再抬头，再低头。弄了四五次，阿里仍然不高兴地瞪着两眼。不明把头弯得更低去看兰花，当他看见兰花绷紧的脸时，立刻把头抬起来。

狼犬忽然动着后脚，前脚各抓着两张前座后面，坐下，红色的鸟像唇膏湿淋淋地从包皮里露出来。这时不明不用低头就看得到兰花。兰花看了鸟一眼后看不明，发觉不明看她就看向窗外。不明打开手提箱，拿出一支手枪对阿里说：“阿里，砰砰砰！”兰花马上抱着阿里。肥耳和浓妆一起看着不明。“不要紧张，是玩具手枪，阿里如果喜欢，我可以送给他！”不明说完用两手握枪，身体一升一沉像骑马那样：“阿里，山贼来啦，牛仔单骑出击！砰砰砰！杀呀！冲呀！”把手枪递到阿里胸前：“送给你玩！”肥耳对阿里说：“▲＊■×！”不明对肥耳说：“不要紧，就算是我送给他的吧！”肥耳用一种像乞怜的语气对不明说：“+◆※○！”不明说：“你连玩具手枪也不给孩子玩吗？你不信任我？我在文莱买了两支送给我侄儿，你看，这儿还有一支，”打开手提箱拿出另一支，“没关系，这种手枪到处买得到，我回去再买一支好了。”肥耳的声音显得更小了：“◆+○□！”不明环顾着众人惊愕的表情，尴尬地耸耸肩。他把手枪放回手提箱，对肥耳说：“沙捞越！沙捞越！”

四点五十三分，三菱来到被海水倒灌的一段两百米路程，浪涛从海上一直滚到靠内陆的路边草丛中。肥耳把车子停下来，凝视着前面的海水。不明靠向前座，说：“我知道为什么你们那么紧张了，你们担心路上会发生意外是不是？不要担心，海水看起来蛮可怕的，但路没有冲毁，只要胆子大一点，小心一点，我们会平安抵达沙捞越的！”一面讲一面轮流瞄车里的人：“我前天就是从沙捞越搭便车从这条路到文莱的，我担保，绝对不会有事，而且，先生，”他拍一下肥耳肩膀，“路况我记得很清楚，如果你照我的指示驾驶，一定没错！”不明把搭在前座后面的狗脚推开，向肥耳靠过去：“现在你不要走马路中间，那个地方水比较深，转到左边去，慢慢地，不要快，不要急！”他看一下后视镜中瞪着自己的肥耳，发觉车子没有动，拍两下肥耳肩膀：“不要怕，走吧！”狼犬把右脚踏在不明左腿上，鼻子伸过来嗅他的左颊。肥耳把三菱驾入水中，不明说：“不是这边，这边水比较深，而且泥土很松，你应该走那边！那边！”不明知道肥耳听不懂，把半个身子伸到前座，右手指左边，左手抓方向盘向左转。“这边！这边！”三只手在方向盘上面缠斗了一会，肥耳终于弄懂不明的意思。“对！对！就是这边！就是这边！现在直走，等我告诉你换边的时候你才换！”三菱碾过五十米后，不明再用左手抓方向盘向右转：“现在要走中间了，这边！这边！”这次肥耳很快弄懂不明的意思，慢慢向右边靠过去。“好了！好了！现在直走！直走！等一下还要转向左转，什么时候转我会告诉你。”

三菱顺利碾过水坑登陆后，不明得意地拍着肥耳肩膀说：“等一下还有一段像这样子的路，那一段比较难走，不过没关系，我告诉你怎么走！”三分钟后，三菱再度来到被海水冲毁的路径，虽然这次比上次花费了更多时间，但在不明的指示及肥耳的合作下，三菱平安登岸。这次肥耳也显得有点欢喜，因为刚才通过那段水路时，走在前面拒载不明的红车和白车分别瘫痪在水中，连马达也在一阵咳嗽后休克。不明把头伸到窗外说："如果你们载我就不会这样子喽!"用右拳痛快地打了一下自己的大腿。车里的人莫名其妙地东张西望。

五点零七分，三菱前面出现一座加油站。肥耳向后视镜中的不明说了几句马来话，向加油站靠过去停下。不明看一眼储油量指示表，油量只用掉一半，但是吃饱油比较保险。肥耳按了六七下喇叭，一个三十岁左右的马来人不知道从哪儿慢吞吞地走到肥耳旁边，伸手拿车钥匙，打开后面的行李厢，把输油管伸进去。这时肥耳和他大声交谈起来，开始谈得很正常，后来愈讲愈激烈，有几次加油站工人似乎就要冲进车子里来找肥耳理论，被肥耳斥喝回去。不明觉得加油工人蚊瘦瘦的身材螯着三菱时，不像加油却像揩油。不明从后挡风玻璃中盯着他操作。那家伙看见不明盯他，变得紧张起来，匆匆地对肥耳说了几句就沉默着。加完油后，他把输油管拿走，关上行李厢，把钥匙交还肥耳。肥耳付钱时说了几句话，他也回了几句话，然后肥耳发动三菱离开加油站。

三十分钟后，右边草丛中忽然跳出一只野狗，肥耳刹车，三菱在离野狗几英寸的地方停下，野狗夹着尾巴折回草丛中。车子刹得很突然，除了肥耳，大家都震得弹离了座位。不明和坐在后座的人挤成一堆，半个身子夹在前座中间，这时他抬头看见后视镜中的自己。四个月没有修剪过的长发四面飞窜着，脖子后面的头发被风吹得像十几条蠕动的毛毛虫，胡须盖满一个下巴，额头垂下的黑发一直延伸到两只不挺友善的眉头上，最可怕的是一双干燥的嘴唇使得整张脸显得异常苍白。三菱继续前进。

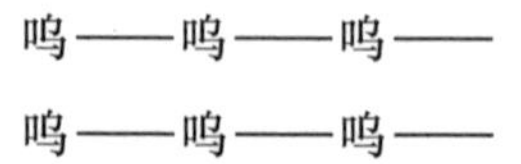

呜——呜——呜——

呜——呜——呜——

大家还在车里拉扯着时，车后忽然传来一阵持续的像响屁的声音，唬了大家一跳。肥耳继续握着方向盘，向引擎盖的后视镜瞟了几眼，不明和其他人也向车后看。两个骑着越野机车的警察在五十米外齐肩俯冲过来，他们头上的黑钢盔、黑眼镜及全黑武装看起来像两只苍蝇。看见这两只苍蝇后，大家都知道鸣音是从苍蝇后面一前一后的警车中发出来的。三十秒后，苍蝇和警车已经在三菱十米后。黑色相间、车顶转着红灯的前面一辆警车车篷霎然掀开，一个白色便衣警探像玩具盒中的弹簧小丑弹出来，露出大腿以上的身体，手上的扩音器凑到嘴前：

“注意，注意，支那人，支那人，我们是警察，你的劫车计划已经败露，我们命令你即刻抛弃武器，下车受捕，如若违令或伤害人质，阁下难逃法律制裁。重复……”

8. 追·追·追

便衣警探用英文重复两次，接着一连串马来话。不明不知道他后来讲的是马来话还是非洲话，只是愕然地思索是他妈的什么意思及沉入那段话所带给他的惊骇中。这时警车后面蹿出四辆机车，上面各坐一位白制服、白钢盔、黑眼镜、黄短裤和长毛袜的警察，两辆一列地迅速超越警车和黑苍蝇，沿着沙滩和三菱齐轮并行，偶尔很屌地转过头来凝视或瞄一眼三菱。四人右胁下各配着一支左轮枪，胸前挂一架收发机，腰带上悬一根警棍。便衣警探用英文说：

“注意，注意，支那人，支那人，我们请你注意，你已无路可逃，赶快抛弃武器，下车受捕，不要做出任何愚蠢的事，我们警告你，如果你蓄意伤害人质，一定难逃文莱的法律制裁……”

不知道什么时候后方忽然出现四辆和前面两辆一模一样的警车，其中两辆跟着掀开车篷，各冒出一个东张西望的便衣警探和一身杠条的警察，不停地和扩音器的便衣警探招手点头。六辆警车后面接着又出现一辆深绿色的开篷吉普车，驶到左边沙滩上越过六辆警车，七摇八晃地追着四辆白机车。吉普车上连同司机一共坐着四个绿衣的文莱陆军武装部队，坐在后座的两位各握一支 M16 步枪，坐在司机旁边的那位手中的冲锋枪枪口指着三菱。

“注意，支那人，你已在我们的火网包围中，你已在我们的火网包围中，我们郑重警告你，立刻抛下武器，释放人质，不要伤害无辜的性命……”

两辆和前面一辆一个模样的吉普车从六辆警车后蹿出，车上坐着四个陆军，沿着左边的沙滩越过警车，伸手跟车里的人招呼，然后驶往更左边，冲过海浪，再回到沙滩上，行驶在四辆白机车前面。这两辆吉普车一直沿着沙滩走在三菱前头，车上的人都握着 M16 步枪，有时爱理不理地瞥一下三菱。六辆警车后面陆续聚集了更多警车，而白机车和黑机车也大批蜂拥而来，有些走在沙滩上，有些走在警车旁边和警察聊天。

“注意！注意！支那人，你劫车及要挟人质有什么目的？倘若释放人质，你需要什么条件？”

肥耳更紧张地抓着方向盘，以每小时二十五到三十英里的速度前进。浓妆一直看着窗外，有时很鬼祟地乜斜一眼不明。兰花还是搂着阿里，四处乱瞄。阿里看见警车后就一直好奇地把头凑近车窗。狼犬有几次想把头伸到车窗外，但被敲了几下脑袋后就垂丧着头，偶尔不乐地吠几下。这时不明看见广播的便衣警探的警车坐着加油站那位蚊瘦瘦的加油工人，动着大嘴跟驾驶警车的警察朝这边指指点点。现在不明明白了。

“操你妈！”他一气，中文脱口而出，轮流瞄一眼兰花、阿里、肥耳和浓妆。“操！”他靠向前座，抓住肥耳肩膀，“你跟那个加油站的家伙讲什么？他妈的，你跟他讲什么？”浓妆转过头来看不明。“看什么！”不明做出要咬她的样子，浓妆即刻把脸转开。不明继续看着肥耳。“你跟他讲我要劫你这辆猪瘟车？你跟他讲我要勒索你们这几只猪？我操你妈！你不载我就讲一声，你死了？你哑了？”肥耳紧张地握着方向盘盯着前方。不明拍一下他的肩膀，凑近他的耳朵：“喂，你真的死啦，你有没有听见我讲什么？你叫那个家伙报警是什么意思？你看我像强盗吗？”不明用手去扭肥耳的头，让他看后视镜中的自己：“看啊，看啊，我有哪点像坏人？你以为胡子长一点就是坏人？你以为头发又乱又长的就是坏人？猪！”他用力拍一下肥耳的后脑勺。“我平常梳得比你这个乌龟头还整齐！”他看着兰花。“你也以为我是坏人？你以为我会把你怎么样？”凑向浓妆，忽然又回头对兰花说：“强奸你啊！”再凑向浓妆，“老太婆，你也他妈的高估我了，你拉完屎叫我擦屁股我也不敢不擦！”

“支那人，我们向你保证，只要你释放人质，任何条件我们都答应！倘若你不方便传达你的意思，请摇下车窗告诉你旁边骑机车的先生……”

不明打量后面的警车及左边车窗外的机车。最靠近三菱的白机车及黑机车上的警察手中各拿一部收发机，有一个正对着收发机讲话，边讲边往这边看。机车警察显然正在勘察车内的动静，然后透过收发机告诉车上的警察。不明靠向肥耳，左手搭在他肩膀上：“停车！停车！”他知道肥耳听不懂，右手抓着方向盘说：“停车！停车！听见没有？他妈的，停车！我要跟那些猪猡讲我不是强盗！”他看见车速没有缓下时，气得从后面捏着他的脖子向前推了几下，“停车！操你妈！”肥耳把时速从二十八英里增加到三十八英里。“你干什么？他妈的，我要你停车，不是叫你加速！”

三菱加速后，警车和机车出现一阵忙乱。和三菱齐轮并驱的四辆白机车首先跟着三菱一起加速，但被两辆吉普车挡在前面，走在最前面而且最靠近三菱的机车警察一直注意不明和肥耳，没有发觉这点，前轮撞到悬挂在吉普车后面的备用轮胎上，连人带车一起跌倒，跟在后面的白机车为了闪避它，驶到三菱后面和黑苍蝇前面停下。两辆黑苍蝇刹车不及，其中有一辆差点和白机车撞在一起，坐在上面的警察不停地咒骂着。黑苍蝇后面的所有警车及机车也跟着停下。最前面的两辆吉普车这时也发觉了，车上的绿衣陆军像看见什么穿帮镜头似的怪叫几声，朝三菱追过去。跌倒的白衣警察装着没怎么样地站起来，扶起机车再骑上去，其他警车和机车也很快恢复行驶秩序。

“我们呼吁阁下，希望阁下念及道德和良心，不要随意伤害人质，我们可以帮助你解决任何困难……”

肥耳把时速加到四十英里。“他妈的！白痴！”不明伸手去抓方向盘，肥耳以为速度不够快，加到四十五英里。不明气得不知道要怎样告诉他把车子停下，就用力敲打方向盘，不知道是他的手还是肥耳的手一连压了几下方向盘上的喇叭按钮，叭叭叭叭的震天价响。两辆走在前面左边沙滩上的吉普车听见喇叭声，以为不明嫌他们碍事，立刻把吉普车开到更左边有海水的地方，其他机车和警车也像连锁反应似的驶离三菱。不明在肥耳肩膀上打了一拳，拿起弯刀架在肥耳脖子后面。

“支那人，我们呼吁你三思而后行……”

不明用刀背敲一下肥耳脑袋瓜，把弯刀夹在两腿间，环视车内。兰花的嘴本来是张着的，看见不明看她马上合上。刚才他把弯刀架在肥耳脖子上倘若没有及时拿开，不明大概又要听见有人杀鸡了。她大约以为眼前这个年轻人作恶时连心脏也不会多跳几下。车外忽然响起一连串警笛声。

不明看见左边沙滩上六七辆警察机车追逐着三辆不知道哪里来的车子企图拦下。不明马上看出那三辆车子是报社的采访车。最前头的一辆车子车腰印着几个英文字“文莱英文邮报”；中间一辆印着红色汉字“美里日报”，这是不明居住的小镇发行的一家中文报纸；最后一辆车身印着不明看不懂的马来字，大概就是文莱某某马来报馆的采访车。最前面的采访车忽然冲出机车防线驶进来与三菱并行，跟在后面的中文报纸采访车眼明手快也随它冲出，但最后面一辆却被两辆机车拦下。两辆采访车车窗各出现一个拿着装上长距离镜头照相机的家伙，隔着和三菱并行的四辆白机车猎取三菱内的镜头。他们不停地按快门、卷底片，有时虚张声势地调整焦点和光圈，像抢拍美女从浴缸站起来还没有披上围巾前的一刹那。中文日报采访车的后车窗伸出一个手拿扩音器的家伙用中文说：

“请问你先生贵姓？哪里人？我知道你是中国人，你有什么不平需要我们向社会大众传达的吗？看在我们同是炎黄子孙的分上，我们会撰文立论全力替你博取政府当局和社会大众的宽恕！请先生你多多合作！”

一根钳着麦克风的细长钢管小心翼翼地想从四辆白机车之间穿过来伸入三菱肚子内，但是钢管穿过一辆白机车时，坐在上面的警察就一手攫住钢管，扯落上面的麦克风摔在地上。车上的记者很气又很无辜地把钢管收好，好像要重新再套一支麦克风。不明看一眼走在前面的那辆采访车时，刚好和里面一位记者的目光对视，记者立刻跟他挥手打招呼。

“请采访车不要太靠近，以免妨碍我们执行任务！请记者不要私下访问歹徒，不要给歹徒任何狡辩的机会，以免淆惑人心，妨害社会治安！现在我们命令采访车自动退到我们规定的采访区内……”

六辆机车越过采访车，以比三菱慢十英里的车速走在它们前面，采访车不得不跟着减缓速度，落在三菱后面。不明看见左后方出现一辆类似公车的车子，车篷前端掀开，两个戴着耳机露出上半身的人坐在那儿，其中一位四眼仔看着这儿对嘴前的麦克风讲话，另一位不黑不黄像杂种的又懒又勤快地忙碌着，车身印着中英文对照的“文莱中文广播电台”。他妈的，这些大嘴巴也疯出来了。不明忽然想起他们可能是现场实况转播，瞄一眼三菱中央控制台下的收音机，弯到前座伸手找收音机开关，找到后扭开，开大音量，转动频道。

“——劫车大盗向我这边看过来了！一个二十几岁的中国人，头发有点长而且很乱，穿深蓝色衬衫，坐在车牌 A5067 红色日本三菱轿车后座右边，神情相当紧张，后来他伸到前座不知道干什么，现在已经恢复原来的坐姿，不停地看向车外，很急躁的样子。根据警方资料，歹徒持有的凶器是一柄达雅克弯刀及两支左轮枪，这是很危险的，警方除了再三恳求歹徒提出释放人质的条件之外，不敢轻举妄动。古怪的是，我只看到歹徒两腿挟着一柄弯刀，两手却是空的！喝！我想他把 revolver（左轮手枪）藏在身上可以随时拔出来的什么地方，真的是这样子的话，真是艺高胆大，高深莫测！

“是的，各位听众，这是文莱中文广播电台调频广播网两百三十六点四千赫，现在时间是下午五点五十分，临时为您现场实况插播双枪大盗劫车事件。我们中文电台只有一个频道，所以不得不把原来正在进行的《黄昏曲：华语流行歌曲点唱》节目暂时中断，我代表电台向主持人黄美莺小姐及听众致歉。各位听众，在本台记者多方采访之下，本台独家抢先为您揭开这件文莱有史以来第一件劫车事件的来龙去脉：根据向警方报案的加油站工人鸭都拉表示，车上的人质共有四位，是一家人，住在离马来奕约十英里的郊外，经常到加油站加油，和鸭都拉很熟。他们在离马来奕二英里的公路上被歹徒拦下，时间是今天下午四点左右，当时车子由父亲沙哈旦驾驶，其妻莎莉坐在他的旁边，后座还有女儿法蒂玛、儿子阿里及一条狼犬。鸭都拉表示，歹徒如何拦下车子及上车，详细情形他不知道。沙哈旦知道歹徒不懂马来话，假装把车子驾到加油站加油，趁着加油时，用马来话叫鸭都拉报警。沙哈旦并且告诉鸭都拉，歹徒曾经亮出两支 revolver 恐吓其家人。沙哈旦还表示，歹徒言行异常，常常自言自语，恐怕神经有点问题。此外，沙哈旦表示，歹徒似乎要把车子劫到沙捞越。沙哈旦又表示，歹徒穷凶极恶，希望警方对他不要太过忤逆，免得他伤害其家人。鸭都拉表示，当时他听完后，胸中涌起一股正义之气，差点冲入车内和歹徒拼斗，但被沙哈旦阻挠。车子离开加油站大概是五点十五分。警方接获情报后，在短短三十分钟内追踪而至，现在已经和歹徒对峙了半个小时，但是还没有进一步的发展。

“各位听众，现在时间是下午五点五十四分，车子已经来到离马来奕七英里外通往沙捞越的公路上，原来车子是以四十英里时速行驶的，现在已经减到二十英里，因为这一段路不但凹凸不平，还有不少水坑。警方目前已经出动二十五辆警车、二十六辆机车及六辆军用吉普追捕歹徒，另外还有三辆记者采访车及本台采访车，十分壮观，可惜文莱电视台刚刚成立还没有外勤记者，不然各位就可以目睹难得一见的警匪大战。另外难得一见的是今天的落日，美得心都会跳出来，又红又圆的夕阳垂在水平线上，辉映着海和天，这么绮丽的景色十分罕见，还有海上的轮船，还有翱翔晚霞中的海鸥，也有说不出的诗情画意，相信刚刚听过《黄昏曲》的听众听了我的描述后，一定备感亲切。

“刚刚我接到本台记者递给我的最新报道：警方表示，歹徒为了摆脱警方纠缠，曾经以暴力胁迫沙哈旦加快车速，包括殴打及把弯刀架在他的脖子上。警方进一步表示，他们已经在每一辆接近它的车子内布置了一名狙击手，倘若歹徒伤害人质，sniper（狙击手）将会立即发动攻势，抢救 hostages（人质）。这样恐怕远水救不了近火罢。警方又表示，倘若有百分之百的把握，sniper 将会主动发动攻击歼毙歹徒。但是我以为倘若歹徒无意伤害人质，千万不要轻举妄动，因为歹徒拥有的凶器可以在数秒钟内击毙人质！而且 sniper 的素质如何，叫人起疑。由于这是文莱治安史上第一次出现这种暴力事件，警方不但欠缺经验，也没有随机应变的能力，虽然出动六十几辆军警机汽车，但围捕行动实在不够严谨，也没什么系统，唯一值得称赞的是警方出动的速度相当快速，不过这只是证明他们赋闲太久了，愈想愈叫人担心。

"各位听众，刚才提到的三辆记者采访车似乎有点争执，警方正在调解中。原来有两辆采访车已经拍到歹徒照片，而另一辆却被警方拦下，回去对总编辑没有交代。由于第三辆采访车的记者全是马来人，警方特别准许他们把车子驶过去 snap（拍）几张照片。现在第三辆采访车已经驶到它的旁边，记者拿着相机伸出车窗——"

不明关上收音机。车窗外的马来记者对着他按快门。操你妈。不明拿起弯刀向记者挥一挥。记者立即按下快门，已经很黑的脸泛起一片因为拍到精彩镜头的猪肝红。采访车跟着被警察打发掉。不明看着肥耳，气得不知道应该对肥耳采取什么行动，他妈的，什么事情都没有比这件更他妈的了。他看着兰花。你为什么不懂英文？老家伙不懂没话说，你！你怎么不懂？从兰花身上忽然想起诊所里的皮肤白嫩和皮肤铜黄，接着又想起机场海关的马来人，公车上的蜘蛛脸、黑瘦、女巫、蓝眼、魁猪。

车外一阵叫嚣。三个警察把机车骑到浪涛中，立起前轮，用后轮行驶，每当有一个人支持不住连人带车跌落时，其他警察就会发出一阵呼叫，接着另一辆机车就加进去。刚才那阵呼叫大概就是有人跌倒。不明看着靠近三菱的警车上的警察，他们其中有几个偶尔会向海上瞄几眼，但大部分监视着他。他想起大嘴巴说的狙击手。也许这是障眼法，趁他注意力分散时请他吃子弹。操，操你妈。

车外忽然传来一阵巨响，几乎淹没警车和机车的引擎声。不明从后车窗看出去。一架深绿色的军用直升机从后车窗飞过，在三菱前面三十米、离地十几米盘旋，螺旋桨把路边的野草吹得东歪西倒，一下子矮了下去，路上的水坑也泛起涟漪。它在前面盘旋一阵后，绕着三菱打转，有时候停在右边，有时候左边，有时候后面，有时候鬼鬼祟祟地躲在三菱上面。直升机在上面盘旋时，不明就会特别紧张，他担心直升机上面会吊下一两个人来落在车篷上偷袭他。直升机在右边盘旋时，他也会紧张，因为他坐在右边，从那个角度很方便射击。直升机盘旋后面时，他也会经常转回头去看看有没有人从直升机中伸出头来，因为从那边开枪也很容易射中。

不明把弯刀斜靠着车门，打开手提箱，拿出一支手枪，用枪口堵着肥耳后脑勺。

9. 弯刀·手枪 3

我疯了。不明用力把枪口顶住肥耳脑袋，顶得他脑袋歪斜起来，就像一只被仰起喉头来等着切割的母鸡。肥耳吓得差点把车子驾到草丛中。

“支那人，我们不会伤害你的，你需要什么，请告诉司机沙哈旦先生，我相信沙哈旦先生会合作的……”

不明握手枪的手在发抖。他妈的，你们不想伤害我，大嘴巴说的警车中埋伏的狙击手是摆着好看的？那个坐在吉普车上用冲锋枪对准我的家伙是什么意思？后面戴眼镜拿着装上瞄准器的长枪像职业杀手的又是什么东西？狙击手。猪猡！

三菱的车头陷入水坑。肥耳踩离合器换低速挡。三菱驶入水坑。三菱在水坑中叫得很响却走得很慢，只维持每小时十英里左右，有时候陷入窟窿时还会完全停顿。车子慢下来后，不明紧张得可以感觉到握枪的手掌在沁汗。他发觉左边沙滩的地势较高，没有淹水，因此那边的警车及机车行驶得很顺利。现在他更紧张了。本来车子行驶的速度及颠簸程度不易让狙击手击中目标，但现在不一样，特别是车子陷入窟窿停下时，他就开始东张西望。他迅速地拟下对策。车子走过水坑约三分之一时，他开始大幅度地前摇后摆，一下子把背靠向后座，一下子把胸部顶着前座，扰乱狙击手的射击。一直坐着的狼犬不知道是它以为不明想逗它玩还是它觉得好玩，把左脚放到不明的大腿上，右脚在他身上抓扒。不明伸手拨开它的脚，但他愈拨它愈觉得他在跟它玩，拨得愈快它的脚反应愈快，后来它唔唔叫着，伸舌去舔不明的脸。不明想推开它，但他的身体一直前后摆动不敢停下，所以不管怎么推，它都以为不明在跟它玩。这时不明发觉三菱已经不知道什么时候停下，当它企图碾过一个水坑没有成功后，引擎突然熄灭。不明虽然还在摆动，不过肥耳一连试发十几次没有成功后，他停下来拍一下肥耳肩膀。肥耳摊开双手像在说没有办法。不明用枪口顶几下他的脑袋。肥耳又试发了十几次。三菱已经碾过三分之二的水坑，但此地地势较低，车门的隙缝已经有水开始流入。

警车和机车也跟着停下，直升机盘旋车顶上。他像听到车顶有奇怪的声音，而吉普车和警车上的狙击手及所有警察好像一下子就要蜂拥过来。他大声说：

“走开！走开！”

用手枪指着兰花说：

“我是怎么变成歹徒的，我一点也不清楚，但是每个人都认为我是歹徒了，就算我手上拿的是玩具手枪，又他妈的怎么样？每个人还是认为我是歹徒，因为歹徒也会用玩具手枪作案。我现在要开始逃亡了，你得跟我走，我打算逃入右边的草丛中，因为那儿的草很高，警察不容易看到我们，而且离草丛不远是原始丛林，我们可以躲在那边，倘若我们逃不出来，我们干脆住在那儿。”

他把狼犬赶下后座，把阿里从法蒂玛身上拉开，抓住法蒂玛的手。法蒂玛没有反抗，她似乎怕得连手指头也不敢动一下。不明听见扩音器传来便衣警探的声音，他没有听他讲什么，也不管其他人在干什么，用左手从法蒂玛左胁下穿过，搂住她的腰，用握枪的右手打开车门。斜靠着车门的弯刀滑到车外，没入水中。不明踏入水中，把法蒂玛拖出车外。

走出车外后，不明用枪口指着法蒂玛下巴，把她搂在胸前，涉着浸到膝盖的洪水退向右边草丛中。大部分警察已经下车，有的站在一边看，有的用枪械指着他们。不明忽然闻到一股香味。香味来自簪在法蒂玛头发上的兰花。他的鼻尖贴着法蒂玛的头发。他看着法蒂玛头发上的兰花。

法蒂玛忽然从他怀中挣脱，奔向三菱。在混沌的暮色中，那朵兰花就像随着一股汹涌的浪涛漂走。他伸出手来抓那朵兰花。狙击手及警察一起扣动手中的真枪的扳机。当不明倒在水中时，他的左手捏着一片兰花花瓣，另一片落在立刻染红的浊水上。

*原载《文季》一卷二期
一九八三年六月

图书在版编目（CIP）数据

沙龙祖母 / (马来) 张贵兴著 . -- 北京 : 北京联合出版公司 , 2023.6

ISBN 978-7-5596-6873-8

Ⅰ . ①沙… Ⅱ . ①张… Ⅲ . ①短篇小说—小说集—马来西亚—现代 Ⅳ . ① I338.45

中国国家版本馆 CIP 数据核字 (2023) 第 067833 号

北京市版权局著作权合同登记号　图字：01-2022-6874

沙龙祖母

著　　者：[马来西亚] 张贵兴
出 品 人：赵红仕
选题策划：后浪出版公司
出版统筹：吴兴元
特约策划：范纲桓
责任编辑：夏应鹏
营销推广：ONEBOOK
装帧制造：蔡南昇丨 design.cola@m2k.com.tw

北京联合出版公司出版
（北京市西城区德外大街 83 号楼 9 层　100088）
天津中印联印务有限公司　新华书店经销
字数 233 千字　880 毫米 ×1094 毫米　1/32　10.5 印张
2023 年 6 月第 1 版　2023 年 6 月第 1 次印刷
ISBN 978-7-5596-6873-8
定价：58.00 元